Diogenes Taschenbuch 21732

de
te
be

Hans Werner Kettenbach

# *Schmatz*

*oder*

*Die Sackgasse*

*Roman*

Diogenes

Umschlagillustration:
Andy Warhol
›Large Campbell's Soup Cans‹, 1965
(Ausschnitt)

Die Erstausgabe erschien 1987
im Diogenes Verlag

Veröffentlicht als Diogenes Taschenbuch, 1989

100/89/8/2
ISBN 3 257 21732 3

# 1

Herr Nowakowski als Leiche: Das mußte ein beglückender Anblick sein. Beruhigend. Entspannend.

Statt des Sportjacketts, dessen Eleganz einem in die Augen schnitt, ein ordinärer Totenkittel. Nein, das wohl doch nicht. Wahrscheinlich würde er rechtzeitig vor seinem Ableben verfügen, wie seine Leiche auszustatten sei. Ein Hemd mit schmalen, offenstehenden Rüschen vielleicht. Weiße Seide, dreiviertellanger Ärmel, ein leger geschnittenes Shirt, als ginge er zu einer seiner Partys.

Und die Hände nicht falten, du lieber Gott, wie sähe das denn aus! Vielmehr eine Hand abwärts gestreckt, die andere auf die Brust gebreitet, wie in einer ausdrucksvollen Bewegung. Das würde dem Arrangement den Reiz des Asymmetrischen verleihen. Wir bringen Leben in die Sache, und wenn Sie uns Steine zu verkaufen geben.

Aber tot wäre er trotzdem. Statt des dynamischen Redeflusses, der mal samtenen, mal stahlharten Blicke nur noch Stille, Starre. Eben noch hat er den Staub aufgewirbelt mit seiner Performance. Und jetzt liegt er da wie ein aufgeputzter Sack Zement, es knirscht ein wenig, wenn man den Finger hineindrückt. In der Luft hängt noch dieser Hauch von *Eau d'Homme, Les Créations Jim Morgan, Inc. Das Parfum für ganz wenige*. Die Fenster auf! Sobald sie ihn abgeholt und in die Grube haben fahren lassen, wird auch das spurlos verweht sein.

»Hören Sie mir überhaupt zu?« Nowakowski beugte sich vor, er ließ den Blick ins Stählerne changieren.

»Natürlich höre ich Ihnen zu. Sie sind doch nicht zu überhören.«

»Sparen Sie sich die Ironie. Das imponiert mir nicht. Damit werden Sie mich nicht los.«

Da hatte er leider recht. Damit war Herr Nowakowski nicht aus dem Wege zu räumen. Und ans Sterben dachte der auch nicht. Der war kerngesund mit seinen dreiundvierzig Jahren. Jeden Morgen das Fitness-Training auf der Terrasse des Penthouses. Zweimal im Jahr zum Skilaufen, ein halbes dutzendmal zum Segeln, die Stirnglatze behielt auch im Winter die sportive Bräune. War vermutlich unerläßlich, um seine jungen Freunde bei der Stange zu halten.

Nein, wer den loswerden wollte, der mußte ihn schon totschlagen. Erstechen, hinterrücks. Oder vergiften. Über das Geländer der Dachterrasse stoßen, hoppla, die Hantel war wohl zu schwer, er hat sie zu dynamisch gestemmt und ist ins Taumeln geraten, kippt über das Geländer und folgt seiner Hantel, acht Stockwerke tief. Er hatte noch so viel vor.

Aber so beglückend wäre der Anblick dann vielleicht auch nicht mehr. Ganz so eklig hat man's ihm nun doch nicht gewünscht.

»Würden Sie jetzt vielleicht die Güte haben, mir stichhaltig zu erklären, warum Sie eine gute Stunde lang nicht an Ihrem Arbeitsplatz zu finden waren?«

Man kann's ihm gar nicht eklig genug wünschen. »Wollen Sie hier im Ernst Fabrikmethoden einführen? Ich war im Atelier.«

»Im Atelier waren Sie nicht, da habe ich Sie suchen lassen. Sie waren auch sonst nirgendwo zu finden, jedenfalls nicht in diesem Haus. Und was die Fabrikmethoden angeht, da will ich Ihnen mal was erzählen, mein lieber Herr Wehmeier ...«

Ich mußte mal an die frische Luft, du Arschloch. Aber das geht dich nichts an.

Irgendwas stimmt nicht mit Marion. So aggressiv wie heute morgen war sie früher nie. Jedenfalls nicht, wenn Jens dabei war.

Er hat noch nie geheult, wenn er einen Streit mitbekam. Ist

höchstens mal abgehauen. Aber jetzt steigt er auf einmal von seinem Küchenstuhl herunter, läßt den Kakao stehen, baut sich auf in seinem T-Shirt und den Hosen, die ihm noch ein bißchen zu weit sind und bis auf die Knie reichen, mit seinen spillrigen Beinen in den großen Schnürschuhen, steht da stocksteif und fängt an zu brüllen wie am Spieß. Kneift die Lider zu, aber die Tränen schießen ihm aus den Augen, sein ganzes Gesicht ist naß. Und der Hund verzieht sich, er kriecht in seinen Korb, legt die Kinnlade auf den Rand und läßt die Augen wandern, man sieht das Weiße in seinen Augen, so strengt er sich an, die Katastrophe zu verfolgen, ohne sie durch eine auffällige Kopfbewegung auf sich zu ziehen.

»Diese Methode, Herr Wehmeier, einfach nicht zuzuhören, wird Ihnen nicht nutzen. Es wird Ihnen nichts anderes übrigbleiben, als das ernstzunehmen, was ich Ihnen sage. Sehr ernst.«

Und alles nur wegen dieser dämlichen Wanderung. Was zum Teufel findet Marion nur an diesen Leuten? Schnüren jeden Sonntagmorgen beim ersten Glockenschlag ihre Schuhe, als hätten sie Wanzen im Bett.

»Habe ich mich klar genug ausgedrückt?«

»Na klar. Alles klar. Roger.«

Das war offenbar eine Drehung zuviel. Nowakowski stemmte die Hände auf den Schreibtisch, als wolle er aufspringen. Er biß auf die Zähne, die Wangenmuskeln spielten. Nach einem tiefen Atemzug sagte er: »Herr Wehmeier, Ihres Bleibens in diesem Hause wird, so vermute ich, nicht mehr lange sein. Hier sind, bevor ich meine Aufgabe übernommen habe, einige Sitten eingerissen, an denen schon größere Unternehmen pleite gegangen sind. Aber das wird hier nicht passieren. Ich werde diesen Saustall schon auf Vordermann bringen, verlassen Sie sich drauf.«

»Das würde Herrn Verweerth aber freuen, wenn er das hörte.«

»Was Herrn Verweerth freuen wird, das überlassen Sie mal

mir.« Er hob den Telefonhörer ab und wählte. »Nowakowski, Herr Verweerth. Herr Wehmeier hat sich wider Erwarten eingefunden. Wir können jetzt rüberkommen, wenn Sie wollen.«

Verweerth blätterte in Papieren. Er hob ein Blatt vor die Augen, legte den Kopf in den Nacken und las durch die Halbkreise der Brillengläser, strich sich den Bart. Dann legte er das Blatt ab, senkte den Kopf und sah über die Gläser. »Wo haben Sie denn gesteckt, Uli?«

»Ich bin mal um den Block gelaufen.«

»Probleme?«

»Ach. Nichts Besonderes. Ich mußte nur mal frische Luft schnappen.«

Verweerth nickte. Nowakowski, der schon den Mund geöffnet hatte, schloß ihn wieder. Er ließ sich im Sessel vor Verweerths Schreibtisch nieder, schlug die Beine übereinander, lehnte sich zurück, stützte das Kinn in die Hand, hob die Augenbrauen und setzte ein verhaltenes Lächeln auf. Ein Beobachter, der unversehens zum Zeugen eines ebenso unglaublichen wie grotesken Vorgangs geworden ist.

»Setzen Sie sich doch, Uli.« Verweerth wies auf den Stuhl an der Seite des Schreibtischs. »Woran arbeiten Sie im Augenblick?«

»An den Anzeigen für die Stadtsparkasse.«

*Fall 3: Am Sonntagmorgen ruft die Traumfrau an, die Ihnen bisher nur Körbe gegeben hat. Ob Sie denn Zeit hätten heute abend, für einen kleinen Stadtbummel vielleicht? Sie haben Zeit – aber nicht so viel Geld im Haus, wie Sie mit ihr ausgeben möchten. Na und? Mit der Scheckkarte der Stadtsparkasse können Sie sich Ihr Geld aus unseren Automaten holen. Tag und Nacht. An 61 Filialen im ganzen Stadtgebiet. Natürlich: Ein Konto müssen Sie schon bei uns haben.*

*Denn wer hat, dem wird gegeben.*

»Wie weit sind Sie denn damit?« Verweerth sah über die Brille.

»Ungefähr fertig.«

Nowakowski zog die Hosenfalte gerade. »Ich darf daran erinnern, daß die Präsentation am Mittwoch nächster Woche stattfinden soll. Und wie ich von Herrn Cvetković höre, hat er für das Layout noch keinen einzigen Text zu sehen bekommen.«

Sieh mal an, Zwetschko, dieser krumme Hund. Bohrt tagelang in der Nase, macht alles nur auf die letzte Minute, aber schwärzt andere Leute an.

»Schaffen Sie das, Uli?«

»Ich denke schon.«

Nowakowski lächelte. »Ich hab ja gleich gewarnt.« Er hob die Stimme: *»Denn wer hat, dem wird gegeben!«* Er schüttelte den Kopf. »Aus einem so ledernen Spruch lassen sich doch keine Funken schlagen. Damit muß man die Leute doch spätestens nach der dritten Schaltung anöden.«

»Das ist kein lederner Spruch. Das steht im Matthäus-Evangelium. Kapitel dreizehn, Vers zwölf.«

*Denn wer da hat, dem wird gegeben, daß er die Fülle habe; wer aber nicht hat, von dem wird auch genommen, was er hat.*

»Hochinteressant, wirklich!« Nowakowski führte einen mühsam beherrschten Anfall von Heiterkeit vor, indem er die Schultern und den Bauch zucken, die Stimme ein wenig glucksen ließ. »Sagen Sie mal, Herr Wehmeier, ist es möglich, daß Sie die Arbeit in einer Werbeagentur mit der Bibelforschung verwechseln?«

Verweerth zog die Stirn zusammen. »Jetzt laßt es mal gut sein! So schlecht ist der Spruch nicht. Liegt voll im Trend.«

»Oder voll dagegen.« Nowakowski nahm ein Partikelchen vom Hosenbein. »Ich habe, wenn ich mich recht erinnere, schon gleich darauf hingewiesen, daß das auch als antikapitalistische Stimmungsmache verstanden werden kann.«

»Ja, das haben Sie.« Verweerth nahm die Blätter auf. »Uli,

sehen Sie zu, daß Sie möglichst bald mit dem Auftrag fertig werden. Ich hab nämlich was Neues für Sie. Ziemlich eilig. Müßte Ihnen aber liegen.«

Die Stadtwerke? *Glauben Sie nur ja nicht, daß wir Ihre Scheiße unbesehen ins Wasser pumpen. O nein: Wir bereiten sie auf, umweltfreundlich. Mit hohen Kosten – den Gewinn haben Sie.* Oder vielleicht eine Sun Tan Lotion? *Verleiht dem Arsch eine gesunde Gesichtsfarbe.* Oder ganz was Schwieriges? Salat aus Tschernobyl vielleicht?

»Hundefutter.« Verweerth reichte die Blätter über den Schreibtisch. »Sehen Sie sich das mal an, Epple & Cie., sie haben sich eine Chance ausgerechnet, in den Markt reinzukommen. Ich hab gedacht, der Markt ist proppenvoll, aber was die da ausbaldowert haben, klingt ganz vernünftig. Natürlich muß die Kampagne ziemlich ausgefallen sein, also nicht irgendwas mit Gesund-für-den-Hund oder wie's dem Köter schmeckt, wenn er das Zeug frißt, das haben die Großen besser drauf. Aber vielleicht kann man sie mit einer ganz ausgefallenen Idee ausmanövrieren. Eine Kampagne mit Pfiff schwebt mir vor, irgendein ganz neuer Approach.«

Hundefutter mit Pfiff. »Klar.«

»Ich hab mir gedacht, daß Sie das reizt. Und damit Sie wissen, um was es geht: Allein für den Testmarkt wollen sie zwei Millionen lockermachen. Die Leute sind nicht von gestern, die wissen, daß sie klotzen müssen, wenn sie in den Markt reinwollen. Sie denken vor allem an Fernsehspots. Wir brauchen also eine Gesamtkonzeption und schon ein paar Ideen für die Spots. Und einen Namen, der sitzt.«

»Bis wann?«

Verweerth rieb sich den Bart. »Bis Sonntagmorgen. Ich dachte mir, daß wir uns um zehn hier zusammenhocken, Nowakowski, Sie und ich, Hildebrandt und Frau Karlisch, Stumpff natürlich. Cvetković. Und daß wir uns dann gemeinsam über Ihre Vorschläge hermachen.«

Nowakowski sagte: »Ich darf noch einmal an die Stadtsparkasse erinnern. Am Mittwoch nächster Woche müssen wir zur Präsentation.«

»Das wissen wir ja. Es tut mir leid, Uli. Aber wir sind natürlich nicht die einzigen, die hinter diesem Hundefutter her sind. Kluthe & Kluthe haben schon geglaubt, den Etat im Sack zu haben, aber sie haben für die Spots genau den alten Quatsch vorgeschlagen, der Tierarzt hält den Fraß in die Kamera, der Köter leckt sich das Maul und rülpst oder so was, und da waren sie raus. Und jetzt stehen die Epples natürlich unter Zeitdruck.«

»Rülpsen wär ja noch was Neues.«

Verweerth lachte. »Ihnen fällt bestimmt was Besseres ein. Also, ziehen Sie ab und machen Sie sich ran. Nein, Moment noch!« Er rieb sich den Bart. »Nur, um Ihnen die Richtung zu zeigen, die mir vorschwebt... Mir ist da vorhin eine Idee durch den Kopf geschossen.«

Er sah irritiert zur Tür. Babette Verweerth trat auf, in meerblau wogender Jacke, grasgrünen Röhrenhosen, meerblauen hochhackigen Stiefeln, die Augen, gesäumt von den unzähligen Fältchen, strahlten angestrengt wie immer, sie warf die Tür ins Schloß, schritt auf Verweerths Schreibtisch zu, »Hallo, Nowa, Tag, Herr Wehmeier«, beugte sich weit über den Schreibtisch und küßte Verweerth auf die Stirn, »Erik, mein Lieber«, streifte Nowakowski, der sich erhoben hatte, mit einem Wangenkuß, zog im Weitergehen die Jacke aus, warf sie aufs Sofa und ließ sich nieder. Sie schlug die grasgrünen Beine übereinander, klappte die Handtasche auf und sah in den Spiegel. »Laßt euch nicht stören.« Zwei Finger tupften die rötlichen Locken über der Stirn zurecht, verharrten einen Augenblick lang in der Schwebe, dann strichen sie über die Mundwinkel, die schlaffen Falten rechts und links der Lippen.

Irgendwann wird sie sich liften lassen, es kann nicht mehr lange dauern. Vielleicht ist das Bett in der Klinik schon bestellt. Oder sie hat zuviel Angst. Versucht es vorerst noch mit Gymnastik, Jazz Dance, Gesichtspackungen, Schlammbädern. Wie fühlen Sie sich, Frau Verweerth? Wie neugeboren, tatsächlich. Bis die Wärme unter der Haut sich wieder verliert.

Verweerth starrte über die Brillengläser. »Ich dachte, du wolltest erst morgen zurückkommen?«

»Ich hab mir's anders überlegt.« Sie klappte die Handtasche zu. »Na, was brütet ihr aus?«

Verweerth setzte die Brille ab, nahm ein Tuch hervor und putzte stumm die Gläser. Nowakowski schob seinen Sessel halb zur Seite, lächelte Babette an. »Es geht um Hundefutter. Sieht so aus, als ob wir einen Etat von zwei Millionen an Land ziehen könnten.«

»Na, dann strengt euch mal an. Wie weit seid ihr denn?«

»Wir sind schon fertig.« Verweerth steckte das Tuch weg. »Also, fangen Sie sofort an, Uli, aber vergessen Sie die Sparkasse nicht.«

»Sie wollten mir doch noch einen Tip geben. Diese Idee, die Sie gehabt haben.«

»Ach ja, richtig.« Er setzte die Brille auf, zögerte einen Augenblick. Dann sah er über die Gläser. »Was halten Sie von einem klavierspielenden Hund?«

»Sie meinen …?«

Babette stützte beide Hände auf den Rand des Sofas, sie beugte sich vor. »Ein was? Was hast du gesagt?«

»Ein klavierspielender Hund, habe ich gesagt. Spreche ich so undeutlich?«

»Und damit willst du Hundefutter verkaufen?« Sie ließ sich in das Sofa zurücksinken, sah auf zur Decke. »Also, weißt du, Erik! Ich hab ja ein Faible für originelle Ideen. Aber das ist doch wohl nicht möglich!«

»Natürlich ist das möglich!«

Nowakowski, der die Hand über die Lippen gelegt hatte, räusperte sich. »Ich weiß mich jetzt nicht zu erinnern … aber ist denn in dem Epple-Material die Rede von Trickfilmen?«

»Wie kommen Sie auf Trickfilme? Natürlich nicht. Ich spreche von ganz simplen, realistischen Spielszenen, Szenen mit Hunden!«

»Ja, aber ...«, Nowakowski hob die Schultern und breitete die Hände aus, als sei es ihm peinlich, so begriffsstutzig zu sein, »wo wollen Sie einen Hund auftreiben, der Klavier spielen kann?«

»Mein Gott noch mal!« Verweerth klatschte die Hand auf die Stirn. »Ich hab doch nicht gesagt, daß er die Mondscheinsonate spielen soll! Haben Sie so was denn noch nie gesehen, im Fernsehen ist der Köter aufgetreten, er kann keine Noten lesen, da haben Sie völlig recht, aber er haut mit der Vorderpfote auf die Tasten und klimpert sich was zusammen. Ich weiß es nicht mehr genau, aber wenn ich mich nicht irre, war es sogar *Hänschen klein.*«

»Moment mal, Moment mal!« Babette sprang auf und näherte sich, den erhobenen Zeigefinger wedelnd. »Jetzt weiß ich, wovon du redest. Du schmeißt was durcheinander.«

»Ich schmeiße überhaupt nichts durcheinander.«

»Doch. Natürlich.« Sie beugte sich über den Schreibtisch. »Es gibt Seehunde, die so etwas können. Sie spielen Melodien auf Autohupen, *Hänschen klein* zum Beispiel. Nur verwechselst du das mit den Hunden, die im Zirkus auftreten. Die können das nicht. Hunde sind auch ganz unmusikalisch.«

Verweerth beugte sich vor und sagte sehr laut: »Herrgott noch mal! Ich hab den Köter selbst gesehen! Im Fernsehen! Er hat Klavier gespielt!«

»Du irrst, Erik, wie so häufig. Hunde können eine ganze Menge, diesen ...«, sie ließ den Zeigefinger kreisen, »den Salto rückwärts, Flicflac und solche Sachen. Aber eine Melodie spielen, das ist ganz ausgeschlossen!«

»Er hat *Hänschen klein* gespielt!«

Nowakowski sagte: »Einen Augenblick mal, verzeihen Sie ... Mir kommt da eine Idee.«

Raus hier, auf dem schnellsten Wege. Nun auch noch eine Idee von Nowakowski, das kann zu traumatischen Folgen führen, nächtlichen Schweißausbrüchen, Alpträumen, Seehunde, massenweise, sie umzingeln das Bett und verlangen röhrend nach Epples Hundefutter, denn sogar Seehunde wissen, was Hunden schmeckt, und Nowakowski hebt die Büchse und weist mit dem Finger darauf, lächelnd.

Verweerth starrte Nowakowski an. »Schießen Sie los. Worauf warten Sie?«

»Nun, diese Zirkushunde... Es wird ja nicht schwer sein, so einen Hund aufzutreiben und ihn zu engagieren.«

»Und dann?«

»Ich stelle mir einen Spot vor, in dem eine Hand den Napf mit dem Futter vor den Hund stellt. Und dann fängt der nicht sofort an zu fressen, sondern er macht erst einmal den Salto rückwärts, zweimal oder dreimal. Vor Freude, verstehen Sie?«

»Ich verstehe.« Verweerth legte eine Pause ein. Dann beugte er sich vor: »Und damit wollen Sie eine Serie von Spots machen? Sechs Wochen lang, und jedesmal passiert nichts anderes, als daß der Hund sich überschlägt, vor Freude?«

Nowakowski zog das Kinn an, mit der Andeutung eines Kopfschüttelns. »Verzeihen Sie, Herr Verweerth, aber vor diesem Problem stehen Sie ja auch mit Ihrem klavierspielenden Hund. Der kann schließlich auch nichts anderes als immer wieder denselben Trick vorführen.«

»Eben nicht! Dem können Sie nämlich jedesmal eine andere Melodie unterlegen! Oder Sie lassen zu derselben Melodie jedesmal einen anderen Text singen, von einer Baßstimme zum Beispiel, damit es wirkt, als ob der Hund das selber singt, dazu muß er ja nur das Maul bewegen, und dazu bekommt man ihn mit Sicherheit. Das Schwierigste sind die Texte, aber die werden uns ja einfallen, hoffe ich.« Verweerth ließ sich zurücksinken. »Na? Was sagen Sie dazu?«

Babette sagte: »Das klingt ganz gut. Nur wird die ganze

Sache daran scheitern, daß es den Hund nicht gibt, der Klavier spielen kann.«

»Also Schluß jetzt.« Verweerth stand auf, dann setzte er sich wieder, er hob den Aschbecher hoch und stellte ihn heftig wieder ab. »Machen Sie sich an die Arbeit, Uli. Sie haben keine Fragen mehr, nehme ich an?«

»Muß es dieser klavierspielende Hund sein?«

Nowakowski lächelte: »Das haben Sie doch gehört.«

Verweerth atmete tief. Dann sagte er: »Natürlich nicht. Ich hab doch gesagt, daß ich Ihnen nur die Richtung angeben wollte. Wenn Ihnen was Besseres einfällt, um so besser.«

»Okay. Ich werd drüber nachdenken.«

Babette sagte: »Und fragen Sie Fräulein Zander mal, wo mein Kaffee bleibt.«

Fräulein Zander war dabei, den Kaffee aus der Maschine in ein Kännchen umzufüllen. Sie sah auf: »Na, machen Sie das Hundefutter?«

»Sieht so aus.«

»Da haben Sie aber Glück gehabt.«

»Wieso?«

»Herr Nowakowski wollte Sie schon feuern.«

»Dieses Arschloch.«

»Aber, aber! Warten Sie, ich hab da noch ein paar Probebüchsen für Sie.«

»Von Epple?«

»Ja. Haben sie mitgeschickt.« Sie ließ den Kaffee stehen und öffnete einen Wandschrank.

»Bringen Sie lieber erst den Kaffee rein. Frau Babette ist schon ganz ausgedörrt.«

»Ach, die kann mich doch mal.« Sie stellte einen Karton mit sechs unbeschrifteten Büchsen auf den Schreibtisch. »Hier, lecker, lecker. Soll ich mal eine aufmachen? Vielleicht inspiriert Sie das.«

»Nein, lassen Sie nur. Ich weiß sowieso nicht, wohin vor lauter Ideen.«

»Ich seh's Ihnen an.« Sie kam heran und ließ die Augen wie suchend wandern. »Dieses Glitzern in Ihren Augen – sind das die Ideen?«

»Nein, das ist was anderes.«

»Oh, wirklich? Was denn?«

Nowakowski schloß die Tür zu Verweerths Zimmer hinter sich. »Fräulein Zander, Frau Verweerth wartet auf den Kaffee. Und der Herr Wehmeier hat auch Besseres zu tun, als hier herumzustehen.«

»Ich stehe hier nicht herum.«

»Nein? Was tun Sie denn?«

»Ich arbeite. Hier, sehen Sie mal: Hundefutter. Oder hatten Sie das schon vergessen?«

»O nein. Darauf können Sie wetten, daß ich das nicht vergesse.« Nowakowski lächelte. »Machen Sie nur weiter so. Sie schaufeln sich Ihr eigenes Grab, mein Lieber.«

»Wie kommen Sie denn darauf?«

»Ich an Ihrer Stelle hätte diesen Auftrag nicht so großkotzig übernommen. Das schaffen Sie doch nie bis Sonntagmorgen. Entweder schmeißen Sie die Sparkasse. Oder Sie müssen am Sonntagmorgen hier anrücken und den Offenbarungseid ablegen. War nichts mit dem Hundefutter. Da bin ich aber mal sehr gespannt auf Herrn Verweerths Reaktion.«

»Hoffentlich halten Sie so viel Spannung aus.«

»Das werde ich, mein Lieber. Und nicht nur das: Ich werde es genießen. Also, dann ...«, er hob winkend die Hand. »Frohes Schaffen!« Er wandte sich lächelnd ab und ging.

»Können Sie sich den mit einem Messer im Rücken vorstellen?«

»Ja, das kann ich.« Fräulein Zander hob das Tablett. »Aber tun Sie's nicht.«

»Warum nicht?«

»Ich würde Sie nicht gern im Gefängnis besuchen. Da kann ich mir was Schöneres vorstellen.«

## 2

Jens erschien in der Küchentür. Er hatte seine Hose ausgezogen, die Schuhe und die Strümpfe, hatte die Pantoffeln angezogen, aber die Schnallen nicht geschlossen. Er steckte einen Finger in den Mund, kaute darauf herum. Nach einer Weile sagte er: »Wann kommt denn der Papi endlich?«

»Ich weiß es doch auch nicht.« Woher soll ich das wissen? Und warum? Macht es irgendeinen Unterschied, ob er jetzt kommt oder später? Oder gar nicht?

»Dann ruf doch mal an.«

»Ich hab dir schon mal gesagt, daß ich nicht anrufe. Und jetzt nimm den Finger aus dem Mund. Du bist doch kein Baby mehr.« Ist er natürlich doch. Und für ihn macht es schon einen Unterschied, wann sein Vater kommt. Ob er das aushielte, wenn er nicht mehr unter einem Dach mit seinem Vater wohnte?

Viele Kinder müssen das aushalten. Und sie halten es aus.

Jens nahm den Finger aus dem Mund. »Aber *ich* kann ja mal anrufen.«

»Nein, das wirst du nicht! Oder willst du den Papi stören?« Liebes Kind, hör auf, mich zu nerven. Bitte. Zwing mich nicht, dir zu erklären, daß dein Vater etwas Wichtiges zu tun hat. So wichtig, daß niemand ihn dabei stören darf. Ich schaff das jetzt nicht. Soll ich diesem Kind weismachen, daß der Unsinn, den sein Vater produziert, einen Sinn hat? Das kann doch niemand von mir verlangen, verdammt noch mal!

Er schlappte auf seinen Pantoffeln zum Hundekorb, kniete nieder und zog den Dackel am Ohr. Der Dackel wälzte sich auf den Rücken, er schnappte vorsichtig nach der Hand. »Aber ich störe den Papi ja nicht. Der freut sich bestimmt, wenn ich anrufe.«

»Also Schluß jetzt. Und mach die Pantoffeln zu, sonst fällst du noch. Geh rauf und zieh deinen Schlafanzug an.«

Fällt mir nichts Besseres ein? Es ist unfair, das Kind büßen zu lassen, was seine Eltern anrichten. Dieser ganze Mist, dieser undurchdringliche, von Tag zu Tag immer höher sich häufende Mist, man darf ihn nicht auf ein Kind abladen. Na gut, er gehorcht sowieso nicht, er stellt sich einfach taub. Aber es geht ihm nahe. Sonst hätte er heute morgen nicht so geschrien. Und sein Vater nutzt natürlich die Situation, er nimmt ihn in den Arm, der große Tröster, komm her, Männlein, es ist doch nichts passiert, wir haben nur ein bißchen laut gesprochen, aber wir tun's nicht mehr, ganz bestimmt, jetzt hör auf zu weinen, Männlein, es ist alles in Ordnung, siehst du?

Dieser Heuchler. Nichts ist in Ordnung. Und laut gesprochen habe nur ich, das wollte er mir auf diese infame Weise klarmachen, und dem Kind natürlich auch, infamer geht es nicht, er entschuldigt sich für etwas, das er gar nicht getan hat, damit klar wird, daß ich die Schuldige bin. Und mir fällt nicht ein, wie ich mich dagegen wehren kann, ich möchte schreien, ihn umbringen, diesen Heuchler, mit beiden Fäusten auf ihn eindreschen, aber dann hätte er sein Ziel erreicht, es wäre völlig klar, daß ich allein die Schuldige bin, und das Kind würde es glauben, seinen Vater verteidigen und sich an ihn klammern.

»Jens?«

»Ja?«

»Komm, ich geh mit dir rauf. Ich helf dir beim Ausziehen, und dann ...«

Er sprang auf. »Der Papi, der Papi!« Er lief zur Tür, die Pantoffeln über den Boden ziehend, als liefe er Schlittschuh, der Hund sprang aus dem Korb, glitt aus, als er die Kurve zur Tür nehmen wollte, rappelte sich mit strampelnden Pfoten wieder auf und verschwand in der Diele. Das Garagentor fiel zu. Der Hund kläffte. Jens' Stimme, die Worte schienen sich zu überschlagen, es war nicht zu verstehen, was er sagte. Und diese dunkle Stimme, das Lachen. »Jetzt aber rein mit euch, ihr macht ja die Nachbarschaft rebellisch!« Die Haustür fiel ins Schloß. Der Hund bog mit wehenden Ohren um die Ecke, sprang in seinen Korb, setzte sich und sah erwartungsvoll zur Tür, wedelte.

»Guten Abend, Marion.«

»Guten Abend.« Keinen Kuß, bitte. Wenn es sich vermeiden läßt.

Er kam heran, beugte den Kopf vor. »Wie geht es dir?«

»Danke, es geht mir ausgezeichnet.« Dieser verwunderte, leicht enttäuschte Blick, weil er mit seinen Lippen ins Leere gerät. Man muß ihm gar nicht in die Augen sehen, man spürt diesen Blick förmlich auf der Haut.

Er wandte sich ab, stellte den kleinen Karton, den er unter dem Arm hereingebracht hatte, auf den Tisch. Jens öffnete den Kühlschrank und wies mit dem Finger hinein. »Die Mami hat Salat gemacht, Papi, soll ich dir was geben?«

»Nun mal langsam. Wieso bist du eigentlich noch auf?«

»Weil ich auf dich gewartet habe. Was ist in dem Karton, Papi?«

»Etwas ganz Besonderes.«

»Was denn?«

»Das kann ich dir noch nicht sagen.«

»Warum denn nicht?«

»Weil es noch keinen Namen hat.« Er setzte sich, griff in den Karton und holte eine Büchse heraus, stellte sie auf den Tisch.

»Mußt du den erfinden?«

»Ja.«

Ich bin aus dieser Unterhaltung ausgeschlossen. Sie denken gar nicht daran, mich teilnehmen zu lassen. Das ist meine Schuld, nicht wahr? Ich hätte ihm ja meine Wange hinhalten können, und schon wäre alles wieder in Ordnung gewesen, die Familie ist am Feierabend endlich vereint, Vater, Mutter und das Kind, sie reden miteinander, und dann wird das Kind zu Bett gebracht, und alle haben sich lieb, reihum.

»Aber Papi, wenn du mir verrätst, was es ist, dann kann ich dir ja helfen, den Namen zu erfinden?«

»Das ist keine schlechte Idee. Hilfe kann ich gebrauchen.«

»Dann sag's doch endlich.«

»Hol mir mal den Büchsenöffner.«

Glaubt er wirklich, er könne mit einem läppischen Kuß das Problem aus der Welt schaffen? Will er den bescheidenen Wunsch, den ich zu äußern gewagt habe, ganz einfach totschweigen? Warum versucht er nicht, die Ursache dieses Streits auszuräumen? Es tut mir leid, Marion, ich weiß auch nicht, warum ich so ekelhaft war heute morgen. Ich wandere mit am Sonntag. Ich bin ein Idiot, es wird mir guttun, mal an die frische Luft zu kommen. So einfach wäre es.

Er schnitt die Büchse auf, hielt sie unter die Nase, hob bedeutungsvoll die Augenbrauen. Jens, auf der gegenüberliegenden Seite des Tisches sitzend, beide Arme angewinkelt auf der Tischplatte, das Kinn auf den Armen, sah gespannt zu.

»Aha, aha!« Er schob Jens die Büchse hinüber. Jens reckte den Kopf vor, sah über den Rand der Büchse, schnüffelte, fuhr zurück und hielt sich die Nase zu: »Ih! Das stinkt ja!«

»Das stinkt doch nicht.«

»Das stinkt aber doch! Das stinkt wie Gepupstes!«

»Du spinnst doch. Paß auf.« Er bückte sich, hielt die Büchse über den Boden. »Pit, komm mal her!« Der Dackel sprang aus dem Korb, lief ein paar Schritte, näherte sich dann der Büchse immer langsamer. Er blieb stehen, reckte den Kopf vor. Plötzlich begann er zu lecken.

»Siehst du. Der hat die feinste Nase von uns allen. Das riecht lecker.«

Jens, beide Hände am Rand des Tisches, den Kopf unter den Tisch gebeugt, schrie: »Ich weiß, was das ist, ich weiß, was das ist!«

»Na, was denn?«

»Hundefutter, Hundefutter!«

»Sehr gut. Du hast es erraten. So, und jetzt ist Schluß der

Vorstellung.« Er hob die Büchse und stellte sie auf den Tisch. Der Dackel setzte sich, wedelte und sah hoch. »Hau ab, Pit. Das war für heute genug.«

»Aber du darfst ihn nicht zanken!«

»Hat er denn sein Fressen noch nicht bekommen?«

»Doch. Aber wenn du ihn lecken läßt, mußt du ihm auch ein Stückchen zu fressen geben. Sonst ist er traurig!«

»Ach wo. Sieh ihn dir doch an. Der ist ganz vergnügt. Der freut sich jetzt auf morgen.«

Jens kroch unter dem Tisch durch und streichelte den Dackel. »Pitty, freust du dich auf morgen?« Der Dackel leckte sich das Maul.

»Siehst du. Komm jetzt, ich bring dich rauf.« Er rückte den Stuhl nach hinten. Jens sprang ihm mit gespreizten Beinen auf den Schoß, umklammerte seine Brust mit beiden Armen: »Du kannst mich nicht tragen, ich bin zu schwer für dich! Los, versuch doch mal aufzustehen!«

Er stand ächzend auf, »ach, du lieber Gott, das ist ja wie ein Sack voll Blei!« setzte sich mit tappenden Füßen in Bewegung, wankte um den Tisch herum und kam heran.

Wenn er versucht, sich an den Gute-Nacht-Kuß anzuhängen, werde ich ihm eins auf die Nase geben. Ich werde ihn vors Schienbein treten.

Er blieb aufrecht stehen. Jens reckte den Kopf nach hinten, mit gespitzten Lippen. »Gute Nacht, Mami.«

»Gute Nacht, Jens.«

Sie wankten zur Tür hinaus. Der Dackel stand auf, wedelte, hob eine Vorderpfote, entschloß sich aber zu bleiben. Er setzte sich wieder und sah hoch zum Tisch. Ein Ächzen noch von der Treppe, »du lieber Gott, wie soll ich das nur schaffen bis da oben!« Jens kicherte.

Er wird ihn bis zum Rand des Betts schleppen und dann so tun, als bräche er zusammen, er läßt sich ein wenig zur Seite fallen, damit Jens nicht unter ihn zu liegen kommt, sie plumpsen auf das Bett, er verdreht die Augen, schließt sie, stöhnt auf und bleibt liegen, regungslos. Jens trommelt mit beiden Fäusten auf seine Brust, kneift ihn in die Wangen und zieht daran, rüttelt an seinen Schultern. Plötzlich schlägt er die Augen auf und kitzelt Jens unter den Armen, der kleine Kerl lacht schallend und schlägt um sich, und dann folgt der Ringkampf, die nackten kleinen Füße strampeln und verlieren die Pantoffeln, Ächzen, Stöhnen, und am Ende läßt er sich von Jens in den Schwitzkasten nehmen, streckt die Zunge lang heraus und Jens schreit: »Du hast verloren, du hast verloren!«

Genau so, wie man es sich vorzustellen hat. Wie es im Buch steht. Das Familienspiel. So geht es zu zwischen Vater und Sohn, da, wo die Welt noch in Ordnung ist. Wer fände etwas auszusetzen an diesem Mann? Er kümmert sich doch um sein Kind, und das tun ja lange nicht alle. Kann man mehr von ihm verlangen? Unerhörte Frage. Er arbeitet schließlich schwer, dieser kreative Beruf, nicht wahr, das braucht nicht nur viel Zeit, das kostet auch Kraft, diese Werbesprüche, sie fallen einem ja nicht in den Schoß, man muß erst einmal darauf kommen, und dann muß man daran feilen, polieren, tagelang, oft doch auch nächtelang, und die schöpferischen Pausen, wer würde das nicht verstehen! Starrt aus dem Fenster, hört nicht, was ich sage, taucht plötzlich auf wie aus tiefem Traum und fragt: »Was hast du gesagt? Warum schläfst du denn noch nicht?«

Ja, was habe ich gesagt! Ist es nicht zu läppisch, um es zu wiederholen? Was mich beschäftigt, was ich da treibe, von acht bis zwölf im Büro, an den langen Nachmittagen zu Hause, die Schulaufgaben mit Jens, das bißchen Hausarbeit, ist es denn die Rede wert? Die paar Briefe am Vormittag, na gut, in französisch und italienisch, aber es wird wohl niemand behaupten wollen, daß Briefe des Speditionsgewerbes dem Menschen geistige Höhenflüge abverlangen! Man muß den Mann doch verstehen, es langweilt ihn, was ich zu erzählen habe. Und es muß ihn kränken, wenn ich seine brillanten Sprüche zum Kotzen finde.

Wer wollte sich darüber wundern, daß er das Familienspiel nur noch mit seinem Sohn spielt? Bin nicht ich schuld daran, ich allein?

So ist es. Zum Kotzen.

Er kam zurück, nahm den Salat aus dem Kühlschrank, schnitt eine Scheibe Brot ab und setzte sich an den Tisch. »Was machst du da?«

»Das siehst du doch.«

»Ist die Hose denn noch zu retten?«

»Hast du einen besseren Vorschlag? Wenn ich jede Hose wegschmeiße, die er zerreißt, dann wird er bald nackt herumlaufen.«

»So hab ich's ja nicht gemeint.«

»Wie hast du's denn gemeint?«

Er kaute stumm.

Das war nicht nett von mir. Ich hätte sagen müssen: Ich flicke die Hose, die Jens vorgestern zerrissen hat. Er hat einen Wutanfall bekommen, der kleine Sonnenschein, weißt du, und ist in den Garten gelaufen und wollte sich in den Sträuchern verstecken, und dabei ist er hängengeblieben, aber er hat einfach weitergezerrt, vor lauter Wut, und schon war dieser Riß in der Hose. Aber ich bekomme das hin, siehst du. Ich hätte die Hose hochheben und ihm den Flicken zeigen und lachen müssen, ein kleines, fröhliches Lachen. Und dann wäre er aufgestanden und zu mir gekommen und hätte mir einen Kuß gegeben. Das wäre nett gewesen, nicht wahr.

Er zog die Büchse heran, schnupperte, schob die Büchse wieder weg. Er aß weiter. Nach einer Weile sagte er: »Mir ist ein Name für dieses Zeug eingefallen. Aber ich bin mir nicht sicher, ob er wirklich gut ist.«

Verschone mich. Ich bin kein Versuchskarnickel, verdammt noch mal. Und ich will nicht auch noch mitmachen bei diesem Nonsens, mit dem die Leute verdummt werden sollen.

»Kannst du mal genau zuhören und mir sagen, was du davon hältst?«

»Wenn's sein muß.«

Er legte die Gabel auf den Teller, rieb sich die Nase, lächelte. Dann sagte er: »Schmatz.«

Ich glaube, ich hör nicht recht. »Schmatz? Wie Kuß?«

»Nicht wie Kuß. Wie schmatzen, verstehst du? Beim Essen. Beim Fressen. Aber nicht schmatzen, sondern Schmatz. Schlicht und einfach: Schmatz.«

Diese blauen Augen. Ich war mal verrückt darauf, sie haben mich angemacht. Es kann doch nicht wahr sein, daß hinter diesen Augen solch ein Unsinn ausgebrütet wird.

Er nickte. »An die Assoziation zu Kuß hab ich auch schon gedacht. Aber das muß nicht schaden, im Gegenteil, das ist ja eine positive Assoziation. Normalerweise jedenfalls. Wenn die unterschwellig mitwirkt – um so besser. Die zentrale Botschaft ist jedenfalls ganz unmißverständlich, Schmatz, wenn das im Zusammenhang mit Hundefutter auftaucht, weiß doch jeder, was gemeint ist.« Er zuckte die Schulter. »Glaube ich jedenfalls. Oder bist du anderer Meinung?«

»Sei mir nicht böse, Uli. Aber ich hab kein Organ für so was. Darüber sind wir uns doch schon lange einig. Ich ... ich komm da einfach nicht mit.«

Bin ich eigentlich von allen guten Geistern verlassen? Will ich schon wieder eingestehen, daß es nur an mir liegt? Das ist doch nicht zu fassen. »Ich halt's ganz einfach für Quatsch, verstehst du? Schmatz! Ich kann dir wirklich nicht sagen, ob die Leute darauf reinfallen werden oder nicht. Ich will es auch nicht wissen. Ich halt's ganz einfach für pervers.«

Er nickte. Dann stand er auf, kratzte den Rest von seinem Teller in den Abfalleimer, wusch den Teller und das Besteck ab. Er stellte die Büchse in den Karton, fuhr mit dem Lappen über den Tisch, wusch sich die Hände, trocknete sie sorgfältig ab. Er nahm den Karton unter den Arm, der Dackel fiepte.

»Das ist ein neuer Auftrag?«

»Ja.«

»Und bis wann mußt du damit fertig sein?«

Er zögerte. Dann sagte er: »Zunächst bis Sonntagmorgen. Um zehn wollen wir uns zusammenhocken und über mein Konzept reden.«

»Am Sonntag? Das heißt also, daß du unter gar keinen Umständen mitkommen kannst?«

Er nickte. »Es tut mir leid, Marion. Ich hatte es mir überlegt, ich wollte dir sagen, daß ich mitkomme. Aber dann kam Verweerth mit diesem Auftrag, wir haben den Etat noch nicht, verstehst du, aber wir können ihn bekommen, zwei Millionen immerhin. Und da steckt noch viel mehr drin.«

»Hör auf.«

Er zog die Augenbrauen zusammen. »Warum soll ich aufhören? Interessiert es dich nicht, was ich dir zu sagen habe?«

»Nein. Es interessiert mich absolut nicht.«

»Dann wirst du mich ja auch nicht vermissen bei dieser Wanderung.«

»Nein, das werde ich nicht, da hast du recht. Ich werde aufatmen, das kannst du mir glauben, ich werde froh und zufrieden sein unter Menschen, die ... die einem noch zuhören können, und die etwas anderes im Kopf haben als Fernsehspots und Millionenetats und ... und Hundefutter und ...«

Er stand da, mit seinem Karton unter dem Arm, und wartete. Ich darf jetzt nicht weinen. Ich muß diesen Satz vollenden, mit einem *und* kann man nicht aufhören. Ich werde nicht weinen, das fehlte gerade noch.

Er sagte: »Warum ziehst du eigentlich nicht ganz zu ihnen? Bei diesen Naturaposteln wird doch noch ein Plätzchen für dich zu finden sein?«

Treib's nicht auf die Spitze. Überspann den Bogen nicht, ich gebe dir den guten Rat.

Er lächelte. »Ich meine – wenn sie dich so mögen und du so versessen darauf bist, mit ihnen zusammenzusein. Dann könntest du nach Lust und Laune wandern. Und dich rund um die Uhr biologisch-dynamisch ernähren. Und meditieren. Und überhaupt so leben, wie du es dir erträumst. Na, wäre das nichts?«

Raus hier. Ich muß an die frische Luft, ich halt's nicht mehr aus. Der Mantel, das Kopftuch, ich kann's vor der Tür binden, raus. Ich hab mein Portemonnaie vergessen, egal, ich werd's nicht brauchen.

Die Dunkelheit, der Regen. Die Straße wie ausgestorben, weit weg die Lichtflecke der Fenster hinter den Vorgärten. Ich darf weinen, ganz hemmungslos, niemand wird meine Tränen sehen, und wenn doch noch einer käme und ich unter der Laterne an ihm vorbeiginge, würde er glauben, es sei der Regen, der meine Wangen näßt. Ich darf sogar laut schluchzen. Niemand wird mich hören.

## 3

»Lubo, hast du Uli schon gesehen?«

Cvetković sah nicht auf. Er tupfte seine Feder auf das Transparentpapier, Pünktchen um Pünktchen. Im Aschbecher qualmte eine seiner schwarzen Zigaretten, aus der roten, irdenen Tasse dampfte der Kaffee.

Er kann ein richtiges Ekel sein, dieser kleine Cvetković. Ich mag ihn ja. Er ist noch immer hübsch anzusehen, trotz des Bäuchleins, das er sich angetrunken hat. Die bräunlichen, glatten Hände, die schwarzen Locken. Und meistens ist er ja auch lieb. Selbst dann, wenn er einen in der Krone hat. Aber man weiß nie, wann ihn der Teufel reitet. Er wird mich jetzt hier stehen lassen und seine Pünktchen tupfen, bis es ihn verlangt, an der Zigarette zu ziehen. Er will den Künstler herauskehren, den man nicht stören darf. Oder er ist ganz einfach gekränkt, weil ich nicht von ihm was will, sondern nach Uli gefragt habe.

»Lubo! Bist du schwerhörig?«

Cvetković legte die Feder ab. Er warf sich zurück und hob die Hände. »Was glaubst du eigentlich, was ich hier tue? Meinst du, das ist Kindergarten? Hier kann doch nicht jeder reinkommen und mir reinquatschen! Jetzt ich hätte beinah das Blatt versaut!« Er zog an der Zigarette, schluckte den Rauch mit Kaffee hinunter.

Klas Kaufmann, der vor seinem Zeichenbrett am Fenster stand, sagte: »Laß den kleinen Ljubomir in Ruhe, Christel. Er war doch gerade so schön bei der Arbeit.«

»Ja, ja, du auch noch!« Cvetković schüttelte die Faust. »Geht ja nicht, ohne daß du Senf dazugibst!« Kaufmann lachte.

»Tut mir leid, Lubo, ich wollte dich nicht stören. Hast du eine Ahnung, wann Uli kommt?«

»Nein, habe ich nicht.« Er beugte sich über das Transparentpapier, studierte die Pünktchen. »Mußt noch ein bißchen aushalten mit Sehnsucht.«

»Laß doch die blöden Witzchen.«

Er lachte. »Ja, ja.« Er beugte sich noch ein wenig tiefer über das Papier. »Wenn Sonne kommt spät, kommt heiß.«

»Was murmelst du da?«

»Das ist serbische Sprichwort. Muß ich Uli mal sagen. Weiß er vielleicht noch gar nicht.«

»Was weiß ich nicht?« Uli Wehmeier schloß die Tür hinter sich. »Ich weiß bekanntlich alles.«

Das ist doch wirklich ein Biest, dieser Cvetković. Ich hab's genau verstanden: Wenn Sonne kommt spät, kommt heiß. Alte Scheunen brennen gut, nicht wahr? Und Kaufmann grient vor sich hin.

»Christel, mein Schatz.« Der angedeutete Kuß aufs Haar.

Es ist ganz lächerlich, aber ich fühle mich erleichtert, bloß weil er da ist. »Was tust du hier so früh? Warum vergeudest du deine Zeit mit diesen schrägen Vögeln?«

»Ich hab dich gesucht, Uli. Hast du vielleicht ein paar Minuten Zeit für mich?«

»Sofort. Ich habe nur mit diesem Picasso hier noch etwas zu besprechen.« Er legte seine Mappe auf Cvetkovićs Tisch ab, stützte beide Fäuste auf den Tisch, beugte sich vor. »Zwetschkowitz, was habe ich hören müssen?«

Cvetković studierte seine Pünktchen. »Was willst du?« Er tastete, über das Blatt gebeugt, mit der Rechten nach dem Federhalter.

»Ich habe dir etwas zu sagen, Zwetschkowitz.«

»Dann sag und hau ab. Du störst mich. Und nenn mich nicht Zwetschkowitz.«

»Ich habe dir wiederholt geraten, deinen Namen eindeutschen zu lassen. Aber Pflaumenhuber willst du ja nicht heißen. Obwohl das ein schöner Name wäre, der gut zu dir passen würde.«

Cvetković hob, ohne sich aufzurichten, den Kopf und sah Wehmeier düster an. »Hau ab, hab ich gesagt.«

»Das könnte dir so passen. Du wirst mir Rede und Antwort stehen.«

»Ich werde überhaupt nichts. Ich werde dich in Arsch treten, wenn du nicht verschwindest.«

»Wie willst du das Bein so hoch heben?« Wehmeier schüttelte den Kopf. »Nein, Ljubomir Ljubomirowitsch, du mußt dir schon anhören, was ich dir zu sagen habe.« Er beugte sich noch ein wenig weiter vor. »Wie ich höre, intrigierst du.«

»Was tue ich?«

»Du intrigierst. Du schmiedest Ränke, du ziehst verborgene Fäden. Du versuchst, anderen ein Bein zu stellen.«

Cvetković warf den Federhalter auf den Tisch. »Wer hat das gesagt?«

Wehmeier nickte schwer. »Herr Kreativ-Direktor Nowakotzki persönlich. Ich hab's aus seinem eigenen Munde.«

Cvetković begann auf seinem Stuhl zu zappeln. »Und das glaubst du? Das glaubst du?«

»Sag die Wahrheit, Zwetschko. Hast du gesagt, daß du von mir noch keinen einzigen Text für die Sparkasse bekommen hast? Ja oder nein?«

»Na und? Stimmt das nicht?« Er fuhr sich durch die Locken. »Was soll ich machen, wenn Nowakowski mich fragt? Dreimal war er hier, immer wegen Sparkasse!«

»So, so, das ist ja interessant. Nun gut, Ljubomir, damit niemand dich mehr verführen kann, deinen Freund anzuschwärzen, wirst du jetzt bedient.« Er öffnete seine Mappe, zog einen Hefter heraus und legte ihn vor Cvetković, fuhr mit den Fingerspitzen rechts und links an den Kanten entlang, als wolle er die Blätter exakt ausrichten. »Hier hast du, worauf du so begierig gewartet hast. Fall eins bis acht aus dem Sparkassenwesen, und einer schöner als der andere.«

Cvetković starrte auf den Hefter.

»Nun such mal eine richtig geile Schrift heraus. Du kannst sofort anfangen. Bis heute abend wirst du das doch wohl geschafft haben.«

»Bist du verrückt geworden?« Cvetković hob den Hefter hoch und warf ihn wieder auf den Tisch. »Glaubst du, ich hab nichts anderes zu tun? Warum bringst du immer auf letzte Minute?«

»Komm, Christel. Der Künstler braucht jetzt seine Ruhe, wir dürfen ihn nicht länger stören.«

Wann hat er bloß die Texte gemacht? Gestern abend hatte er erst drei zusammen. Er muß die Nacht durchgearbeitet haben. Aber man sieht es ihm nicht an, er wirkt frisch und munter. Die Hand an meinem Arm, sie führt mich zur Tür, während Cvetković seinen Anfall verzweifelter Wut ausgestaltet. Es ist völlig verrückt, aber diese Hand gibt mir das Gefühl, als wäre mein Problem fast schon erledigt.

Er sagte: »Kannst du mit zu mir kommen? Ich warte auf einen Anruf.«

»Ich will dich auch gar nicht lange aufhalten.«

»Ich hab Zeit.« Er schloß die Tür des Büros, räumte den Papierstapel vom Stuhl, ließ sich hinter seinem Schreibtisch nieder. Diese blauen Augen. »Du siehst nicht besonders gut aus.«

»Ich fühl mich auch nicht besonders gut.« Ich fühle mich uralt, Uli, aber das würdest du vielleicht nicht verstehen. Die zehn Jahre, die uns trennen, das ist eine ganze Ewigkeit. Die Erfahrung mußt du erst noch machen. Als ich sechsunddreißig war, hab ich auch die Nacht durcharbeiten können und bin am nächsten Morgen frisch und munter ins Büro gekommen.

»Aber du bist doch hoffentlich nicht krank?«

»Nein, nein. Mir fehlt nichts.«

»Na, Gott sei Dank.«

Warum will ich ihn eigentlich mit diesem Problem belasten? Was soll er denn tun? Ich werde ihn in meinen Schlamassel hineinziehen. Er wird sich verpflichtet fühlen, etwas für mich zu tun, und wird sich bloß den Mund verbrennen. Es wird ihm schaden, und mir wird es nicht nutzen.

»Also, was ist denn? Oder hast du dir's anders überlegt?« Plötzlich begann er zu lächeln. »Ist es vielleicht eine anrüchige kleine Liebesaffäre? Schieß los, Christel, jetzt hast du mich neugierig gemacht. Mit wem hast du's getrieben?«

»Uli, laß doch den Quatsch.«

»Entschuldige, ich hab's ja nicht bös gemeint.«

Wie hat er es denn gemeint? Glaubt er wirklich, daß ich noch imstande bin, anrüchige kleine Liebesaffären zu haben?

»Ich fürchte, ich habe eine große Dummheit gemacht.«

»Was denn?« Er hob die Augenbrauen.

»Nowakowski hat mich gestern abend zu Hause angerufen.«

»Nowakowski? Willst du mir etwa erzählen, daß der sich auf einmal für Frauen interessiert?«

»Uli, wenn du jetzt nicht mit dem Quatsch aufhörst, dann gehe ich.«

Er hob die Hände. »Entschuldige! Der Gedanke hat mich nur so fasziniert. Warum hat er angerufen?«

Raus damit. Ich will es endlich loswerden.

»Ich hatte ihm gestern nachmittag meine Konzeption für diesen Fertigpunsch gegeben, du weißt doch, das Gesöff soll von November an unter die Leute gebracht werden. Er hat das Manuskript angenommen, nicht einmal einen Blick darauf geworfen, hat es gleich zur Seite gelegt und bloß gesagt: Ja, ja, ist gut. Hat ungeheuer beschäftigt getan. Aber dann ruft er mich gestern abend zu Hause an, um halb zehn, ich war auf dem Sofa eingeschlafen, er hat nicht mal guten Abend gesagt, sondern legt gleich los: Hören Sie, Frau Sommer, was Sie da geliefert haben, das ist ja wohl das Allerletzte. In einem Ton, sage ich dir ...«

Er schüttelte den Kopf. »Um halb zehn?«

»Ja, ich hab zuerst gar nicht kapiert, was los war, so verdöst war ich, ich hab mich furchtbar erschreckt, als das Telefon ging, ich hab gedacht, es ist was mit meiner Mutter, und dann kotzt der mich an, wirklich, Uli, ich war ... ich hab zuerst kein Wort herausbekommen, so durcheinander war ich, der hat ... Uli, der hat mit mir geredet, als wäre ich der letzte Dreck!«

»Der Junge dreht durch.« Er nickte. »Das ist nicht mehr zu übersehen, der dreht durch. Es wird höchste Zeit, daß er eins aufs Maul bekommt.«

Nun kommen sie, die Tränen. Ich hab die ganze Nacht nicht weinen können, aber jetzt schießen sie heraus, endlich, sie strömen mir über die Wangen, und ich lasse sie ganz einfach laufen.

»Jetzt beruhig dich erst mal.« Er zog sein Taschentuch, reichte es über den Schreibtisch.

»Uli.« Meine Stimme zittert. »Uli, er hat gesagt, dieses Manuskript ist der Beweis dafür, daß ich total unfähig bin.«

Er schüttelte den Kopf.

»Und er würde mir dringend raten, mir einen anderen Beruf zu suchen. Als Texter wäre ich absolut fehl am Platz.«

Er sagte: »Das ist ja unglaublich.«

Uli, könntest du jetzt bitte sagen, daß das nicht stimmt? Kannst du nicht das eine oder andere nennen, was ich in der letzten Zeit gemacht habe, und sagen, das sei doch wirklich gut gewesen? Und ich hätte überhaupt keinen Anlaß, das ernstzunehmen, was Nowakowski gesagt hat?

Er sagte: »Wie sieht deine Konzeption denn aus?«

Die Frage mußte natürlich kommen. Aber muß ich mich wirklich davor fürchten? »Ach, ich war eigentlich ganz glücklich damit. Ich wollte eine Serie von Situationen machen, in denen dieser Punsch Wunder wirkt, vier für die Anzeigen und ein paar zusätzliche für das Heftchen, mit dem sie in die Supermärkte gehen wollen. Solche Situationen mit einem Aha-Effekt, verstehst du, also nicht die erstklassigen Zutaten, die das Zeug enthält, das glaubt einem ja sowieso kein Mensch, sondern alles mehr auf intellektuellen Witz getrimmt, na ja, sagen wir: auf Überraschung. Ich hab lange an einem Spruch herumgedoktert, der das abdeckt, und dann hab ich einen gefunden, den ich ganz witzig fand.«

»Wie heißt er denn?«

Uli, sei lieb. Dieser Nowakowski hat mich völlig verunsichert, ich brauche jetzt jemanden, der mir mal auf die Schulter klopft.

*»Der Punsch ist der Vater des Gedankens.«*

»Na, der ist doch gut.« Er lachte. »Wirklich, Christel, den find ich schick.«

»Findest du nicht, daß ich deine Konzeption für die Sparkasse abgekupfert habe?«

»Hat Nowakowski das gesagt?«

»Nein, das nicht. Aber die Situationen, die ich mir ausgedacht habe, sind natürlich schon so ähnlich wie deine Fälle für die Sparkasse. Ein Mann, der über seiner Steuererklärung brütet, und dann trinkt er einen Schluck Punsch und schon kommt er auf den Trichter. Oder sie beim Kreuzworträtsel. Und zwei Schachspieler, der eine trinkt Kaffee und ist ganz verbiestert, aber sein Gegner hält in der einen Hand das Punschglas und mit der anderen macht er den genialen Zug.«

Er lächelte. »Das ist doch alles nicht übel.«

»Na ja, am Ende ist mir die Luft ein bißchen ausgegangen. Ein paar von den Situationen sind nicht die stärksten. Aber das hätte man ja nachbessern können, findest du nicht?«

Er nickte. »Wer macht den Etat?«

»Hildebrandt.«

»Und was hat der gesagt?«

»Noch gar nichts. Ich bin für elf mit Nowakowski und Klas Kaufmann bei ihm verabredet.«

Du könntest sagen, Uli, daß Hildebrandt sich von Nowakowski nicht reinreden läßt. Daß er vielleicht sogar sehr angetan ist von meinem Papier. Hildebrandt ist doch auch kein Freund von Nowakowski, nicht wahr, und jetzt sieht er vielleicht eine Gelegenheit, Babettes Protegé auflaufen zu lassen, was haben Sie denn gegen diese Konzeption einzuwenden, Herr Nowakowski, ich bin sicher, daß sie dem Kunden gefällt, Sie können das nicht nur an Ihren kreativen Maßstäben messen, manche unserer Kunden sind nun einmal schlichte Gemüter, die springen auf solche Konzeptionen an, und völlig zu Recht, sie wollen ja schließlich nicht Kunst verkaufen, sondern so schlichte Produkte wie Fertigpunsch, das sollten Sie bitte nicht vergessen.

Er sagte: »Warte das doch mal ab, Christel.« Plötzlich streckte er beide Hände über den Schreibtisch. Er lächelte. »Na? Ich kann wirklich nicht sehen, daß du eine Dummheit gemacht hast. Ich finde die Konzeption okay.«

»Aber das war es doch nicht, was ich mit der Dummheit gemeint habe.«

»Was denn sonst?« Er ließ die Hände nebeneinander liegen, die Handflächen nach oben gekehrt.

Ich werde meine Hände hineinlegen. Er hat es mir ja angeboten.

Und jetzt möchte ich eigentlich gar nicht mehr reden. Auch nicht mehr nachdenken. Es genügt mir, so zu sitzen, mit meinen Händen in seinen Händen. Ich finde das überhaupt nicht lächerlich.

»Also, was denn noch?« Er rüttelte die Hände ein wenig, lächelte.

Nun gut. Er hat ja recht. Die Augen zumachen hilft nicht. »Ich hab ihm mit der Gewerkschaft gedroht.«

Er hob die Augenbrauen. »Wie bitte?«

»Ich bin doch Mitglied. Ich bin vor zwanzig Jahren eingetreten, vor mehr als zwanzig Jahren. Das war lange bevor ich hier angefangen habe. Ich hab dem alten Böckenförde natürlich nichts davon gesagt, als er mich eingestellt hat, er hat zum Glück auch nicht danach gefragt. Der hat mir das wahrscheinlich gar nicht zugetraut. Aber wenn er's geahnt hätte, hätte ich den Job hier bestimmt nicht bekommen. Böckenförde, der hat die Gewerkschaften gehaßt wie die Pest. Und auch nachdem Verweerth Teilhaber geworden war und das Heft in die Hand genommen hatte, hab ich mich wohlweislich bedeckt gehalten. Es gab mal so einen Versuch, da warst du noch gar nicht hier, Willem Thomé, das war ein Grafiker, große Klappe, aber viel drauf hatte er nicht, der ist mit seinem Etatdirektor aneinander geraten, und da hat er versucht, hier einen Betriebsrat auf die Beine zu stellen. Offiziell konnten sie dagegen natürlich nichts einwenden, brauchten sie auch nicht. Willems Unternehmen ist ganz einfach mangels Masse gescheitert. Keiner wollte mitmachen. Ich auch nicht. Und es dauerte dann nicht mehr lange, bis sie Willem rausgeekelt hatten, nach allen Regeln der Kunst.«

»Wer? Verweerth etwa?«

»Die treibende Kraft war sicher Böckenförde. Der ist

damals noch mal richtig von den Toten auferstanden. Bevor er sich auf seinem Schlößchen eingemottet hat. Ich hab jedenfalls den Kopf bis unter die Schultern eingezogen. Willem war allerdings auch nicht die Figur, für die man auf die Barrikaden gegangen wäre. Aber Mitglied bin ich geblieben. Und meine Beiträge habe ich immer pünktlich bezahlt.«

Plötzlich fing er an zu lachen. »Das glaubt doch kein Mensch: Christel Sommer als zahlendes Mitglied der werktätigen Klasse! Entschuldige, aber das ist wirklich zu komisch!«

Das hätte er nicht sagen sollen. Laß meine Hände los, Uli. »Komisch ist das überhaupt nicht. Jetzt bin ich nämlich dran.«

Er hielt die Hände fest. »Was ist denn? Nicht böse werden. Ich find das sehr angenehm so.«

Laß das sein, Uli. Du weißt nicht, wie mir zumute ist. Das führt zu nichts, wenn wir hier Händchen halten. Ja, ich find das auch sehr angenehm so, und am liebsten würde ich mich dir jetzt an den Hals hängen und mich von dir trösten lassen.

»Also raus damit. Was hast du Nowakowski gesagt?«

»Zuerst hab ich überhaupt nichts gesagt. Ich war doch völlig sprachlos. Aber als er dann immer unverschämter wurde, ich hab mich zu wehren versucht, und da fährt er mir über den Mund und sagt, ich bin total unfähig und ich soll mir einen anderen Beruf suchen, da sage ich: Wie stellen Sie sich das denn vor? Und da sagt er: Das ist Ihr Problem, nicht meines. Das mußt du dir vorstellen, der sagt ganz eiskalt: Das ist Ihr Problem! Und das hat mich so empört, ich war auf einmal so wütend wie lange nicht mehr, und da bin ich ausgeflippt. Ich hab ganz laut gesagt: Glauben Sie nur nicht, daß ich mich so einfach auf die Straße setzen lasse, da werden Sie sich aber bös in den Finger schneiden. Da fängt der an zu lachen und sagt: Machen Sie sich doch zu allem Überfluß nicht auch noch lächerlich! Wollen Sie mir etwa drohen? Und ich sage: Das habe ich gar nicht nötig, Ihnen zu drohen, denn zum Glück gibt es ja noch die Gewerkschaft. Ich Idiot, mir fällt nichts Besseres ein als die Gewerkschaft, und dann habe ich auch noch ganz laut gesagt: Oder haben Sie schon mal gehört, daß die ihre Mitglieder im Stich läßt, wenn's darauf ankommt? Ich platz damit raus, und im selben Augenblick spüre ich förmlich, wie er die Ohren spitzt, ich hätte mir auf die Zunge beißen können, jetzt habe ich jahrelang...«

Es klopfte zweimal kurz und kräftig an die Tür. Nowakowski erschien, in weißen Hemdsärmeln, aber die Weste straff geknöpft, die Krawatte nur leicht gelockert, schwarz spiegelnde Slipper.

Ich will meine Hände zurückziehen, aber er läßt sie nicht los, und das Taschentuch schaut auch noch hervor, die Tränen, ich werd total verheult aussehen.

Nowakowski lächelte. »Tut mir leid, wenn ich beim Tête-à-tête störe.« Er hörte auf zu lächeln. »Aber hin und wieder sollten Sie schon in Ihrem Büro zu finden sein, Frau Sommer.«

Wehmeier sagte: »Ich weiß nicht, was Sie sich unter einem Tête-à-tête vorstellen. Das hier ist jedenfalls keins.«

»Na, was nicht ist, kann ja noch werden.« Nowakowski sah auf seine Uhr. »Frau Sommer, ich wollte Ihnen nur sagen, daß das Gespräch bei Herrn Hildebrandt abgesagt ist. Und um den Punsch brauchen Sie sich nicht mehr zu kümmern. Herr Fecke und Herr Servatius haben den Auftrag übernommen. Kommen Sie bitte um zehn mit Herrn Kaufmann zu mir.« Er sah wieder auf die Uhr. »Das ist in siebzehn Minuten. Und bringen Sie die Sachen mit, an denen Sie im Augenblick arbeiten.«

Wehmeier ließ die Hände los. Er sagte: »Das ist doch wohl nicht Ihr Ernst?«

»Wie meinen Sie das?« Nowakowski legte den Kopf ein wenig schief, runzelte die braune Stirn. »Ich hab mich wohl verhört.«

Wehmeier stand auf. »Sie haben sich nicht verhört.« Er ging einen Schritt auf Nowakowski zu. »Verhört hab ich mich wahrscheinlich. Sie können ihr doch nicht so Knall auf Fall einen Auftrag abnehmen.«

»Und warum kann ich das nicht?«

»Wollen Sie nicht erst mal mit ihr reden? Sie hat ja wenigstens Anspruch auf eine Begründung. Und vor allem anderen auf eine Diskussion, in der auch andere Meinungen zum Zuge kommen. Sie glauben doch nicht, daß Sie Ihren absonderlichen Geschmack hier durchsetzen können, wann und wie es Ihnen gerade gefällt?«

Uli, tu's nicht. Hör sofort auf damit. Es wird ja alles nur noch viel schlimmer. Ich muß das aufhalten, ich müßte jetzt endlich etwas sagen, aber ich kann nicht einmal aufstehen, meine Glieder sind bleischwer. Ich habe Angst, sie ist auf einmal wieder da, schlimmer noch als vergangene Nacht. Ich kann keinen Finger rühren, keinen Gedanken fassen.

Nowakowski kniff die Augen zusammen. »Mein lieber Herr Wehmeier. Ich kann Ihnen nur raten, sich hier nicht als Anwalt der Verfolgten aufzuspielen. Kümmern Sie sich lieber um Ihre eigenen Probleme, damit werden Sie alle Hände voll zu tun haben, das garantiere ich Ihnen.«

»Sparen Sie sich doch die Töne. Damit können Sie mir nicht imponieren.«

»Warten Sie's ab, Herr Wehmeier.« Er sah wieder auf die Uhr. »Wie gesagt, Frau Sommer. Um zehn. Und vergessen Sie Ihre Unterlagen nicht.«

Er ging hinaus und schloß die Tür.

Wehmeier griff nach dem Telefonhörer. »Nein, mein Freund! So nicht!«

»Wen willst du denn anrufen?«

»Verweerth, wen denn sonst?« Er begann zu wählen.

»Glaubst du, das hat er ohne Verweerth gemacht? Oder Hildebrandt? Hildebrandt würde so was nicht ohne Verweerth machen, der hat sich doch rückversichert, Uli!«

Er starrte auf das Telefon. Das Rufzeichen war zu hören, dann meldete sich eine Stimme. Er lehnte sich zurück.

»Guten Morgen, Fräulein Zander. Hier Wehmeier.« Die Stimme antwortete, er hörte zu, lächelte. Dann sagte er: »Ich muß Ihnen was Schreckliches gestehen, Fräulein Zander. Ich hab Sie gar nicht anrufen wollen. Ich hab mich verwählt.« Die Stimme im Telefon stieg empor. Er lachte. »Okay, ich hol's so bald wie möglich nach. Bis dahin.«

Er legte den Hörer auf, nickte. »Du hast recht. Verweerth wäre vielleicht der falsche Weg. Da muß man härter rangehen. Keine halben Sachen, das hilft nicht.«

Er sah aus dem Fenster.

»Ich hab Angst, Uli. Und wenn ich dich so reden höre ...«

Er schüttelte den Kopf. »Du brauchst keine Angst zu haben. Man muß das nur gründlich vorbereiten. Nach allen Seiten absichern.«

»Uli, was hast du vor? Laß die Finger davon. Ich bitte dich.«

Er lächelte. »Du glaubst doch wohl nicht, daß ich diesen Kerl hier Amok laufen lasse?«

## 4

Dreiunddreißig. Vierunddreißig. Fünfunddreißig. Es fällt mir leichter heute. Kommt mir fast vor, als hätte ich zu wenig Gewicht aufgelegt. Oder hätte noch einmal an Kraft gewonnen. Schön wär's. Neununddreißig. Vierzig. Es wird die Luft sein. Ein wenig diesig. Aber frisch. Sauber. Oder es ist der Sonntag. Vierundvierzig. Früher Sonntag. Stille. Liegen alle noch in ihren Betten. Schnarchend. Tragen ihren Mief noch nicht spazieren. Nichts, was stört. Achtundvierzig. Neunundvierzig. Und die ... Fünfzig!

Puh. Durchatmen. Die Hände aufs Geländer. Ausruhen. Das tut gut. Kein Mensch auf der Straße. Leer die Schlucht da unten, nur die Autos. Schlafen auch noch. Und die Hügel am diesigen Horizont. Blick vom Ausguck. Schweben über der Welt.

»Nowa?«

Er stand an der Terrassentür, nackt, eine Hand am Türrahmen, die andere locker hängend, in einer dieser unnachahmlichen Posen, die ihn niemand gelehrt hatte und die niemand hätte lernen können. Ungekünstelt. Ausgewogen. Einfach vollkommen.

»Wie oft soll ich dir noch sagen, daß du nicht nackt auf der Terrasse herumlaufen sollst?«

»Ich lauf doch nicht auf der Terrasse herum.«

»Aber du stehst auf der Terrasse.«

»Mein Gott, Nowa! Wer soll mich denn hier sehen?«

»Also, geh jetzt rein, bitte. Wenn du rauskommen willst, zieh den Trainingsanzug an. Und nimm dir die Hantel und mach ein paar Übungen.«

»Oooh!« Er verdrehte die Augen, richtete sie nach oben, als wolle er den Himmel um Schutz vor dieser Zumutung anflehen. »Das Ding ist mir doch viel zu schwer, willst du etwa, daß ich mir einen Bruch hebe?«

Selbst seine Unverschämtheiten trägt er auf vollkommene Weise vor. Es stimmt alles, der Augenaufschlag, der indignierte Ton. Und nun läßt er auch noch die Hand über den glatten Bauch gleiten, legt sie schützend auf die nackten Leisten.

»Ich hab jetzt keine Zeit mehr, Harry. Ich muß gleich weg.«

»Ich hab aber noch keine Lust zu frühstücken.« Er hob die Hand, legte sie in den Nacken und beugte den Kopf nach hinten. »Ich bin wahnsinnig müde! Ich bin überhaupt nicht ausgeschlafen!«

»Dann leg dich wieder ins Bett. Ich werd den Kaffee warmstellen. Zwischen eins und zwei werde ich zurücksein.«

»Danke.« Er legte die Fingerspitzen auf den Mund, küßte sie und verschwand lautlos auf den nackten, glatten Füßen.

Vielleicht sollte ich ihn ein wenig härter anfassen. Mit seiner Jugend läßt sich nicht alles entschuldigen. Er ist zu verspielt. Zu faul, um die Sache beim Namen zu nennen. Irgendwann werde ich ihm unmißverständlich klarmachen müssen, daß er nicht ständig herumlungern kann. Daß er sich ein wenig anstrengen muß, wenn er in Form bleiben will. Eine vernünftige Tätigkeit, vielleicht ist das noch zu viel verlangt, aber irgendwann wird er sich darum bemühen müssen. Ich verwöhne ihn zu sehr.

»Harry? Ich bin jetzt weg.«

Er gab keine Antwort. Nur die braunen Haare sahen unter der Decke hervor. Die Decke hob und senkte sich in einem ruhigen Rhythmus, ganz sacht, aber deutlich erkennbar. Er schlief fest. Oder er gab vor, fest zu schlafen.

Der Aufzug ließ auf sich warten. Erst nach einer Weile sprang der Motor an, sein Summen war von oben zu hören, aus dem turmartigen Aufbau, der gleich über der Decke auf dem Flachdach stand. Der Summton sank plötzlich ab und endete in einem schnappenden Geräusch, die Innentür des Aufzugs glitt zurück. Ein vager Geruch wurde wahrnehmbar, er hing in der Kabine. Irgend etwas Fremdartiges. Ein billiges Rasierwasser vielleicht. Der Aufzug roch sonst anders.

Der Motor sprang wieder an, der Aufzug sank abwärts, immer tiefer, bis hinab in das zweite Kellergeschoß. Die Tür glitt auf. Ein merkwürdiger Geruch in der Tat, fast schien es, als hänge er auch in der Tiefgarage. Die toten Karosserien. Der Widerhall der Schritte. Eine der Leuchtröhren war defekt, sie erlosch, flackerte dann wieder auf, in unregelmäßigen Abständen. Sie war schon mindestens eine Woche defekt. Dieser Hausmeister, er sah nichts, tat nichts, ohne angestoßen zu werden.

Auf einem der hinteren Abstellplätze wurde ein Motor

angelassen. Ein paar Tritte aufs Gaspedal, die Betonwände warfen das aufheulende Geräusch zurück. Die Motorhaube schob sich aus dem Abstellplatz hinaus, bog auf die Fahrspur ein, der Wagen beschleunigte mit quietschenden Reifen.

Er schoß vorbei.

Idiot. Wer war das? Nicht zu erkennen. Hinterläßt seinen ekelhaften Gestank. Am Kragen packen müßte man solche Idioten. Und kräftig durchschütteln. Ruhe. Gelassen bleiben. Hinaus an die frische Luft. Und dann durchatmen. Ich werde mir nicht den Sonntag verderben lassen. Diesen wunderschönen Sonntag, an dem Herr Wehmeier, wer weiß, vielleicht sein Waterloo erleben wird.

Das helle Viereck, sonnengelb, das am Ende der Auffahrt auftaucht. Merkwürdige Erleichterung. Wieso merkwürdig? Es ist ganz einfach angenehm, aus diesem dumpfen Keller hinauszufahren in die Sonne. Noch immer niemand zu sehen auf der Straße. Keine Spur mehr von diesem Idioten, er ist verschwunden, auf quietschenden Reifen wahrscheinlich.

Das Dach auf, das Fenster. In ein paar Wochen, vielleicht nur noch Tagen, wird die Sonne nicht mehr wärmen. Den Wagen rollen lassen. Genießen, was die Welt zu bieten hat. Dem, der sie wahrzunehmen weiß.

Verweerths Wagen stand schon auf dem Hof, auch Cvetkovićs unansehnliches Gefährt. Er hatte die Gelegenheit benutzt, sich auf Hanrieders Parkplatz zu stellen. Ein kleiner, ununterdrückbarer Reflex des Traums, vielleicht doch noch in aller Form zum Art Director bestellt zu werden.

Auf dem Flur der sechsten Etage roch es nach Kaffee. In der Pantry klapperte die Spanierin, weiße Schürze, dunkle Strümpfe, sie baute das Geschirr auf dem Servierwagen auf. Fräulein Zander eilte auf hohen Absätzen ins Konferenzzimmer, in den Händen die Notizblöcke und Bleistifte, die sie rings um das Oval des Tisches auslegen wollte.

Und Herr Wehmeier, sieh da. Er stand am Kopiergerät, sah versunken zu, wie die Bogen aus dem Apparat hinausglitten.

»Na, haben Sie's so gerade noch geschafft?«

»Früh genug, wie Sie sehen.«

»Ich bin sehr gespannt.«

»Das kann ich mir vorstellen.«

Ob ich vielleicht doch vorher zu Verweerth gehe und ihm die kleine Neuigkeit anvertraue? Freilich, als Trumpf in der Hinterhand könnte sie nützlicher sein, bei passender Gelegenheit. Aber vielleicht käme sie auch jetzt gerade recht, um Verweerth die Stimmung zu verderben? Weiß der liebe Himmel, vielleicht hat Herr Wehmeier ja doch etwas Vernünftiges auf die Beine gestellt. Es muß ja nicht einmal vernünftig sein, es genügt schon, daß Verweerth darauf anspringt, und die Gefahr ist leider sehr groß bei dem alten Trottel. Leidet an einer rätselhaften Schwäche für diesen wirrköpfigen, destruktiven Kerl.

Wehmeier nahm die Blätter aus dem Korb. Er ließ sie flüchtig an seinem Daumen vorbeigleiten, hob den Deckel und nahm das Original aus dem Apparat.

»Nach sehr viel sieht das aber nicht aus.«

»Die Masse macht's nicht immer. Haben Sie das noch nie gehört?« Er ging ins Konferenzzimmer.

Zwei Minuten vor zehn. Das hat keinen Sinn mehr. Wenn ich meine Neuigkeit auf drei Sätze reduzieren muß, wird sie verpuffen. Verweerth wird gar nicht richtig zuhören. Er wird sich belästigt fühlen. Ich hätte mir das früher überlegen müssen.

Frau Karlisch kam als letzte. Sie zwängte sich atemlos auf den Platz zwischen Stumpff und Hildebrandt, die beiden rückten ihre Stühle ein wenig zur Seite, um Frau Karlischs ausladendem Gesäß aus dem Wege zu gehen. Sie fuhr im Bücken mit beiden Händen über ihre Rückseite, zog den Rock nach vorn und ließ sich auf den Stuhl plumpsen, lächelte

Verweerth an, und dann in die Runde: »Es tut mir leid, mein Auto wollte nicht anspringen.«

Verweerth sagte: »Vielleicht versuchen Sie es mal mit einer neuen Batterie.« Stumpff lachte meckernd. Verweerth sah über die Brille: »Also, schießen Sie los, Uli. Es weiß ja jeder, um was es geht. Oder sollen wir das zuerst lesen?« Er tippte auf die Blätter, die vor ihm lagen.

»Nein, nein, ich werde das zusammenfassen.« Wehmeier rückte seinen Stuhl nach vorn, stützte beide Ellbogen auf den Tisch. »Ausgangspunkt war ja die Überlegung, daß die Kampagne durch ihre Andersartigkeit auffallen soll. Sie soll sich deutlich abheben von den Argumenten, mit denen üblicherweise für Hundefutter geworben wird. Wenn wir uns nun einmal ansehen, wie die Marktführer operieren, dann stellt sich heraus, daß gerade bei diesem Produkt die gängigen Argumente ausnahmslos positiv sind.«

Fabelhaft, schon fängt er an zu provozieren. »Na, was denn sonst?«

»Sie stellen sofort die entscheidende Frage, Herr Nowakowski, vielen Dank. Die positiven Argumente, und das wird uns auf den Punkt führen, sind bei diesem Produkt total abgegrast. Das läßt sich übrigens auch der Marktanalyse entnehmen, die Sie bei den Unterlagen der Firma Epple finden. Hundefutter ist in jeder Hinsicht fabelhaft, so verkaufen es die Marktführer, es besteht aus erstklassigen Zutaten, es schmeckt dem Hund, macht den Hund groß und stark, aber gleichzeitig zutraulich, und darüber hinaus stimmt es auch die Menschen fröhlich, die ganze Familie, es ist jedesmal ein kleines Fest, wenn der Hund sein Fressen bekommt, Vater, Mutter, Kind und Oma, alle können sich freuen mit dem Hund über dieses fabelhafte Fressen.«

Stumpff sagte: »Wenn du nicht langsam aufhörst, bekomme ich Appetit.«

»Richtig, Manfred«, Wehmeier nickte, »sogar dieses Argument wird unterschwellig an den Mann gebracht. Jeder, der schon mal so eine Büchse aufgemacht hat, weiß, daß Hundefutter stinkt und ziemlich eklig aussieht. Wenn's auch Leute geben soll, die es essen. Das Zeug wird jedenfalls aufgeputzt und vorgeführt, als wäre es auch für Menschen höchst appetitlich.«

Er hat sich offenbar verrannt, vielleicht muß man ihn nur noch ein bißchen aufstacheln. »Sie wollen uns doch hoffentlich nicht das Gegenteil vorschlagen? Epples Hundefutter, weil's so stinkt?«

Hildebrandt hob die Augenbrauen und lächelte. Fräulein Zander, die mit ihrem Stenogrammblock am unteren Ende des Tisches saß, sah beunruhigt auf Wehmeier.

»Wenn Sie sich nur noch eine Sekunde gedulden wollen, Herr Nowakowski. Natürlich kommen wir an der Aussage nicht vorbei, daß Epples Hundefutter für den Hund das Ideale ist. Da müssen wir uns wohl oder übel der gleichen Botschaft bedienen wie die Marktführer. Dem trägt auch, so hoffe ich jedenfalls, der Name Rechnung, den ich vorschlagen möchte. Aber dieser Name enthält schon, und das muß er nach meiner Meinung auch, eine deutlich ironische Note, er signalisiert, daß das Ganze nicht so ernst gemeint ist.«

Verweerth rieb sich den Bart. »Wie soll das Zeug denn heißen?«

Frau Karlisch, Wehmeiers Manuskript aufgeschlagen in der Hand, sagte laut und mit Nachdruck: »Schmatz!« Sie wies auf das Manuskript, begann zu lachen, schüttelte den Kopf. »Also, ich kann mir nicht helfen: Ich find das Spitze! Schmatz! Darauf fliegt man doch!« Sie lehnte sich zurück, ließ die Hand mit dem Manuskript auf den Tisch fallen, lachte, der Busen schaukelte. Sie wischte sich sogar über die Augenwinkel.

Das artet aus, da muß man gegensteuern. »Woran denken Sie denn dabei, Frau Dr. Karlisch? An Kuß? Ist das nicht die Assoziation, die sich sofort einstellt?«

Sie prustete los. »Doch nicht an Kuß, Herr Nowakowski!«

Sie beugte sich vor. »An Schmatzen denkt man, Schmatz, Hammhamm, verstehen Sie?«

Hildebrandt setzte zu einem Kopfnicken an, lächelnd. Stumpff nickte bereits: »Nicht schlecht.« Verweerth hatte den Kopf gesenkt, bewegte die Lippen: »Schmatz. Schmatz.« Er sah über die Brille. »Das klingt nicht übel, wie?«

Cvetković sagte: »Das ist guter Name. Läßt sich gutes Logo draus machen.« Er hob die Hand, bewegte sie in der Luft. »Sache mit Schwung.« Fräulein Zander stenografierte in hoher Geschwindigkeit und lächelnd.

Nicht zu fassen, die Begeisterung nimmt ja geradezu groteske Züge an. »Jetzt müssen Sie uns aber mal erklären, Herr Wehmeier, wieso eine Kampagne, die unter diesem Namen läuft, etwas so völlig Neues sein soll?«

»Das ist der springende Punkt, Herr Nowakowski.« Er hob die Hand mit dem Stift, setzte kleine Akzente in die Luft. »Wir machen klar, daß der Hund auf dieses Futter ganz wild ist – aber zugleich schildern wir die fatalen Folgen, die das für den Hundehalter haben kann, für die Menschen. Auf diese Weise schleusen wir das negative Element ein, das zum Charakteristikum der Kampagne wird und sie ganz eindeutig von allen anderen unterscheidet.«

Hildebrandts Lächeln erstarb, er ließ den Unterkiefer ein wenig hängen. »Um Gottes willen, was soll das denn heißen? Wie soll ich denn diesem Kunden klarmachen, daß er sein Geld für eine Negativ-Kampagne ausgeben soll? Der zahlt doch nicht dafür, daß wir die katastrophalen Folgen seines Produkts darstellen! Das kann doch nicht Ihr Ernst sein?«

»Fatal habe ich gesagt, Herr Hildebrandt, nicht katastrophal.«

»Wo ist denn da der Unterschied?«

»Und vor allem habe ich ja nicht gesagt, daß wir diese fatalen Folgen bierernst darstellen sollen. Ganz im Gegenteil. Jede Anzeige, jeder Spot soll einen deutlich ironischen Akzent tragen, genauso wie der Name. Ich mach das am besten klar an ein paar Ideen für die Fernsehspots. Zum Beispiel: Pluto liegt im Wohnzimmer und schläft. Frauchen stellt in der Küche das Kaffeegeschirr aufs Tablett, um es ins Wohnzimmer zu tragen, während Herrchen die Büchse Schmatz in den Napf ausklopft. Pluto spitzt die Ohren, springt auf und rennt in der Küchentür Frauchen mit dem Tablett über den Haufen. Bautz. Oder: Herrchen will mit Nero im Boot am Steg des Ferienhauses anlegen. Die Kinder kommen mit dem Napf voll Schmatz auf die Veranda, um die Heimkehrer zu begrüßen. Nero sieht das, geht auf der Stelle los, drängelt sich an Herrchen vorbei und springt aus dem Boot, Herrchen verliert das Gleichgewicht und fällt ins Wasser. Die Kinder lachen sich halbtot.«

Verweerth nickte: »Ich verstehe.«

Hildebrandt schloß den Mund. Frau Karlisch wiegte lächelnd den Kopf. Stumpff bewegte die Schultern in seiner Lederjacke und sagte: »Das könnten ganz schöne Spots werden. Nicht ganz einfach, aber wirklich gut.«

Cvetković fing an zu lachen. »Ich weiß ganz einfache Spot, und billig. Saukomisch. Fällt mir gerade ein.«

Verweerth sagte: »Raus damit.«

Cvetković beugte sich vor: »Hund soll auf Straße gehen, aber will nicht. Will erst Schmatz fressen. Frißt Schmatz und kackt dann in Stube.« Er lachte laut. Stumpff meckerte, bewegte die Schultern. Hildebrandt lehnte sich zurück und zog die Manschetten gerade.

Verweerth sagte: »Lassen Sie das, Herr Cvetković. Sie überziehen.« Er rieb sich den Bart. »So übel finde ich den Grundgedanken nicht. Ziemlich riskant, natürlich. Aber das wäre tatsächlich mal was anderes. Was meinen Sie, Herr Nowakowski?«

»Das Wort riskant scheint mir angebracht. Zunächst einmal wissen wir alle, daß die Idee solcher Negativ-Botschaften ja auch hierzulande keineswegs neu ist. Das fabelhafte Auto, das stehenbleibt, weil der Fahrer das Tanken vergessen hat.

Und so weiter, ich will Sie nicht langweilen. Aber vor allem bin ich mir nicht sicher, ob unser Kunde diese Art von ... von destruktivem Humor zu würdigen weiß.«

Hildebrandt nickte. »Sehr wahr. Meines Wissens handelt es sich um einen sehr gediegenen Kunden.«

»Ganz abgesehen von der Wirkung auf den Verbraucher.«

Die Spanierin kam mit dem Servierwagen herein. Frau Karlisch, die noch immer mit ihrer Erheiterung über Cvetkovićs ordinären Scherz zu kämpfen hatte, schüttelte den Kopf. »Aber das ist doch nicht destruktiv, du meine Güte!« Sie gluckste, wischte sich über die Augenwinkel. »Ich sehe nur ein gewisses Problem für die Anzeigen. Die können Sie ja nicht mit solchen Stories bestreiten, Herr Wehmeier.«

»Natürlich nicht.« Er schlug sein Manuskript auf, schlug es wieder zu. »In den Anzeigen müßten wir die Botschaft verkürzen, auf den Hund reduzieren, meine ich. Wenig Text, aber Fotos: Hunde, die es eilig haben, die kein Hindernis scheuen, verstehen Sie. Ein Hund, der über einen breiten Graben springt, oder über eine Mauer. Einer, der sich unter einem Zaun durchwühlt. Einer, der im Wasser voranstrampelt, das Wasser spritzt hoch.«

»Und unter welchem Spruch soll das laufen?« Verweerth ließ sich von der Spanierin bedienen, wies auf die Flasche mit dem Kirschwasser, die auf dem Servierwagen stand. »Das bekommen Sie doch mit den Spots nicht unter einen Hut?«

»Doch. Wenn es nur um die Spots ginge, wäre natürlich ein Spruch am besten, der die Interessenkollision zwischen Herrn und Hund unterstreicht. Zum Beispiel: *Schmatz – nicht immer problemlos für Sie, aber für Ihren Hund das Höchste.*«

»Das kann man doch nicht machen!« Hildebrandt schüttelte den Kopf. »Das Höchste – wer spricht denn so? Teenager, meine Tochter leider auch. Aber doch nicht Leute, die sich einen Hund halten. Und das Futter kaufen.«

Verweerth rührte in seinem Kaffee. »Nun lassen Sie ihn

doch mal. Er hat ja gesagt, daß das für die Anzeigen sowieso nicht paßt.« Er kippte das Kirschwasser. »Also. Wie heißt die Mehrzweckwaffe?«

Wehmeier lächelte. »Wenn man den Spruch, den Herr Hildebrandt nicht mag, auf eine andere Ebene transponiert, dann ginge er sowohl für die Spots wie für die Anzeigen.«

»Und wie?«

Er lehnte sich zurück. *»Schmatz – da geht Ihr Hund ran, ohne Rücksicht auf Verluste.«*

Stumpff nickte: »Das find ich stärker. Das find ich gut.« Hildebrandt richtete den Blick zur Decke. Frau Karlisch wiegte den Kopf. »Ich weiß nicht. Ist das nicht ein bißchen zu lang?«

»Kann sein. Aber das läßt sich auch noch knapper formulieren.« Fräulein Zander hörte auf zu schreiben und sah ihn an. Er sagte: *»Schmatz – dafür geht Ihr Hund durch dick und dünn.«*

Frau Karlisch schlug mit der Hand auf den Tisch. »Das ist es doch! Das würde doch glänzend zu den Fotos passen!«

Verweerth sagte: »Und zu den Spots auch. Damit kann man zur Not sogar Hörfunk machen. Man hört so eine Meute, die hinter irgendwas herjagt, oder der Hund bricht durchs Gestrüpp, platscht durchs Wasser, hechelt, und dann sagt der Sprecher: Schmatz – wie war das noch mal?«

Stumpff sagte: »Dafür geht Ihr Hund durch dick und dünn.« Er grinste Cvetković an.

»Richtig.« Verweerth nickte. »Kein übler Spruch. Wirklich nicht.«

Es wird schwer werden, ihn davon noch einmal herunterzuholen. Er hat nun einmal eine Schwäche für diesen Chaoten, und der verkauft sich gut, das muß man ihm lassen. Kein schlechter Spruch, das ist leider wahr.

Wehmeier sagte: »Ich hab noch einen besseren. Nach meiner Meinung. Aber dazu müßte man tatsächlich Mut haben.«

Verweerth sah über die Brille: »Ja?«

Wehmeier legte eine kleine Pause ein. Dann sagte er: *»Schmatz – da wird Ihr Hund zur Hyäne!«*

Frau Karlisch warf sich lachend nach hinten. Stumpff legte die Hand über die Augen und schlug sich mit der anderen Hand immer wieder auf den Schenkel. Hildebrandt sagte sehr laut: »Um Himmels willen!« Fräulein Zander ließ den Bleistift fallen und lachte.

Verweerth schob die Kaffeetasse von sich, winkte der Spanierin und wies auf sein Schnapsglas. »Also, jetzt langt's, Uli. Jetzt übertouren Sie. Das haben Sie doch wohl nicht ernst gemeint?«

Natürlich hat er das ernst gemeint. Wenn man ihn ließe, würde er jedes Produkt ins Lächerliche ziehen. Alles zersetzen mit dieser ungewaschenen Arroganz, auf die solche Einfaltspinsel wie Verweerth hereinfallen. Oder diese fette Karlisch, sie himmelt ihn geradezu an, hat er nicht Charme, einen umwerfend frechen Charme, und Phantasie? Absolut lächerlich. Was ihn auszeichnet, ist nichts anderes als Unverfrorenheit. Eine Phantasie, die hemmungslos ihre Blasen wirft.

Sie waren schon mitten in der Diskussion. Stumpff schrieb, in Wehmeiers Manuskript blätternd, eine vorläufige Besetzungsliste für die Spots zusammen, Cvetković warf ein paar Skizzen der Storyboards aufs Papier. Frau Karlisch gab mehrere Alternativen für die Mediaplanung zum besten. Hildebrandt, obgleich widerstrebend, begann zu rechnen.

Gegen eins schloß Verweerth die Veranstaltung. Vermutlich drängte es ihn zum Mittagessen. Und anschließend zum Pferderennen, mit Babette. Wehmeier und Cvetković wurden beauftragt, die Wehmeiersche Konzeption auszugestalten. Aber Wehmeier sollte für alle Fälle auch überlegen, ob nicht eine Alternative möglich sei, eine ungewöhnliche, neuartige Konzeption, jedoch ohne dieses Negativ-Element. Hildebrandt nickte nachdrücklich.

Während die anderen ihre Unterlagen zusammenpackten, beugte Verweerth sich herüber: »Herr Nowakowski, kommen Sie noch eine Minute mit zu mir rüber?«

Er ist sich nicht sicher. Wehmeiers Darbietung hat ihm gefallen, seine beschränkte Vorstellungskraft angeregt. Aber jetzt schlägt wieder sein angeborenes Mißtrauen durch, die unablässige Furcht, schlecht beraten zu werden. Er will mit mir unter vier Augen über Wehmeier reden. Und morgen oder übermorgen wird er wahrscheinlich wieder mit Wehmeier über mich reden, unter vier Augen, und versuchen, ihn auszuholen.

»Viel Zeit hab ich nicht mehr.« Verweerth sah auf die Uhr, ließ sich hinter seinem Schreibtisch nieder. »Aber ich würde jetzt gerne in ein paar Sätzen von Ihnen hören, was Sie von dieser Konzeption halten. Ohne Wenn und Aber.«

»Sehr gern, aber ... ich habe meine Bedenken doch vorgetragen? Oder habe ich mich undeutlich ausgedrückt?«

»Könnte man sagen, ja.« Er sah über die Brille. »Ich bin den Eindruck nicht losgeworden, daß Sie Wehmeiers Ideen ziemlich gut finden. Und daß nur Ihre Antipathie gegen ihn Sie hindert, das laut zu sagen. Das passiert ja jedem schon mal. Man kann einen Menschen nicht leiden, und da fällt es einem natürlich schwer, ihn zu loben.«

»Aber jetzt bin ich wirklich sprachlos, Herr Verweerth.« Was bildet dieser Trottel sich eigentlich ein? Als Antwort auf diese Unverschämtheit müßte man ihm klipp und klar sagen, daß er von Menschen und Menschenführung absolut keinen Dunst hat. »Sie müßten mich doch mittlerweile gut genug kennen, um zu wissen, daß ich meine Arbeit ausschließlich an fachlichen Gesichtspunkten orientiere. Vielleicht bin ich manchmal zu unnachgiebig, wenn es darum geht, das will ich einräumen. Aber daß ich die professionellen von den persönlichen Dingen sehr exakt zu trennen weiß, das sollten Sie eigentlich wissen.«

Verweerth verzog keine Miene.

Er will mich reden lassen, das kann er haben. »Ich finde die Konzeption von Herrn Wehmeier sehr interessant. Aber auch sehr riskant, wie ich gesagt habe. Und das hängt nun in der Tat mit Herrn Wehmeiers Persönlichkeit zusammen. Er ist zweifellos begabt, ein guter Schreiber, und nicht ohne Phantasie. Aber er weiß sich nicht zu zügeln. Wie nach meiner Meinung auch bei dieser Konzeption, sein Einfall hat ihn fasziniert, und nun ist es ihm mehr oder weniger gleichgültig, ob wir oder der Kunde damit Schiffbruch erleiden. Er ist sicher eine wertvolle Kraft für dieses Haus, eine beachtliche kreative Potenz. Aber er ist unberechenbar. Und deshalb wirkt er hier leider auch als Unruhestifter.«

»Unruhestifter? Wie meinen Sie das?«

»Nun ... Ich könnte Ihnen da einiges erzählen.«

»Reden Sie nicht drumherum.« Er beugte sich vor. »Raus damit.«

Eine kleine Bedenkzeit einlegen. Nicht zu lang, zwei, drei Sekunden nur, die ihm klarmachen, daß hier nicht leichtfertig dahergeredet wird. »Ich habe Sie doch über die Panne mit Frau Sommer informiert, wir waren uns ja einig, daß ich ihr den Auftrag abnehmen mußte.«

»Und?«

»Seither hat Herr Wehmeier anscheinend nichts Wichtigeres zu tun, als sich für Frau Sommer zu engagieren. Man könnte auch sagen: zu agitieren. Wie ich höre, läuft er überall herum und versucht, für Frau Sommer Stimmung zu machen.«

Verweerth öffnete die Lippen. Dann sagte er: »Schläft er mit ihr?«

»Das weiß ich nicht. Durchaus möglich. Aber ich vermute noch einen ganz anderen Hintergrund. Einen politischen, wenn Sie so wollen.«

»Was soll das heißen?«

Jeden dramatischen Akzent vermeiden. Ganz nüchtern, sachlich. »Frau Sommer ist doch Gewerkschaftsmitglied.«

»Was ist sie?«

»Eingeschriebenes Mitglied der Gewerkschaft. Wußten Sie das nicht?«

»Das ist doch nicht zu fassen!« Er warf sich in den Sessel zurück. Plötzlich schlug er die Hände zusammen und begann zu lachen. »Ausgerechnet die! Dieses Lämmchen, nein, was sage ich, dazu ist sie nun doch zu angejahrt, aber dieses Pferd, diese geduldige Stute mit ihren treuen Augen!« Er fand den Vergleich offenbar so gut, daß er noch lauter lachte. »Die müssen Sie sich mal bei einer Demonstration vorstellen, mit ihren langen Stelzen und dem traurigen Gesicht, da würde man doch glatt in die Tasche greifen und ihr einen Fünfziger zustecken, damit sie nach Hause gehen kann! O Gott, o Gott!« Er nahm die Brille ab und wischte sich die Augen.

»Ich muß gestehen, so komisch finde ich das nicht. Frau Sommer mag ja nicht besonders aufsässig sein, aber Herrn Wehmeier würde ich in dieser Hinsicht nicht unterschätzen.«

»Uli? Aber mein lieber Herr Nowakowski, der hat doch seinen Sturm und Drang schon lange hinter sich!« Er schüttelte lachend den Kopf. »Und in der Gewerkschaft war der nie. Sie glauben doch wohl nicht, daß der sich für irgendeinen Verein auf die Barrikaden jagen läßt? Nein, nein, mein Lieber, da ist jetzt aber Ihre Phantasie mit Ihnen durchgegangen. Wissen Sie was? Er hat mal mit ihr gepennt, oder er tut es noch immer, ich weiß zwar nicht wieso, aber vielleicht zieht ihn das reifere Alter an, oder er steht auf so viel schwarze Haare, vielleicht ist seine Frau ihm mittlerweile zu jung und zu blond, und nun ist er hin und wieder mal auf dieses Pferd gestiegen, und deshalb fühlt er sich verpflichtet, was für sie zu tun. Das ist alles.«

Das ist in der Tat wohl alles. Vorerst. Er wird sich noch ein Weilchen an dieser ekelhaften Vorstellung aufgeilen, die haarige Frau Sommer, ihre langen Stelzen, oder auch die runde, junge, blonde Frau Wehmeier, mehr Kuh als Stute, und auch dieser Gedanke wird ihn Speichel ziehen lassen.

Und dann wird ihm plötzlich einfallen, daß er schon längst unterwegs sein müßte. Der Fall muß vertagt werden, nun gut.

»Ich hoffe, daß Sie recht behalten, Herr Verweerth.«

## 5

Uli Wehmeier, du meine Güte. Ich hatte ihn völlig vergessen. So lange ist das doch noch gar nicht her?

Von wegen. Vierzehn Jahre. Fast schon fünfzehn. Ein paar Briefe noch, nachdem er nach Berlin gegangen war. Aber dann ist es irgendwann abgerissen. Ich hatte ihn immer mal besuchen wollen. Bin nie dazu gekommen. Lag später natürlich auch an Mike. Und danach am Examen. Aber zu der Zeit hatte ich Uli schon vergessen. Und er mich offensichtlich auch.

Wie man die großen Lieben halt vergißt. Es war ja kein Ende mit Schrecken, wie mit Mike und dann später hin und wieder noch mal. Er wollte einfach nach Berlin, und ich wollte nicht, konnte auch nicht, ich wollte Vorexamen machen, und ihn kratzte das überhaupt nicht, das mach ich in Berlin, ein Semester mehr oder weniger, das ist doch scheißegal. Das war Uli. Ich hab auch nicht viel unternommen, um ihn festzuhalten. Vielleicht war der Ofen schon aus.

Nein. Ganz aus war er damals jedenfalls nicht. Anfangs hat es doch noch wehgetan. Du läufst da auf einmal ziemlich allein herum. Arbeitest, aber findest kaum noch was, worauf du dich freuen kannst. Kommst dir reichlich blöde vor, wenn du nachts allein ins Bett gehst. Fragst dich, ob er jetzt vielleicht mit einer anderen im Bett liegt. Ich weiß nicht mehr, aber vielleicht hab ich ein paarmal sogar geweint. Hab angerufen und war ziemlich unglücklich, wenn ich ihn nicht an den Apparat bekommen habe.

Du schreibst, und am Anfang werden die Briefe noch ellenlang. Sonntagnachmittag, und du hast noch nicht einmal die Hälfte von dem geschafft, was du bis Montagmorgen geschafft haben mußt, aber auf einmal schiebst du das ganze Zeug beiseite, legst den Briefblock vor dich auf den Schreibtisch, holst dir eine frische Tasse Kaffee. Läßt dich nieder, starrst eine Weile aus dem Fenster. Die Sonne scheint noch in den Hinterhof, spielt auf den Fenstern gegenüber, im dritten Stock bewegt jemand den Flügel des Küchenfensters, aber er bleibt im Halbdunkel dahinter stehen, du kannst ihn nicht erkennen, nur die Fensterscheibe blitzt auf und erlischt wieder. In einer Stunde wird die Sonne aus dem Hof verschwinden.

*Lieber Uli! Gestern abend habe ich angerufen, aber Christoph sagte mir, daß du weggegangen warst.*

Drei Seiten, fünf Seiten, acht Seiten. Der Wecker tickt, manchmal siehst du darauf, aber du kannst nicht aufhören. Es ist, als ob du endlich alles loswerden müßtest, was du erlebt hast in den vergangenen Tagen, bis in lächerliche Einzelheiten hinein, *am Donnerstag war ich bei Staudinger, wegen der Seminararbeit, er hatte mich auf elf bestellt, kam aber mit 17 Minuten Verspätung.* Du schreibst, als ob du tagelang mit niemandem geredet hättest. Zehn Seiten, zwölf Seiten. Die Dämmerung, die aus dem Hof emporgestiegen ist, geht schon in stumpfe Dunkelheit über. Aber bevor du dich wieder an die Arbeit machst, die ganze Nacht wird draufgehen, aber du schreibst noch schnell den Umschlag und frankierst ihn und rennst zum Briefkasten, obwohl der heute gar nicht mehr geleert wird. Es ist doch Sonntag.

Irgendwann verliert sich das dann. Dir wird plötzlich bewußt, daß du einen ganzen Tag lang nicht an ihn gedacht hast. Ein Telefongespräch, aber das schleppt sich so hin, er ist ganz munter und auch sehr lieb, aber du mußt auf einmal krampfhaft überlegen, was du denn noch sagen könntest. Noch einmal eine Karte, sorgfältig ausgesucht. *Hallo, Uli!*

*Als ich dieses Nilpferd sah, mußte ich an dich denken (wegen des verträumten Gesichtsausdrucks). Geht's dir gut? Muß mich sputen (hab zu lange gepooft). Küsse, Deine Dörte.* Vielleicht hat er gar nicht mehr geantwortet. Ich hab auch nicht mehr auf Antwort gewartet. Als ich die Karte eingeworfen hatte, bin ich mir schon reichlich blöd vorgekommen.

Die Tür öffnete sich halb, Benno Löring streckte den Kopf herein. »Was machst du da? Daumendrehen?«

»Ich denke nach, du Stiesel.«

»Übertreib's nicht, das gibt Falten auf der Stirn. Was ist, kommst du mit zum Essen?«

»Tut mir leid, Benno. Ich bin verabredet.«

»Zum Essen?«

»Zu was denn sonst?«

»Das kann man doch bei dir nicht wissen.« Er grinste. »Neuer Freund?«

»Quatschkopf. Kein neuer Freund. Ein alter Mitstreiter.«

»Sag nur. Und worüber habt ihr euch gestritten?«

»Wir haben nicht uns gestritten. Wir haben miteinander gestritten. In Frankfurt das Pflaster rausgerissen.«

»Ach, du meine Zeit! Die revolutionäre Vergangenheit. Da verzieh ich mich lieber. Ich wünsche guten Appetit.«

»Danke gleichfalls.«

»Ciao, Dörte.«

»Ciao, Benno.«

Er schloß die Tür.

Zwanzig nach zwölf. Ich sollte auch schon gehen. Ich werde nur weiterspinnen, wenn ich hier hockenbleibe, keinen vernünftigen Strich mehr tun. Die guten alten Zeiten, mein Gott, ist das nicht lächerlich?

Wahrscheinlich ist es unvermeidlich, wenn du älter wirst. Kindereien, du hast das alles doch längst ausgewachsen, denkst gar nicht mehr daran, und dann taucht plötzlich so ein Mensch auf, dessen Namen du fast nicht mehr gewußt hast, sagt bloß seinen Namen am Telefon, und schon spürst du, riechst, hörst, wie es war, als du Arm in Arm mit ihm auf der Straße gestanden hast, mit den anderen zurückgedrängt an die Häuserwand, die Angst und die Wut, das Gebrüll, das Getrampel, achtzehn Jahre ist das jetzt her. Das grandiose Gefühl, die Welt zu verändern. Alles ist auf einmal wieder da, sogar der abgewetzte kleine Schreibtisch, an dem du dann gesessen und ihm Briefe geschrieben hast. Den Epilog auf eine große Liebe. Und auf eine große Zeit. Und das ist nun auch schon fast fünfzehn Jahre her.

Okay. Spinnen kann ich auch an der frischen Luft. Vielleicht bekomme ich noch einen Tisch im Freien, wenn ich jetzt gehe. Die Sonne wärmt noch ganz schön. Wer weiß, wann sie die Tische und die Sonnenschirme abschlagen, es kann nicht mehr lange dauern. Was wollte ich noch tun? Kronenberg anrufen und ihm die Idee mit den Flugblättern ausreden, Kollege Kronenberg, das laßt ihr besser sein, versucht erst mal zu verhandeln, in aller Ruhe. Hat Zeit bis heute nachmittag. Das Referat aufpolieren für heute abend. Quatsch. Hat ebenfalls Zeit, und wenn ich nachher nicht mehr dazu komme, ist es auch egal. Es kann ja kein Mensch verlangen, daß ich jedesmal ein brandneues Referat halte, wo kämen wir da denn hin.

Der Flur, das braune Linoleum und die beiden Reihen hellgrün gestrichener Türen bis zum Treppenhaus. Manchmal geht es mir unbestreitbar auf die Nerven. Heute mehr als sonst? Quatsch. In der Uni sah es doch nicht anders aus. Die Flure jedenfalls, und die Treppenhäuser. Nur daß hier die Leute sich nicht massenweise drängen, sich nicht auf dem Linoleum niederlassen, auf den Treppenstufen. Man mußte über die Beine hinwegsteigen. Aber man fand immer noch ein Plätzchen. Genossinnen und Genossen! Buuuh! Warum buhst du, Genosse? Wenn du was zu sagen hast, komm her und beteilige dich an der Diskussion. Das ist doch keine Diskussion, das ist doch Scheiße, was du da erzählst! Dann komm her und erkläre uns, warum das Scheiße ist.

*Die Widersprüche des Spätkapitalismus aufdecken. Die RCDS-Lakaien entlarven. Die vietnamesische Befreiungsfront stärken. Die Aufgabe besteht in der aktuellen Schwächung und der prozessualen Umwälzung der Zentren des Imperialismus. Von der antiautoritären Bewegung zur sozialistischen Opposition.*

Benno stand an der Ecke vor dem Eingang der Kneipe. »Ich dachte, du mußt noch nachdenken?«

»Und ich dachte, du gehst in die Kantine?«

Die Sonne war warm. In der Fußgängerzone hockten sie auf dem Rand des Springbrunnens, auf den Kanten der Blumenkübel. Die Schaufenster der Läden spiegelten. Die Geschäfte liefen anscheinend gut, es ging hinein und hinaus an den Türen. Die Tische vor dem Restaurant würden alle besetzt sein. Schade.

Er saß an einem der kleinen Tische, die gleich vor den Fenstern des Restaurants standen. Die beiden anderen Stühle hatte er an den Tisch gekippt. Er sprach mit einem Mädchen, das vor dem Tisch stehengeblieben war, einen Einkaufsbeutel in der Hand, und mißmutig auf die Stühle sah. Er schüttelte den Kopf, hob entschuldigend die Hände, lachte. Sie ging weiter.

Er stand langsam auf, lächelte. Wieso habe ich ihn eigentlich sofort erkannt, ohne den Bart? An den Haaren vielleicht. Die braunen Haare trug er auch damals so kurz, es war noch nicht Mode, sie über die Ohren wachsen zu lassen. Und der Bart gehörte noch zu den Ausnahmen. Dutschke ging mit Stoppelkinn. Es muß an den Haaren liegen, wenn ich ihn sofort erkannt habe. Nein. An den Augen.

»Dörte!« Er streckte die Hand aus, aber er begnügte sich mit einem Händedruck. »Du siehst fantastisch aus.«

»Also, weißt du.«

»Was denn?«

»Wo hast du denn den Small talk gelernt?«

Er lachte, zog den Stuhl zurück. »In der Schule des

Lebens.« Er ging zu seinem Platz, setzte sich, stützte den Ellbogen auf den Tisch und das Kinn in die Hand. »Aber wirklich. Du hast dich glänzend gehalten. Und was sich verändert hat, steht dir gut.«

»Soll ich dir jetzt sagen, wie gut du dich gehalten hast?«

»Das wäre natürlich ausgesprochen liebenswürdig.« Er lächelte.

»Aber das war es nicht, weshalb du mit mir reden wolltest?«

»Nein, das war es nicht.« Er wandte endlich die Augen ab, hielt Ausschau nach der Kellnerin und winkte ihr. Das Kinn und die Wangen, es ist schwer zu sagen, ob sie ein wenig voller geworden sind, man müßte das einmal mit der Hand abtasten und sich zu erinnern versuchen, wie es sich früher anfühlte unter dem Bart. Aber am Hals kann man es sehen, der Hals ist nicht mehr so mager wie damals. Er hat ein paar Pfund zugelegt. Wie ich. Es steht ihm nicht schlecht. Es läßt ihn stabiler aussehen. Weniger unruhig.

Er schob die Speisekarte herüber. »Wir können uns ja schon mal was aussuchen.«

»Ich weiß, was ich nehme. Wie hast du mich eigentlich gefunden?«

»Ich hab Schnurbusch getroffen, zufällig, in einer Kneipe in der Altstadt. Vor ein paar Monaten schon. Ich wollte dich eigentlich sofort anrufen, aber es ist dann immer was dazwischen gekommen.« Plötzlich fing er an zu lachen. »Ich hab geglaubt, Schnurbusch macht einen Witz, als er mir sagte, daß du hier gleich um die Ecke arbeitest.«

»Was ist daran so witzig?« Glaub nur ja nicht, daß du mir mit diesem herablassenden Amüsement imponieren kannst. Du bist nicht der erste, mein Lieber, der mir zu verstehen geben möchte, daß ich meinen Job vermutlich durch einen Irrtum bekommen habe.

Er schüttelte den Kopf. »Na, nicht daß du jetzt auch hier wohnst. Obwohl das schon merkwürdig genug ist.« Er lachte. »Aber du als leitendes Organ einer Gewerkschaft ... das hätte ich mir wahrhaftig nicht träumen lassen. Ich denke, ich spinne, als Schnurbusch mir sagt, die Dörte ist jetzt Frau Hauptvorstand bei der Gewerkschaft.«

»Ich bin nicht Frau Hauptvorstand.«

»Wie heißt das denn?«

»Kollegin. Ich hätte nicht gedacht, daß du so unbedarft bist, Uli.«

Er hörte auf zu lachen. »Entschuldige. Ich find's ... Es hat mir großen Eindruck gemacht, als Schnurbusch mir das sagte, wirklich. Ich hab nur an die alten Zeiten gedacht, weißt du. Als wir noch die Institutionen zertrümmern wollten.« Er lächelte. »Keine halben Sachen, keine Kompromisse. Revolutionärer Kampf gegen alle Fraktionen des Gesamtapparats. Gegen die staatlich-gesellschaftliche Bürokratie, die liberale Bourgeoisie, die Vertreter der Monopole. Und gegen die Arbeiterverräter aus den Gewerkschaften.«

»Willst du mir hier ein Marx-Kolleg halten?«

»Das war nicht Marx. Das war Dutschke. Na ja, er hat's bei Marx abgeschrieben.«

»Danke. War's das?«

»Sei doch nicht so kratzbürstig, Dörte.« Er schob tatsächlich eine Hand über den Tisch, ließ sie liegen, als sie keinen Widerhalt fand. »Es hatte ja auch weniger zu tun mit den alten Zeiten. Sondern mit dir. Mich hat ganz einfach interessiert, was aus dir geworden ist, und wie du ... wie du jetzt bist. Ich war einfach neugierig auf dich.«

»Natürlich. Hast du sonst noch Fragen zur Person?«

»Nein. Entschuldige.« Plötzlich lächelte er. »Das heißt, eigentlich doch.« Er zögerte, aber nur kurz. »Bist du verheiratet? Schnurbusch wußte das nicht.«

»Das wundert mich aber. Nein, ich bin nicht verheiratet.«

Er nickte. Er wartete eine Weile, dann sagte er: »Ich bin schon ziemlich lange verheiratet. Schon acht Jahre.«

»Ach ja.«

»Ich habe einen Sohn.« Er hob die Hand über den Tisch, lächelnd: »So groß. Ist gerade in die zweite Klasse gekommen.«

Die Kellnerin kam und notierte die Bestellungen. Ich hoffe, es dauert nicht noch einmal so lange, bis sie mit den Platten ankommt. Am liebsten würde ich jetzt schon gehen.

»Hör zu, Uli, ich hab nicht viel Zeit. Vielleicht sagst du mir mal, um was es geht. Ich hab das nicht verstanden, vielleicht hab ich in der Eile auch nicht richtig zugehört. Du wolltest meinen Rat, hast du gesagt?«

»Ja.« Er griff nach seinem Glas, trank einen Schluck, setzte das Glas ab. »Wie gründet man einen Betriebsrat?«

»Einen Betriebsrat? Na, das wenigstens solltest du aber wissen. Steht alles im Betriebsverfassungsgesetz. Und in der Wahlordnung.«

Er lächelte. »Hab ich leider nicht zur Hand.«

»Da kann ich dir helfen. Ich werd dir die Texte schicken.«

»Danke. Was Besseres fällt dir nicht ein?«

Ich weiß nicht, was mit mir los ist. So hätte ich ihn nun auch nicht gerade abbürsten müssen. »Entschuldige, aber ich weiß doch gar nicht, um was es geht. Ein bißchen konkreter mußt du schon werden. Also, erzähl mal.«

Es scheint ihm schwerzufallen. Ich hab ihn wohl verschreckt. Meine Güte, jetzt fehlt nur noch, daß er anfängt, mir leid zu tun. Ich bin wirklich nicht ganz bei Trost heute.

Er drehte an seinem Glas herum. Er sah nicht auf. »In dem Laden, in dem ich arbeite, gibt's einen neuen Mann. Nicht mehr ganz neu, etwas mehr als ein Jahr schon. Aber er wird allmählich unangenehm. Der geschäftsführende Eigentümer mag ihn wohl auch nicht übermäßig, aber seine Frau hat ihm den Typ aufs Auge gedrückt. Reichlich exzentrische Frau, funkt nach Lust und Laune dazwischen, und kann das auch, sie hat nämlich den Zaster mitgebracht, ist auch Teilhaberin der Firma. Und hat ein Faible für diesen neuen Mann. Vielleicht, weil er schwul ist, so was gefällt ihr. Verstehst du, alles, was ein bißchen ausgefallen ist, oder einfach bunt, das findet sie schick. Na ja, um es kurz zu machen, dieser neue Mann, wenn ich mich nicht täusche, in absehbarer Zeit wird er wohl auch Teilhaber werden. Und da sehe ich schwarz. Nicht für mich, aber für Leute, die sich nicht helfen können. Die sucht er sich jetzt schon raus, piesackt sie, wo er nur kann, und setzt sie unter Druck.«

Er sah auf von seinem Glas. »Und da hab ich mir gedacht, dem muß man beizeiten klarmachen, wo sich das Ende der Fahnenstange befindet. Daß er nicht tun und lassen kann, was er will.«

»Wie groß ist der Betrieb denn?«

»Umsatz nicht ganz 40 Millionen. Ungefähr drei Dutzend Mitarbeiter.«

»Und da gibt es keinen Betriebsrat?«

Er lächelte. »Das hat sich in der Branche noch nicht so richtig herumgesprochen.«

»Was ist das denn für eine Branche?«

»Werbeagentur.«

Wie bitte? Uli Wehmeier, das kann doch nicht wahr sein. Das ist doch wohl ein Scherz! Du trittst hier auf wie in den alten Zeiten, ganz cool und souverän, zitierst die alten Klamotten, erinnerst mich an die Arbeiterverräter aus den Gewerkschaften und an die Vertreter der Monopole. Und dann rückst du damit heraus, daß du deine Seele verkauft hast? Ich muß lachen, Uli, es tut mir leid, aber ich könnte schreien vor Lachen!

»Willst du mir etwa erzählen, daß du Reklame für Waschpulver machst?«

»Nicht für Waschpulver. So einen Etat könnten wir gerade noch gebrauchen. Aber Reklame mache ich, das hast du richtig erkannt. Ich bin Texter.«

Die Kellnerin brachte das Essen, aber er sah gar nicht darauf. Er nahm nicht einmal die Gabel in die Hand. Er blieb einfach so sitzen. Er wartete auf die Antwort.

Nein, nein, Uli. Ich werde mich nicht revanchieren. Ich werde nicht versuchen, deinen Beruf an unseren Idealen zu messen, du brauchst keine Angst zu haben. Ich denke nicht daran, dich in eine Diskussion zu verwickeln, dein schlechtes Gewissen zu strapazieren. Glaub nur ja nicht, daß du an mir deine Argumente ausprobieren kannst. Du willst deinen Frust abladen. Bitte nicht bei mir.

»Also, die Sache ist ganz einfach. Ein paar Leute in deinem Betrieb werden ja wohl organisiert sein?«

»Gewerkschaftsmitglieder? Bisher kenne ich nur eins.«

»Das bist nicht du?«

»Nein.« Er lächelte. »Unglaublich, was?«

»Wieso denn? Du hast doch nie viel von den Gewerkschaften gehalten, das ist doch nur konsequent. Du brauchst auch keine Gewerkschaft, um die Sache anzuleiern. Es genügen drei wahlberechtigte Arbeitnehmer aus deinem Betrieb, mit dir also noch zwei andere. Ihr könnt zu einer Betriebsversammlung einladen, und dann macht ihr Vorschläge zur Wahl eines Wahlvorstands. Und der organisiert dann die Wahl des Betriebsrats. Die Sache würde allerdings wesentlich leichter, wenn ihr euch von der zuständigen Gewerkschaft helfen laßt. Das ist in eurem Fall die HBV, wenn ich nicht irre.«

»Handel, Banken und Versicherungen.«

»Richtig. Ich werd dir mal den Namen eines Kollegen aufschreiben, der euch da gut beraten wird.«

Er zog ein Notizbuch heraus, schob es aufgeschlagen über den Tisch, legte einen Stift dazu. Wahrscheinlich führt er das immer mit sich, um seine Einfälle zu notieren. Ich würde für mein Leben gern ein bißchen darin blättern. Es ist doch nicht möglich, daß er irgendeinen Werbespruch aufschreibt, ohne gleich dahinterzuschreiben: *Volksverdummung! Lüge! Parasitäre Funktion der späten Industriegesellschaft! Vergeudungsproduktion!*

»Sag ihm einen schönen Gruß von mir. Das ist ein sehr

tüchtiger Mann. Er wird euch nützlich sein, wenn eure Geschäftsleitung Schwierigkeiten machen sollte.«

Er nahm das Notizbuch, nickte, sah geistesabwesend auf den Namen, steckte das Buch ein. Aber er griff noch immer nicht zur Gabel.

»Warum ißt du nicht? Das wird doch kalt.«

»Ich hab nachgedacht.« Er nahm die Gabel.

Ich kann mich nicht erinnern, daß er jemals beim Essen geschwiegen hätte. Nicht einmal, wenn er böse war. Er ließ nichts auf sich beruhen, wollte immer aufarbeiten. War immer auf der Suche nach Widerspruch, um dagegen anzugehen und ihn zu widerlegen. Hielt auch beim Essen die Hände ständig in Bewegung, gestikulierte, warf die Gabel auf den Teller, lehnte sich zurück, lachend oder auch aufgebracht, griff wieder nach der Gabel und hob schon wieder die freie Hand, um seine Akzente in die Luft zu setzen. Die Hände haben sich überhaupt nicht verändert. Anders als meine. Seine Hände sind so schlank wie damals, ganz glatt, straffe Haut.

»Worüber hast du nachgedacht?«

»Ach, so manches.« Er sah von seiner Platte auf, lächelte. »Wahrscheinlich fragst du dich, wie ich in diesen Job gekommen bin. Und in so einen Laden.«

»Warum sollte ich? Das ist doch ein Job wie jeder andere. Und solche Betriebe gibt's auch nicht wenige.«

»Na ja.« Er nahm eine Gabel und kaute eine Weile. »Hast du eigentlich Examen gemacht? Natürlich.«

»So natürlich war das nicht. Ich hab gedacht, es bringt mich um. Aber eines Tages lag es dann hinter mir.«

Er nickte. »Ich hab's nicht mehr gepackt. Irgendwann hatte ich den Zeitpunkt überschritten. Es gab ja viele damals, bei denen es ganz anders war, sie haben sich eines Tages ganz still und leise aus der Diskussion verabschiedet und von der Aktion und sich hingesetzt und geackert. Ich weiß auch nicht, warum das bei mir nicht ging. Die revolutionäre Aktion hat mich angekotzt, aber die Alternative auch.«

»Ich kenne einige, denen es genauso gegangen ist.«

»Ja, ich auch. Ich wollte auch nicht sagen, daß ich der einzige war. Es war ja nichts Besonderes, auf einmal abzuschlaffen und gar nichts mehr zu tun.«

Hör auf damit, Uli. So hab ich's ja nicht gemeint. Du mußt doch nicht sofort einknicken und so tun, als wäre nichts los mit dir. Ich will's ja gar nicht wissen.

»Ich hab dann eine Weile herumgejobbt, hier mal was und da, und durch puren Zufall bin ich eines schönen Tages an die Texterei gekommen. Ich hab einen Genossen wiedergetroffen, der bei einem Reisebüro untergekommen war, Sonderprogramme, Billigreisen, sie wollten das Geschäft durch einen Prospekt ankurbeln, und er sagt zu mir, hör mal, Uli, du kannst doch formulieren, mir fallen dazu nur dämliche Sprüche ein. Wenn du dir einen Hunderter verdienen willst, versuch's doch mal. Ich hab's eigentlich mehr aus Daffke getan, allerdings konnte ich den Hunderter auch ganz gut gebrauchen. Und im übrigen war das natürlich ein Projekt, bei dem man sich keine Verzierungen abbrechen mußte, ideologisch, meine ich. Soweit ich damals überhaupt noch Verzierungen mit mir herumtrug.«

Wenn ich damals noch an ihn gedacht haben sollte, wie mag ich ihn mir vorgestellt haben? Uli in permanenter Aktion, lesend, diskutierend, Gegen-Modelle entwerfend, Analyse eines bei Marcuse nur flüchtig skizzierten Phänomens in der repressiven Gesellschaft, vielleicht an einer dieser hochgestochenen FU-Dissertationen arbeitend. Ich wäre ihm nicht gern begegnet damals, zur Zeit meiner ersten schlichten, prosaischen Acht-Stunden-Tage im Büro, mit meinem Anspruch aufs bezuschußte Kantinenessen und den bezahlten Urlaub.

Einen Reiseprospekt hat er geschrieben.

Es wäre besser gewesen, ich hätte ihn nicht wiedergesehen. Heute nicht, und überhaupt nie mehr. Nie mehr?

Er lachte. »Sie haben das Ding genommen. Und mir gleich

den Auftrag für einen neuen, etwas dickeren Prospekt gegeben, eine kleine Broschüre. Na ja, es hat dann nicht lange gedauert, bis sie von einem größeren Reisebüro geschluckt worden sind. Aber ich bin mitgeschluckt worden. Dieses größere Büro hat seine ganze Werbung an VB & Partner gegeben. Das ist die Agentur, bei der ich jetzt arbeite. Verweerth, der Boß, ist damals nach Berlin gekommen. Er hat meine Prospekte gesehen und nach mir gefragt. Und dann hat er mich gefragt, ob ich nicht bei ihnen anfangen wollte. So bin ich hierher gekommen. Vor neun Jahren.«

Das war's noch nicht, ich sehe es ihm an. Er ist ja auch gerade erst auf den Punkt gekommen. Aber ich halte das nicht mehr aus. Ich will und kann mir das nicht anhören, diese Ausflüchte eines schlechten Gewissens, das ein Mensch in seinem Alter längst abgelegt haben sollte. Die Argumente, die ich zu hören bekäme, sobald ich ihn auf seine Skrupel anspräche, er würde sofort aufleben, mir widersprechen, sich amüsiert geben und mir klipp und klar beweisen, daß er gar kein schlechtes Gewissen hat, warum sollte er denn, was hat mich nur auf diese Idee gebracht?

Schon gut, Uli, wir wollen es gar nicht dazu kommen lassen. Probleme, weißt du, habe ich selbst genug. Es sind nicht die Probleme, die dir zu schaffen machen, aber zu schaffen machen sie mir auch, und vielleicht hätte ich ganz gern mit dir darüber geredet, wir haben uns doch wirklich gut verstanden damals. Aber du willst ja nur mit meiner Hilfe deine eigenen Probleme ein bißchen besser in den Griff bekommen. Und wahrscheinlich hat dich auch die Vorstellung gereizt, noch einmal mit mir zu schlafen, miteinander ins Bett zu gehen nach ein paar Stunden, in denen man diskutiert und sich die Argumente wechselseitig zugespielt hat, die Probleme abzustreifen mit den Kleidern, sich nur noch zu lieben und Seite an Seite einzuschlafen, geborgen. Ich hab ja auch daran gedacht. Es war schön mir dir, Uli, und ich mag dich noch immer. Aber nicht so.

»Meine Güte, es ist ja schon halb zwei. Sei mir nicht böse, Uli, aber ich muß gehen. Ich hab einen Termin.«

Er nickte. »Ich bin ins Reden gekommen, tut mir leid. Jetzt hast du mir so gut wie gar nichts von dir erzählen können.«

»Das können wir ja nachholen. Ich werd dich anrufen. Ich schick dir auf jeden Fall schon mal die einschlägigen Texte für deinen Betriebsrat. Und wenn du noch Fragen hast, kannst du dich ja melden. Aber du wirst sehen, das ist tatsächlich ziemlich einfach. Du wirst damit schon klarkommen.«

»Natürlich. Ich werd damit klarkommen.« Er lächelte. »Du kennst mich doch.«

## 6

Christels Stimme auf dem Flur, sie sprach mit Cvetković. Sie blieben vor der Tür stehen. Cvetković schwieg still, nur noch Christels dunkle Stimme war zu hören. Nicht zu verstehen, was sie sagte, aber der Ton war unverkennbar. Ein wenig Klage schwang da wieder mit, nicht aufdringlich, aber unüberhörbar, ein Ton, wie wenn jemand, der nicht verstehen kann, was ihm widerfährt, voller Trauer und Zweifel mit jedem noch so belanglosen Wort um Rat bittet.

Nicht jetzt, Christelchen, bitte nicht. Ich will nach Hause. Es steht mir bis oben hin, dieser ganze Mist, *Empirische Daten zur relativen Identität zwischen tatsächlichen und erwarteten Konsequenzen des Kaufs, Ausgewählte Fallstudien*, Uli, lesen Sie das mal zwischendurch, möglichst schnell, ich wüßte gern, was Sie davon halten, und das inmitten von Zwetschkos Hunden, er malt seit Sonntag Hunde meutenweise, als ginge es um einen Trickfilm und nicht um ein paar simple Storyboards, und das hier, das auch noch, die Joghurt-Texte, die Bredelo nicht mehr fertig bekommen hat, bevor er sich mit seinem Magengeschwür ins Bett legte, *Jensens Joghurt – damit fängt der Morgen anders an,* jawohl, machen Sie sich Jensens Joghurt zur Gewohnheit, und es wird Ihnen gehen wie Bredelo. Mir nicht. Ich werde jetzt diesen ganzen Mist zusammenschmeißen und wegpacken, damit er mich morgen früh nicht schon angrinst, sobald ich meinen Fuß über diese Schwelle setze, und dann werde ich mich auf dem schnellsten Wege nach Hause begeben, ich will zu meinem Männlein, ich wette, der wartet schon auf mich, und zu Marion will ich. Ja, es ist wahr. Ich hab Sehnsucht nach Marion. Ich weiß nicht, wie's kommt, aber ich hab Sehnsucht nach ihr.

Christels Stimme entfernte sich. Die Tür ging auf, Cvetković kam herein. »Na, Owehmeier?«

»Was willst du?«

»Sehen, wie's dir geht, was denn sonst?«

»Du lügst doch. Willst du mir neue Hunde andrehen?«

»Wieso denn neue Hunde, hast du noch nicht genug?«

»Hau ab, Ljubomir. Verschißdi se.«

»Das heißt nicht verschißdi se. Heißt čisti se.«

»Auch gut. Also verpiß dich.« Ich weiß schon, was du willst, Ljubomir, aber heute abend nicht mit mir. Ich seh's deinen kleinen schwarzen Knopfäuglein an, du hast dir seit dem Mittagessen schon das eine oder andere Wässerchen hinter die Binde gegossen, die Freundin hat für heute abend was anderes vor oder sie ist abgehauen, und jetzt bist du ganz glücklich, weil du endlich mal wieder in aller Ruhe dich volltanken kannst, und dabei hättest du gern Gesellschaft, ich soll mit dir feiern. Bis zwei, bis drei an der Theke, du wirst mir erzählen, wie's bei dieser Freundin unten herum aussieht und daß sie zubeißt, wenn es ihr kommt, wie wilde Katze, ich kann dir zeigen, soll ich dir zeigen, Uli? Und am Ende wirst du ein kleines serbisches Volkslied singen oder zwei, und dann soll ich dich nach Hause schleppen und dich auf dein Bett abladen, dir die Schuhe ausziehen, es ist so beruhigend, einen Freund zu haben, auf den man sich verlassen kann. Nicht heute abend, Ljubomir.

Cvetković ließ sich auf dem Stuhl nieder. Er hob eine Zeitschrift vom Boden auf, blätterte darin, ließ sie wieder fallen. »Was ist mit Christel?«

»Was soll mit ihr sein?«

»Hast du was gehört?«

»Gehört? Von wem?«

Cvetković rieb sich die Nase. Er zuckte die Schulter. »Von Verweerth vielleicht?«

»Ich hab dir doch gesagt, daß ich Verweerth vorläufig darauf nicht ansprechen will.«

»Ja, gut.« Er zog den Stuhl an den Schreibtisch. »Aber was willst du machen?«

»Darüber wollte ich morgen mit dir reden. In aller Ruhe.«

»Warum nicht heute? Ich hab Zeit heute abend. Morgen weiß ich nicht. Wir können in Hexenhäuschen gehen, wird nicht voll vor zehn, und du erklärst mir. Ich lad dich ein zu Stramme Max.«

»Ich will aber nicht ins Hexenhäuschen gehen. Ich hab keine Zeit, kapierst du das nicht?«

Er zuckte die Schulter. »Na gut. Ist ja auch nicht so wichtig.«

»Doch, das ist verdammt wichtig.« Verflucht und zugenäht, er kann einem wirklich auf die Nerven gehen. »Aber ich hab jetzt keine Zeit. Nemam vremena, du verstehen?«

»Ja, ja, ich verstehen. Reg dich nicht auf.« Er langte über den Schreibtisch und hob das oberste Blatt seiner Hundeskizzen hoch, hielt es ans Licht. »Der ist gut, was? Sitzt da wie Rennwagen vor Start. Gleich kommt Schmatz, und dann geht ab wie Teufel.« Er schüttelte den Kopf. »Wir werden gar nicht so schöne Hunde finden, wie ich gemacht habe.«

»Gib das her. Bist du eigentlich in der Gewerkschaft, Lubo?«

»Gewerkschaft? Wie kommst du darauf?« Er fing an zu lachen. »Bin ich blöd?«

»Was hat das denn mit blöd zu tun?«

»Soll ich Beiträge bezahlen für Streik von andere? Oder für Funktionäre?«

»Schon gut. Wir reden morgen weiter.«

Er stand auf. »Bist du in Gewerkschaft?«

»Nein.«

»Na, siehst du. Was hat denn Gewerkschaft mit kreative Berufe zu tun? Wir arbeiten doch nicht mit Schraubenschlüssel.«

»Ja, ja, schon gut.«

Er trat hinaus auf den Flur, wartete. »Aber warum hast du gefragt?«

»Nur so.«

Er hielt Tuchfühlung, bis hinaus auf die Straße. Seine Neugier war geweckt, er wollte nicht so schnell aufgeben.

»Also, Lubo, bis morgen.«

»Wohin gehst du?«

»Zum Parkhaus, wohin denn sonst?«

Er streckte die Hand aus. »Moment noch.« Er legte den Kopf ein wenig schief. »Hast du was vor mit Gewerkschaft?«

»Jetzt hör auf, mich zu löchern.«

»Wegen Christel vielleicht?«

»Lubo, wenn du nicht sofort meinen Arm losläßt, setz ich dich in den Abfallkorb.«

Er ließ den Arm los, nickte. »Okay, bis morgen. Morgen früh?«

»Ja, morgen früh. Mach's gut, Lubo.«

Er ist wirklich die Pest, dieser Ljubomir. Sobald er eine Neuigkeit gewittert hat, gibt er keine Ruhe. Läßt die Arbeit liegen, dackelt von Tür zu Tür, hält überall seinen bräunlichen Riecher rein, kratzt so lange, bis er eine gute Geschichte zusammen hat, ob sie stimmt, ist nicht so wichtig. Schluß jetzt mit Lubo. Und Schluß mit Dörte und Schluß mit

Christel, ich brauche dringend eine kleine Pause. Ich will zu meinem Männlein. Und zu Marion.

Die Dämmerung kam schon merklich früher. Die Verkehrsampeln, die um diese Zeit vor ein paar Tagen noch gegen die tiefe Sonne zu kämpfen hatten, leuchteten satt. Auf der Steigung zur Brücke hinauf die blutroten Ketten der Bremslichter, immer wieder erlöschend und bei jeder neuen Stokkung sich wieder rückwärts fortpflanzend. Vom Kamm der Brücke waren auf dem gegenüberliegenden Ufer schon die ersten erleuchteten Fenster zu sehen, kleine Lichtpünktchen, sie sprenkelten den Höhenzug bis fast hinauf zum blassen Abendhimmel über dem Wald.

Wo mag sie wohnen, die Dörte? Da draußen bestimmt nicht. Da wohnen eher Lehrerinnen. Ältere Studienrätinnen. Im Obergeschoß eines Zweifamilienhauses, über dem Garten. Das Haus ist an den Hang gebaut, hinter dem Gartenzaun wuchert das Unterholz, da geht's steil hinauf, die Fichten dicht an dicht, schwarzer Wald. Manchmal im Sommer, wenn die Kinder im Garten zu laut schreien, steht die Oberstudienrätin auf von ihrem Schreibtisch und geht auf den Balkon, beugt sich über die Brüstung, erhebt die Stimme ein wenig: »Pscht! Ihr dürft aber nicht so viel Lärm machen!«

Nein. Da draußen wohnt die Dörte nicht. Sie wird sich ein Apartment in der Innenstadt genommen haben. Vielleicht in der Fußgängerzone, fünf Minuten vom Gewerkschaftshaus. Wenn sie jetzt nach Hause kommt, leuchten die Glaskugeln auf den Laternenmasten schon, fünf Glaskugeln auf jedem der Maste, die sie mitten in die schmale Straße gesetzt haben, gesäumt vom Kleinpflaster. Im Erdgeschoß des Hauses ein Delikatessengeschäft. Nein, ein Kaffeehändler, das riecht besser. Und gegenüber eine Kneipe, schick aufgemacht, schimmernde Butzenscheiben, dunkle Holztäfelung über die ganze Breite der Fassade.

Manchmal ißt sie dort zu Abend. Oder sitzt da mit den Kolleginnen und Kollegen. Oder mit einem Kollegen, den sie anschließend zu einem Kaffee mit raufnimmt. Wenn ihr danach zumute ist, behält sie ihn über Nacht da. Wenn nicht, schickt sie ihn schon vor dem Ausgang der Kneipe nach Hause. Sie braucht das nicht. Sie bestimmt selbst, wann ihr danach zumute ist.

Merkwürdig. Sie war so zärtlich, damals. Kratzbürstig schon, und was sie wollte, wußte sie auch damals. Aber cool war sie nie, sie tat nie überlegen. War nicht so angestrengt auf sich selbst bedacht. Arm war sie und abgerissen und schwach, aber litt nicht im geringsten unter der Furcht, es könne einer ihren Wert anzweifeln, sich über sie lustig machen. Wenn ihr einer auf die Zehen trat, boxte sie ihn in den Bauch. Aber wenn man sie brauchte, nahm sie einen in den Arm. Und wenn ihr danach zumute war, dachte sie nicht darüber nach, ob sie sich etwas vergeben könne.

Sie kroch ganz einfach an mich. Schmuste. Wollte nicht partout sich selbst gehören. Sondern mir.

Merkwürdig. Natürlich verändern sich die Menschen. Ich hab mich auch verändert. Marion hat sich verändert. Aber bei Marion kann ich verstehen, warum. Ich hab mich in der letzten Zeit zu wenig um sie gekümmert, klarer Fall. Es liegt nicht daran, daß sie unter dieser fixen Idee litte, sie dürfe sich nichts vergeben. Ganz im Gegenteil, sie möchte ja an mich kriechen. Aber ich hab sie nicht gelassen. Hab mich ihr entzogen, wegen dieser Scheiß-Arbeit. VB & Partner, als ob das mein Lebensinhalt wäre.

Die schmale Sackgasse lag still, wie immer. Hinter der Laterne auf der Ecke wartete schon die Dunkelheit. Das Licht der Scheinwerfer glitt über die Hecken auf beiden Seiten. Über der Eingangstür des alten Hauses brannte die Lampe, aber das Küchenfenster war dunkel. Der Kies in der Einfahrt zur Garage knirschte unter den Reifen.

Sie werden im Wohnzimmer sitzen und die Küchentür geschlossen haben. Deshalb steht Jens auch noch nicht an der Tür, er hat mich nicht gehört. Aber der Dackel müßte allmählich Laut geben. Wahrscheinlich haben sie ihn mit ins Wohnzimmer genommen.

Im Wohnzimmer brannte nur die Stehlampe. Die Treppe nach oben lag im Dunkeln. »Marion? Männlein! Wo seid ihr denn?« Wieso kommt nicht einmal der Dackel?

Männlein. Er hat irgendwas angestellt. Er hat sich was getan, sie mußte mit ihm zum Arzt fahren. Ins Krankenhaus. Quatsch, dann wäre doch wenigstens der Dackel hier. Sie haben sich im Arbeitszimmer versteckt, das Männlein hält dem Dackel die Schnauze zu.

Im Arbeitszimmer brannte die Schreibtischlampe. Auf der Schreibunterlage lag ein Brief. Es waren fünf Blätter, beschrieben in Marions großen, runden Buchstaben, und ein sechstes dazu.

*Lieber Uli,*

*es tut mir leid, aber ich war heute morgen zu feige, um es dir zu sagen. Ich bin mit Jens zu Karin und Andreas gegangen. Sie haben zwei Zimmer frei, weil Martina ausgezogen ist.*

*Wir müssen sicher ausführlich darüber reden, und ich bin auch bereit dazu. Aber für den Augenblick scheint es mir die einzige Möglichkeit. Ich denke mir, es wird uns beiden guttun, wenn wir mal für eine Weile auf Distanz zueinander gehen. Von Jens ganz zu schweigen, der ja nicht mehr weiß, wo ihm der Kopf steht, vor lauter Zank und Streit. Du hast das wahrscheinlich gar nicht so gemerkt. Und du hast mit Sicherheit nicht gemerkt, wie sehr mir diese Situation in den vergangenen Monaten zugesetzt hat. Das ist für mich eben das Schlimme, daß du es gar nicht mehr merkst. Ich halte das so nicht mehr aus. Ich muß wieder zu mir selbst finden.*

*Es kommt noch etwas hinzu, aber das ist nicht das Ausschlaggebende. Es hat mich nur gezwungen, mich jetzt zu entscheiden. Ich kann bei der Interport nicht mehr halbtags arbeiten. Sie haben mich vor die Alternative gestellt, entweder ganztags zu arbeiten oder den Job aufzugeben. Ich arbeite schon vom übernächsten Montag an ganztags. Mit Jens gibt es da keine Probleme, weil bei Karin und Andreas immer jemand ist, der auf die Kinder aufpaßt. Ich habe dir ja schon einmal erzählt (aber vielleicht hast du es vergessen), daß in dem Haus und in der Nachbarschaft noch fünf andere Kinder wohnen, alle ungefähr im Alter von Jens. Sie machen zusammen ihre Schularbeiten, und sie spielen natürlich miteinander, und es wechselt immer jemand ab, der sich um sie kümmert.*

*Wir haben heute Jens mit den anderen Kindern nach Altenkotten gebracht (das ist der Bauernhof, von dem ich dir auch schon einmal erzählt habe). Sie können da die ganze Woche bleiben. Sie haben ja Herbstferien. (Ich weiß nicht, ob du daran gedacht hast, du hast heute morgen jedenfalls nicht darüber gesprochen.) Jens war sehr begeistert.*

*Ein paar Einzelheiten sollten wir möglichst bald klären. Unter anderem brauche ich für die Zeit, in der ich bei Karin und Andreas wohne, ein paar Möbel. Ich möchte sie im Lauf des morgigen Tages abholen. Ich lege eine Liste bei. Wenn du dagegen Einwände hast, ruf mich bitte an (die Telefonnummer steht im Telefonverzeichnis). Auch über alles andere können wir natürlich reden, ich bin, wie gesagt, bereit dazu.*

*Es tut mir wirklich leid, Uli. Aber ich sehe keine andere Möglichkeit, zunächst einmal. Vielleicht können wir durch eine vorübergehende Trennung wieder zueinander finden. Wie wir in der letzten Zeit miteinander gelebt haben, das war ja schon eine Trennung. Ich weiß nicht, ob du das anders siehst. Ich hoffe jedenfalls, daß durch eine vorübergehende Trennung unser Verhältnis sich nur verbessern kann.*

*Marion*

Das sechste Blatt war die Liste der Möbel. Sie war mit der Schreibmaschine geschrieben.

Der Schreibtischstuhl fiel polternd um, ein paar der Blätter flatterten zu Boden. Die Treppe hinauf, im Dunkeln, der Kokosläufer verrutschte auf den alten Holzstufen. Die Tür zu Jens' Zimmer stand offen. Eine kleine, dunkle Höhle. Angst vor dem Geräusch des Lichtschalters. Der Schalter klickte, gelbes, warmes Licht legte die Höhle frei, als wäre die Sonne plötzlich eingedrungen.

Das Bett stand noch auf seinem Platz, das Kissen aufgeschüttelt und glatt gezogen, das Laken und die Decke auf beiden Seiten straff eingesteckt. Aber das Kissen war leer, der Teddybär schaute nicht mehr unter der Decke hervor, kerzengerade auf dem Rücken liegend, den Kopf aufs Kissen gebettet. Und es gab Lücken im Regal, unübersehbar. Spielsachen fehlten, Bücher.

Jens. Männlein.

Das Schlafzimmer, es war keine Veränderung festzustellen. Doch, Marions Wecker war nicht mehr da. Ihr Nachttisch war nackt, auch keine Bücher mehr. Der Kleiderschrank. In ihrer Hälfte hingen nur noch ein paar alte Kleider.

Das Bad. Die Abstellplatte unter dem Spiegel sah aus wie kahlgeschlagen, die Tiegel waren verschwunden. Nur noch ein Becher, eine einsame Zahnbürste. Das Rasierzeug. Und kahl die Innenseite der Tür, nur noch ein Bademantel. Marions weißer Mantel war verschwunden, und der kleine, blaue.

Es ist wahr. Du träumst nicht. Leg die Hand auf die Tür, fahr mit der Hand über die Tür. Sie ist nackt und kahl. Du findest den weichen, blauen Stoff nicht, die Kapuze, die kleinen Ärmel. Das ist kein grausamer Scherz. Sie meint es ernst.

Die Treppe hinunter. Die Haustür schlug gegen die Wand. Halt. Sitzt der Dackel vielleicht in der Küche? Liegt in seinem Korb und trauert?

Auch der Hundekorb war verschwunden, der Napf.

Los jetzt. Die Haustür fiel heftig ins Schloß. Das Garagentor quietschte auf, schlug donnernd gegen die Halterung. Altenkotten, wo war das? Irgendwo hinter Rodenbach. Die Autokarte war schwer zu entziffern im matten Schein der

Innenlampe. Vielleicht stand dieses Altenkotten gar nicht in der Karte. Aber da war Verst. Hatte sie nicht gesagt, der Bauernhof liege an der Straße von Rodenbach nach Verst? Es waren vierzig, fünfzig Kilometer. Das konnte stimmen.

Der Anlasser näselte, der Motor sprang an, heulte auf. Die Reifen drehten durch auf dem Kies der Einfahrt. Das Garagentor schließen? Keine Zeit.

Diese Sache eilt. Wir wollen da gar keine Mißverständnisse aufkommen lassen. So geht's nämlich nicht, Marion. Du kannst tun und lassen, was du willst, natürlich. Alles, was du für erforderlich hältst, um wieder zu dir selbst zu finden. Was immer du da finden magst. Aber du kannst nicht das Männlein in die Fremde schicken. Nur weil dir das gerade so paßt.

Sieben Jahre ist er alt. Und soll von heute auf morgen in einem fremden Bett schlafen, mutterseelenallein. Auf einer Pritsche vielleicht, das anspruchslose, ursprüngliche Leben, nicht wahr, vielleicht glauben diese Wandervögel ja auch noch, daß Pritschen gesünder sind als normale Betten, sie glauben das bestimmt. Karren ihn über Berg und Tal, reden ihm ein, wie wunderschön es ist da hinten, in der Fremde, setzen ihn aus in einer Ödnis namens Altenkotten, machen sich erleichtert davon. Und da soll er nun schlafen, auf seiner Pritsche. Sobald das Licht gelöscht wird, ist er ganz allein, Vater und Mutter hören ihn nicht, wenn er ruft. Hat nichts Vertrautes mehr, an das er sich in der Dunkelheit klammern könnte, außer diesem Teddybären, dem ein Bein fehlt und der mit seinen dunkelbraunen Knopfäuglein so melancholisch dreinschaut. Der selbst offenbar dringend darauf angewiesen ist, daß ihn jemand in den Arm nimmt und tröstet.

Ich werd sie in den Arm nehmen und trösten, das Männlein und seinen Teddybären dazu. Ich werd sie aus der Fremde herausholen und mit ihnen nach Hause fahren, über Berg und Tal und auf der dunklen Straße, die Bäume recken ihre langen schwarzen Arme, als ob sie uns festhalten wollten, aber da können wir nur lachen, das macht uns nichts aus, weil wir nämlich endlich wieder zusammen sind und ganz einfach nach Hause fahren.

Ich hätte die Sofadecke mitnehmen sollen, dann hätte er sich mit dem Teddybären auf den Rücksitz legen und schlafen können, vielleicht ist er müde jetzt. Ach wo. Er wird wahrscheinlich auf der ganzen Fahrt hinter mir stehen, beide Arme auf den Lehnen der Vordersitze, und mir erzählen, wie es in der Fremde war. Froh und glücklich, ihr entronnen zu sein. Und stolz auf das, was er erlebt hat.

Vielleicht haben sie Pferde auf diesem Bauernhof. Er war am Zaun der Koppel und hat die Pferde gesehen. Sie sind an den Zaun gekommen, haben ganz laut geschnaubt, aber er hat keine Angst gehabt, er hat einem von den Pferden übers Maul gestreichelt, das war ganz weich. Und ein Mädchen ist weggerannt, sie ist schon neun Jahre alt, aber sie hat Angst bekommen, bloß weil ein Pferd gewiehert und mit dem Bein getrampelt hat, aber davor braucht man überhaupt keine Angst zu haben, die Pferde machen immer so. Die haben ganz große gelbe Zähne, Papi. Aber sie beißen Kinder nicht, das stimmt doch, Papi, oder? Die beißen keine Kinder.

Die Straße in Rodenbach war schon ausgestorben. Ein paar Leuchtröhren an Kabeln, die über die Straße gespannt waren, die Gehsteige waren zu schmal für Laternenmaste, gepflasterte Gehsteige, vor manchen Häusern nur handtuchbreit, absinkend auf holprige Hofeinfahrten, die hohen Tore geschlossen. Hier und da ein erleuchtetes Fenster, aber alle nur in den oberen Geschossen, in den krummen Giebeln. In den Erdgeschossen waren die Holzläden zugezogen und verriegelt, Licht drang nur durch die Ritzen.

Die Straße lief auf die Kirche zu, gabelte sich vor den schimmernden, abgewetzten Steinstufen, die zu dem geduckten Portal hinaufführten. Zur Rechten der Treppe, an der Bruchsteinwand der Kirche, der Wegweiser. Links ging es nach Verst, sechs Kilometer. Darunter stand, klein und kaum lesbar: *Altenkotten 2 km.*

Unmittelbar hinter der Kirche war der Ort zu Ende. Die Bruchsteinmauer des Friedhofs, eine letzte Straßenleuchte, dann verengte sich die Straße, sie wand sich in leichten Kurven hinab in die Dunkelheit. Ein Waldstück zu beiden Seiten, danach zur Rechten der ausgedehnte Rand eines Feldes. In einer Kurve ein kleiner, steinerner Bildstock, er leuchtete auf im Scheinwerferlicht.

Wieder ein Waldstück. Und dann zur Linken plötzlich ein paar Lichtpunkte. Fenster, sie lagen ein wenig von der Straße entfernt in einer dunklen Senke.

Das mußte es sein. Die Einfahrt, ziemlich breit. Das Gatter war geschlossen. Als die Autotür zuklappte, schlug ein Hund an. Er bellte ein paarmal, schwieg dann still. Er schien zu lauschen. Ein schwaches Fiepen. Wieder eine Pause, und wieder das Fiepen. Aber da war noch etwas. Stimmen, nicht sehr deutlich, sie schienen wirr durcheinander zu gehen. Helle Stimmen. Sie wurden durch die Entfernung gedämpft, aber es klang, als schrien sie ausgelassen, johlten und lachten. Kinderstimmen.

Das Gatter war leicht zu übersteigen. Knirschender Split auf dem Weg hinab zum Haus. In der kühlen Luft lag ein Hauch von Feuchtigkeit, aber sie war rein und erfrischend. Ein Rest der Düfte, die die Oktobersonne über Tag aus den Bäumen und Wiesen herausgetrieben hatte. Eine schwache Spur vom Rauch eines Holzfeuers. Hinter hohen schwarzen Bäumen wurde das Haus erkennbar, ein niedriges, langgestrecktes Haus, weiße Wände.

Ja, es waren Kinderstimmen. Sie lachten und schrien durcheinander. Plötzlich war auch das Fiepen des Hundes wieder zu hören, sehr deutlich. Er stand nur wenige Meter entfernt im Dunkeln vor seiner Hütte. Es war ein großer Hund, runder schwerer Kopf, hängende Ohren. Die Kette klirrte. Er wedelte.

»Na, du bist mir ein schöner Wachhund!«

Der Hund zog an der Kette. Er ließ sich streicheln, hörte

auf zu fiepen, leckte mit seiner großen rauhen Zunge die Hand. Er wedelte, sein ganzes Hinterteil geriet in Bewegung.

An den Fenstern zu ebener Erde waren die Läden geschlossen. Die Kinderstimmen kamen aus den erleuchteten Fenstern im Obergeschoß, gleich unter dem tief hinabgezogenen Dach. Eines der Fenster stand offen. Aus dem wirren Geschrei und Gelächter hob sich plötzlich eine Mädchenstimme ab, eine Achtjährige vielleicht, aber aus voller Brust und mit großem Nachdruck: »Und ich bin die Frau Arschloch, und mein Mann heißt Stinkekäs!« Sie lachten wie von Sinnen, aber es dauerte nicht lange, bis das Gelächter wieder übertönt wurde. Es war Jens, ganz unverkennbar, er strengte sich aus Leibeskräften an und schrie: »Und ich bin der Herr Pimmelmann, und meine Frau heißt Kackapipi!« Das Gelächter nahm überhand.

Plötzlich erscholl eine kräftige Männerstimme: »So, Feierabend jetzt! Jetzt wird geschlafen! Morgen früh geht's weiter!« Ein großes Wehklagen brach aus. Die Männerstimme rief: »Keine Widerreden, sonst gibt's was hintendrauf! Jeder in sein Bett! Und wenn ich noch was höre, komme ich wieder rauf!« Die Mädchenstimme fragte: »Paul, dürfen wir nicht noch ein bißchen leise erzählen?«

»Das kenne ich, wenn ihr leise erzählt. Nein, jetzt wird geschlafen. Gute Nacht.« Das Licht erlosch.

Der Hund fiepte, leckte an der Hand.

»Pscht. Ist ja gut. Du hast doch gehört, jetzt wird geschlafen.«

Eine Weile war es still. Dann wurden ein paar vage Geräusche hörbar. Die Kinder schienen herumzurumoren, heimlich. Wahrscheinlich kicherten sie, lachten mit den Händen vor dem Mund. Und dann plötzlich wieder Jens' Stimme, sie schwankte vor Lachen, aber er brachte es gröhlend heraus: »Wer jetzt nicht still ist, der kriegt Arschklopfe von Herrn Stinkekäs!« Er platzte aus, die anderen mit ihm, aber das erstarb. Wahrscheinlich zogen sie die Decken über die Köpfe und lachten ins Kissen. Es wurde still.

Der Hund setzte sich. Seine Augen schimmerten in der Dunkelheit. Er hob eine Pfote, sie war dick und warm. »Ja, ja, mein Guter. Du mußt jetzt auch schlafen gehen. Aber ein bißchen besser aufpassen mußt du schon, hörst du? Du kannst doch nicht jeden hier herumlaufen lassen, du Schlingel. Wie?«

Der Hund legte den Kopf schief und leckte die Hand. »Ich komm ja wieder. Morgen vielleicht. Oder übermorgen.«

Der Anstieg zum Gatter schien merkwürdig steil. Schwere Beine. Vom Gatter aus war das Haus kaum noch zu erkennen. Die Dunkelheit hatte es in sich aufgenommen. Sie hatte es zugedeckt und geborgen.

Ein Waldvogel schrie. Einen Augenblick noch hinter dem Gatter stehen bleiben, lauschen. Nein. Was hat das für einen Sinn. Einsteigen. Die Tür zuziehen, behutsam, sie soll nicht lärmen. Den Motor starten. Den Zündschlüssel nur kurz auf den Anschlag drehen. Wenig Gas geben. Langsam anfahren. Und ganz ruhig nach Hause fahren.

Nicht nach Hause. Irgendwohin.

## 7

»Wehmeier.«

»Hier Verweerth. Störe ich?«

Er zögerte. »Nein.« Er war offenbar überrascht.

»Was treiben Sie, Uli?«

»Ich arbeite.« Er lachte. »Hatten Sie etwas anderes erwartet?«

»Nein, natürlich nicht. Ich weiß, daß Sie's auch zu Hause nicht lassen können. Aber Sie sollten sich nicht übernehmen,

Uli. Sie sind mir in den letzten Tagen ein bißchen angeschlagen vorgekommen.«

»Da könnten Sie recht haben.«

»Also bitte. Hören Sie, Uli ... Lassen Sie ausnahmsweise mal die Arbeit liegen. Wenigstens bis morgen. Ich mache Ihnen einen Vorschlag. Ich hocke hier alleine rum, meine Frau ist verreist. Und da hab ich mir gedacht, vielleicht hätten Sie Lust, zu mir zu kommen und mit mir eine Flasche Wein zu trinken?«

»Tja ...«

»Sie können doch im Handumdrehen hier sein. Oder wird Ihre Frau was dagegen haben?«

»Nein.« Er lachte. »Die hat bestimmt nichts dagegen.«

»Na also. Können Sie eigentlich Schach spielen?«

»Ja, kann ich.«

»Wunderbar. Dann könnten wir doch eine Partie spielen. Oder ganz einfach quatschen. Wie wär's?«

Er zögerte. Dann sagte er: »Gut. Ich komme.«

»Wunderbar. Dann bis gleich.«

»Bis gleich.«

»Uli? Moment noch! Nehmen Sie sich ein Taxi und rechnen Sie's morgen ab. Das ist mir lieber. Für den Fall, daß es bei der einen Flasche Wein nicht bleiben sollte.«

Er lachte. »Gut. Ich nehme ein Taxi.«

Na bitte. Aber das ist nun mal seine einfache, unkomplizierte Art. Läßt sich nicht lange bitten. Deine Rede sei ja, ja, nein, nein. Oder wie heißt das? So ähnlich. Ich könnte ihn danach fragen. Wahrscheinlich wüßte er, wo das steht. Ist wahrscheinlich der einzige weit und breit, der einem sagen könnte, wo das herkommt. Wenn er nicht manchmal so eigenwillig wäre, hätte viel mehr aus ihm werden können.

»Lisa?«

»Ja, Herr Verweerth?«

»Machen Sie ein paar Happen zurecht, für zwei.«

»Ja, Herr Verweerth.«

»Und holen Sie noch zwei Flaschen von dem St. Emilion herauf, nein, drei.«

»Ja, Herr Verweerth.«

Kann doch noch ganz nett werden, dieser Abend. Wann habe ich das letztemal mit ihm zusammengehockt? Muß schon ziemlich lange her sein. An Hildebrandts fünfzigstem Geburtstag, ja. War das, als er Nowakowski so herrlich durch den Kakao gezogen hat? Nein, da war Nowakowski noch gar nicht bei uns. Auf Hildebrandts Feier hat die Zander-Maus ihn abzuschleppen versucht, Herr Wehmeier hier und Herr Wehmeier da, hat mit dem Arsch herumgewackelt und ihm alle fünf Minuten zugeprostet. Tiefe Blicke übers Glas.

Kleines geiles Stück. Daß er verheiratet ist, macht sie wahrscheinlich nur noch heißer. Wäre ihm gar nicht zu verdenken, wenn er sie zwischendurch mal vernascht hätte. Aber da geht nichts, wenn ich mich nicht sehr täusche. Er läßt sie ins Leere laufen. Nicht unfreundlich, das würde er nicht tun. Dazu hat er ein zu gutes Herz. Zu weich.

Wenn er tatsächlich mit der Sommer schläft, dann vielleicht auch nur, weil sie ihm leidtut. Und die Zander-Maus ist ihm zu keß. Auf Hildebrandts Geburtstag ist sie jedenfalls nicht zum Zuge gekommen. Und als ich ihn fragte, ob er auf dem Heimweg noch ein Bier mit mir trinken würde, ist er mitgegangen. Blendender Unterhalter. Aber daran liegt's nicht einmal. Ganz einfach ein angenehmer Mensch.

Durch die offene Terrassentür wehte ein kühler Hauch herein. Die Eichen am Schwimmbecken schüttelten ihre dunklen Kronen, Nässe tropfte auf den Rasen. Unter den Pilzleuchten schimmerte das Gras, aber am jenseitigen Ende des Rasens hatte die Schwärze jeden Halm und jeden Zweig in sich aufgesogen. Die Silhouette der alten Bäume hob sich wie ein zerklüfteter Gebirgskamm vom matten Widerschein des Abendhimmels ab.

Wie schnell sich das verbraucht. Früher bin ich, wenn

Babette auf Tour war und ich meine Ruhe hatte, oft hinausgegangen, auch um diese Jahreszeit, abends, sogar nachts. Bin da hinten herumgelaufen, am Rand des Rasens unter den Bäumen, hab hin und wieder in die Zweige der Sträucher gegriffen und einen Zweig befühlt, und war rundum zufrieden. Ich hab das sogar vorbereitet, bin auf dem Heimweg bei der Grothjan vorbeigefahren oder bei Cilly und hab abgeladen, damit's mich später nicht jucken und ich in Versuchung kommen würde, noch mal rauszugehen, und war dann richtig glücklich, wenn ich endlich hier war und allein und meinen Frieden hatte. Aber irgendwann bringt es das nicht mehr.

Aus dem Frieden wird Langeweile. Oder was auch immer. Jedenfalls fragt man sich, was das alles soll. Und wer sich eigentlich um einen kümmert. Dieser Trampel in der Küche, natürlich. Ja, Herr Verweerth. Wenn sie hier nicht ein so bequemes Leben hätte, in ihrer Küche nicht säße wie die Made im Speck, würde sie wahrscheinlich sagen: Lecken Sie mich am Arsch, Herr Verweerth. Und das würden sie am liebsten alle sagen, alle miteinander. *VB & Partner, Communications,* sind wir nicht ein Team, ziehen wir nicht alle an einem Strang? Ja, von wegen. Sobald ihnen einer ein paar Hunderter drauflegt, sind sie weg. Leben Sie wohl, Herr Verweerth. Es fällt mir wirklich schwer zu gehen, und ich bin mir auch nicht sicher, ob ich es nicht bereuen werde. Von wegen. Es ist Ihnen doch wohl klar, Herr Verweerth, daß Sie und Ihr Laden mir scheißegal sind?

Es wird Zeit, die Terrassentür zu schließen. Wird zu ungemütlich. Das Feuer schüren. Ein paar Scheite nachlegen. Wir können den Schachtisch ein wenig näher ans Feuer rücken. Wann habe ich zuletzt Schach gespielt? Auch schon wieder eine Ewigkeit her.

Die Klingel schlug an. »Lassen Sie, Lisa, ich mach schon auf.«

Er stand vor der Tür, lächelte. »Da bin ich.«

»Kommen Sie rein, Uli. Sie haben doch bestimmt noch nichts gegessen?«

»Nein. Sie bringen mich erst auf die Idee. Hab ich total vergessen.«

»Sehen Sie. Ich hab uns ein paar Kleinigkeiten anrichten lassen. Lisa, Sie können die Happen gleich reinbringen.«

»Ja, Herr Verweerth.«

»Stellen Sie sie neben den Schachtisch.«

»Ja, Herr Verweerth.«

Er wollte in den Salon gehen, hielt ein und sah auf den Zekely über der Kommode. Er beugte sich vor und suchte die Signatur. »Wer ist das?«

»Georg Zekely. Kennen Sie ihn nicht?«

Er schüttelte den Kopf, trat einen Schritt zurück und betrachtete das Bild.

»Sollten Sie aber. Hochbegabter Mann. Wird mittlerweile gekauft wie verrückt. Schon fast nicht mehr zu bezahlen. Ich bin auch ein bißchen zu spät darauf gekommen. Den da hab ich mir erst im Februar zugelegt. Und ein paar andere von ihm. Hab leider gar keinen Platz, um das alles zu hängen.«

Er nickte.

»Gefällt er Ihnen?«

»Doch. Doch, das gefällt mir.«

»Wenn Sie Lust haben, können wir nachher mal in mein Magazin gehen, dann zeige ich Ihnen die anderen.«

Er ging in den Salon, blieb stehen und sah um sich.

»Hier um die Ecke rum, Uli. Ich hab gedacht, im Kaminzimmer sitzen wir am behaglichsten. Das wird ja richtig ungemütlich mittlerweile.«

Er ließ sich im Sessel nieder, streckte die Beine, rieb sich die Hände, sah ins Feuer. »Sehr angenehm.« Dann beugte er sich vor, nahm den König vom Brett und betrachtete ihn. »Die hab ich mir beim letztenmal, als ich hier war, gar nicht richtig angesehen. Wirklich schön. Eigentlich viel zu kostbar, um damit zu spielen.«

»Na ja, sie sind ein bißchen unpraktisch. Aber ich hab mich dran gewöhnt. Prost, Uli.«

»Prost.« Er hob das Glas, kostete den Wein, stellte das Glas ab und griff nach der Flasche. »Darf ich?« Er betrachtete das Etikett. »Sehr gut.«

»Ja, der ist nicht schlecht. Wie geht's zu Hause?«

»Danke, gut.« Das Etikett schien ihn mehr zu interessieren.

»Und was macht der Sohnemann?«

»Danke. Dem geht's sehr gut.« Er stellte die Flasche ab. »Wollen wir?«

»Ja, gern. Wenn Sie nicht vorher essen wollen.«

»Ich nehm mir zwischendurch was.« Er zog den Königsbauern.

Irgendeine Laus ist ihm über die Leber gekrochen. Es wird doch nicht an dem Zekely liegen? Oder an den Schachfiguren? Am Wein? Nein, ausgeschlossen. Bei Hildebrandt wäre das die normale Reaktion. Bei Baur und bei Hanrieder, bei dieser ganzen Mischpoke sogenannter Führungskräfte, die überreichlich absahnen und noch immer meinen, sie kämen zu kurz. Kommen hier vorgeblich ganz entspannt herein, mit ihren aufgetakelten Fregatten. Aber lassen kein neues Bild aus, nichts, was sie noch nicht beschnüffelt haben, und wenn's nur eine andere Tapete ist. Bauen sich davor auf und tun sachverständig, anerkennend. Phantastisch, Herr Verweerth, wirklich! Prachtvoll! Und verfärben sich grün.

Die Blicke über die Schulter, wenn sie mit dem Glas in der Hand und mit der Aufgetakelten im Schlepptau hinaus auf den Rasen treten. Die geflüsterten Bemerkungen. Zwei andere treten hinzu, sie plaudern in entspannter Haltung. Haben Sie schon gesehen? Erich hat wieder zugeschlagen. Die Vase im Kaminzimmer. Die war nicht unter zwanzigtausend zu haben, darauf wette ich. Eine von den Aufgetakelten nippt am Glas. Na, und? Er hat's doch. Es bleibt ihm doch genug dafür übrig, wenn ihr euch so billig verkauft.

Darunter hat er nie gelitten. So kleinkariert war er nie. Oder er verbirgt es sehr geschickt. Ich weiß noch, daß ich sehr gespannt war, als ich ihn zum erstenmal eingeladen habe. Es war eigentlich Babettes Idee, sie hat ihn eingeladen zu einer Party, in die er absolut nicht hineinpaßte, nach all dem Kokolores, den er da in Berlin getrieben hatte. Zwei vorläufige Festnahmen wegen Widerstandes gegen die Staatsgewalt. Eine Verurteilung wegen Sachbeschädigung. Ich hatte Babette von ihm erzählt, sie fand das wahnsinnig interessant, und dann kam sie auf die Idee, daß er genau das Richtige sei für diese Party, auf der ein paar hundert Millionen zusammen waren, aber sonst nicht viel. Er kam ihr gerade recht als belebendes Element. Eine kleine, aufregende Provokation.

Belebend war er, aber nicht provokant. Wahrscheinlich hatte er damals den ganzen Blödsinn schon ausgeschwitzt. Natürlich, das hatte er doch schon in Berlin, das war mir klar, als ich seine ersten Arbeiten sah. Das hatte mit Klassenkampf nichts mehr zu tun oder mit Sozialismus, das war grundsolide. Und hochintelligent. Einer von den Berliner Leuten hat ihn mir ausreden wollen, richtig, Ratzke hieß der. Ziemlich beschränkter Typ. Hat mir erzählt, was dieser Wehmeier auf dem Kerbholz hatte, und daß an dem Hopfen und Malz verloren sei. Keine Ahnung, der Herr Ratzke, nicht einen Funken Menschenkenntnis. Ich hab mit dem Jungen geredet, ganz beiläufig, kein Verhör, ganz businesslike, und nach den ersten fünf Minuten war mir klar, daß der viel zu intelligent war, um sich von diesem Blödsinn auf Dauer benebeln zu lassen.

Auf dieser Party hat er sich jedenfalls glänzend benommen. Babette war so beeindruckt, daß sie mich noch an dem Abend nach seinem Gehalt gefragt und ganz empört getan hat, als ich ihr sagte, wie billig ich ihn eingekauft hatte. Erik, das ist schlicht und einfach Ausbeutung, das hat mit Kostenbewußtsein nichts mehr zu tun! Ich hab sie mit Mühe und Not davon abhalten können, daß wir ihm außer der Reihe was drauflегten. Und das hat er bei ihr ganz ohne Schmus geschafft. Er hat ihr wohl nur das Gefühl gegeben, daß er sie ernstnahm. Wahrscheinlich hat er überhaupt nicht daran gedacht, daß sie was für sein Gehalt tun konnte. Ist nicht seine Art.

Er nahm einen Schluck Wein, setzte das Glas ab, stützte das Kinn in beide Hände und überlegte ziemlich lange. Und fraß dann doch den Bauern.

»Matt in drei Zügen.«

»Wie denn?« Er ließ die Hände sinken, sah stirnrunzelnd auf das Brett.

»Dame schlägt Springer f 3. Sie müssen mit dem Bauern zurückschlagen. Und dann kommt Turm g 6 Schach, Sie müssen in die Ecke, und Läufer schlägt f 3 mit Matt. Haben Sie das nicht gesehen?«

»Nein. Ich hab gedacht, Sie haben sich mit dem Bauern verrechnet.« Er lachte. »Na ja. Im Schach war ich noch nie besonders gut.«

»Das stimmt nicht. In der Eröffnung haben Sie ganz beachtlich mitgespielt.«

Er schüttelte den Kopf. »Ach wo.« Er ließ sich in den Sessel zurücksinken, fuhr mit beiden Händen über die Haare, rieb sich das Gesicht. Legte die Hände auf die Knie, starrte ins Feuer.

»Stimmt irgendwas nicht, Uli?«

»Wieso?«

»Sie kommen mir ein bißchen mitgenommen vor. Wenn Sie irgendwas auf dem Herzen haben, rücken Sie nur raus damit. Vielleicht kann ich Ihnen einen Rat geben. Oder etwas tun.«

»Nein, nein. Alles in Ordnung.« Er beugte sich vor und begann, die Figuren aufzustellen. »Oder wollen Sie nicht mehr?«

»Doch, doch. Wenn Sie noch Lust haben. Aber zuerst sollten Sie mal essen. Haben Sie überhaupt schon was genommen?«

Er gab keine Antwort. Er stellte die schwarzen Figuren vor sich auf, rückte sie hier und da noch ein bißchen zurecht, stellte auch einen weißen Bauern, der nicht exakt in der Linie stand, in die Mitte des Feldes. Plötzlich sah er auf. »Für Frau Sommer könnten Sie was tun. Und Herrn Nowakowski ein bißchen auf die Finger klopfen.«

Also doch. Das kann spannend werden. »Wieso? Gibt es da Probleme?«

»Sie wissen doch sicher, daß Nowakowski Frau Sommer einen Auftrag abgenommen hat?«

»Warten Sie mal... Ja, er hat mir davon erzählt. Es ging um den Punsch, ist das richtig?«

»Ja, das ist richtig. Hat er Ihnen auch erzählt, wie er mit Frau Sommer umgesprungen ist? Und daß er ihr mit der Kündigung gedroht hat, mehr oder weniger deutlich?«

»Na, na, Uli. Das klingt aber reichlich dramatisch.«

»Ist es auch. Zumindest für Frau Sommer.« Er rückte einen Bauern zurecht, der bereits richtig stand. Dann sah er wieder auf vom Brett. »Können Sie sich vorstellen, wie der jetzt zumute ist?« Er wartete. Die blauen Augen wichen keinen Millimeter aus.

»Ich bin nicht sicher, ob ich das kann.«

»Sie ängstigt sich Tag und Nacht, daß sie auf die Straße gesetzt wird. Und keinen neuen Job mehr findet.«

»Also, Moment mal, Uli. So schnell schießen die Preußen ja nun nicht. Das weiß schließlich auch Frau Sommer. Ob jemand auf die Straße gesetzt wird, das entscheide immer noch ich, und nicht Nowakowski.«

»Eben. Und deshalb meine ich, daß Sie dem Herrn mal auf die Finger klopfen sollten.«

Das ist jetzt der Augenblick, um eine neue Flasche aufzumachen. Er widerspricht nicht, als ihm der Rest eingegossen wird, er achtet gar nicht darauf. Er hat sich offenbar in Rage geredet, das passiert nicht oft bei ihm. Es könnte sein, daß da jetzt einiges herauskommt.

»Sie können ihn auf den Tod nicht ausstehen, stimmt's?«

Er zuckte die Schulter. »Ich weiß nicht, ob man das so sagen kann. Der Mann hat vielleicht auch seine Probleme. Aber sympathisch ist er mir ganz bestimmt nicht. Kein Mensch, mit dem ich mehr als das Notwendige zu tun haben möchte.«

»Warum? Weil er schwul ist?«

Er schüttelte den Kopf. »Das hat doch mit seiner Aufführung bei uns nichts zu tun.«

»Sagen Sie das nicht. Solche Leute sind ja oft besonders ehrgeizig. Sie wollen partout beweisen, daß sie keinen Defekt haben. Und daß sie sogar tüchtiger sind als die Normalen.«

Er zog die Stirn ein wenig zusammen. »Glauben Sie das wirklich?«

»Ja, glaube ich. Das ist sogar erwiesen, ich hab's vor kurzem noch irgendwo gelesen. Aber ganz davon abgesehen – ich mag Schwule auch nicht besonders. Man darf so was heute ja nicht mehr laut sagen, ohne gleich als Faschist angeprangert zu werden. Aber ich mag sie wirklich nicht, und ich glaube, das ist eine ganz normale Reaktion. Mir ist immer ein bißchen unbehaglich, wenn ich mit Schwulen zusammen bin, meine Frau ist da ja ungeheuer liberal, sie schleppt sie hier gleich paarweise an, Maler, Tänzer, diese ganzen schrägen Figuren. Und ich find's offen gestanden zum Kotzen, wie die Brüder sich anhimmeln und betatschen und die Ärsche schwenken. So viel Geilheit, das geht einem normalen Menschen nun wirklich auf die Nerven. Ich hab immer Angst, daß mir einer im Vorübergehen mal zwischen die Beine faßt. Geht's Ihnen anders?«

Er lächelte. »Auf den Gedanken bin ich noch nie gekommen.«

Er hüpft wirklich nicht leicht auf die Brücken, die man ihm baut. Schnappt nicht zu, wenn man ihm einen Wurstzipfel hinhält. Man erzählt ihm was Schönes, und die Antwort lautet schlicht: Nein, Herr Verweerth. Aber vielleicht mag ich ihn gerade deshalb. Es ist schon erfreulich, so ein Mensch, der sich nicht anpaßt.

»Na ja, vielleicht bin ich auch ein bißchen überempfindlich. Aber, wie gesagt, das kann durchaus eine Ursache für Ihren Haß auf Nowakowski sein. Ist Ihnen vielleicht gar nicht bewußt.«

»Nein, das glaube ich nicht.« Er lehnte sich im Sessel zurück. »Was mich stört und was ich ganz einfach für unerträglich halte, das ist seine Neigung, andere Leute zu schikanieren. Sie madig zu machen, statt sie zu motivieren. Er spielt den Boß, der nicht nur alles besser weiß, sondern auch andere Menschen herumkommandieren kann. Andere Menschen erniedrigen kann, nach Lust und Laune. Und das ist nicht hinnehmbar.«

»Das sind aber starke Worte, Uli.«

»Was Herr Nowakowski veranstaltet, ist auch reichlich stark.«

»Also, jetzt wollen wir mal auf dem Teppich bleiben, Uli. Und trinken Sie erst mal aus.«

Er trank sein Glas leer, schob es herüber. »Ich bin auf dem Teppich geblieben.«

»Nein, das sind Sie nicht. Hören Sie mal gut zu, Uli. Ich weiß, daß Nowakowski übertreibt. Ich weiß, daß er manchmal zu weit geht, und das hat er auch oft genug schon von mir zu hören bekommen. Neue Besen kehren gut, das wissen Sie doch. Und wir haben ihn ja auch ganz bewußt als neuen Besen eingekauft. Ich kann und will mich nicht mehr um jeden Dreck kümmern, und wenn er mir das abnimmt, handelt er durchaus in meinem Sinne. Grundsätzlich, und von seinen Übertreibungen mal abgesehen. Daß er fachlich ein guter Mann ist, daß er bei der Intermedia hervorragende Arbeit geleistet hat, darüber brauchen wir ja sicher nicht zu streiten.«

»Hat er das?«

»Na, immerhin haben sie mit ihm als Creative Director

innerhalb von zwei Jahren ihren Umsatz um einhundertzehn Prozent gesteigert.«

»Geht es uns denn schlecht?«

Mein Gott, jetzt wird er aber allmählich penetrant. »Es geht uns nicht schlecht, Uli, aber wenn Sie in dem Geschäft auf dem Hintern sitzen bleiben, geht's Ihnen sehr bald nicht mehr gut. Ich weiß, daß das nicht die Kategorien sind, in denen Sie denken, ich will das auch gar nicht von Ihnen verlangen. Aber mir bleibt es nun mal nicht erspart, dafür zu sorgen, daß es weitergeht und daß der Schornstein raucht. Auch in Ihrem Interesse. Und weil ich nun mal leider in ein Alter komme, in dem ich hin und wieder auch ganz gerne ausspannen möchte, ich weiß nicht, ob Sie das verstehen, aber ich brauche so einen Mann, der aktiv ist und mich entlastet. Ich verrate wahrscheinlich ja kein Geheimnis, wenn ich Ihnen sage, daß wir daran denken, ihn in absehbarer Zeit als Teilhaber aufzunehmen. Wenn er sich bewährt, natürlich. Und wenn er sich ein paar Ecken und Kanten abschleift.«

Er nickte. Nach einer Weile sagte er: »Da bin ich aber gespannt.«

»Da brauchen Sie gar nicht gespannt zu sein. Ich werd ihm, wenn es nötig ist, auf die Finger klopfen. Ich werd schon dafür sorgen, daß er keinen Unsinn macht.«

»Auch im Fall von Frau Sommer?«

An der Geschichte muß doch mehr dran sein. Sein weiches Herz, na schön, aber da müssen auch andere Körperteile im Spiel sein. Weiß der Himmel, was sie zu bieten hat, man müßte ihr tatsächlich mal unter den Rock sehen. »Sagen Sie, Uli... Sie haben doch nicht etwa was mit Frau Sommer?«

»Wie meinen Sie das?«

»Du lieber Himmel, so was kommt hin und wieder vor, hab ich mir sagen lassen. Auch wenn jemand eine so reizende Frau hat wie Sie, die kleinen, schwachen Momente, ich habe dafür durchaus Verständnis. Ich bin ja auch nicht unbedingt ein Kind von Traurigkeit. Und Frau Sommer ist zweifellos ein interessanter Typ, ich könnte mir schon vorstellen, daß...«

»Ich habe nichts mit Frau Sommer.«

Na, dann eben nicht. »Entschuldigen Sie, ich hab's nicht bös gemeint. Ich bin nur auf den Gedanken gekommen, weil Sie sich so sehr für Frau Sommer engagieren.«

Er runzelte die Stirn. »Haben Sie sich die Sachen angesehen, die sie für den Punsch gemacht hat?«

»Nein, das habe ich nicht. Und ich hoffe sehr, daß Sie mir das jetzt nicht zum Vorwurf machen wollen. Ich habe mich auf Nowakowskis Sachverstand verlassen, und auf Hildebrandt übrigens auch, und das muß ich und werde ich auch in Zukunft in ähnlichen Fällen tun, denn dafür werden die Herren von mir bezahlt. Wissen Sie, Uli, Sie machen einen großen Fehler. Sie engagieren sich für Leute, die es genau betrachtet nicht wert sind. Sie haben ein zu weiches Herz. Sie sind ein unverbesserlicher Idealist. Warum verfolgen Sie nicht konsequent Ihre persönlichen Interessen? Sie stehen doch glänzend da, denken Sie nur mal an die Sparkasse, die sind doch ganz begeistert! Stattdessen lassen Sie sich von Leuten einwickeln und einspannen, die sich umgekehrt sofort von Ihnen absetzen würden, wenn es Ihnen mal dreckig ginge.«

Er kratzte sich auf der Wange. Dann sagte er: »Wollen Sie Frau Sommer auf die Straße setzen?«

»Nein, Herrgott noch mal! Jetzt hören Sie doch endlich auf mit Frau Sommer! Ich kann den Namen schon nicht mehr hören. Gibt es denn nichts Interessanteres, über das wir uns unterhalten können? Es wird sie niemand auf die Straße setzen, dafür verbürge ich mich. Genügt Ihnen das?«

Er nickte. Plötzlich griff er nach seinem Glas. »Prost.«

»Prost, Sie verdammter Querulant. Also, zumindest haben Sie jetzt geschafft, daß mir die Lust am Schachspielen vergangen ist.«

»Das tut mir leid.«

»Quatsch, das braucht Ihnen nicht leidzutun. Mir ist sowieso gerade eine bessere Idee gekommen.«

»Was denn?«

»Wie wär's, wenn wir in die Altstadt führen? Mir fällt auf einmal die Decke hier auf den Kopf.«

Er sah auf die Uhr. »Wird das nicht ein bißchen spät?«

»Ach wo. Kennen Sie die *Purpurmuschel*?«

Er schüttelte den Kopf. »Nein. Das heißt, ich weiß, wo es ist. Aber ich war noch nie drin. Was ist das, Striptease?«

»Na, das ist nicht ganz der angemessene Ausdruck. So banal dürfen Sie sich das nicht vorstellen. Nicht so einfach das Höschen runter, verstehen Sie. Nein, das ist schon ein bißchen anspruchsvoller. Rundum ausgekocht. Und die Frauen, die sie da haben, die sind absolute Spitzenklasse. Körper, so was bekommen Sie nicht alle Tage zu sehen. Außerdem sind sie auch noch gescheit, um nicht zu sagen gebildet, *ass and tits* genügt da nicht fürs Engagement. Kommen Sie, Uli, wir vergessen mal den ganzen Ärger, den wir mit den Weibern haben, und lassen uns ein bißchen verwöhnen!«

## 8

*Kommet her zu mir alle, die ihr mühselig und beladen seid; ich will euch erquicken.* So richtig hab ich nie daran geglaubt. Du mußt daran glauben, Christel. Du darfst das nicht nur so nachplappern. Ja, aber das Problem fing schon damit an, daß ich nicht wußte, was erquicken heißt. Niemand hat es mir erklärt, und ich hab mich auch nicht getraut zu fragen. Ich weiß nicht mehr genau, was ich mir unter erquicken vorgestellt habe, aber es ging mehr in die Richtung von zwicken. Alle herkommen, die mühselig und beladen sind! Jetzt werde ich euch mal erquicken! Damit ihr seht, wo's langgeht! Im Zweifel war's nichts Gutes. Und obwohl ich nicht daran glaubte, war es mir auch nicht egal, es beunruhigte mich.

Ich wußte auch nicht, was ein Joch ist. *Nehmet auf euch mein Joch und lernet von mir; denn ich bin sanftmütig und von Herzen demütig; so werdet ihr Ruhe finden für eure Seelen.* Christel, das solltest du dir fürs Leben merken, das ist nicht nur für den Kommunionsunterricht wichtig. Schreib es dir hinter die Ohren! Das hab ich immerhin verstanden, und wenn ich nicht daran geglaubt habe, so hab ich's doch befolgt. Vielleicht war ich nicht immer demütig, aber sanftmütig ganz bestimmt. Ich würde ja auch so schrecklich gern daran glauben, daß es hilft, aber alles, was es mir eingebracht hat, ist die Angst, daß sie nicht aufhören werden, auf mir herumzutrampeln, bis sie mich totgetrampelt haben.

Ich hab nicht Ruhe gefunden für meine Seele. Die Angst jagt mich, den ganzen Tag über und in die Nacht hinein und aus der Nacht in den Morgen, ich sehe ihn bleich in die Gardinen hineinkriechen. Samstag, das war einmal der Ruhetag, schöner noch als Sonntag, ein bißchen aufräumen, ein bißchen einkaufen, etwas Gutes vorkochen und dann am Nachmittag sich ausstrecken, mit einem Buch vielleicht, oder nur, um die Augen zu schließen und ein Stündchen zu schlafen. Ich hab kein Auge zugemacht, die ganze vergangene Nacht nicht, und auch nicht an diesem Samstag, dem Ruhetag. Ich bin nur immer hin- und hergelaufen. Und ich weiß nicht, wohin mich die Angst gejagt hätte, wenn mir nicht die Abendmesse eingefallen wäre. *Kommet her zu mir alle.*

Ich will daran glauben. Ich will daran glauben.

»Gehet hin in Frieden.« Die schmalen, senkrechten Kästen an den Pfeilern leuchteten auf, sie gaben die Nummer des Liedes an. Die Orgel setzte ein. Manche blätterten im Buch und schlugen das Lied auf, aber die meisten sangen es auswendig. Einige legten den Kopf ein wenig nach hinten, ließen singend die Augen nach oben in die hohen Kreuzgewölbe wandern, richteten sie wieder nach vorn. Als die Orgel auf einem lang anhaltenden, dann nachhallenden Akkord endete, begann das Gescharre der Füße, sie wandten sich zur Seite, stockten, suchten Schritt um Schritt ihren Weg aus den Bänken.

Soll ich hierbleiben? Der Küster löscht die Kerzen, er hebt den langen Stab und senkt das Hütchen an der Spitze über die Flammen, Flamme um Flamme verschwindet. Dünne Rauchfähnchen steigen auf und kräuseln sich im matten Luftzug, der von den Portalen hereinweht. Sobald das letzte Portal langsam ins Schloß zurückgefallen ist, wird der Geruch sich ausbreiten. Es wird nicht lange dauern, bis er mich erreicht. Ich könnte die Augen schließen und ihn einatmen. Es wäre wie früher. Kerzen. Und eine Spur von Weihrauch. Die Maiandacht. Die Christmette. Die Augen schließen.

Sie werden mich einsperren, wenn ich hier knien bleibe. Der Küster wird mich nicht sehen in dieser dunklen Ecke, er wird die Portale zuschließen und verriegeln, und dann werden die letzten Lampen verlöschen, nur noch das rote Licht über dem Altar wird wie ein Funke glimmen, der immer weiter hinauswandert in die Nacht. Sei mir nicht böse, lieber Gott, aber ich muß jetzt ganz schnell gehen, ich muß laufen, es lärmt ganz schrecklich in deiner Kirche, aber ich kann meine Füße nicht mehr so behutsam aufsetzen, wie es sich gehört, der Küster, er ist nicht mehr zu sehen, er kann die Portale doch nicht schon verriegelt haben?

Das Portal war unverschlossen, der zernarbte Flügel gab knarrend den Weg frei. Auf dem Platz vor der Kirche kroch die Herbstnacht voran. Nur noch wenige Menschen waren zu sehen, keine Kirchgänger mehr, bloß Passanten, die den Platz überquerten, um ihn alsbald hinter sich zu lassen. In diesem weiten, immer stiller, immer kühler und dunkler werdenden Panorama gab es nur einen einzigen Punkt, der der Nacht standzuhalten schien. Die beleuchtete Telefonzelle am Rande des Platzes. Je weiter die Nacht vorankroch, um so wärmer schien der gelbe Fleck der Telefonzelle zu leuchten.

Ich werde das nicht tun. Ich darf es nicht tun. Ich habe gestern den ganzen Tag widerstanden, den Abend bis in die Nacht hinein, und selbst heute morgen, als plötzlich die panische Vorstellung mich packte, er könne übers Wochenende wegfahren, auch da bin ich mit der Versuchung fertig geworden. Und so muß es auch weitergehen. Ich habe kein Recht, mich an einen Menschen zu klammern, nur weil ich mich selbst nicht über Wasser halten kann, es wird nur dazu führen, daß ich ihn mit mir hinunterziehe.

Aber wenn ich es jetzt nicht tue, werde ich es sehr bald nicht mehr tun können. Ich kann ihn nicht während der Nacht anrufen, das ist unmöglich, was soll seine Frau denken. Und wie soll ich überleben, wenn diese Nacht so trostlos wird wie die vergangene? Wie, wenn sie noch schlimmer wird?

Vielleicht ist der Zeitpunkt schon überschritten. Vielleicht ist er gar nicht zu Hause. Weggefahren mit seiner Frau und dem Kleinen.

Er wird gar nicht zu Hause sein.

Die Schwingtür der Telefonzelle ließ sich schwer bewegen, sie leistete Widerstand. Mach Platz, du verdammte Tür! Die Münzen fielen in den Automaten. Die roten Zahlen leuchteten auf. Ich werde jetzt seine Nummer drehen, aber nur dreimal das Rufzeichen abwarten. Nein, fünfmal.

»Wehmeier. – Hallo? Wer ist denn da?«

»Ich bin's, Uli. Christel.«

»Hallo, Christel. Was ist los? Hast du Langeweile?«

Mein Gott, ist das eine Erleichterung. Ich spüre meinen ganzen Körper, er ist müde, aber plötzlich entspannt, die Schultern, die Beine, warm und schwer. Ich danke dir, lieber Gott. »Nein, ich hab keine Langeweile. Ich wollte nur...«

»Ja? Was denn?«

»Entschuldige, Uli... Ich wollte dich fragen, ob ich dich ganz kurz mal sehen könnte. Nur fünf Minuten. Oder zehn.«

»Jetzt gleich?«

»Ja. Aber nur, wenn es möglich ist.«

»Natürlich. Wo bist du denn?«

»Ich ruf aus einer Telefonzelle an. Ich kann zu dir kommen. Ich werde auf der Ecke warten.«

»Warum denn das?«

»Ich möchte euch nicht stören. Deine Frau...«

»Meine Frau ist gar nicht da. Also, setz dich in dein Auto und komm.«

»Danke, Uli.«

»Christel?«

»Ja?«

»Ist irgendwas passiert?«

Das ist der Augenblick, in dem der Damm bricht, eine ganz einfache Frage, drei Wörter nur, aber sie reißen im Bruchteil einer Sekunde die Mauer ein, die mühsam errichteten Stützen knicken weg wie Zündhölzer, die Flut bricht sich Bahn. »Ja, Uli!« Die Stimme klingt lächerlich hoch, wie die eines Kindes in größter Not, sie macht sich Luft und erstickt in einem Schluchzen.

»Christel! Jetzt beruhig dich doch! Sag mir, wo du bist. Ich hole dich ab.«

»Nein, Uli. Das war nur so... Du brauchst dir keine Sorgen zu machen. Ich kann fahren. Ich komme.«

Er stand vor dem Gartentor, im Pullover und auf Clogs. Die Haustür hatte er offenstehen lassen, aus dem Wohnzimmer drang ein schwacher Lichtschein.

»Komm rein.«

»Schläft der Kleine schon?«

Er lächelte. »Ich hoffe es.«

»Wieso? Ist er nicht hier?«

»Nein. Setz dich. Willst du was trinken?«

Einen Schluck trinken. Stillsitzen und die Glieder ein wenig ausruhen. Den Kopf auf die Lehne des Sofas sinken lassen. Die Augen schließen. Es geht mir wieder wie an dem

Morgen in seinem Büro, als er meine Hände hielt. Nicht mehr nachdenken. Nur ein Weilchen so sitzenbleiben.

»Ein Glas Wein vielleicht?«

»Ja. Bitte.«

Er ging in die Küche, kam mit einer Flasche und dem Korkenzieher zurück, setzte sich in den Sessel und drehte den Korkenzieher ein. »Also. Was ist passiert?«

»Sie haben mir eine Änderungskündigung geschickt.«

Er erstarrte, eine Hand auf der Flasche zwischen seinen Füßen, die andere auf dem Korkenzieher. »Eine was?«

»Eine Änderungskündigung. Unter Berufung auf Paragraph 2 des Kündigungsschutzgesetzes, Klammer auf, Änderungskündigung. Klammer zu. Sie sind bereit, mich trotz der aufgetretenen Unzulänglichkeiten meiner Arbeit weiter zu beschäftigen. Allerdings in einer meinen Qualifikationen angemessenen Position. Der Schwerpunkt des künftigen Arbeitsgebiets liegt in Recherchen und der Beschaffung sowie Archivierung von Materialien. Über eine entsprechende Anpassung meines Gehalts wird noch zu verhandeln sein.«

»Das ist doch nicht wahr, Christel!«

»Doch, das ist wahr, Uli.«

Er stand auf, die Flasche kippte, er fing sie auf und stellte sie auf den Tisch.

»Wer hat das unterschrieben?«

»Von Karnapp und Hildebrandt. Ich hab den Brief dabei.«

Er las den Brief im Stehen. Er verharrte wie angenagelt, als er zu Ende gelesen hatte, ließ nur die Hand mit dem Brief fallen und sah aus dem Fenster. Seine Stimme war kaum zu verstehen: »Das wird er bereuen!«

»Wer?«

»Verweerth. Dieser krumme Hund.«

»Glaubst du, das war seine Idee?«

»Nein, das war nicht seine Idee. Das war Nowakowskis Idee. Aber er läßt dieses Schwein gewähren, er ist zu schlapp oder zu faul, ihn aufzuhalten, oder beides. Es interessiert ihn ganz einfach nicht. Er läßt sich von Nowakowski entlasten, auf welche Art, das ist ihm scheißegal. Und dann ist er auch noch zu feige, mit dir zu reden oder wenigstens diesen Wisch selbst zu unterschreiben, das läßt er durch diese beiden Domestiken erledigen.« Er hob den Brief. »Mit freundlichen Grüßen, ppa. Und Herr Verweerth hat seine Ruhe. Dieser elende krumme Hund.«

Es ist ganz unvernünftig, aber es tut mir gut, daß er sich so empört. Ich müßte doch wünschen, daß er ruhig bliebe, sonst tut er ja womöglich etwas ganz Unüberlegtes, ruft Verweerth an, läßt sich von mir nicht aufhalten, macht seiner Empörung Luft und bringt sich selbst in Schwierigkeiten. Aber es erleichtert mich, ihn so aufgebracht zu sehen und ihm zuzuhören. Es lindert dieses quälende Gefühl, daß mir ja nur Recht geschehen sei und daß niemand es ihnen verübeln kann, wenn sie so unerbittlich auf mir herumtrampeln.

Er legte den Brief auf den Tisch. »Wann hast du das bekommen?«

»Gestern morgen. Sie haben ihn per Eilboten geschickt. Ich war gerade aufgestanden, als es klingelte. Verstehst du, warum sie es damit so eilig hatten? Ich hab fünf Monate Kündigungsfrist, aber sie hätten damit ja noch bis zum Monatsende Zeit gehabt.«

Er nickte. »Nowakowski vermutlich. Er will ein bißchen Terror verbreiten. Unverzüglich klarmachen, daß er jetzt zur Sache geht. Warum hast du gestern keinen Ton davon gesagt?«

»Ich wollte es nicht, Uli. Ich hab niemandem was gesagt. Hab auch versucht, mir nichts anmerken zu lassen. Nowakowski ist dreimal zu mir ins Büro gekommen, wegen lauter Kleinigkeiten. Vielleicht wollte er, daß ich davon anfange, aber ich hab so getan, als gäbe es diesen Brief gar nicht.« Nun kommen die Tränen wieder. »Ich find's ganz schrecklich, daß ich jetzt doch hier hocke und dir deinen Samstagabend verderbe mit meiner Heulerei.«

»Sag mal, spinnst du? Wozu hat man denn Freunde, wenn man sie nicht einmal um Hilfe bitten kann?«

»Aber wie sollst du mir denn helfen? Ich zieh dich höchstens in meinen Schlamassel mit rein. Da kannst du doch gar nichts machen.«

»O doch.« Er griff nach der Flasche, setzte sich in den Sessel. »Da kann man sehr viel machen.«

»Was denn?«

Er drehte den Korkenzieher. »Totschlagen, zum Beispiel, das ganze Pack. Das wäre natürlich das Beste.«

»Uli, red doch nicht solchen Unsinn.«

»Ja, wahrscheinlich wäre es Unsinn. Zu aufwendig. Und zu riskant. Aber ein kleiner wohlüberlegter Mord.« Er biß auf die Zähne, seine Kinnmuskeln spannten sich, er zog den Korken. »Ein sauberer Mord an der richtigen Stelle. Der könnte das ganze Problem bereinigen.«

»Red nicht so, Uli, ich bitte dich.«

»Wieso denn?« Er sah in den Flaschenhals, pustete, fuhr mit dem Finger über den Rand des Halses. »Ich hab doch gesagt, an der richtigen Stelle. Man müßte natürlich den Hauptdrahtzieher erwischen. Ihn ausschalten.« Er stand auf, ging zum Schrank, kam mit zwei Gläsern zurück. »Und sauber, habe ich gesagt. Man möchte natürlich nicht ins Gefängnis gehen, nur, weil man der Gerechtigkeit zum Sieg verholfen hat.«

»Würdest du jetzt bitte damit aufhören, Uli?«

»Christel, du hast ein zu weiches Herz.« Er goß den Wein ein. »Was dieser Nowakowski mit dir veranstaltet, was er heute dir und morgen einem anderen anzutun versucht, das ist nichts anderes als Mord. So macht man nämlich Menschen kaputt. Auf eine besonders abgefeimte, heimtückische Tour, und mit einem Höchstmaß an Lustgewinn. Denn diese Spielart von Mord steht nicht im Strafgesetzbuch. Dafür wird niemand hinter Gitter geschickt.«

»Das ist doch alles Unsinn, Uli. Das führt doch zu nichts.«

»Ja, da hast du leider wohl recht.« Er lächelte und hob das Glas. »Aber was wäre verkehrt daran, wenn Herr Nowakotzki eines Nachts mit einem Messer im Rücken gefunden würde? Oder wenn er eines Morgens, es ist noch gar nicht richtig hell geworden, wie durch einen kleinen Unfall von seiner Dachterrasse fiele und sich den Hals bräche?«

»Uli, hör jetzt sofort auf damit. Mir wird ganz kalt.«

»Entschuldige. Ich wollte dich nicht erschrecken.« Er lächelte. »Komm, trink einen Schluck.«

Er hat das nicht ernst gemeint, natürlich nicht. Seine Phantasie ist wieder mit ihm durchgegangen, irgendein Gedanke schießt ihm durch den Kopf, und sofort malt er ihn aus.

Er setzte sich in den Sessel, ließ sich zurücksinken, schlug die Beine übereinander. Rieb sich die Stirn. »Du mußt wahrscheinlich umgehend Einspruch einlegen gegen diesen Wisch. Da gibt es irgendwelche Fristen, ich weiß auch nicht genau, aber ich werde mich erkundigen. Ich kenne jemanden bei der Gewerkschaft.« Er trank einen Schluck Wein. »Und natürlich mußt du dich mit deiner Gewerkschaft in Verbindung setzen. Die mußt du in jedem Fall mobilisieren.«

»Um Gottes willen. Dann rücken die womöglich Verweerth auf die Pelle und machen Rabbatz.«

»Ja, was denn sonst? Glaubst du etwa, Verweerth nimmt das um deiner schönen schwarzen Augen willen zurück?«

Warum sagst du so was, Uli? Man sagt: um der blauen Augen willen. Hast du das nur variiert, weil es auf meine Augen nicht paßt? Oder wolltest du dir einen kleinen Scherz erlauben? Ich würde dich das gerne fragen, Uli, und am liebsten gar nicht mehr über diese Kündigung reden und nicht überlegen, wie man dagegen angehen kann. Das läßt nur wieder die Angst in mir aufsteigen, ich spüre sie schon im Hals.

»Und dann werden wir unverzüglich einen Betriebsrat auf die Beine stellen.«

»Einen Betriebsrat? Bei uns?«

»Ja, natürlich, wo denn sonst? Den müssen sie nämlich fragen, bevor sie so ein Ding loslassen. Und dann werden sie sich das in Zukunft wohl ein bißchen gründlicher überlegen. Ganz abgesehen davon, daß ein Betriebsrat ihnen auch bei anderen Gelegenheiten auf die Finger klopfen kann.«

»Uli, bist du verrückt geworden? Hab ich dir nicht erzählt, wie das damals mit Willem Thomé ausgegangen ist?«

»Doch, das hast du. Du hast mir aber auch erzählt, daß das kein Typ war, für den irgendeiner auf die Barrikaden gegangen wäre.«

»Ja, glaubst du denn, das ist jetzt anders?«

»Darauf kannst du dich aber verlassen.« Er lächelte. »Ich hab schon einen, der mitmacht.«

»Wen?«

»Stajenda.«

Er muß verrückt geworden sein. Karl Stajenda! Er tut sich mit dem Fahrer zusammen und glaubt offenbar, das sei ein geeigneter Bundesgenosse. Wenn die anderen davon hören, sie werden sagen, jetzt dreht er durch. Sie werden fragen: Wo ist denn Uli? Kann nicht mal einer in der Garage nachsehen, wahrscheinlich macht er Ölwechsel. Sie werden, wenn er hereinkommt, die Internationale summen. Na, Uli, wie geht's der Arbeiterklasse?

»Er ist übrigens auch in der Gewerkschaft. Seit 1949. Das war schon sein Vater, bevor die Nazis zugeschlagen haben.« Er lachte. »Ich mag den Kerl, der ist wirklich echt.«

»Uli, hast du etwa mit Stajenda über mich gesprochen?«

»Nein. War auch gar nicht nötig. Der weiß sowieso, was los ist. Glaub nur ja nicht, daß Karl Stajenda dumm ist. Und den Herrn Nowakotzki, den hat er gefressen.«

Ich halt das nicht mehr aus. Ich muß ihm das klarmachen, sonst wird alles nur noch schlimmer werden. Ich werde mich zu Tode schämen müssen. »Uli, ich möchte nicht, daß in der Firma über meine Probleme diskutiert wird!«

»Wieso denn deine Probleme? Das sind doch jedermanns Probleme, das muß man ihnen nur vor Augen führen.«

»Uli, verstehst du das denn nicht?«

Es wäre sicher gut, wenn ich jetzt nicht schon wieder weinen würde, aber ich kann es nicht aufhalten. »Ich schäme mich, Uli. Kannst du das denn nicht verstehen? Ich bin doch selbst nicht absolut sicher, daß sie unrecht haben, wenn sie mich nicht mehr texten lassen. Und außer dir gibt es wahrscheinlich keinen, der eine andere Meinung vertreten würde. Es hat keinen Sinn, sich etwas vorzumachen, Uli. Meinst du, ich wüßte nicht, was sie reden werden, wenn das erst einmal bekannt wird mit der Änderungskündigung? Es wird keiner einen Finger für mich rühren. Sie werden mich... Ich werde in der Registratur landen, Uli. Und über kurz oder lang werden sie dann den Platz wegrationalisieren, und ich bin draußen. Und alle werden sagen, na ja. Es war ja auch wirklich nicht viel mit ihr los.«

Er stand auf, trat heran, mit ausgestreckten Händen. Aufstehen, sofort, zur Tür gehen, bevor er mich berührt.

Er ließ die Hände sinken. »Wohin willst du denn?«

»Ich weiß nicht. Nach Hause.«

»Und was willst du da tun?«

Was werde ich tun. Hin- und herlaufen. Vom Wohnzimmer in die Küche. Ins Schlafzimmer. Und wieder zurück. Nach Luft schnappen, wenn die Angst mir den Hals zuzieht, die Angst und die Scham.

Er schüttelte den Kopf. Dann sagte er: »Du kannst hier schlafen, wenn du willst.«

»Hier? Was soll denn deine Frau denken?«

»Die wird sich gar nichts denken.« Er lächelte. »Meine Frau ist mit Jens ausgezogen. Vorübergehend. Um Abstand zu gewinnen, verstehst du. Wir hatten ein paar Probleme.«

Lieber Gott, verzeih mir. Ich müßte jetzt betroffen sein und mir Sorgen machen um ihn, traurig sein, weil auch er eine Last zu tragen hat, die ihn doch schwer bedrücken muß. Aber ich bin überhaupt nicht traurig. Ich fühle mich wie befreit. Ich darf hierbleiben. Ich könnte hierbleiben, wenn ich wollte. Mich ausstrecken und die Augen schließen und einschlafen in der Gewißheit, daß ein Mensch in der Nähe ist, ganz nahe, unter demselben Dach, der sich um mich kümmert. Endlich einschlafen.

## 9

Degoutant, wie dieser Mensch sich aufführt, wenn ihn die Wut packt. Völlig hemmungslos. Brüllt das Mädchen an, das gar nichts damit zu tun hat, die Adern schwellen ihm. Da kommt der Prolet heraus, der er immer geblieben ist, trotz der Millionen und des üppigen Ambientes, der Kunstschätze. Ein kleiner, mieser Raffke, der nie gelernt hat, sich zu benehmen. Kommen Sie mal sofort zu mir, Hildebrandt! Natürlich, wenn einer das tut, was er von ihm erwartet, und ihn poussiert, ja, Herr Verweerth, da haben Sie zweifellos recht, Herr Verweerth, dann ist alles in bester Ordnung, er läßt die Sonne seiner Gnade scheinen. Oder erlaubt sich, wie es sich für einen Proleten gehört, plumpe Vertraulichkeiten, ein Schulterklopfen. Gut gemacht, Hildebrandt! Aber wehe, wenn einer aus der Reihe tanzt. Dann möchte er am liebsten mit seinen teuren Vasen um sich schmeißen, und hin und wieder hat er das wohl auch schon getan. Verliert jede Kontrolle. Man muß ihn davor bewahren, das Geschäft zu ruinieren. Es steht ja nicht nur sein Geld auf dem Spiel, leider.

»Ich würde diesen Punkt in dem Gespräch aber nicht zu sehr betonen, Herr Verweerth.«

»Was soll das heißen? Ich werde ihm den Marsch blasen, daß er sich auf den Arsch setzt, darauf können Sie sich aber verlassen!«

»Rein rechtlich gesehen läßt sich ihm natürlich nichts vorwerfen.«

»So, finden Sie? Und was halten sie von der menschlichen Seite? Ein Bursche, den ich von der Straße aufgelesen, den ich gefördert habe wie kaum einen anderen, dieser Kerl fängt hier an zu intrigieren, versucht, das ganze Unternehmen auf den Kopf zu stellen. Macht sich an einen arglosen Mitarbeiter wie Cvetković heran und versucht, ihn gegen mich aufzuhetzen. Wie finden Sie das denn, Herr Hildebrandt?«

Dumm, Herr Verweerth. Wenn Sie Cvetković für arglos halten, müssen Sie wirklich saudumm sein. »Ich verstehe natürlich Ihre Empörung über diese menschliche Enttäuschung, Herr Verweerth. Aber Sie sollten kühlen Kopf bewahren. Rein rechtlich können Sie ihm, wie gesagt, keinen Verstoß nachweisen.«

Er hob das Buch hoch, das aufgeschlagen neben den Papieren lag, klatschte die Seiten zusammen und warf das Buch auf den Schreibtisch. »Jetzt hören Sie doch auf mit Ihrem rein rechtlich! Glauben Sie, ich weiß das nicht?«

»Das wollte ich damit ja nicht sagen, Herr Verweerth. Ich wollte Ihnen nur raten, diesen Punkt allenfalls im Vorübergehen zu erwähnen. Es wäre sicher nicht gut, wenn wir den Eindruck erweckten, als wollten wir... Aktivitäten unterdrücken, die nach dem Gesetz durchaus erlaubt sind.«

Er beugte sich vor. Fast schien es, als wollten ihm die Augen aus dem Kopf springen. »Halten Sie mich für dumm?«

»Aber, Herr Verweerth, ich bitte Sie...«

»Dann sparen Sie sich solche Ratschläge!« Er sprang auf, brüllte: »Fräulein Zander!« Er sah ein, daß er gegen die gepolsterte Tür vergeblich anbrüllen würde, bog mit schnellen Schritten um den Schreibtisch, durchquerte den Raum, seine schwarzen, spiegelnden Schuhe knarrten ein wenig auf dem Teppich, der das Geräusch der Schritte schluckte, er riß die Tür auf und brüllte: »Wo bleiben denn die Herren? Haben Sie vergessen, sie anzurufen?«

»Nein, Herr Verweerth. Aber Sie haben elf Uhr gesagt. Es ist jetzt drei Minuten vor elf.«

Er schlug die Tür zu, ging zurück zum Schreibtisch, warf sich in den Sessel. Dann beugte er sich vor, hob die Papiere mit beiden Händen, stieß sie ein paarmal auf die Kante und legte sie wieder ab. Er sah auf die Uhr.

Es klopfte. Fräulein Zander öffnete die Tür: »Herr Nowakowski und Herr Cvetković sind jetzt hier. Und Herr Wehmeier ist unterwegs.«

»Das wird aber auch Zeit. Sollen hereinkommen.«

Nowakowski trat ein, er nickte lächelnd. Hinter ihm erschien Cvetković. Die dunklen Äuglein glitzerten. Wahrscheinlich hatte er eine kleine Stärkung zu sich genommen. »Guten Tag, Herr Verweerth.«

»Guten Tag, Herr Cvetković. Machen Sie bitte mal die Tür zu?«

Cvetković schloß die Tür, blieb mit einem fragenden Lächeln stehen.

»Nehmen Sie doch Platz, bitte. Ich wollte Ihnen nur schon einmal sagen, daß ich Ihnen für den Hinweis, den Sie Herrn Nowakowski gegeben haben, sehr dankbar bin.«

Cvetković ließ sich auf der Sesselkante nieder. »Hinweis? Aber ich habe kein Hinweis gegeben. Wir haben uns unterhalten, und ich habe...«

»Ja, ja, schon gut. Ich nehme an, wir verstehen uns.«

Cvetković hob ein wenig die Schultern, als verstehe er keineswegs. Er sah lächelnd von einem zum anderen, bewegte sich unterdessen in seinem Sessel langsam rückwärts, bis er mit dem Rücken die Lehne erreichte.

Es klopfte, Wehmeier trat ein. »Tag beieinander. Bin ich der Letzte?« Er ging zum Sofa, ließ sich nieder und schlug die Beine übereinander.

Verweerth sah ihn schweigend an. Dann begann er zu nicken, schwieg noch immer, sah auf die Papiere, fuhr mit den Fingerspitzen an den Kanten entlang. Er sah wieder

Wehmeier an. Abermals ein stummes Nicken, dieses Mal unmißverständlich bedeutungsschwer. Aus seinem Gesicht war die Zornesröte gewichen, er sah auf einmal eher fahl aus. Niemand hätte sich gewundert, wenn er gesagt hätte: »Ich muß Ihnen mitteilen, daß das Unternehmen pleite ist. Durch Ihre Schuld.« Gottvater beim Jüngsten Gericht.

Endlich räusperte er sich. »Meine Herren, bevor wir zum eigentlichen Thema dieses Gesprächs kommen, muß ich eine persönliche Bemerkung machen. Eine persönliche Bemerkung, die Sie betrifft, Herr Wehmeier.«

Wehmeier hob die Augenbrauen. Nowakowski sah auf sein Knie und entfernte mit den Fingerspitzen ein imaginäres Partikelchen. Cvetković wechselte die Beinhaltung, er strich sich über die schwarzen Nackenlocken.

»Wie ich höre, Herr Wehmeier, bemühen Sie sich um die Gründung eines Betriebsrates in diesem Hause. Damit gar keine Mißverständnisse aufkommen, will ich gleich feststellen, daß ich diesem Vorhaben natürlich absolut nichts in den Weg lege, und selbstverständlich auch kein anderes Mitglied der Geschäftsleitung. Ich lege größten Wert auf diese Feststellung, und wenn mir zu Ohren kommen sollte, daß irgend jemand das Gegenteil behauptet, dann werde ich denjenigen zur Rechenschaft ziehen. Und zwar unter Einschaltung der Gerichte. Also, noch einmal, damit das völlig klar ist: Wenn hier jemand glaubt, wir hätten einen Betriebsrat nötig – bitte sehr. Nichts dagegen. Allerdings werde ich dann auch sehr genau darauf achten, daß das nicht mit ungesetzlichen Methoden betrieben wird.«

Wehmeier sagte: »Moment mal…«

Die Adern auf Verweerths Stirn schwollen in Sekundenbruchteilen an. Er beugte sich über den Schreibtisch und brüllte: »Nichts da, Moment mal! Sie schweigen jetzt!«

Wehmeier zögerte keinen Augenblick, er holte Luft und brüllte: »Wollen Sie mir etwa den Mund verbieten? Ich kann mindestens genauso laut schreien wie Sie!«

Cvetković, der zusammengefahren war, stützte das Kinn in die Hand und hätte die Hand beinahe verfehlt. Nowakowski öffnete den Mund und schloß ihn wieder.

Verweerth brüllte: »Ich lasse mich von Ihnen nicht provozieren! Glauben Sie nur ja nicht...« Er brach ab, ließ sich in den Sessel zurücksinken. Er fuhr mit den Händen über die Papiere, schob das oberste Blatt ein wenig zur Seite und wieder zurück. Er nickte. Dann sagte er mit einer Stimme, die den Eindruck beherrschter Erschütterung vermittelte: »Es ist bedauerlich, wohin wir in diesem Hause gekommen sind. Sehr bedauerlich. Wir waren früher einmal ein Team in diesem Hause. Wir haben alle an einem Strang gezogen. Aber das ist in der heutigen Zeit wohl nicht mehr möglich. Und ich muß sagen, daß ausgerechnet ein Mitarbeiter, den ich in besonderer Weise gefördert und dem ich vertraut habe, hinter meinem Rücken...« Er brach wieder ab, fuhr mit der Hand durch die Luft, schüttelte den Kopf. »Schluß damit. Es lohnt die Mühe nicht.«

Das hat er nicht schlecht gemacht, das muß der Neid ihm lassen. Er hat exakt im richtigen Augenblick den Rückzug angetreten. Er hat alles abgeschossen, was er abschießen wollte, und als dieser Frechling zurückschießt, räumt er das Schlachtfeld, im Schutz einiger Nebelgranaten. Die Augen könnten einem tränen. Man möchte tatsächlich glauben, dem Mann ist bitteres Unrecht geschehen, es schmerzt ihn zutiefst, aber der Gedanke an Rache liegt ihm fern, auf solch niedriges Niveau begibt er sich nicht.

Wehmeier sagte: »Dazu möchte ich etwas sagen. Aber nicht jetzt. Ich werde es Ihnen unter vier Augen sagen.«

Verweerth schüttelte den Kopf. »Ich sehe nicht, daß diese Angelegenheit weiterer Erklärungen bedürfte. Ich habe ja, wie ich hoffe, ganz unzweideutig meinen Standpunkt klargemacht: Wer glaubt, daß er in diesem Hause nur mit Hilfe eines Betriebsrats arbeiten kann – bitte sehr. Ich werde niemanden daran hindern, die entsprechenden Konsequenzen zu ziehen. Was immer er für eine anständige Konsequenz halten mag.«

Wehmeier schnaufte auf. Er verschränkte die Arme, schüttelte den Kopf. Er begann, mit der Fußspitze zu wippen.

Verweerth blätterte in den Papieren. »Und damit möchte ich zum eigentlichen Thema dieses Gesprächs kommen.« Er tat einen Augenblick so, als lese er in den Papieren. Dann sah er Wehmeier an. »Sie sind mit Ihrer Arbeit in Verzug, Herr Wehmeier.«

»Ich weiß.«

»So, das wissen Sie.«

»Ich bin in den vergangenen Tagen nicht gut vorangekommen.«

»Interessant. Aber das wundert mich nicht. Sie hatten ja auch anderes zu tun.«

Wehmeier fixierte ihn. Verweerth wandte sich wieder den Papieren zu. Er hob ein paar Blätter hoch, hielt sie ein wenig zur Seite, tat, als lese er in dem darunterliegenden Blatt. Dann sah er über die Brille. »Die Konzeption hier in den Epple-Unterlagen, die Herr Nowakowski mir vorgelegt hat – ist das der letzte Stand?«

»Ja, das ist der letzte Stand.«

»Mit anderen Worten, es handelt sich nach wie vor um die Rohskizze, die Sie bereits bei unserem ersten Gespräch angeboten haben?«

»Das war keine Rohskizze, wie Sie vielleicht noch wissen, sondern eine schon ziemlich abgerundete Konzeption. Sie muß allerdings in einigen Punkten noch aufgefüllt werden.«

Nowakowski lehnte sich zurück, schüttelte den Kopf und lächelte.

Verweerth sagte: »Und wann gedenken Sie das zu tun?«

»Heute. Und morgen.«

Er hat wirklich gute Nerven. Es wird höchste Zeit einzugreifen, sonst entartet das hier zum Zweikampf, bei dem das Wichtigste vergessen wird. »Aber das ist doch unmöglich,

Herr Wehmeier! Es geht doch nicht nur um die Auffüllung Ihres Entwurfs. Wir hatten unter anderem ja auch beschlossen, daß eine Dokumentation über andere Beispiele von Negativ-Werbung erstellt werden soll. Ich brauche das, wie soll ich denn sonst dem Kunden begreiflich machen, daß sich sein Hundefutter mit Hilfe Ihrer Katastrophen-Szenen verkaufen läßt? Der Kunde hat vielleicht noch nie eine so ausgefallene Werbung gesehen, der wird glauben, wir wollten uns über sein Produkt lustigmachen.«

Er zeigte noch immer keine Wirkung. »Keine Bange, Herr Hildebrandt. Ich hab die Beispiele zusammen. Die Dokumentation ist so gut wie fertig.«

Cvetković fuhr sich mit der Hand an den Kopf und kratzte sich heftig. Verweerth nickte: »So gut wie fertig. Das hab ich mir gedacht. Die Konzeption ist so gut wie fertig, die Dokumentation ist so gut wie fertig.« Er beugte sich vor: »Nichts ist fertig, so ist es doch! Ist Ihnen klar, daß es hier um einen Etat von zwei Millionen geht, von den Folgeetats überhaupt nicht zu sprechen?«

»Das ist mir völlig klar. Ich werde zum Termin alles Erforderliche vorlegen.«

»Ach ja, werden Sie das? Und wie wird das aussehen, was Sie vorlegen?« Verweerth fuhr mit beiden Händen in die Papiere, warf sie auseinander. »Nehmen wir doch mal die Spots, zum Beispiel. Zwölf Spots sollten Sie zur Auswahl liefern. Ich zähle hier sieben, sofern ich noch richtig zählen kann.« Er zog ein Blatt heraus. »Und was lese ich hier?« Er legte den Kopf zurück, hielt das Blatt vor die Augen und las durch die Halbkreise der Brillengläser.

Er las, als trage er ein dramatisches Gedicht vor: *»Erstens: Ein Blinder, dunkle Brille, Armbinde, Stock, weiter Mantel, geht mit seinem Hund über den Gehsteig. Zweitens: Ein Lieferwagen überholt den Blinden und seinen Hund, fährt ein Stück weiter an den Gehsteig und parkt. Drittens: Der Hund bleibt stehen und spitzt die Ohren. Viertens: Wir sehen voraus* *die Ladetür des Lieferwagens. Zoom. Wir erkennen auf der Tür das Schmatz-Logo. Der Fahrer öffnet die Tür und nimmt einen Karton Schmatz heraus. Fünftens: Der Hund rennt los, dem Blinden gerät der Stock zwischen die Beine, er läßt die Hundeleine fahren und kugelt auf den Gehsteig. Sechstens: Der Hund rennt auf den Fahrer zu, der den Schmatz-Karton in einen Laden bringen will. Siebtens: Der Hund sitzt vor dem Fahrer und macht Männchen. Achtens: Der Blinde, flach auf dem Bauch liegend, hebt den Kopf und sagt: Das kann nur Schmatz gewesen sein!«*

Er ließ das Blatt langsam sinken und sah über die Brillengläser. »Träume ich? Oder bin ich hier im Irrenhaus?«

Wehmeier, der sich ein wenig aufgerichtet hatte, sagte: »Wie kommt das denn in die Unterlagen von Herrn Nowakowski?«

»Ich habe dieses Werk bei Herrn Cvetković gesehen.« Nowakowski zog seine Bügelfalten glatt. »Das stammt doch von Ihnen, oder?«

Cvetković sagte: »Herr Nowakowski hat gesagt, er will sich das ausleihen.«

Wehmeier beachtete Cvetković nicht. Er sah Nowakowski an. »Und Sie haben nicht kapiert, daß das ein Scherz war?«

»Ach nein!« Verweerth richtete sich auf, legte die Hände auf die Schreibtischkante. »Ein Scherz, sagen Sie? Ist Ihnen nicht klar, daß wir mit solchen Scherzen unser Geschäft ruinieren können? Wollen Sie uns die Blindenfürsorge auf den Hals ziehen und die Kriegsopfer und die Hundezüchter und wer weiß, was sonst noch?«

»Ein Scherz, habe ich gesagt. S, c, h, e, r, z. Ich habe das nicht zur Vorlage beim Kunden gemacht, sondern zum Scherz.«

»Das wird ja immer schlimmer!« Verweerth beugte sich vor. »Mit solchen Scherzen verplempern Sie also Ihre Zeit? Anstatt eine überaus dringende Arbeit zu erledigen? Wenn ich diesen Scherz«, er nahm das Blatt auf und warf es wieder auf den Schreibtisch, »wenn ich dieses rüde, dieses gefühllose Machwerk abziehe, dann sind es nicht mehr sieben, sondern nur noch sechs Texte für die Spots. Nämlich genau die sechs Texte, mit denen Sie schon bei unserem ersten Gespräch hier angereist sind.«

»Ich habe schon gesagt, daß ich den Rest zum Termin vorlegen werde.«

»Nein«, Verweerth begann den Kopf zu schütteln, er schüttelte ihn anhaltend, »nein, Herr Wehmeier, das werden Sie nicht!« Er wandte sich noch einmal den Papieren zu, schob sie zusammen. Dann sagte er: »Ich sehe mich leider gezwungen, Herr Wehmeier, Ihnen den Auftrag der Firma Epple abzunehmen. Die Gründe habe ich Ihnen ja hinreichend erklärt.« Er stutzte, hob eine Hand, räusperte sich. »Sie haben durch Ihre... Versäumnisse, durch Ihre schleppende Arbeitsweise den Auftrag aufs höchste gefährdet.« Er überlegte einen Augenblick. Dann ließ er die Hand sinken und sagte abrupt: »Herr Nowakowski wird gemeinsam mit Herrn Cvetković die Arbeiten übernehmen und zu Ende führen.«

»Herr Nowakowski? Mit Herrn Cvetković?«

»Das sagte ich ja.«

Cvetković räusperte sich und verlagerte seinen Rücken in die andere Ecke des Sessels. Nowakowski hob den Finger: »Die Dokumentation, Herr Verweerth...«

»Richtig, ja. Das Material, das Sie für die Dokumentation gesammelt haben, übergeben Sie bitte Herrn Nowakowski.«

Wehmeier fixierte Nowakowski. Nowakowski sah auf die Uhr: »Melden Sie sich bitte um elf bei mir. Ich habe etwas Neues für Sie.«

Wird er sich tatsächlich so sang- und klanglos abservieren lassen? Der junge Mann mit dem aufrechten Gang, der Sonnyboy, der so liebenswürdig frech ist, so sympathisch respektlos?

Ist er nicht richtig erfrischend?

Nein, ich finde ihn gar nicht erfrischend, ich halte ihn schlicht für einen unverschämten Flegel.

Also, weißt du, Curd, jetzt machst du dich aber lächerlich; wenn Herr Wehmeier ein Flegel ist, dann würde ich mir wünschen, du hättest ein bißchen was von einem Flegel.

Was soll das denn heißen?

Das soll heißen, daß er über eine Eigenschaft verfügt, die leider nicht sehr weit verbreitet ist.

Und das wäre?

Du nennst es Unverschämtheit, aber ich nenne es Charakter; er läßt sich von niemandem was gefallen. Auch nicht von Herrn Verweerth, zum Beispiel.

Wehmeier stand auf. »Wär's das?«

»Ja, das war es. Sie können gehen.«

»Ich möchte Sie daran erinnern, daß ich Sie unter vier Augen sprechen möchte. Und in dieser Runde hier kann ich jetzt schon sagen, daß ich die Gründe, die Sie genannt haben, für faul halte. Für oberfaul.«

Verweerth sah über die Brille. »Gehen Sie. Ich bin nicht bereit, mir noch mehr Unverschämtheiten anzuhören.«

Er geht. Na bitte, er geht ohne ein weiteres Wort. Ich hab's doch gewußt. Reckt noch einmal das Fähnchen hoch, läßt noch eine Frechheit los, ein ungewaschenes Wort, um sich einen halbwegs erträglichen Abgang zu verschaffen, dem Rückzug den Anschein ungebrochener Tapferkeit zu verleihen. Und geht. Ruhigen Schrittes, natürlich, vorgeblich gelassen. Aber doch so eindeutig kleingemacht, daß er nichts mehr zu sagen hat. Gut, gut, wir wollen nicht unfair sein: Was hätte er denn auch noch sagen, was hätte er tun können? Nichts. Absolut nichts. Die Verhältnisse, nicht wahr, Herr Wehmeier, sie sind nun mal nicht so.

## 10

»He, Klas! Warte einen Augenblick.«

Kaufmann sah über die Schulter. Er blieb stehen. Er hatte seinen langen, bunten Schal um den Hals gebunden, in der Hand trug er sein Pfeifenköfferchen.

»Willst du gleich nach Hause?«

»Nein.« Kaufmann zog sein Taschentuch aus der Hosentasche, rieb sich die Nase. »Ich wollte mit Hep noch ein Bier trinken.«

»Wo ist er denn?«

»Er ist schon vorgegangen.«

Das trifft sich gut. Zwei auf einen Streich. Und sie sollten eigentlich in der richtigen Verfassung sein. Zwetschkos Kungelei mit Nowakowski wird ihnen gar nicht schmecken.

»Habt ihr was zu besprechen? Sonst würde ich gern eins mittrinken.«

»Klar, Uli. Komm mit.«

»Wohin?«

»Zu Betty.«

»Sehr schön. Da war ich schon lange nicht mehr.«

Im vierten Stock stiegen die Mädchen aus der Anwaltskanzlei in den Aufzug, zwei fremde Gesichter waren auch dabei, sie waren insgesamt zu fünft, drängelten durch die schmale Tür herein und lachten. »Wenn wir Sie totdrücken, müssen sie schreien.«

Kaufmann sagte: »Drücken Sie nur. So einen angenehmen Tod hab ich mir schon immer gewünscht.«

Ein feiner Flaum auf dem Nacken, ein hauchdünner Streifen nur, ganz hellblond. Kaum zu sehen. Er begann da, wo ihr dickes, kurz geschnittenes, rotbraunes Kopfhaar in einem spitzen Dreieck endete, setzte das Dreieck fort, aber nicht rotbraun, sondern in einen hellen Goldton übergehend, lief über die Nackenwirbel abwärts und verschwand hinter dem blauen Kragen des Trenchcoats. Die Haare rochen gut. Oder es war das Parfum. Sie knickte lachend nach vorn zusammen, hängte den Kopf über die Schulter des Mädchens, das vor ihr stand, und flüsterte ihr etwas ins Ohr. Das Gesäß wurde spürbar, es übte einen Augenblick lang einen leichten Druck aus, bis sie sich wieder aufrichtete.

Das soll sie noch mal tun, o bitte!

Du liebe Zeit, was soll das? Wegen so einem bißchen Hintern. Ich muß allmählich was dagegen unternehmen.

Sie drängelten lachend aus dem Aufzug, stauten sich wieder an der Glastür zur Straße. Die mit dem blauen Trenchcoat hatte schöne, geschwungene Beine, die Unterschenkel jedenfalls waren schön. Und es war nicht nur ein bißchen Hintern, es war genau richtig, nicht zu viel und nicht zu wenig. Sie marschierten ab im Trupp, gestikulierend und lachend. Eine zog im Gehen den Schal aus dem Mantel, er wehte lang herab, bevor sie ihn zusammenraffte und in ihren Beutel stopfte.

Über Tag hatte noch einmal die Sonne geschienen, ein Rest von Wärme lag in der dunklen Abendluft. Aber die Wärme würde sich nicht mehr lange halten, ein, zwei Stunden vielleicht. Sobald die letzten Menschen die Geschäftsstraße verlassen hatten, würde Kälte aus dem schwarzen Pflaster dringen, Feuchtigkeit würde sich niederschlagen. Gegen Morgen vielleicht ein dünner Nebel, er würde die stillen, gelben Lichter der Laternen umkränzen.

Kaufmann lächelte. »Was ist? Willst du lieber hinter ihnen hersteigen?«

»Quatsch. Doch nicht mehr in meinem Alter.«

»Na, na. Wenn ich das sagen würde.«

Die Kneipe war voll. Servatius stand im Winkel am hinteren Ende der Theke, den Mantelkragen hochgeschlagen, den langen Rücken an die Wand gelehnt, den knochigen Ellbogen auf die Theke gestützt. Er hob eine Hand und winkte. Es war nicht einfach, zu ihm durchzukommen.

»Hallo, Hep.«

»Hallo, Uli.«

Die Frau, die neben Servatius auf einem Hocker saß, griff mit beiden Händen unter ihren Sitz und versuchte, mit dem Hocker ein wenig zur Seite zu rücken. Kaufmann sagte: »Lassen Sie nur, wir haben's gern eng.« Die Frau lachte. Sie hatte einen breiten Mund, volle Lippen.

Die blonde Schankfrau beugte ihren ausladenden Busen vor. »Die Herren.« Sie hob Servatius' Glas mit dem Deckel hoch und wischte die Ecke der Theke. Servatius sagte: »Gib mal drei Pils.« Er reckte den mageren Hals, legte den Kopf schief und sah die Frau auf dem Hocker an: »Oder trinken Sie auch eins mit uns?« Die Frau lachte: »Ich hab ja noch. Danke.« Servatius hob den langen Finger: »Das ist doch nur noch ein Schluck.«

»Nein, danke. Wirklich nicht.«

Die Schankfrau, die gewartet hatte, wandte sich ab und ging an den Zapfhahn. Servatius nahm den Kopf zurück und sah die Theke entlang. Seine Augen blinzelten ein wenig. Kaufmann legte sein Köfferchen auf die Theke, nahm eine Pfeife heraus und begann, sie zu stopfen. Die Frau auf dem Hocker warf einen Seitenblick auf die Pfeife.

Schöne Augen. Braune Augen. Nicht um der braunen Augen willen. Es ist nicht zu sehen, ob sie Flaum auf dem Nacken hat, sie trägt die braunen Locken lang, bis auf den Kragen der Lederjacke. Nur das Ohrläppchen schaut heraus, es sieht so aus, als ob es zu einem ziemlich großen Ohr gehörte, fleischig, warm. Man könnte das Ohr mit zwei Fingern freilegen, die Locken anheben. Das Ohr mit Daumen und zwei Fingern ein wenig massieren.

Servatius hob sein Glas und trank es leer. »Na, Uli? Wie ist die Lage?«

»Wie soll sie sein?«

Servatius nickte stumm. Kaufmann zündete die Pfeife an, er paffte seine blauen Wolken über die Theke. Die Frau lehnte sich ein wenig zur anderen Seite, warf einen Seitenblick auf Kaufmann.

Servatius sagte: »Zwetschko ist ziemlich obenauf.«

Kaufmann lachte. »Das wird nicht lange vorhalten.«

»Wieso?«

»Na, warte mal ab, was er mit Nowakowski zustandebringt.«

»Scheiße. Scheiße, darauf kannst du wetten.« Servatius griff mit zwei Fingern an den Fuß des leeren Glases, rückte es ein wenig hin und her. »Aber das spielt ja keine Rolle, solange er Nowakowski im Rücken hat. Der wird das Verweerth schon verkaufen.«

Kaufmann paffte. »Verweerth wird auch noch dahintersteigen. Spätestens, wenn sie den Etat nicht bekommen.«

»Und wenn sie ihn bekommen?« Servatius blinzelte. »Da bin ich noch gar nicht so sicher. Was Uli gemacht hat, ist doch Klasse. Da können die beiden nicht viel dran verderben.«

Kaufmann paffte stumm.

Servatius fragte: »Was sagst du denn dazu, Uli?«

»Was soll ich dazu sagen.«

»Aber dagegen muß man doch was machen. Das ist doch ganz unglaublich, was die da veranstalten. Erst mit Christel und jetzt mit dir.«

»Daß man was dagegen machen muß, finde ich allerdings auch.«

Kaufmann nahm die Pfeife aus dem Mund. »Und was?«

Die Schankfrau stellte die drei Pils auf die Theke. »Sehr zum Wohle.«

»Lassen Sie noch drei laufen, bitte. Prost, Hep.«

»Prost, Uli.« Servatius trank, stellte das Glas ab und wischte sich über den Mund. Er blinzelte. »Hast du was Bestimmtes vor?«

»Man muß ihnen die Zähne zeigen, denke ich. Sonst greift das um sich. Und spätestens, wenn Nowakowski Teilhaber ist, werden die Köpfe rollen.«

Servatius nickte. Kaufmann stopfte seine Pfeife nach. Dann sagte er: »Und wie willst du ihnen die Zähne zeigen?«

Natürlich wissen sie das schon längst. Der kleine Ljubomir hat es ihnen unter Garantie sofort erzählt, am Morgen schon, nachdem ich ihm eingetrichtert habe, daß ein Betriebsrat etwas anderes ist als eine Gewerkschaft. Und daß man nicht mit dem Schraubenschlüssel arbeiten muß, um einen Betriebsrat oder sogar eine Gewerkschaft eines Tages vielleicht bitter nötig zu haben. Der kleine Lubo hat immer weniger gesagt, am Ende hat er nur noch zugehört, genickt, die Knopfäuglein glitzerten, und dann mußte er auf einmal ganz schnell weg. Muß arbeiten, Uli. Ich werd überlegen. Es war klar, daß er wie ein Wiesel ins Atelier laufen würde. Wißt ihr schon Neuigkeit? Wir bekommen Betriebsrat. Kannst dich melden, Hep. Suchen noch Vorsitzenden. Dann muß Verweerth vor dir strammstehen.

»Ich denke mir, daß es ganz gut wäre, wenn wir einen Betriebsrat auf die Beine stellen.«

Servatius tat, als höre er das Wort zum erstenmal. Er hob die Augenbrauen. »Einen was?«

»Einen Betriebsrat.«

»Und wozu soll der gut sein?«

»Zu einer Menge. Erstens würde er ihnen zeigen, daß wir unsere gemeinsamen Interessen auch gemeinsam vertreten. Und daß sie sich nicht heute den und morgen jenen herauspicken können.«

Kaufmann lächelte. »Einigkeit macht stark.«

»Meinetwegen. Das ist zwar ziemlich abgedroschen, aber falsch muß es deshalb ja nicht sein.«

»Schön wär's.«

Servatius sagte: »Aber das ist doch nicht alles, was du mit deinem Betriebsrat willst. Oder?«

»Nein. Zweitens könnte der Betriebsrat ihnen auf die Finger klopfen, wenn sie so etwas machen würden wie jetzt mit Christel. Oder auch mit mir. Ein Betriebsrat hätte da jedenfalls ein paar Bremsen anziehen können. Und zwar nicht bloß aus Daffke, sondern weil's so im Gesetz steht.«

Servatius rieb sich die Wangen. Dann sagte er: »Christel ist natürlich nicht der ideale Fall für so was.«

»Wieso?«

»Na ja.« Servatius griff nach dem frischen Glas. Kaufmann sagte zu der Schankfrau: »Und noch mal drei, bitte. Prost, Uli.«

Alle werden sagen, na ja. Meinst du, ich wüßte nicht, was sie reden werden? Es war ja auch wirklich nicht viel mit ihr los. Komm schon, Hep. Sag's. Oder hast du vielleicht doch ein paar Hemmungen?

Servatius trank, stellte das Glas ab und blinzelte. »Die Stärkste ist Christel ja nun mal nicht.«

»Was soll das denn heißen? Hast du die Sachen gesehen, die sie für den Punsch gemacht hat? Du machst das doch jetzt mit Fecke. War das denn schlecht, was sie gemacht hat?«

»Nein, das war nicht schlecht, das hab ich ja nicht gesagt. Und was Fecke jetzt anbringt, das ist wirklich der reine Schwachsinn.« Er begann zu lachen. »Das müßt ihr euch mal vorstellen, der kommt und fragt, ob wir Fotos von Paaren vor einem Kaminfeuer im Vorrat haben, sie im Abendkleid und er im Smoking, und erotisch knistern soll's. Der Punsch ist der Vater des Gedankens, versteht ihr? Sie nehmen den Punsch zur Brust, und das bringt die Dame endlich auf die Idee, mit ihm ins Bett zu steigen, dazu hat Fecke sich einen Text einfallen lassen. Abendkleid und Smoking, und dann dieses Gesöff für neun Mark achtzig.« Er lachte laut. Als niemand mitlachte, sagte er: »Also, da sind die Texte von Christel tatsächlich besser.«

Kaufmann nahm die Pfeife aus dem Mund, sah auf die Glut, paffte wieder ein paar Züge. Dann sagte er: »Du hast dich da verrannt, Uli. Du kannst in einem Betrieb, in dem lauter Individualisten arbeiten, nicht mit einem Betriebsrat herumfuhrwerken. Das ist was für die Fabrik. Oder für eine

Versicherung, meinetwegen. Aber bei uns geht's doch nicht um die Pinkelpause oder um die geregelte Arbeitszeit, du kannst doch einem Kreativen nicht vorschreiben, was er wann zu tun hat. Und du kannst der Geschäftsleitung auch nicht vorschreiben, daß sie keinen überfordern darf, überfordern tun wir uns ja selbst, wenn's darauf ankommt, du so gut wie ich oder Hep, und es macht uns sogar Spaß. Aber so ist das nun mal in einem kreativen Beruf. Bei uns zählt die Leistung, die kannst du nicht mit der Stoppuhr messen. Und wer in diesem Beruf was leistet, der braucht auch keinen Betriebsrat.«

Servatius nickte. »Da ist was dran.«

Kaufmann sagte: »Stell dir mal vor, wir hätten einen Betriebsrat. Da säßen dann ja wahrscheinlich auch die Sekretärinnen mit drin oder die Telefonistin, ich weiß nicht, wer. Oder Stajenda.«

Servatius lachte. »Stajenda, das ist gut. Den kann ich mir vorstellen bei so was.«

»Und die hätten dann zu beurteilen, ob ein Kreativer Mist baut oder nicht. Die hätten über die Leistung eines Kreativen zu entscheiden, wenn der mal Ärger mit der Geschäftsleitung bekommt. Das wäre doch absurd. Oder wie fändest du das?«

Die Schankfrau schwenkte drei Pils auf die Theke. »Sehr zum Wohle.«

Servatius griff zu. »Prost, Klas.«

»Prost.« Kaufmann trank, stellte das Glas ab. »Nun sag mal, Uli. Wie fändest du das?«

»Wie findet ihr das, was Nowakowski veranstaltet?«

»Nowakowski?« Kaufmann zog an der Pfeife. »Nowakowski ist eine Sau, darüber brauchen wir doch nicht zu streiten.«

Servatius nickte. »Absolut richtig. Eine Supersau ist das.«

»Könnte man sagen, daß Nowakowski den Betriebsfrieden stört?«

Servatius lachte: »Das ist ein ziemlich schwacher Ausdruck für das, was der veranstaltet.«

»Wenn wir einen Betriebsrat hätten, dann könnte der verlangen, daß Nowakowski entlassen wird. Mit der Begründung, daß Nowakowski den Betriebsfrieden stört.«

Servatius sagte: »Das glaubst du doch wohl selbst nicht.«

»Doch. Das steht nämlich im Gesetz.«

»In was für einem Gesetz?«

»Im Betriebsverfassungsgesetz.«

Servatius lachte. »Menschenskind, du bist ja richtig auf der Höhe!« Er wischte sich mit dem Handrücken über den Mund. »Sag nur ja, du hast dir so ein Gesetz besorgt und studierst darin?«

»Natürlich. Oder meinst du, daß das schaden kann?«

»Natürlich nicht, natürlich nicht.« Er lächelte, blinzelte. »Was kann schon schaden.« Er blickte lächelnd die Theke entlang.

Kaufmann sah auf die Uhr. »Wird Zeit für mich. Ich muß nach Hause.« Er winkte der Schankfrau. »Zahlen, bitte.«

Servatius sah auf die Uhr. »Ach du lieber Himmel, ich auch. Meine Frau wartet.«

Sie wird so wenig auf ihn warten wie meine Frau auf mich. Vielleicht sitzt seine Frau zu Hause, das ist der Unterschied. Aber er wird noch gar nicht nach Hause gehen, was soll er da, sich in den Sessel setzen, die Zeitung aufschlagen, seine Frau würde glauben, es fehlt ihm was, sie würde ihn stumm von der Seite mustern. Er wird von hier in die nächste Kneipe gehen oder die übernächste, und Kaufmann wird mit ihm gehen, sie haben ja Gesprächsstoff, das muß jetzt erst einmal aufgearbeitet werden. Sobald sie auf der Straße sind, wird Servatius stehenbleiben und zu lachen beginnen. »Hast du das gehört? Das ist doch nicht zu fassen! Der meint das ernst!« Kaufmann wird weitergehen: »Was hast du denn gedacht?« Dann wird er stehenbleiben und sich nach Servatius umdrehen. Servatius wird zu ihm aufschließen: »Gehen wir in die Räucherkammer? Auf den Schreck muß ich noch einen nehmen.« Kaufmann wird an seiner Pfeife ziehen. »Ja, kann nicht schaden.« Sie werden in die Seitengasse abbiegen, im Dunkel hinter der Laterne verschwinden.

Die Schankfrau kam. Servatius nahm seinen Deckel unter dem Glas hervor. »Kannst du den bis morgen aufheben? Ich bin nicht flüssig.« Sie nahm den dicken Bleistift, der ihr an einer Lederschnur zwischen den Brüsten baumelte, schrieb »Hep« auf den Deckel, steckte ihn in die Tasche der kleinen Servierschürze, sah auf Kaufmanns Deckel. »Fünf vierzig.« Kaufmann legte sechs Mark auf die Theke. »Stimmt so.«

»Danke. Sie auch?« Blaue Augen, ein Blau, als sei es sorgfältig ausgesucht und abgestimmt mit den blonden, zum Dutt zurückgekämmten Haaren, den rosigen kleinen Ohren, der straffen hellen Haut des Gesichts. Aber kühl, diese Augen.

»Nein. Für mich können Sie noch eins laufen lassen.«

»Ein Pils noch.« Sie ging zurück. Stämmige Beine, weiße Pantoletten.

»Also, mach's gut, Uli.« Servatius hob die Hand. Kaufmann nahm sein Pfeifenköfferchen von der Theke und nickte. »Bis morgen, Uli.« Er folgte Servatius.

Die Kneipe war leerer geworden, das Stoßgeschäft des Feierabends in den Büros ebbte ab. Die graublauen Rauchschwaden verzogen sich aus den Lichtkegeln der tiefhängenden Lampen. Neben der Frau auf dem Hocker war ein Mann aufgetaucht, sie sprachen miteinander, die Frau lachte. Er gab ihr Feuer, sie zog an der Zigarette, sog den Rauch ein, blies ihn mit vorgestülpten Lippen nach oben aus, in einem strudelnden Strahl, der sich verbreiterte und unter der dunklen Decke auseinanderfloß. Sie stützte den Ellbogen auf die Theke, hielt die Zigarette hoch, zwischen zwei gekrümmten Fingern. Der Daumen stand steil empor. Rotlackierte Nägel. Während sie dem Mann zuhörte, atmete sie den Rest des Rauchs aus, in einem dünnen Doppelstrahl, der aus ihren

Nasenlöchern abwärts strudelte, zweimal, dreimal, immer schwächer, bis er verblaßte.

*In Ruhe genießen. Leicht, und doch so würzig. Kein Tabak, der beißt – sondern einer, der schmeckt!* Morgen früh wird sie husten. Oder heute nacht schon, wenn sie ins Bad geht, nackt, auf bloßen Füßen.

Ein alter Mann, der ein Stück weiter an der Theke Platz genommen hatte, sah die beiden an. Dann beugte er den Kopf über sein Glas. Die Kopfhaut unter den dünnen grauen Strähnen schimmerte rötlich. Er sah wieder die beiden an, hob einen Finger. »Ja, ja.« Seine Lippen schmatzten. Die Augen verrutschten ihm. Er drehte den Kopf zur anderen Seite der Theke, sah eine Weile dorthin, der Kopf wackelte ein wenig. Dann kehrte er zu seinem Glas zurück, sah hinein und nickte. »Ja, ja.«

*Haben Sie schon über Ihren eigenen Lebensabend nachgedacht? Sind Sie dafür gerüstet?* Nein, bin ich nicht. Hab noch nicht darüber nachgedacht. Muß das sein? *Es kann nicht schaden, meinen wir. Fragen Sie doch mal Herrn Backhaus. Werner Backhaus hat in jungen Jahren bei uns eine Lebensversicherung abgeschlossen, mehr durch Zufall. Wollen Sie hören, wie er heute darüber denkt?*

Nein, will ich nicht.

»Zum Wohl.« Die Schankfrau nahm den Bleistift und zog einen Strich auf den Deckel.

»Kennen Sie Herrn Backhaus?«

»Wen?« Die blauen Augen blickten kalt. Versuch nicht, mich anzumachen, Junge. Nicht auf eine so blöde Tour.

»Werner Backhaus.«

Sie schüttelte den Kopf. »Tut mir leid. Kenn ich nicht.« Sie ging zurück zu ihrem Zapfhahn, legte eine Hand darauf, stützte die andere auf die Theke. Schlug einen der strammen Unterschenkel über den anderen. Sie musterte den alten Mann. Dann sah sie nach unten, hob den Unterschenkel ein wenig an, musterte den Strumpf und strich ihn glatt, von der runden Ferse an aufwärts. Sie stellte den Fuß wieder auf den Boden, sah flüchtig herüber und dann zur anderen Seite der Theke. Sie stand mit durchgedrücktem Kreuz, die Brust ragte hervor, das Gesäß wölbte sich unter dem schwarzen Rock.

So, so, Herrn Backhaus kennen Sie nicht. Aber Herbert Servatius kennen Sie, Hep, nicht wahr? Und Klas Kaufmann. Können wir uns wenigstens darauf einigen, daß das zwei ausgesuchte Arschlöcher sind? Klas Paffmann. Und Hep Servilius. Wenn Sie schon nicht mit mir schlafen wollen, könnten Sie wenigstens sagen, daß ich recht habe.

Oder du, Schwester, wie wär's mit dir? Hör endlich auf, mit dem Blödmann zu schäkern. Du hast doch Servatius abfahren lassen, du hast doch offenbar einen klaren Blick. Und den Kaufmann mit seiner Pfeife hast du auch nicht gemocht, ich hab gedacht, es hätte an der Pfeife gelegen, aber das kann's nicht gewesen sein, so, wie du qualmst, Schwester. Jetzt laß den Blödmann mal und dreh dich rum zu mir, sieh mich an mit deinen schönen braunen Augen. Ich will dir ja gar nicht ans Ohr fassen, du sollst nur sagen, daß ich recht habe. Und vielleicht fasse ich dir dann doch ans Ohr und massiere es ein bißchen. Also, was ist, Schwester?

Der alte Mann sah herüber, hob den Finger und sagte: »Ja, ja.«

Na gut, wenigstens der. Aber der wird mir keine große Hilfe sein. Wer wird mir eine Hilfe sein?

Ich werd sie alle fragen, einen nach dem anderen. Es können nicht alle so vernagelt sein. Bei einigen könnte ich mir die Mühe sparen, das ist klar. Bredelo zum Beispiel, der hat schon Angst genug wegen seiner Magengeschwüre. Oder Zwetschko. Er will nun mal Art Director werden, der Kleine. Aber Stumpff wird mitmachen. Und vielleicht sogar die Karlisch. Es werden genug zusammenkommen, um Verweerth eins auf die Nase zu geben. Genug, um ihn zum Nachdenken zu bringen. Er wird sich überlegen, was ihm mehr Ärger einbringt, Nowakowski gewähren zu lassen oder...

Oder was?

Der alte Mann sagte laut: »Alles Arschlöcher.«

Die Schankfrau sah auf von dem Glas, das sie zapfte. »Fängst du schon wieder an? Geh nach Hause, wenn du genug hast.«

»Ja, ja.« Er machte eine wegwerfende Handbewegung, sah zum anderen Ende der Theke. Der Kopf knickte ein wenig zur Seite, er fing sich wieder.

Und wenn's am Ende nicht klappt? Wenn der ganze Aufwand umsonst war, was dann? Den Schwanz einziehen und gehen? Oder was sonst?

Totschlagen, das ganze Pack, ja. Aber das hatten wir schon mal. Und ganz abgesehen von den technischen Schwierigkeiten: Wo fängt man an, wo hört man auf? Das nähme ja kein Ende. Babette auch, zum Beispiel? Und den alten Böckenförde? Nein, nein, man ist ja kein Massenmörder, so etwas täte man doch nicht einmal, wenn man's könnte. Wenn schon Gewalt gegen Personen, dann natürlich die Zahl der Opfer auf das Geringstmögliche begrenzen. Mit dem geringstmöglichen Blutvergießen die größtmögliche Wirkung erzielen. Eine kleine, kontrollierte Operation, die das Übel ausräumt.

Nowakowski natürlich. Den Kern des Übels. Der kleine, saubere Mord an der richtigen Stelle. Aber wie begeht man einen kleinen, sauberen Mord?

»Bekommen Sie noch eins?«

»Ja, bitte.«

Sie nahm das leere Glas von der Theke, wandte sich ab.

»Moment mal. Geben Sie ihm auch eins.«

»Wem?«

»Dem alten Mann da drüben. Ich weiß nicht, ob Sie auch was trinken?«

Sie strich die Haare über dem Ohr nach hinten. »Einen Kognak, wenn ich darf.«

»Ja, natürlich.«

Sie wird doch nicht auftauen? Sekunde jetzt, nicht ablenken lassen. Die Frage lautet: Wie begeht man einen kleinen, sauberen Mord?

Um mit dem Wichtigsten anzufangen: Man braucht ein Alibi. Wasserdicht. Wer würde schon wegen Nowakowski hinter Gitter gehen wollen? Also, gesetzt den Fall, Nowakowski ist in seiner Garage erstochen aufgefunden worden. Oder mit einem Knüttel erschlagen, von der Tatwaffe fehlt jede Spur. Mutmaßliche Todeszeit zwischen zwei und drei Uhr früh, Herr Nowakowski ist von einer Party nach Hause gekommen. Wo waren Sie vergangene Nacht zwischen zwei und drei, Herr Wehmeier?

Ich hab die Schankfrau aus Bettys Kneipe nach Hause gebracht, die Dicke, Sie kennen sie doch bestimmt. Ich bin bis heute morgen bei ihr geblieben.

Quatsch. Wenn ich sie um eins nach Hause bringe, wird sie doch um zwei Uhr noch nicht schlafen. Aber das müßte sie, ich müßte mich ja unbemerkt hinausschleichen und unbemerkt zurückkommen können. Und ich müßte den Hausschlüssel aus ihrer Tasche nehmen. Und wohin hinterher mit dem Knüttel? Ein Messer täte es auch, okay, das kann man sauber abwischen oder verschwinden lassen. Aber das Alibi, woher bekäme ich das, wenn sie zwischen zwei und drei nicht schliefe wie ein Stein?

Die Frau nebenan stieg von ihrem Hocker, der Mann bezahlte. Sie gingen, er hielt ihr die Tür auf. Ob sie ihm ein Alibi geben würde? Man brauchte jemanden, der einen richtig mag, der notfalls für einen durchs Feuer ginge. Einen wie Jens. Ja, okay, aber jetzt wollen wir die blöden Scherze mal lassen. Das ist ja schließlich eine blutigernste Sache. Wer also? Christel. Um Gotteswillen, das fehlte noch. Sie würde bei der ersten Frage, die die Polizei ihr stellt, zusammenbrechen.

Wenn man keinen Menschen hätte, auf den man sich

verlassen könnte, niemanden, der für einen lügen und notfalls einen Meineid schwören würde: Wie könnte man trotzdem an ein wasserdichtes Alibi kommen?

Sie kam mit dem Bier und dem Kognak, stellte das Bier auf die Theke, hob ihr Glas: »Auf Ihr Wohl.«

»Auf Ihr Wohl.«

Der alte Mann rutschte von seinem Hocker, fing sich mit einer Hand an der Theke, hob sein Glas und rief herüber: »Soll ich dir was sagen? Soll ich dir mal was sagen, Junge?«

»Ja, sag mir was.«

»Du bist kein Arschloch. Du nicht. Prost.« Er setzte das Glas an und trank.

»Prost, Großvater. Ich hoffe, du hast recht.«

## 11

Er sieht immer noch gut aus. Fabelhaft vital. Es sind nicht mehr nur die Schläfen, die grau schimmern. Aber kaum ein Ansatz von Bauch. Und die Schultern straff. Gutgeschnittener Anzug. Wahrscheinlich ist sie es, die ihn in Form hält. Wieviel mag sie jünger sein als er? Sie ist doch allerhöchstens Ende dreißig. Interessant, wie sie sich zu seiner Linken hält, und einen Schritt hinter ihm.

»Guten Abend, Herr Ministerpräsident! Ich freue mich sehr, daß Sie doch noch die Zeit gefunden haben, zu uns zu kommen!«

Er hob die Hände. »Sie sind sehr liebenswürdig, gnädige Frau. Aber bitte nicht.« Er lächelte. »Ich war mal Ministerpräsident dieses Landes. Und ich denke, daß ich es bald wieder sein werde. Aber gegenwärtig bin ich's nun mal nicht.«

»Also gut. Dann sage ich eben ganz einfach Herr Brack.«

Wahrscheinlich gehört das zu der Rolle, die er spielt. Mann des Volkes. Irgend so einen Tick haben sie doch alle. Selbstbewußt, aber nur ja nicht herablassend, das könnte die Wähler verärgern. Den Handkuß beherrscht er immerhin. Und es hat sogar Stil, wie er mit einer kleinen Geste die Frau an seiner Seite heranholt und einbezieht, er kehrt weder den Chef noch den Bettgenossen heraus: »Frau Martens kennen Sie ja schon.«

»Aber ja. Ich vermute sogar, daß wir es ihr zu verdanken haben, wenn Sie uns die Freude machen. Herzlich willkommen, liebe Frau Martens!«

»Guten Abend, Frau Verweerth.«

Er trat einen halben Schritt zurück, als ihm das Tablett gereicht wurde, ließ sie als erste ein Glas nehmen. Sie nahm einen Whisky, er wollte nach einem Tomatensaft greifen, hielt ein und sah auf die Uhr: »Ach nein, ich glaube, jetzt habe ich lange genug gefastet.« Er nahm einen Whisky, ließ mit dem Glas in der Hand die Augen über das Gedränge wandern.

»Also, auf Ihr Wohl, Herr Brack!« Wo steckt nur Erik? Der Mann ist wirklich unmöglich, er könnte ja wenigstens ab und zu einmal von seinem Glas aufsehen. »Ich nehme an, daß Sie einen anstrengenden Tag hinter sich haben?«

Er trank. »Na ja. Das Übliche. Wann haben wir heute morgen angefangen, Antje?«

Frau Martens lächelte. »Um sieben.«

»Um sieben? Um Gotteswillen, was machen Sie denn da schon?«

»Ja, was machen wir da schon?« Er schüttelte den Kopf. »Irgendwann müssen Sie mir das auch mal erklären, Antje.«

Sie lächelte. »Wir bereiten uns darauf vor, die Macht zurückzuerobern.«

»Mein Gott, wie aufregend! Und wie macht man das?«

Er beugte den Kopf vor, als habe er etwas Vertrauliches mitzuteilen: »Das ist natürlich die höchst persönliche Version der Frau Martens. Tatsächlich brauchen wir uns gar nicht vorzubereiten. Wir sind jederzeit imstande dazu.« Er richtete sich auf, lachte, ließ das Lachen vergehen und nahm einen freimütigen, ein wenig bekümmerten Ausdruck an: »Nein, Scherz beiseite. Es ist im Augenblick ein bißchen schwierig. Und der Wahlkampf wirft auch schon die ersten Schatten voraus.«

Er hob die Hand, lächelte und winkte über die Köpfe hinweg. Der dicke Kalbitzer, eine Schulter voran, damit seinem Glas nichts passierte, machte sich Bahn, seine Stimme durchdrang das Gemurmel und Gelächter: »Wen sehe ich da? Der Herr Ministerpräsident persönlich ist erschienen! Ist es denn die Möglichkeit?« Er streckte die dicke rote Hand aus.

Brack nahm die Hand und schüttelte sie, ließ sie fallen und schlug Kalbitzer auf die Schulter, sanft, aber nicht ohne Emphase. »Der Herr Generaldirektor Kalbitzer höchstpersönlich! Wieso haben Sie Zeit, die Gastfreundschaft dieses Hauses zu genießen? Ich dachte, Sie sind pausenlos mit der Addition Ihrer Gewinne beschäftigt?«

»Sie Witzbold. Und was suchen Sie unter den Geldsäcken? Wollen Sie Spenden akquirieren?«

»Erraten.« Brack hob sein Glas und stieß mit Kalbitzer an. »Wenden Sie sich vertrauensvoll an Frau Martens. Sie wird Ihnen eine Quittung ausstellen. Abzugsfähig natürlich.«

»Da gehe ich doch lieber gleich ins Gefängnis.«

Wunderbar, das funktioniert ja glänzend. Vorerst scheint er versorgt zu sein. Wahrscheinlich liegt's daran, daß es nicht die erste Spende wäre, die Kalbitzer ihm zusteckt.

Kalbitzer faßte Brack unter den Arm. »Entschuldigen Sie, Frau Verweerth, wenn ich Ihnen den Herrn Ministerpräsidenten a. D. mal vorübergehend entführe. Ich muß ihn mit einer jungen Künstlerin bekanntmachen, die ein Faible für seine Partei hat. So etwas passiert ihm nicht oft, das wird ihn freuen.«

Frau Martens nahm einen Schluck und sah hinter den beiden her.

»Liebe Frau Martens! Wie wär's, wenn wir beide uns mal

einen Augenblick in ein ruhigeres Eckchen setzen? Sie sehen ein bißchen müde aus.«

Sie lächelte. »Das bin ich auch, offengestanden.«

»Sehen Sie. Mir tun übrigens auch die Füße weh. Kommen Sie.«

Zu Kalbitzer und Lea, die bereits mit erhobenen Händen, leicht gekrümmten, ständig sich bewegenden Fingern auf Brack einredete, hatten sich von Karnapp und Mary Manstein gesellt, zwei, drei andere traten hinzu. Brack nahm einen Schluck, nickte und lächelte. Mary sah fasziniert zwischen Brack und Lea hin und her.

Nur Edith Matthias hatte sich schon aus dem Gedränge zurückgezogen, sie stand mit dem Rücken zur Terrassentür, sah mit verlorenem Blick über den Rand ihres Glases und trank. Gleich würde sie das Glas abstellen, sich umdrehen, in den dunklen Garten hinaussehen, eine Hand in Kinnhöhe auf den Rahmen der Tür legen. Nach einer Weile würde sie dann ihre Stirn auf den Handrücken betten. Und Max Eisenröder saß im Winkel neben der Vitrine, beide Ellbogen auf den gespreizten Oberschenkeln, die Hände und den Kopf hängend. Sobald er anfangen würde, den Oberkörper schaukeln zu lassen, mußte man sich um ihn kümmern.

Der junge Mensch vom Bankhaus Sanemeyer, der mit Leas Freundin das kleine Sofa hinter dem Flügel besetzt hatte, war so wohlerzogen, wie man es von ihm erwarten durfte. Er stand sofort auf und wies auf das Sofa: »Wollen Sie?«

»Ach, das ist lieb von Ihnen! Wir haben eine kleine Ruhepause nötig.« Leas Freundin, mit übereinandergeschlagenen Beinen in der Sofaecke lehnend, wartete betont einige Sekunden lang, in denen sie Frau Martens musterte. Dann strich sie die langen Haare zurück, verzog die Lippen, erhob sich und ging an dem jungen Menschen vorbei, der ihr folgte.

»So, jetzt strecken Sie mal Ihre Beine, liebe Frau Martens. Mein Gott, ich hab ja gar nicht gewußt, daß Ihre Stellung bei Herrn Brack so strapaziös ist!«

Sie lächelte. »Man gewöhnt sich dran. Und wahrscheinlich würde mir was fehlen, wenn's anders wäre.«

»Das sagen Sie so. Nein, ich bewundere Sie wirklich. Nun gut, als ich noch so jung war wie Sie, ich schätze, daß ich fast Ihre Mutter sein könnte...«

»Ich bin neununddreißig.«

»Nein, das ist doch ganz ausgeschlossen!«

»Warum?«

Man muß vorsichtig sein bei ihr. Das ist dieser freundliche, aber sehr kritische Typ, der sofort auf Distanz geht, wenn man ihm zu nachdrücklich Avancen macht. Das Lächeln bleibt so geradeheraus wie zuvor, keine Spur von Ironie in den grünen Augen, aber das kann sich sehr schnell ändern.

»Also, ich will Ihnen ja keine Komplimente machen, aber wenn das stimmt, dann haben Sie sich ganz fabelhaft gehalten.«

»Na ja.« Sie strich den Rock glatt, zog den Stiefel hoch, trank einen Schluck.

»Worin besteht denn eigentlich Ihre Tätigkeit für Herrn Brack?«

Nowakowski bog um den Flügel. »Entschuldige, Babette, wenn ich störe. Bitte, verzeihen Sie.«

»Natürlich störst du. Er hat ein ausgesprochenes Talent dazu. Das ist Kai Nowakowski, unser Creative Director. Frau Martens, die persönliche Referentin von Herrn Brack.«

»Pressereferentin. Nicht die persönliche.« Sie betrachtete Nowakowski, der sich desinteressiert verbeugte.

»Oh, entschuldigen Sie, ich werfe alles durcheinander. Also, was gibt's, Nowa? Mach es kurz, bitte.«

Er warf einen Seitenblick auf Frau Martens, zuckte dann die Schulter. »Knut Krüger will gehen. Ich kann es ihm nicht einmal übelnehmen, dein Mann hat bisher nicht ein einziges Wort mit ihm gesprochen. Ich meine, wenn wir schon Interesse an einem so erstklassigen Mann haben, dann sollten wir ihn nicht hier herumstehen lassen.«

»Nowa, bitte! Muß ich mich tatsächlich um alles kümmern? Wo steckt denn Erik?«

Nowakowski überprüfte mit zwei Fingern den Sitz seiner Krawatte. »Er ist mit diesem Herrn Weckenberg oder Wekkenbach in den Garten gegangen.«

»Dann sei so lieb und geh zu ihm und sage ihm, ich bäte ihn dringend, das Erforderliche mit Herrn Krüger zu besprechen. Und er soll bitte vor allem nicht vergessen, daß wir Herrn Brack zu Gast haben.«

Er öffnete den Mund, schloß ihn wieder. Sie sagte: »Ich kann aber gerne warten, Frau Verweerth, wenn Sie...«

»Nein, nein, kommt überhaupt nicht in Frage. Sei lieb, Nowa, ja? Ich verlaß mich auf dich.«

»Bitte sehr. Wenn du meinst.« Er wandte sich ab und ging.

»Es ist manchmal wirklich ganz schrecklich in diesem Haus. Und in dieser Firma, das läßt sich ja leider nicht voneinander trennen, ich möchte am liebsten gar nichts damit zu tun haben, nur schaffe ich das ganz einfach nicht.«

Sie nickte.

»Aber davon wollten wir gar nicht reden. Wo waren wir stehengeblieben?«

»Sie wollten wissen, was ich für meinen Chef tue.«

»Richtig, das interessiert mich brennend. Oder rühre ich damit schon an die Staatsgeheimnisse?«

Sie lächelte. »Nein, nein. Ich mache für ihn die Pressearbeit. Auch für die Landespartei, aber das konzentriert sich natürlich weitgehend auf ihn. Ich halte den Kontakt zu den Medien. Versuche, die Multiplikatoren davon zu überzeugen, daß wir die Besten sind.« Wieder lächelte sie. »Das Produkt muß ja verkauft werden. Wem sage ich das.«

War das jetzt eine Spitze? »Das klingt aber ein bißchen negativ.«

»Oh, wirklich? Nein, so war es nicht gemeint. Ohne Überzeugung kann man so einen Job nicht machen. Und schon gar nicht, wenn es auf einen Wahlkampf zugeht.«

»Wann wird denn eigentlich gewählt, sind wir schon wieder so weit?«

»Im nächsten Juni.«

»Und da haben Sie jetzt schon mit dem Wahlkampf zu tun? Mein Gott, wie halten Sie das nur aus!«

»Dieses Mal wird's nicht so strapaziös werden, hoffe ich. Wir werden wahrscheinlich eine Agentur beauftragen.« Sie lächelte. »Auch das ist kein Staatsgeheimnis mehr.«

»Eine Werbeagentur? Für Ihren Wahlkampf?«

Sie nickte. »In ein paar Wochen haben wir eine Präsentation. Mit zwei Agenturen. Es gibt ja nicht allzu viele, die sich wirklich dafür interessieren. Ich hoffe nur, daß wenigstens eine davon etwas Brauchbares anbietet.«

Wie bitte? Verpulvern sie nicht jedesmal ein paar Millionen für diesen Unsinn? »Hören Sie, jetzt müßte ich Ihnen eigentlich aber böse sein! Sie suchen eine Agentur und haben nicht an VB & Partner gedacht? Also, wenn Sie mir nicht so sympathisch wären, würde ich sagen, das ist einfach unverzeihlich!«

Sie zog die Augenbrauen ein wenig zusammen. »Ich dachte, Sie machen nur Verbrauchswerbung?«

»Aber nein! Wir haben schon eine Menge in Social Communications gemacht, wir haben ein paar erstklassige Leute dafür. Mir fallen jetzt auf Anhieb keine Einzelheiten ein, aber mein Mann könnte Ihnen da eine stattliche Liste aufzählen.«

Sie schien nachzudenken. »Wieviele Mitarbeiter haben Sie?«

»Die exakte Zahl weiß ich jetzt nicht, aber es sind gut vierzig. Und ausschließlich Leute mit sehr hoher Qualifikation.«

Sie nickte, begann an ihrer Unterlippe zu nagen.

»Sagen Sie, liebe Frau Martens, jetzt muß ich Sie aber ganz direkt fragen: Sehen Sie etwa noch eine Chance für uns?«

Sie sah in ihr Glas. »Ich weiß nicht. Ich würde es nicht völlig ausschließen.« Sie sah auf. »Nach den Gesprächen, die wir mit diesen beiden anderen Agenturen geführt haben, bin ich nicht sehr zuversichtlich, daß die etwas Brauchbares anbieten werden. Es könnte jedenfalls nicht schaden, wenn wir noch ein drittes Angebot hätten. Aber natürlich müßte ich erst einmal mit meinem Chef darüber reden. Und der Vorstand müßte das absegnen.«

»Liebe Frau Martens, wenn Sie das schaffen würden... Sie würden es nicht bereuen! Ihre Partei wird Ihnen ein Denkmal setzen, das garantiere ich Ihnen!«

Sie lächelte flüchtig. »Da bin ich nicht so sicher.« Sie dachte nach. Dann sagte sie: »Würden Sie das denn noch rechtzeitig schaffen? Ich müßte mal nachsehen, wann der Termin der Präsentation ist, ich hab meinen Kalender im Wagen. Aber allzuviel Zeit bliebe Ihnen nicht mehr.«

»Sehen Sie nach, sehen Sie nach! Vor Terminen ist uns noch nie bange gewesen. Und geben Sie Herrn Brack doch schon mal einen Wink. Ich werde in der Zeit meinen Mann mobilmachen. Entschuldigen Sie, ich will nichts überstürzen, aber ich denke, es wäre am einfachsten, wenn die beiden sich gleich einmal zusammensetzten, es muß ja nicht lange dauern. Oder finden Sie nicht?«

Sie nagte wieder an der Unterlippe. Dann nickte sie und ging. Fabian Rathjens folgte ihr mit den Blicken und tat einen Schritt, um ihr nachzugehen. »Nichts da, mein Lieber, du bleibst hier. Das Mädchen ist beschäftigt.«

Brack hatte sich mit Lea und Leas Freundin auf dem Sofa im Kaminzimmer niedergelassen, der Hausherr saß im Sessel daneben, gegenüber der Chef des jungen Menschen von der Bank und dieser Knut Krüger, den Nowakowski unbedingt einstellen wollte. Aber Brack redete, mit nur gelegentlichen Kopfbewegungen zu den anderen, auf Lea ein, die ihn, die Fäuste im Schoß geballt, unablässig ansah, mit diesem saugenden Blick.

»Erik? Einen Augenblick bitte.« Er stand irritiert auf, runzelte die Stirn. Brack sah auf.

»Entschuldigen Sie, Herr Brack, ich brauche ihn nur eine Minute.«

»Aber bitte sehr, bitte sehr.« Er streckte eine Hand zur Seite. »Wollen Sie nicht zu uns kommen, gnädige Frau?«

»Einen Augenblick nur, ich komme sofort.«

Am Büfett stand niemand mehr, der Kellner ging eben mit einem Stapel von Tellern hinaus.

»Erik, stell dich darauf ein, dich mit Herrn Brack für eine Viertelstunde ins Arbeitszimmer zurückzuziehen.«

»Ins Arbeitszimmer? Was soll ich denn da mit diesem Quatschkopf?«

»Dieser Quatschkopf hat einen Etat von mehreren Millionen zu vergeben.«

»Wieso denn das?«

»Für seinen Wahlkampf. Sie wollen eine Agentur damit beauftragen. Die kleine Martens hat es mir gesagt.«

»Und wer ist das?«

»Seine Pressereferentin. Zwei andere Agenturen sind schon dran, sie werden demnächst präsentieren. Also präparier dich.«

Er fuhr sich mit beiden Händen durch den Bart. »Bist du eigentlich verrückt geworden? Willst du, daß uns andere Kunden weglaufen? Der Mann hat doch überall Feinde!«

»Du würdest dich wundern, wen der zum Freund hat. Kalbitzer zum Beispiel.«

Er wandte sich wie verzweifelt ab, wandte sich sofort zurück, streckte den Kopf vor: »Den Etat bekommen wir doch nie! Wer soll denn das bei uns machen? Nowakowski etwa? Da lachen doch die Hühner. Was soll ich dem Mann denn erzählen?«

»Das, was du sonst auch erzählst. Und nimm dir Karnapp mit.«

»Wieso denn Karnapp?«

»Weil Nowakowski vielleicht nicht der richtige Mann dafür ist, das hast du gerade doch selbst gesagt. Du brauchst

Karnapp nur zu sagen, daß es um den Wahlkampfetat geht. Der weiß im Unterschied zu dir, wieviel da drinsteckt. Und da wird ihm schon das Richtige einfallen, da bin ich sicher.«

Er wandte sich ab, schüttelte den Kopf, fuhr sich durch den Bart. Dann wandte er sich zurück: »Hat sie gesagt, wie hoch der Etat ist?«

»Nein. Aber das wirst du ja erfahren.«

Er schüttelte wieder den Kopf. Plötzlich wandte er sich ab und ging zurück zu Brack.

Um zwei Minuten nach zehn kam er mit Brack aus dem Kaminzimmer, eine Hand geleitend angehoben. Frau Martens folgte mit einer Tasche unter dem Arm. Karnapp stand schon ein paar Schritte neben der Tür des Arbeitszimmers, die Arme übereinandergeschlagen, den Kopf halb gesenkt, mit Daumen und Zeigefinger die Mundwinkel massierend, als habe er sich für einen Augenblick aus den Gesprächen zurückgezogen, um über etwas nachzudenken.

Konrad Weckenbach hob den Kopf und sah den dreien nach. »Mein lieber Konrad, wie fühlst du dich? Hast du alles, was du brauchst?«

»Danke, danke, alles perfekt.« Er hob den Finger: »Was haben die denn vor?« Er grinste. »Ein kleines Tête-à-tête?«

»Wie kommst du denn darauf? Du kennst doch Erik. Wahrscheinlich will er ihnen seine neueste Errungenschaft zeigen. Irgendeine Collage, aber frag mich nicht von wem.«

In der Gruppe, die dem Arbeitszimmer am nächsten stand, schien die Unterhaltung ein wenig schleppend zu verlaufen. »Kann ich irgendetwas für Sie tun? Wollen Sie nicht noch einmal zugreifen? Ach, bitte, machen Sie mir doch die Freude! Es ist noch einmal frisch aufgetragen, kommen Sie, Sie sollten es sich wenigstens ansehen.«

Einundzwanzig Minuten nach zehn. Das könnte der kritische Zeitpunkt sein. Für seinen Standardvortrag wird Erik, wenn er halbwegs auf dem Posten ist, nicht mehr als zwölf Minuten gebraucht haben. Mit den Ergänzungen und Zahlen, die Karnapp beizusteuern hat, vielleicht vierzehn Minuten. Die kleine Martens wird hin und wieder eine Frage gestellt haben. Also könnte es jetzt sich zuspitzen. Wir werden sehen.

Die Tür des Arbeitszimmers nur ein wenig öffnen, hineinschlüpfen. Die Tür behutsam schließen. Auf den Zehenspitzen vorangehen, nicht zu betont, aber so, daß die diskrete Zurückhaltung deutlich wird.

Brack lehnte im Sessel, sprach mit erhobenen Händen. Frau Martens hatte sich einen Stuhl herangezogen, sie saß ein wenig hinter ihm zu seiner Linken, die Tasche zu ihren Füßen, einen Notizblock auf den Knien. Brack sagte: »Nein, um das noch abzuschließen... Ich gehöre ja zu den Leuten der alten Schule, es geht mir im Grunde immer noch gegen den Strich, einen Wahlkampf mit den Methoden der professionellen Werbung zu führen. Ich möchte am liebsten immer noch daran glauben, daß man die Leute auch ohne Gags und Trara für eine vernünftige und anständige Politik gewinnen kann, da bin und bleibe ich nun einmal altmodisch.« Er streckte die Hand aus: »Wie schön, gnädige Frau, daß Sie sich uns anschließen!«

»Ich kann leider nur eine Minute bleiben, ich bitte Sie um Ihr Verständnis. Ich wollte nur sehen, ob Sie mit allem versorgt sind, was Sie brauchen.«

»Es fehlt an nichts in Ihrem Hause, seien Sie bedankt. Aber die eine Minute können Sie sich doch zu uns setzen?«

Er erhob sich halb, als wolle er persönlich den Stuhl heranziehen, ließ sich dann zurücksinken, nickte und lächelte. »Ich habe einige sehr interessante Daten über Ihr Unternehmen gehört. Meinen Respekt, gnädige Frau. Tja... also grundsätzlich ist das für uns nicht uninteressant.« Er legte den Kopf in den Nacken. »Oder wie sehen Sie das, Antje?«

Sie nickte. »Doch.«

»Natürlich würde da noch einiges zu klären sein.« Er lächelte. »Ich bin ja kein absoluter Herrscher, wie Sie wissen.

Meine Partei liebt nun einmal die strapaziöse Spielart der Demokratie.« Er ließ das Lächeln vergehen, nahm nickend den Ausdruck vorbehaltloser Billigung an. »Das ist auch völlig in Ordnung, ich will mich gar nicht darüber beklagen.«

Erik räusperte sich. »Wie sähe denn gegebenenfalls der Auftrag aus? Geben Sie eine Grundkonzeption vor? Oder soll die vom Auftragnehmer entwickelt werden?«

Brack lachte: »Die Grundkonzeption ist natürlich unser Parteiprogramm. Da führt kein Weg daran vorbei. Nein, Scherz beiseite.« Er beugte wieder den Kopf nach hinten: »Wie sieht das jetzt im einzelnen aus, Antje?«

Frau Martens sah von ihrem Notizblock auf. »Wir haben für die Agenturen ein Briefing geschrieben. Das würden Sie dann noch bekommen. Wir wollen den ganzen Wahlkampf auf das Thema soziale Beziehungen abstellen.«

Karnapp wechselte seine Beinhaltung, er schlug das andere Bein über. Erik sagte: »Soziale Beziehungen?«

Brack nickte: »Ja. Natürlich ist das in dieser Form in einem Wahlkampf nicht verwendungsfähig, ich spreche auch lieber von menschlichen Beziehungen, aber natürlich können Sie auch damit nicht auf ein Plakat gehen oder in eine Anzeige. Leider. Das Problem besteht eben darin, diesen Begriff und seine zentrale Funktion in unserer Politik konkret darzustellen, sprachlich, bildlich, wie auch immer.«

Karnapp sagte: »Das ist ein interessantes Thema.«

»Da haben Sie weiß Gott recht, Herr von Karnapp. Das deckt alles ab, von der Verteidigungspolitik über die Kultur und die Landsmannschaft der Schlesier bis zum Straßenbau. Oder den Landeskliniken. Nein, wissen Sie, ich will das jetzt nicht ausführen, was mich persönlich bei diesem Thema bewegt. Aber es ist doch völlig klar, daß die menschlichen Beziehungen in unserem Land und leider nicht nur hier immer mehr vor die Hunde gehen.« Er lehnte sich zurück, zog das Kinn an, senkte die Mundwinkel, ließ die Rechte auf den Oberschenkel fallen. »Das ist doch so. Wir stecken mitten in einer Phase, in der der Egoismus die absurdesten Blüten treibt, übrigens auch der nationale, aber vor allem der individuelle. Das hat natürlich nicht zuletzt zwingende wirtschaftliche Gründe, darüber wollen wir gar nicht streiten, es mußte ja etwas geschehen, Einschnitte in übermäßige Leistungen, neue Anreize für diejenigen, die etwas auf die Beine stellen.«

Erik sagte: »In der Tat.«

»Sehen Sie. Diese Politik war natürlich unvermeidlich.« Er beugte sich vor, schlug sich mit der geballten Faust immer wieder auf den Schenkel, sanft, aber ausdrucksstark. »Nur bin ich zutiefst davon überzeugt, daß die Menschen mittlerweile ein sehr großes Verlangen nach einer anderen Art des Umgangs miteinander haben.« Er ließ sich zurücksinken, hielt ein. Dann sagte er: »Sie wollen sich nicht gegeneinander durchsetzen. Sie wollen vielmehr miteinander leben. Sie wollen in der Sicherheit des Gefühls leben, daß der andere sich um sie kümmert, nicht der Staat, nein, nein, sondern der andere. Der Mitmensch. Und sie wollen sich um ihren Mitmenschen kümmern, ganz ohne Zweifel, obwohl es oft gar nicht so aussieht. Aber es ist ihnen ein Bedürfnis. Davon bin ich zutiefst überzeugt.«

Nach einer kleinen Pause sagte Karnapp: »Das ist wirklich ein hochinteressantes Thema. Und ich bin sicher, daß unsere Kreativen daraus eine glänzende Kampagne machen würden.«

Brack sagte: »Ich hätte nichts dagegen.« Er hob die Hand: »Habe ich Sie jetzt vertrieben mit meiner Rede, gnädige Frau? Das täte mir leid.«

»Nein, nein, ich finde es ganz faszinierend. Ich gehe sehr ungern, aber Sie verstehen...«

»Natürlich. Wir sehen uns ja gleich noch.«

Es hatte sich noch nicht nennenswert gelichtet. Berleburg war anscheinend bei den Anekdoten seiner Reise nach China angelangt, ein großer Kreis hatte sich um ihn versammelt, das

Gelächter schallte. Nowakowski löste sich von einer Gruppe um Kalbitzer und kam heran. »Was geht hier eigentlich vor?«

»Drück die Daumen. Mit einem bißchen Glück bekommen wir einen Etat von ein paar Millionen.«

»Von wem? Doch nicht etwa von Herrn Brack?«

»Du hast es erraten. Wahlkampf.«

»Das gibt's doch nicht!«

»Warte mal ab.«

Er kam hinterher: »Und wer soll das machen?«

»Das wird sich finden. Hättest du denn Interesse daran?«

Er zuckte die Schulter. »Nicht unbedingt. Aber weißt du, daß Knut Krüger eine Menge davon versteht?«

»Nowa, nicht schon wieder, bitte! Red morgen mit Erik über diesen Mann. Ich hab jetzt Wichtigeres zu tun.«

Brack kam eine Minute später aus dem Arbeitszimmer, aber er ging erst um halb zwölf. Zu diesem Zeitpunkt war er leicht betrunken und sehr herzlich. Frau Martens folgte ihm mit müdem, aber freundlichem Lächeln, sie winkte noch einmal über die Schulter. Es dauerte noch fast anderthalb Stunden, bis auch Kalbitzer, dem der Aufbruch aller anderen anscheinend entgangen war, sich zur Tür bringen ließ. Als die Tür ins Schloß fiel, gähnte Erik laut.

»Laß dich doch nicht so gehen.«

»Es ist doch kein Mensch mehr da.«

»Lisa ist noch in der Küche. Außerdem bin ich da, falls dir das entgangen sein sollte.«

Er ging an die Bar, goß sich ein, trank den ersten Schluck im Stehen und ließ sich nieder.

»Nun erzähl endlich.«

»Das Wichtigste weißt du doch schon.« Er trank. »Er wird wahrscheinlich morgen mit den Leuten reden, die da mitbestimmen.« Er sah auf die Uhr. »Das heißt, heute.«

»Die Martens hat mir gesagt, das kann sehr schnell über die Bühne gehen. Und es wird sich keiner querlegen, wenn er das vorschlägt.«

»Weiß ich nicht. Kann ja sein. Wenn es klappen sollte, will sie uns das Briefing schicken. Oder wir können's uns abholen. Je nachdem.«

»Nun sei doch nicht so umständlich. Wie hoch ist der Etat?«

Er trank, sah in sein Glas. »Insgesamt wollen sie sechs Millionen ausgeben. Einen Teil davon natürlich in eigener Regie, das wird je nach Angebot noch festgelegt.«

»Na bitte! Das hat sich doch gelohnt. Oder irre ich?«

Er sah auf. »Das muß sich erst noch herausstellen. Und wenn sie uns tatsächlich in die Präsentation noch hineinnehmen sollten, dann muß ich vor allem anderen einen Menschen aus dem Hut zaubern, der das machen kann. Ein bißchen Ahnung von der Politik und ein bißchen Engagement sollte er ja vielleicht mitbringen.« Er lachte, schüttelte den Kopf. »Servatius? Oder Fecke? Vielleicht Bredelo? Na, wie fändest du das?«

»Was ist mit diesem Krüger? Nowakowski sagt, er versteht was davon.«

»Blödsinn. Das sagt Nowakowski doch nur, weil er ihn unbedingt bei uns reinbringen will. Außerdem steht der noch bei der Intermedia unter Vertrag. Und da macht er seit Jahren Autos.« Er schüttelte den Kopf. Rieb sich den Bart.

»Erik.«

»Was denn?«

»Auf das Nächstliegende kommst du wohl nicht?«

»Das Nächstliegende?«

Man muß diesem Mann tatsächlich alles vorsagen. Dabei ist es so einfach.

Er schien es noch immer nicht zu begreifen. »Und was soll das Nächstliegende sein?«

»Wehmeier. Wehmeier natürlich.«

Er blieb einen Augenblick mit offenem Mund sitzen. Dann sprang er auf, stellte das Glas ab, griff sofort wieder danach. »Ich hab wohl nicht recht gehört? Uli Wehmeier meinst du?«

»Natürlich. Du wirst doch wohl nicht behaupten wollen, daß er von Politik nichts versteht. Oder daß er kein Engagement aufbringt. Und daß er Einfälle hat, das hast du mir doch oft genug erzählt.«

»Du bist wohl nicht mehr ganz bei Trost!« Er goß den Rest hinunter, verschluckte sich, hustete. »Hab ich dir nicht etwa auch erzählt, was er wegen dieser Zicke veranstaltet hat?« Die Augen liefen ihm über. »Und daß er versucht hat, den ganzen Laden aufzuwiegeln?«

»Sei doch nicht so schrecklich kleinkariert! Daß er sich für diese Frau engagiert, das zeigt doch nur, daß er ein soziales Empfinden hat. Der Mann hat Herz. Der kümmert sich um seine Mitmenschen. Hast du nicht gehört, was Brack gesagt hat? Wehmeier hat genau das Gespür für das, was sie haben wollen. Und alles andere auch. Hör, was ich dir sage, Erik: Wehmeier ist der ideale Mann für diesen Auftrag.«

Er wischte sich die Tränen aus den Augen. Dann sagte er: »Du mußt komplett verrückt geworden sein.«

»Ich gehe ins Bett, Erik. Gute Nacht.«

## 12

Im Hof setzte ein dumpfes Schlagen ein. Es wurde von den Backsteinwänden der Hinterhäuser zurückgeworfen, stieß gegen die Scheiben des Küchenfensters und der Balkontür. Es klang, als schlage jemand mit geballten Händen gemessen, aber beharrlich gegen eine gepolsterte Wand.

Die Balkontür quietschte. Über der Klinke war der Lack noch ein wenig weiter aufgeplatzt, es waren schon wieder ein paar schmutzigweiße Brösel abgesprungen, sie lagen auf den Fliesen vor der krummen Holzschwelle. Wann hatte Andreas die Tür streichen wollen? Schon vorgestern. Die Farbbüchse stand noch auf dem Balkon, im Winkel neben der Leiter. Wahrscheinlich hatte er es wegen des Regens gelassen. Die Luft war feucht, zerrissene schwarze Wolken trieben über die Kamine gegenüber.

Das Schlagen war abgebrochen. Im Hof stand die alte Frau aus dem Erdgeschoß des Hinterhauses. Sie hatte ihren Teppich über die Stange geworfen, stand daneben, den Klopfer in der Hand, die andere Hand in den Rücken gestemmt. Der schwere Busen hob und senkte sich. Sie betrachtete das schmale Beet am Fuß der Backsteinmauer.

Ob sie keinen Staubsauger hat? Vielleicht hat sie einen gehabt, aber er ist kaputtgegangen. Und sie hat kein Geld, um ihn reparieren zu lassen.

Plötzlich setzte sie sich in Bewegung. Sie ging breitbeinig zu dem Beet, bückte sich, eine Hand auf dem Knie, und riß ein Unkraut aus. Eine Weile blieb sie gebückt stehen, das Unkraut in der Hand, spähte nach beiden Seiten das Beet entlang. Dann richtete sie sich auf, ging zur Mülltonne, warf das Unkraut hinein. Nach einem prüfenden Blick in die Tonne schloß sie den Deckel und ging zurück zur Teppichstange. Sie hob eine Ecke des Teppichs an und schlug wieder mit dem Klopfer auf ihn ein.

Der Dackel sprang über die Schwelle des Balkons, fuhr mit der Schnauze zwischen die Gitterstäbe, knurrte und bellte. Die alte Frau ließ den Klopfer sinken und sah empor. Sie lachte, die bläulichen Lippen gaben die Zahnlücken frei. Sie rief: »Der paßt aber auf, wie? Daß keiner zu viel Krach macht!«

»Ach, der macht doch selbst nur Krach. Hör auf, Pit!« Der Dackel nieste und fiepte.

Die alte Frau hob den Klopfer und zeigte zum Himmel. »Gleich wird's wieder regnen. Hoffentlich werde ich noch fertig.«

»Ja. – Also, dann…«

Sie winkte mit dem Klopfer zurück.

»Komm rein, Pit.« Der Dackel zog die Schnauze zwischen den Gitterstäben hervor, hob eine Vorderpfote. »Du sollst reinkommen, hab ich gesagt!« Er sprang über die Schwelle, lief zu seinem Korb und legte sich flach hinein, die Schnauze auf den Pfoten. Als das dumpfe Schlagen wieder einsetzte, hob er die Ohren an.

Man müßte ihr helfen. Was müßte ich nicht alles. Vor allem muß ich jetzt sehen, daß das Essen auf den Herd kommt. Meine Güte, schon zwanzig nach zwölf. Um eins wollte Andreas zurücksein. Wahrscheinlich muß ich ihm eine Portion vorkochen. Bis um eins bekomme ich den Riesentopf doch gar nicht gar. Wieviele werden's sein heute abend? Karin, Andreas, Rudi und ich. Macht mit den sechs Kindern schon zehn. Und Christiane natürlich.

Karin hat schon gewußt, warum sie sich angeboten hat, mit Rudi die Kinder abzuholen. Quatsch, ich hätt's ja gar nicht gekonnt. Wo ist das Messer?

Ich muß aufpassen, daß das nicht zur Regel wird. Ich darf ihn nicht daran gewöhnen, daß ich auch am Samstagmorgen ins Büro kommen kann. Das hat er gern, klar. Braucht sich den Kaffee nicht selbst zu kochen. Und ich hab's ja auch nicht ungern. Warum? Wegen der Überstunden. Aber vielleicht auch, weil es am Samstagmorgen so ruhig zugeht. Um acht sind die Straßen noch leer.

Der Schnittlauch. Sie hätte ruhig ein bißchen mehr einkaufen können.

Es ist schon ziemlich pervers, sich wohlzufühlen, wenn man zur Arbeit fährt, während andere schlafen. Ein Gefühl der Überlegenheit, das ist es doch. Ich bin tüchtig. Und das ist natürlich genau das Gefühl, das er zu kitzeln versteht. Er hat mich heute morgen im Büro gebraucht, weil ich so tüchtig bin, nicht wahr? Er weiß schon, wie er mich anfassen muß. Ich muß aufpassen, daß er...

War das die Klingel? Bitte nicht jetzt. Ich krieg die Kurve nicht, keine Zeit zum Labern. Wenn das wieder Carlos sein sollte, werd ich ihn vor die Tür setzen. Ja, es ist die Klingel. »Ich komm ja schon.«

Er stand abgewandt ein paar Schritte vor der Tür, in der Rechten ein Päckchen in Geschenkpapier, und ließ den Blick durchs Treppenhaus wandern. Der Dackel, der den Kopf aus der Küchentür gesteckt hatte, kam herangerannt, sprang an seinen Beinen hoch und winselte. »Ja, ja, mein Guter, ist ja schon in Ordnung, freust du dich so?« Er fuhr dem Dackel übers Fell, schüttelte ihn am Nacken. »Wie geht's dir denn, du krummer Hund?« Er richtete sich auf, nahm das Päckchen von der Rechten in die Linke. »Tag, Marion.«

»Tag, Uli.« Er blieb immer noch in der Mitte des Podests stehen. »Willst du da stehenbleiben?«

Er kam heran, ging vorbei. Der Dackel trabte hinter ihm her, dicht an seinen Fersen, von der einen auf die andere Seite wechselnd.

Er ließ den Blick durch den Korridor wandern. »Ich möchte nicht stören.«

»Du kannst mit mir in die Küche kommen. Ich hab zu tun.«

Er blieb vor dem Küchentisch stehen, sah auf das Gemüse, dann auf den Herd und die Töpfe, dann auf die Lampe, die Gardinen, die Balkontür. Der Dackel setzte sich vor ihn und sah zu ihm auf.

»Du kannst dich setzen.«

Er rührte sich nicht von der Stelle.

»Oder willst du erst die ganze Wohnung inspizieren?«

Er nahm das Päckchen von der einen in die andere Hand. »Bist du allein?«

»Ja.«

»Wo ist denn Jens?«

»Das solltest du eigentlich noch wissen. Er ist in Altenkotten.«

»Immer noch?«

Es ist schrecklich, ich will ihm wirklich nichts Böses, ich

glaube sogar, es hat sich was in mir gerührt, ein Anflug von Wärme im Bauch, als ich die Tür öffnete und ihn da stehen sah, er sieht so frisch aus und adrett, das blaue Hemd, die neue Lederjacke hat er angezogen, und vielleicht ist er ja auch gekommen, um seine Probleme im Betrieb loszuwerden, ich würde ihm gern helfen, wirklich. Aber wenn er jetzt ein Verhör mit mir veranstalten will oder eine kleine Hausdurchsuchung, dann werde ich ihn rausschmeißen.

»Karin und Rudi sind heute morgen losgefahren, um die Kinder abzuholen.«

»Wer ist Rudi?«

»Ein Freund von Karin und Andreas. Und von mir.«

Er nickte. Dann sagte er: »Und wann werden sie hier sein?«

»Irgendwann heute nachmittag. Eher gegen Abend. Sag mal, willst du dich nicht setzen? Das macht mich nervös, wenn du da so herumstehst und mir auf die Finger siehst.«

Er griff nach einem Stuhl. Muß es denn ausgerechnet der mit dem Riß im Sitzkissen sein, verdammt, warum hat denn noch immer keiner das geflickt?

Er betrachtete das Sitzkissen, schob den Stuhl zurück und setzte sich auf einen anderen. Das Päckchen behielt er in der Hand. Er wies mit dem Kinn auf den Tisch: »Was gibt das?«

»Gemüsesuppe.«

»In solchen Mengen?«

»Das ist nicht zu viel für alle, die hier essen. Heute abend werden's mit den Kindern rund ein Dutzend sein.«

»Aha.«

»Aber ich hab schon was aufgesetzt, du kannst nachher mitessen, wenn du willst.«

»Danke. Hab keinen Hunger. Ich hab gut gefrühstückt.« Er suchte nach einem Platz, auf dem er das Päckchen ablegen konnte.

»Entschuldige, ich mach gleich den Tisch frei.«

»Laß nur, das geht schon so.« Er hob das Päckchen halb hoch, lächelte. »Das ist für Jens.«

»Da wird er sich freuen.«

Er sagte: »Ich wollte nicht unangemeldet kommen. Ich hab vorhin zweimal angerufen. Aber es ist niemand ans Telefon gegangen.«

»Da war Karin wahrscheinlich schon weg. Und ich war noch im Büro.«

»Im Büro? Heute am Samstag?«

»Wir haben im Augenblick viel zu tun.«

»Aha.« Er schwieg eine Weile. Dann sagte er: »Und die Köchin mußt du auch noch spielen hier?«

Ich hab's doch gewußt. Er kann es ganz einfach nicht lassen. »Nein, das muß ich keineswegs. Das ist anders als in unserem gemeinsamen Heim. Mal koche ich, und mal die anderen. Stell dir vor, ich kann mich hier an den meisten Abenden an einen gedeckten Tisch setzen.«

»Fabelhaft.«

»Ja, das ist wirklich fabelhaft. Und ich bin sehr zufrieden damit.«

Er stand auf.

»Und jetzt will ich dir mal was sagen, mein Lieber. Das ist das erstemal, daß du dich hier blicken läßt. Na gut, das kann ich ja noch verstehen. Es ist dir nun mal egal, wie ich so lebe und wie es mir geht. Was ich allerdings nicht verstehen kann, ist die Tatsache, daß du dich in der ganzen Zeit auch kein einzigesmal in Altenkotten hast blicken lassen. Dreimal hast du da angerufen, das ist wohl wahr. Aber...«

»Hast du das registrieren lassen? Deine Freunde in dieser Klitsche können anscheinend nicht einmal richtig zählen.«

»Mach dir mal keine Sorgen um das, was die können. Die können eine ganze Menge.«

»Das kann ich mir vorstellen.«

»Du stellst dir unter Garantie wieder was Falsches vor. Aber was soll's. Seit Montag hat jedenfalls auch Jens nichts mehr von dir gehört. Oder willst du behaupten, das sei auch falsch?«

Er gab keine Antwort. Sein Gesicht war blaß geworden, die Mundwinkel wie zwei tiefe Kerben. Er biß die Zähne zusammen.

»So, und da kommst du hier hereingeschneit und glaubst, du könntest herumstänkern. Inspizierst die Einrichtung und...«

»Ich bin nicht gekommen um herumzustänkern. Und auch nicht, um mich mit dir über deine Freunde zu streiten, sie sind mir scheißegal. Ich bin gekommen, um Jens zu sehen.«

»Das kannst du jetzt aber leider nicht. Bitte schön, du kannst hier warten, wenn dich die Umgebung nicht allzu sehr nervt. Oder heute abend wiederkommen, niemand wird dich daran hindern.«

»Das kann ich leider nicht.« Er holte Atem. »Und ich werde auch in den nächsten Tagen nicht kommen können.«

»Das ist aber wirklich schade. Ein neuer Millionenauftrag, nehme ich an.«

»Absolut richtig.«

»Wie erfreulich für dich. Und ich hatte schon gedacht, sie wollten dich vor die Tür setzen.«

Er zog die Augenbrauen zusammen. »Was soll das denn heißen?«

So ein Quatsch, warum hab ich das bloß gesagt! Jetzt wird er nicht lockerlassen, diese ekelhafte, absolut sinnlose Auseinandersetzung wird sich auch noch an einem neuen Thema hochranken. Und davon ganz abgesehen, war's unfair, so etwas zu sagen, warum stochere ich darin herum, wenn er nicht selbst davon spricht?

»Was soll das heißen?«

Die Suppe umrühren hilft auch nicht, er gibt ja nicht auf, niemals. »Rudi kennt diesen Paulus, der bei euch arbeitet. Heißt er nicht Paulus?«

»Dieter Paulus?«

»Ja, ich glaube. Ich hab den Namen nie von dir gehört.«

»Der spielt auch keine erwähnenswerte Rolle bei uns.«

»Na schön, meinetwegen. Der hat Rudi jedenfalls erzählt, daß sie dich ausbooten, weil du unbedingt einen Betriebsrat gründen willst. Oder hat er sich das nur ausgedacht?«

Er lächelte. »Nein, das stimmt. Das mit dem Betriebsrat jedenfalls. Und den werde ich auch auf die Beine stellen, darauf kannst du dich verlassen. Der Herr Paulus und einige andere Leute werden sich wundern.«

Es hat keinen Sinn, ich sollte es damit bewenden lassen. Aber es beschäftigt mich schon, seit Rudi mit der Geschichte angekommen ist, Tratsch natürlich, das weiß ich doch, aber wenn er schon mal hier ist, will ich's auch genau wissen. Und er soll es auch wissen, verdammt noch mal.

»Sag mal, tust du das alles tatsächlich nur wegen Frau Sommer?«

»Christel Sommer? Hat das auch der Paulus erzählt?«

»Ja. Das scheint jedenfalls die Version zu sein, die bei euch im Betrieb herumgeht.«

Er nickte, lächelte. »Und das interessiert dich wohl?«

»Es interessiert mich überhaupt nicht, aber wenn du mich schon danach fragst, sehe ich keinen Grund, dir nicht zu sagen, was solche Leute herumerzählen.«

Er bewegte die Schultern in der Jacke, lächelte. »Du brauchst dir keine Sorgen zu machen. Ich tu's nicht wegen Christel Sommer. Sondern ganz einfach, weil es mir Spaß macht. Und wie du siehst, schadet es mir absolut nicht. Der Auftrag, den ich jetzt bekommen habe... so etwas haben wir jedenfalls noch nie gehabt.«

»Dann ist ja alles in bester Ordnung.«

»Kann man wohl sagen.« Er wartete ein paar Sekunden lang. Dann hob er das Päckchen: »Könntest du das bitte Jens geben?«

Die Korridortür wurde aufgeschlossen. Er ließ das Päckchen sinken. Andreas kam herein, zog den Reißverschluß seines Parkas auf. »Hallo.« Er tätschelte den Dackel, der an ihm hochsprang.

»Das ist Andreas. Und das ist Uli.«

Andreas gab ihm die Hand. »Tag, Uli.«

Er nickte. Als Andreas hinausgegangen war, um den Parka aufzuhängen, ging er plötzlich zum Tisch, schob das Zeitungspapier mit den Abfällen zur Seite, legte das Päckchen ab und setzte sich. Er lehnte sich zurück, schlug die Beine übereinander.

Andreas rieb sich die Hände, als er zurückkam. Er strich sich den Bart. »Das riecht aber nicht schlecht. Hast du schon was fertig?«

»Du bekommst sofort was.«

Andreas räumte den Tisch leer, packte die Abfälle in eine Tüte, die er auf den Balkon stellte, wischte die Tischplatte mit einem Lappen blank. Er sah Andreas zu, hob das Päckchen hoch, stand halb auf und schob seinen Stuhl ein wenig zurück.

»Nein, nein, bleib nur sitzen. Das geht schon.« Andreas wusch den Lappen aus. Dann stellte er das Brot auf den Tisch, nahm drei Suppenteller und drei Löffel aus dem Schrank.

Er sah Andreas an. »Für mich?« Dann schüttelte er den Kopf. »Danke, ich hab eben erst gefrühstückt.«

»Für mich auch nicht, Andreas. Ich nehm mir später was.«

Andreas blieb einen Augenblick vor dem Schrank stehen, die Teller und Löffel in der Hand. Dann räumte er wieder ein. Er setzte sich mit seinem Teller an den Tisch, griff nach dem Brot, brach ein Stück ab, kaute und sah ihn an. »Na, wie geht's dir?«

»Sehr gut, danke.«

»Viel Arbeit?«

»Ja. Das allerdings.«

Andreas kaute. »Aber du machst das doch gern?«

»Ja. Ich mach das sehr gern.«

Andreas nickte. Nach einer Weile sagte er: »Wieviel wird da eigentlich umgesetzt in eurer Branche?«

»Insgesamt?«

»Ja. Ich meine, hier in der BRD.«

»Im vergangenen Jahr waren es über siebzehn Milliarden.« Er lächelte. »In der BRD.«

»Phantastisch!« Andreas lachte, schüttelte den Kopf.

Er sah Andreas zu, der sich vornüberbeugte und seinen Löffel in die Suppe eintauchte. Dann sagte er: »Ja, phantastisch. Und wenn man bedenkt, wieviele kleine schwarze und braune Kinder damit gefüttert werden könnten.«

Andreas warf ihm einen kurzen Blick zu, sah wieder auf seine Suppe. Nach ein paar Löffeln sagte er: »Daran hab ich gar nicht mal gedacht. Obwohl's natürlich stimmt.«

»Und wie das stimmt.«

Ich hab's geahnt, das kann nicht gutgehen. »Wie schmeckt dir die Suppe, Andreas?«

»Danke, gut. Schmeckt prima.« Er brach ein Stück Brot ab. »Nein, aber was anderes hab ich mir schon oft überlegt.«

»Ah ja?«

Andreas schob ein Stück Brot in den Mund und kaute. »Ihr seid doch intelligente Leute da bei der Werbung.«

»Das hört man gern.«

»Ich nehm's jedenfalls an. Und ich hab mir schon oft überlegt, wie das wohl wäre, wenn man dieses ganze Potential, vom Geld mal ganz abgesehen, ich meine diese Intelligenz oder die Cleverness, die ihr habt, wenn man das einsetzen würde, um die Leute für eine vernünftige Politik mobilzumachen. Verstehst du, statt ihnen pausenlos diesen Scheiß einzureden, den sie entweder nicht brauchen oder den sie sich sowieso kaufen müssen. Wenn du zum Beispiel mit deiner ganzen Erfahrung mal Werbung für den Umweltschutz machen würdest. Statt für Hundefraß oder Waschpulver oder Pillen gegen Blähungen, ich weiß nicht was.«

Er lächelte Andreas an, löste sich von der Stuhllehne, stellte die Füße nebeneinander und legte beide Unterarme auf den Tisch. »Wenn's dich nicht langweilt, kann ich dir ja mal was aus meinem Erfahrungsschatz mitteilen.«

Andreas löffelte. »Würd mich interessieren.«

Er sagte: »Erstens mal halten nicht alle Leute das für Scheiß, was du für Scheiß hältst. Sie sind an dem Scheiß interessiert, weil er ihnen das Leben erleichtert.«

Andreas sagte: »Okay. Und zweitens?«

»Zweitens hast du offenbar keine Ahnung davon, daß auch für vernünftige Politik geworben wird. Professionell, meine ich.«

»Wo gibt es das denn?«

»Bei meiner Agentur zum Beispiel.« Er hob eine Hand ein wenig an, ließ sie auf den Tisch fallen. »Vielleicht überrascht es dich ja, aber ich bin gerade dabei, mich um so eine Kampagne zu kümmern.«

»Für wen denn?«

»Für Friedrich Brack und seine Partei.«

Um Gotteswillen, das ist es, warum sie ihm wieder eine Chance gegeben haben! Sie hatten keinen Besseren, sein politischer Sachverstand, nicht wahr. Und er spielt mit, darf sich für diesen Brack die flotten Sprüche ausdenken und ist glücklich, daß er wieder was machen kann, redet sich ein, es ist was ganz Großes, was er da macht.

Andreas stand auf, ging mit seinem Teller an den Herd und schöpfte nach. Er setzte sich wieder, nahm einen Löffel Suppe, brach ein Stück Brot ab. »Und du glaubst, das ist eine vernünftige Politik, die die anzubieten haben.«

»Ja. Glaube ich. Das mag ja mit deinen Vorstellungen nicht übereinstimmen...«

»Nein, tut es nicht.«

»Und was sind deine Vorstellungen?«

Andreas löffelte. Dann sagte er: »Daß man den Leuten die Wahrheit sagt.«

Er nickte Andreas zu, lehnte sich zurück, schlug die Beine übereinander, lächelte. »Das klingt ja ganz fabelhaft, wirklich. Ich bin tief beeindruckt. Allerdings ist mir nicht so richtig klar, was du unter der Wahrheit verstehst?«

»Daß man den Leuten sagt, wohin wir marschieren. Und daß es fünf Minuten vor zwölf ist. Und daß wir diese ganze Gesellschaft umkrempeln müssen, diese Wahnsinns-Produktion von Gift und Schrott radikal abschaffen müssen, wenn wir nicht vor die Hunde gehen wollen. Aber das wird nicht dein Auftrag sein, nehme ich an.« Er sah über seinen Löffel. »Du wirst den Leuten klarzumachen haben, was für ein netter Mensch dieser Fritze Brack ist. Und wenn du das gut machst, wird er ja wahrscheinlich auch wieder drankommen, mitsamt seiner Sippschaft. Und das wird dann am Ende alles sein, wofür du dir den Arsch abgebrochen hast.«

»Weißt du, du hast wirklich den Durchblick.« Er nickte. »Absolut bestechend, deine Analyse. Sie hat nur einen Haken.« Er legte eine kleine Pause ein. Dann sagte er, lächelnd: »Deine politischen Vorstellungen mögen für eine Wohngemeinschaft ausreichen. Oder für einen Kindergarten.«

Andreas hielt den Löffel in der Schwebe. »Warum bist du denn so sauer?«

»Ich bin überhaupt nicht sauer. Du glaubst doch wohl nicht, daß du mich mit dem Blödsinn, den du verzapfst, reizen kannst?«

Schluß jetzt. Er bringt es fertig und langt über den Tisch hinüber. »Jetzt hört auf damit! Beide. Und zwar sofort, wenn ich bitten darf!«

Er stand auf, nahm das Päckchen vom Tisch. »Ich bin schon fertig. Ich werde doch eure ideale Gesellschaft nicht länger heimsuchen.« Er sah auf das Päckchen, als sähe er es zum erstenmal. Dann legte er es auf die Anrichte, wies mit dem Finger darauf. »Würdest du das bitte Jens geben?« Er ging. Der Dackel sprang auf, blieb in der Küchentür stehen und sah ihm nach.

»Uli! Möchtest du nicht wenigstens auf Wiedersehen sagen?«

Er hielt die Klinke der Korridortür in der Hand, blickte zurück. »Doch, natürlich. Auf Wiedersehen.« Er sah den

Dackel. »Ach so. Das hätte ich jetzt beinahe vergessen.« Er griff in die Jackentasche und zog ein kleines Päckchen in Seidenpapier heraus.

»Was ist das?«

»Ein Kauknochen. Für Pit.«

»Willst du ihm das nicht selbst geben?«

»Nein, nein, mach du das nur.«

»Ich werde warten, bis Jens kommt.«

»Ja, das ist gut.« Er wandte sich ab, öffnete die Tür. Auf dem Podest blieb er stehen. »Ach so, das auch noch.« Er griff in die andere Jackentasche, nestelte, brachte ein Schächtelchen in Geschenkpapier hervor, streckte die Hand aus.

»Für mich?«

»Ja. Ein paar Armreifen.« Er lächelte. »Nichts Besonderes. Ich hab sie billig bekommen.«

Er ging die Treppe hinunter.

## 13

Eberhard kann es nicht lassen. Jetzt hat er schon wieder seine Akten aufgeschlagen, als ginge ihn alles andere nichts an. Frißt an seiner Zigarre. Und Karl ist auch nicht bei der Sache. Ist das etwa ein Lottozettel, was er da ausfüllt?

»So, ich denke, die Pause war lang genug. Wir wollen weitermachen.«

Thomas Erfert rückte seine Brille zurecht. »Frau Faßbinder ist noch nicht da.«

»Wo steckt sie denn? Weiß jemand, wo Friedchen ist?«

Volker Müller sah von der Tasse auf, die er am Kaffeeautomaten füllte. »Ich glaube, sie ist auf dem Klo. Vorhin, als ich draußen war, ist sie jedenfalls reingegangen.« Er balancierte die Tasse zu seinem Platz.

»Du liebe Zeit, wie lange braucht sie denn dafür?«

Eberhard Wagner sprach an seiner Zigarre vorbei und ohne die Augen von den Akten zu heben: »Etwas mehr Rücksicht, bitte, Herr Vorsitzender. Wenn's ihr schlecht geworden wäre, würde mich das nicht wundern.«

»Das nutzt ja nun alles nichts, Eberhard. Und vielleicht darf ich daran erinnern, daß die Veranstaltung hier auf unserem einstimmigen Beschluß beruht. Also, was ist, Antje, was wird uns jetzt noch geboten?«

»VB & Partner Communications.« Sie wies auf das Blatt, das sie obenauf gelegt hatte. »Sie kommen zu zweit.«

»Erik Verweerth, das ist der Mensch mit dem melierten Bart?«

»Ja, der geschäftsführende Eigentümer. Und Herr Hanrieder ist der Kontakter, mit dem Volker Müller und ich ein paarmal gesprochen haben.«

Elfriede Faßbinder kam herein, sie marschierte zu ihrem Platz.

»Also bitte, auch Friedchen ist schon wieder da, wir können weitermachen.«

Sie setzte sich mit einem schrägen Blick durch die dicken Brillengläser. »An mir hat's nicht gelegen, wenn wir zu spät angefangen haben.«

»Aber nein, das war doch nur ein Scherz. Volker, würdest du die Herren hereinbitten?«

Wo hab ich denn nur diese Geschichte gelesen von den beiden Werbefritzen, das muß was Amerikanisches gewesen sein, war das bei Nixon? Die beiden treten an zu einer Präsentation, der Auftraggeber steht auf, um ihnen die Hand zu schütteln, und dann macht einer von den beiden eine ungeschickte Bewegung mit dem Projektor, den er mitschleppt, und haut dem Auftraggeber die Kofferkante vors Knie.

Erik Verweerth, in dreiteiligen dunklen Flanell gekleidet, und ein langer, schlanker Mensch in einem Nadelstreifenanzug traten ein, stellten ihre Koffer ab, verbeugten sich leicht und lächelten.

»Meine Herren, seien Sie willkommen. Herrn Verweerth kenne ich schon, und das ist Herr...«

Antje Martens flüsterte: »Hanrieder.«

»Herr Hanrieder, nehme ich an.«

Verweerth hob die Hand ein wenig zur Seite. »Hannsheinz Hanrieder, unser zuständiger Account Manager.«

Eberhard Wagner, seine Akten zusammenpackend, sah auf und fragte an der Zigarre vorbei: »Wie heißt das?«

Verweerth lächelte. »Account Manager.« Hannsheinz Hanrieder strich sich mit der Fingerspitze über den Mundwinkel.

Eberhard kann es nicht lassen, das ist schon der dritte Titel heute morgen, den er noch einmal hören will. »Nehmen Sie doch Platz, meine Herren, bevor ich Ihnen diese Seite des Tisches vorstelle.« Sie ließen sich nieder, stellten die Koffer griffbereit neben sich. Verweerth stützte die Unterarme auf den Tisch, legte die Hände locker übereinander. Hanrieder lehnte sich ein wenig zurück, die Rechte ließ er auf dem übergeschlagenen Bein ruhen.

Jetzt fällt mir's ein, das steht nicht bei Nixon, sondern in dem saukomischen Buch, das Antje mir mal gegeben hat, Della Femina, richtig. *Frontberichte aus dem Werbekrieg.* Der Projektor trifft den Auftraggeber so hart ans Knie, daß der umknickt und ein paar Minuten braucht, um sich zu erholen, er läßt sie ihren Sermon noch halten, aber den Auftrag bekommen sie natürlich nicht.

»Zu meiner Rechten sehen Sie unsere stellvertretenden Landesvorsitzenden, Frau Faßbinder und Herrn Eberhard Wagner, der sich ja bereits zu Wort gemeldet hat, neben Herrn Wagner unseren Landesgeschäftsführer Volker Müller.« Ich hätte Eberhard mitnehmen und sie an der Tür begrüßen sollen, vielleicht hätten sie es geschafft, ihm einen ihrer Koffer vors Knie zu hauen oder gegen das Schienbein.

»Zu meiner Linken Frau Martens, unsere Pressereferentin, die kennen Sie ja schon, daneben Dr. Erfert, mein persönlicher Referent. Es folgt die zweifellos wichtigste Persönlichkeit in unserer Runde, jedenfalls auf dieser Seite des Tisches, das ist Karl Mellenthin, unser Schatzmeister.« Die beiden gegenüber lächelten und nickten. »Neben Herrn Mellenthin schließlich, aber nicht zuletzt, Herr Dr. Spahn, er ist einer der Experten der Bundespartei und achtet darauf, daß wir hier in der Provinz nicht allzu viel Unsinn machen.«

Spahn lächelte dünn. Antje Martens war, nachdem ihr Name genannt worden war, aufgestanden und um den Tisch herum gegangen. Sie beugte sich zwischen Verweerth und Hanrieder. Verweerth schüttelte den Kopf, Hanrieder nahm die Rechte vom Bein, löste sich von der Sessellehne und nickte ihr zu. Sie ging zum Kaffeeautomaten. Das hätte ich ihr gleich sagen können, daß dieser Verweerth keinen Kaffee mag. Einen Schnaps hätte sie ihm anbieten sollen. Mir auch. Aber das wird sie ums Verrecken nicht tun.

»Nun, meine Herren… Herr Verweerth! Sie haben das Wort.«

Verweerth verbeugte sich leicht, schwang den Diplomatenkoffer auf den Tisch, ließ die Verschlüsse aufspringen und zog einen Hefter heraus. »Herr Ministerpräsident, meine Damen, meine Herren…« Eberhard Wagner nahm die Zigarre aus dem Mund, beugte sich zu Elfriede Faßbinder und fragte: »Was hat er gesagt? Herr Ministerpräsident?«

Verweerth nahm eine Brille hervor und schüttelte den Bügel locker. »Die Aufgabe, die Sie uns gestellt haben, ist von hohem professionellem Reiz, von der politischen Bedeutung ganz zu schweigen.«

Mellenthin sagte: »Und von der Finanzierung.«

Verweerth setzte die Brille auf und sah lächelnd über die Halbgläser. »Auch das ist uns durchaus bewußt.« Er schlug den Hefter auf, ließ den Blick darüber gleiten. »Was die allgemeine Problematik betrifft, so ist die Ihnen natürlich noch sehr viel gründlicher vertraut als uns.« Er beugte sich vor und lächelte Thomas Erfert an. »Wir haben zum Beispiel mit großem Interesse uns noch einmal das Buch von Herrn Dr. Erfert vorgenommen und daraus einige wesentliche Anregungen gewonnen.«

Thomas Erfert bewegte sich ein wenig auf seinem Stuhl. Spahn glaubte, seinem eigenen wissenschaftlichen Ansehen eine ironische Beifallsbekundung schuldig zu sein, er nickte vornübergebeugt Erfert mehrmals zu, mit hochgezogenen Augenbrauen und herabgezogenen Mundwinkeln.

Sieh mal an, dieser Verweerth und seine Partner sind nicht von gestern. Es würde mich nicht wundern, wenn er gleich auch noch ein Zitat aus Eberhards Reden und Interviews einfließen ließe.

»Wir werden, um sofort zur Sache zu kommen, Ihnen unser Angebot in vier kurzen Kapiteln präsentieren. Im ersten Kapitel möchte ich Sie anhand von ein paar Stichworten und Daten über unsere Agentur, unsere Arbeit und unsere Leistungen informieren.«

Das wird das sein, was er mir schon erzählt hat. Ja, das ist es. Eberhard fängt an, sich Notizen zu machen.

Wie oft habe ich ihn schon Notizen machen sehen? Schreibt sie in die kleinen Blöcke, auf deren Deckel er das Datum der Ersteintragung vermerkt. Packt sie am Ende einer jeden Sitzung in die Aktentasche und nimmt sie mit nach Hause. Nicht zum Wegwerfen, o nein. Nicht Eberhard. Wenn es um ein Thema geht, das schon Jahre zurückliegt, bringt er das einschlägige Blöckchen mit. Zitiert daraus. Oder auch nicht. Blättert nur darin und setzt sein maliziöses Lächeln auf.

Friedchen tut nur so, als höre sie zu. Sie ist müde. Bin ich auch. War ich schon heute morgen. Die Kondition läßt nach. Oder es liegt an diesem Sitzungssaal. Schon der bloße Gedanke, hier antreten zu müssen, kann einen müde machen. Wie oft kann man sich an diesen polierten Tisch setzen, bevor sich der Wunsch regt, beim nächstenmal eine Axt mitzubringen und ihn zu Brennholz zu machen? Wann hab ich zum erstenmal daran gedacht?

Vielleicht an einem heißen Sommernachmittag, die Sonne schien durch die Jalousien, und irgendein Schwätzer stellte noch einen Antrag, und das ganze Theater ging von vorn los. Mit der Axt draufschlagen. Die Tischplatte splittert, das polierte Furnier platzt ab. Oder ist das massives Holz? Ja, natürlich, bei der Neueinrichtung hat Karl nicht gespart. Würde gar nicht so einfach sein mit einer Axt.

Verweerth sagte: »Der besondere Charakter der Kampagne soll also nach unserem Vorschlag darin bestehen, daß sie sich von einem ganz ungewöhnlichen Ausgangspunkt dem Ziel etappenweise nähert. Was bezwecken wir mit dieser Methode?« Er sah von seinem Hefter auf, lächelte in die Runde, hob beide Hände. »Wir wollen Neugier wecken. Und was damit schon gewonnen wäre, brauche ich in diesem Kreis nicht zu erläutern.«

Er nickte Hanrieder zu, der in einen seiner Koffer griff, warf wieder einen Blick auf seinen Hefter. »Etwas Ungewöhnliches kann natürlich auch schockierend wirken, und deshalb möchte ich vorab unterstreichen, daß die Kampagne, die wir Ihnen vorschlagen, Mut erfordert.« Er lächelte in die Runde, hob die Schultern. »Aber wo dürften wir solchen Mut erwarten, wenn nicht gerade bei Ihrer Partei?«

Eberhard Wagner knurrte: »Der Mann hat Ahnung.«

Verweerth nahm die Brille ab. »Fühlen Sie sich also bitte nicht irritiert, wenn auf dem ersten Bild, das wir Ihnen zeigen möchten, nicht Herr Ministerpräsident Brack erscheint, sondern ...«, er lächelte, »sein Kontrahent, der gegenwärtig amtierende Ministerpräsident.«

Elfriede Faßbinder sagte unterdrückt: »Was soll das denn?«

»Und nun möchte ich mir alle weiteren Erläuterungen sparen. Wir haben ein Videoband mitgebracht, Frau Martens hat uns gesagt, daß wir es hier abspielen können. Wenn Sie erlauben, möchten wir es Ihnen jetzt gern vorführen.«

Antje Martens erhob sich und führte Hanrieder zum Videogerät. Volker Müller schaltete die Vorhänge ein, sie setzten sich schnurrend in Bewegung, es wurde dunkel. Wenn ich jetzt nicht doch gespannt wäre auf diesen ganz ungewöhnlichen Ausgangspunkt, würden mir wieder die Augen zufallen. Dieser Verweerth versteht sein Handwerk, das muß man ihm lassen.

Auf der rechten Hälfte der Projektionswand erschien Holtz, Herr Ministerpräsident Holtz bei einem seiner Standardauftritte, am Schreibtisch sitzend, bei Regierungsgeschäften, er beugte sich mit angestrengt gerunzelter Stirn, als denke er nach, über ein halb erhobenes Blatt, den Füllfederhalter in der Hand. In die linke Hälfte des Bildes war ein Text eingesetzt:

*Das ist Herr Holtz.*
*Den kennen Sie doch, nicht wahr?*
*Hier stellt er gerade wieder eine seiner Erfolgsbilanzen auf.*
*Für wen eigentlich?*
*Für uns alle? Oder mehr für sich selbst?*
*Wir sollten mal darüber nachdenken.*

Elfriede Faßbinder lachte. »Das ist nicht übel.« Nach einem Seitenblick auf Eberhard, der stumm an seiner Zigarre kaute, schüttelte sie den Kopf. »Verrückte Idee.«

Verweerth, der seinen Sessel halb zur Seite geschoben hatte, sah im Schein der Leselampe in seinen Hefter. »Wie Sie sehen, erscheint der Hinweis auf Ihre Partei nur in Form des Logos, Ihres Markenzeichens, wenn ich so sagen darf, und das verhältnismäßig klein, ganz beiläufig gewissermaßen. Aber Sie sollten sich davon nicht irritieren lassen, wir wollen Ihr Parteilogo im Verlauf der Kampagne immer größer einsetzen, das gehört zu dem Steigerungseffekt, den wir anstreben.«

Das Bild wechselte. Holtz auf einer Flugzeugtreppe stehend, winkend und zukunftsfroh lächelnd. *Hier verreist er wieder einmal. Für wen eigentlich?* Sie hatten sich ein halbes Dutzend Variationen des Themas einfallen lassen. Und sie hatten offenbar bis zur letzten Minute aufgepaßt: In einer der Szenen ging Holtz mit ausgebreiteten Händen auf Weinandy zu, gegen den die Staatsanwaltschaft erst vor zwei Tagen Anklage erhoben hatte. *Hier empfängt er gerade wieder einen seiner Freunde.*

Verweerth sagte: »Diese Szenen sind, wie ich Ihnen sicher nicht zu erläutern brauche, sowohl für Anzeigen wie Plakate wie Fernsehspots geeignet. Bei den Spots würde der Text nicht optisch eingeschaltet, sondern übers Bild gesprochen.« Er blätterte um. »Nun zur zweiten Phase der Kampagne. In ihr wollen wir das Leitmotiv, das Sie uns vorgegeben haben, die sozialen oder auch menschlichen Beziehungen, schon deutlicher hervortreten lassen. Und beachten Sie bitte, daß wir den Schlußsatz aus der ersten Phase – *Wir sollten mal darüber nachdenken* – beibehalten. Wir wollen die Botschaft dieses Satzes bis ins Finale der Kampagne hineintragen, allerdings mit gewissen und, wie wir meinen, reizvollen Variationen. Damit stellen wir die logische Verbindung zwischen den einzelnen Phasen der Kampagne her.«

Auf der Projektionswand erschien eine sechsspurige, auf allen Spuren von funkelnden Karosserien verstopfte Autobahn. Am linken Bildrand versuchten Polizei und Notarzt, mit einem Unfall fertig zu werden. In den strahlend blauen Himmel war in massiven Lettern ein Text eingeschnitten: *Der Aufschwung ist da – und was nun?* Am unteren Bildrand stand, vor dem schon etwas größeren Parteilogo: *Wir sollten mal darüber nachdenken.*

Verweerth sagte: »Für diese Phase schlagen wir eine Mischung aus gesellschaftlichen, wenn ich so sagen darf, und ganz persönlichen Motiven vor. Auch das entspricht dem sozusagen dialektischen Charakter der Kampagne.«

Ein junges Mädchen in blauem Overall, sie stand an einer Werkbank und sah einem Mann mit breitem Rücken nach, der davonschritt: *Eine Lehrstelle habe ich – aber warum hat der Chef nie Zeit für mich?* Ein alter Mann mit Hut auf einer Parkbank, er hatte die Beine übereinandergeschlagen, den Ellbogen aufgestützt, das Kinn in der Hand, sah abwesend in die Kamera: *Die Rente bekomme ich pünktlich – und was sonst?* Der breite Gehsteig einer Einkaufsstraße, auf dem sich die Menschen mit ihren Tüten und Paketen aneinander vorbeidrängten, mißmutige Gesichter: *Es ist wahr, daß es uns gut geht – aber ist das die ganze Wahrheit?*

Verweerth fuhr zügig fort. In der dritten Phase sollten, so trug er vor, Tiere zum Einsatz gelangen. Als Eberhard Wagner hörbar die Luft ausstieß, hob Verweerth beide Hände: »Wundern Sie sich bitte nicht, wenn wir auch jetzt noch Ihre Partei und den Spitzenkandidaten nicht in den Mittelpunkt rücken. Sie werden sehen, daß wir uns trotzdem der zentralen politischen Botschaft abermals um einen deutlichen Schritt nähern. Und daß Tiere hohe Aufmerksamkeitswerte erzielen, von den Sympathiewerten einmal ganz abgesehen, brauche ich in diesem Kreis nicht darzulegen.«

Hanrieder ließ sein Band wieder laufen. Ein Korb randvoll von Welpen mit runden Köpfen, hängenden Ohren, kleinen, spitzen Schwänzen. Einer lag strampelnd auf dem Rücken, zwei darüber, die ihn zwickten, ein anderer sah unbeteiligt aus dem Korb hinaus, der fünfte versuchte, sich hinter dem Ohr zu kratzen, der sechste gähnte. Darunter der Text, über die volle Breite des Bildes gezogen:

*Tierliebe – da macht uns so schnell keiner was vor!*
*Raten Sie mal, wieviel wir vergangenes Jahr für*
*Tierfutter ausgegeben haben!*

*Keine Ahnung?*
*4,3 Milliarden. Richtig: Vier komma drei Milliarden.*
*Dagegen ist weiß Gott nichts einzuwenden. Wir können es uns ja leisten. Und unsere Tiere sind uns lieb und wert.*
*Aber warum lassen wir uns die Tierliebe so viel kosten?*
*Vielleicht, weil es unter den Menschen zu wenig Liebe gibt?*
*Denken Sie mal darüber nach. Mit uns.*

Verweerth sagte: »Wie Sie sehen, haben wir den Schlußsatz jetzt variiert. Durch dieses *Mit uns*, das dem mittlerweile schon recht kräftigen Parteilogo unmittelbar vorangeht, geben Sie ein deutliches Signal. Sie empfehlen Ihre Partei, aber keineswegs aufdringlich. Sie bieten keine Patentlösung an, Sie fordern lediglich zum gemeinsamen Nachdenken auf. Diese Form der dezenten, aber gerade deshalb unüberhörbaren Ansprache realisieren wir auch in den anderen Motiven dieser dritten Phase.«

Eine alte Frau mit einer Katze auf dem Schoß, sie streichelte die Katze, die im Liegen die Vorderpfoten behaglich eingeschlagen hatte, und sah in die Kamera: *Sie ist meine beste Freundin*. Darunter in einer anderen Schrifttype der Text:

*Ist das nicht schön? Doch, das ist es.*
*Aber vielleicht ist es auch ein bißchen traurig?*
*Kann es sein, daß die Katze ihre beste Freundin ist, weil die Menschen sich zu wenig um sie kümmern?*
*Denken Sie mal darüber nach. Mit uns.*

Auch dieses Thema hatten sie voll ausgeschöpft. Ein kleines Mädchen, das auf der erhobenen Hand einen Wellensittich trug, sie hielt den Kopf schräg, spitzte die Lippen und sah den Vogel an: *Er ist mein bester Freund*. Ein alter Mann im Sessel, die Hand zwischen den Stummelohren eines Boxerhundes, der sitzend an seinem Knie lehnte und in die Kamera sah. Ein kleiner Junge, auf dem Boden kniend und mit tiefgebeugtem Kopf die Äuglein einer Schildkröte suchend, deren Panzer er streichelte.

Verweerth rückte seinen Sessel wieder gerade. »Damit nähern wir uns dem Finale. Die letzte Vorbereitungsphase und das Finale selbst können wir Ihnen leider nicht in einer ausgestalteten Form präsentieren... nicht etwa, weil uns dazu nichts eingefallen wäre, sondern aus dem ganz einfachen Grunde, weil wir dazu den Herrn Ministerpräsidenten Brack persönlich hätten einsetzen müssen.« Er lächelte. »Und so weit sind wir ja leider noch nicht. Ich hoffe, daß trotzdem unsere Vorschläge plastisch werden. Darf ich also bitten, die Vorhänge wieder zu öffnen?«

Ein paar Stühle wurden zurechtgerückt, aber niemand sagte etwas. Im ersten Licht, das hereindrang, rieb Spahn sich das Kinn. Eberhard Wagner drückte seine Zigarre aus.

Es wird ihnen gefallen, daß der Spitzenkandidat bisher nicht zum Zuge gekommen ist. Und sie werden sich ausrechnen, daß nun ja nicht mehr allzuviel für ihn übrigbleibt. Aber so wie dieser Verweerth die Sache angepackt hat, könnten sie da noch eine Überraschung erleben.

»Antje?«

»Ja?« Sie beugte sich herüber.

»Sag dem Mädchen, sie soll mal ein paar Schnäpse anbieten.«

Sie zögerte, sah auf die Uhr. Dann stand sie auf, nach einem Seitenblick. Sie schloß die Tür leise hinter sich.

Hanrieder öffnete seinen großen Koffer und nahm einen Stapel von Pappen heraus. Verweerth schlug eine neue Seite in seinem Hefter auf, ließ den Blick darüber gleiten und sah dann über die Brillengläser. »Nun also zur vierten Phase, der letzten vor dem Finale. Und vielleicht sollte ich hier noch einmal an meine Vorbemerkung erinnern, daß wir Ihnen eine Kampagne vorschlagen, die zweifellos Mut erfordert. Mut, der nach unserer Einschätzung sich allerdings in jeder Hinsicht lohnen würde.«

Antje Martens kam herein. Sie trat von der Seite an Hanrieder heran und schob ihm einen Zettel zu. Während sie um den Tisch herumkam, las Hanrieder den Zettel. Er stutzte, lehnte sich einen Augenblick zurück, kniff die Augen zusammen, als falle es ihm schwer, den Zettel zu entziffern, setzte sich dann wieder aufrecht und legte den Zettel ab.

Verweerth, der irritiert zur Seite geblickt hatte, fuhr fort: »Herr Hanrieder wird Ihnen jetzt einige Pappen geben, auf denen wir die vierte, die letzte Vorbereitungsphase skizziert haben. Statt der bildlichen Darstellung, auf die wir aus dem genannten Grund verzichten mußten, finden Sie auf der linken Seite der Pappe eine kurze Bildbeschreibung. Auf der rechten Seite sehen Sie den Text, den wir in der Gestaltung verwenden wollen.«

Hanrieder schob den Zettel vor Verweerth, nahm die Pappen unter den Arm und kam um den Tisch herum. Verweerth las den Zettel, starrte ungläubig darauf, legte ihn mit einer heftigen Bewegung ab, griff sofort wieder danach. Nachdem er noch einmal den Zettel studiert hatte, schob er ihn in die Jackentasche. Er nahm die Brille ab, fast riß er sie sich von den Ohren, und putzte die Gläser.

Hanrieder wies auf den Satz von Pappen, den er mit einem »Pardon« an Antjes Schulter vorbei auf den Tisch gelegt hatte: »Es sind vier verschiedene Motive. Links also jeweils die Bildbeschreibung, rechts der Text, der aber bei allen Motiven identisch sein soll.« Er ging mit seinen Pappen weiter, beugte sich zwischen Elfriede Faßbinder und Eberhard Wagner.

Auf der linken Seite der obersten Pappe stand in vergrößerter Maschinenschrift: *Ministerpräsident Brack geht über eine Straße. Er will einem Passanten die Hand schütteln, aber der zeigt ihm die kalte Schulter und geht weiter.* Auf der rechten Seite der Pappe stand in einer klaren Druckschrift:

*Das ist Friedrich Brack.*
*Sie kennen ihn. Er hat als Ministerpräsident unseres Landes solide Arbeit geleistet.*
*Aber auch Friedrich Brack stößt manchmal auf Ablehnung.*
*Nur: Er gibt nicht auf. Er glaubt daran, daß es sich lohnt, immer wieder aufeinander zuzugehen. Und miteinander zu reden.*
*Sind Sie anderer Meinung?*
*Sie sollten mal darüber nachdenken. Mit uns.*

Auch diese Unverschämtheit hatten sie konsequent durchgespielt, das mußte man ihnen lassen. Auf der letzten Pappe stand als Bildbeschreibung: *Ministerpräsident Brack steht am Rednerpult. Sein Jackett und seine Krawatte sind beschmutzt, man hat ihn mit Tomaten beworfen. Er wischt sich den Rest einer Tomate von der Augenbraue.*

Elfriede Faßbinder sagte: »Aber das ist doch unmöglich!« Spahn grinste. Eberhard Wagner lachte und zündete eine neue Zigarre an. Wahrscheinlich stellen sie sich vor, wie ich im Studio sitze und mir von der Maskenbildnerin eine zerquetschte Tomate aufs Auge schmieren lasse. »Sehr witzig, wirklich.«

Verweerth, der den Zettel aus der Jackentasche gezogen und noch einmal gelesen hatte, schob ihn hastig zurück. Er räusperte sich, setzte das Lächeln auf. »Ihre Reaktion, meine Damen und Herren, überrascht uns keineswegs. Aber, wie ich schon sagte ...«, er suchte in seinem Hefter, »sehen Sie sich bitte, bevor Sie urteilen, das Finale an.« Hanrieder flüsterte ihm etwas zu. »Richtig, ja ...«, er blätterte wieder in seinem Hefter, fand, was er suchte.

Zum erstenmal las er ab, mit nur schwachen Versuchen, einen freien Vortrag vorzutäuschen. »Das ungewöhnliche und eben deshalb attraktive Element der vierten Phase liegt darin, daß der Spitzenkandidat in Schwierigkeiten, in Nöten gezeigt wird. Das garantiert nicht zuletzt einen hohen Aufmerksamkeitswert, aber vor allem vermag es Sympathie zu erzeugen. Der Spitzenkandidat erscheint als ein Mensch wie jeder andere, auch er muß Niederlagen einstecken. Das verschafft ihm die Glaubwürdigkeit, auf der seine Rolle im Finale basiert.«

Hanrieder nahm einen neuen Stapel von Pappen aus seinem Koffer.

»Antje?«

»Ja?«

»Was war das denn für ein Zettel, den du ihnen reingebracht hast?«

»Eine Nachricht, die für sie durchtelefoniert worden ist. Von Kai Nowakowski, das ist ihr Creative Director.«

»Und um was ging es?«

Sie zuckte die Schultern. »Nichts Besonderes. Auf dem Zettel stand: W., also W wie Wilhelm, Punkt, hat heute morgen zur Betriebsversammlung eingeladen.«

»Und wer ist W Punkt?«

»Keine Ahnung.«

Hanrieder brachte die neuen Pappen. »Das sind also die Vorschläge für das Finale. Links finden Sie wieder die Beschreibungen der verschiedenen Bildmotive, rechts den Text für die Gestaltung, der diesesmal je nach Motiv variiert wird.«

Auf der linken Seite der obersten Pappe stand: *Ministerpräsident Brack mit einem Schutzhelm inmitten von Männern in Arbeitskleidung. Sie haben sich zur Mittagspause niedergelassen, der Ministerpräsident ißt ein Butterbrot und diskutiert mit den Männern. Im Hintergrund eine Straßenwalze.* Der Text auf der rechten Seite der Pappe lautete:

*So kennen Sie ihn, nicht wahr?*
*Friedrich Brack unter Menschen.*
*Er kann zuhören. Und er hat etwas zu sagen.*

*Zum Beispiel den Straßenbauern:*
*Wir werden die Mittel für den Straßenbau erhöhen.*
*Denn Straßen sind Wege zum Mitmenschen.*
*Wollen Sie mehr wissen über unser Programm? Es läßt sich ganz einfach sagen:*
*Aneinander denken. Füreinander dasein. Miteinander leben.*
*Dafür stehen wir. Friedrich Brack und seine Partei.*

Spahn grinste und sagte halblaut, aber laut genug: »Das würde dem Bundesvorsitzenden aber nicht gefallen.«

Karl Mellenthin fragte: »Was denn?«

*»Friedrich Brack und seine Partei.«*

Eberhard Wagner sagte: »Das ist auch nicht die Partei des Bundesvorsitzenden.«

»Das meine ich allerdings auch.« Elfriede Faßbinder hielt eine der Pappen mit beiden Händen auf Abstand: »Ich muß sagen, ich finde das gar nicht so schlecht.«

Sieh da. Auf Friedchen ist doch meistens Verlaß.

Sie hatten so gut wie keine vorstellbare Variation des Themas ausgelassen, Friedrich Brack hatte in der Tat sehr viel zu sagen. Zum Beispiel den Sportlern, mit denen er an der Theke eines Vereinslokals stehen sollte: *Wir werden die Sportförderung verstärken. Denn der Sport bringt die Menschen zusammen.* Oder den Senioren, mit denen er auf einer Parkbank saß: *Wir werden Begegnungsstätten schaffen für Jung und Alt. Denn Jung und Alt können viel voneinander lernen.* Auch den Erholungsuchenden, mit denen er über einen Waldweg wanderte: *Wir werden den Umweltschutz verbessern. Denn die Umwelt ist unser aller Behausung.*

Elfriede Faßbinder verglich die Pappen. »Vor allem finde ich diesen Schlußsatz gut, der immer wiederkehrt.« Sie hielt wieder eine Pappe auf Abstand. *»Aneinander denken. Füreinander dasein. Miteinander leben.«* Sie nickte. »Das trifft doch den Nagel auf den Kopf!«

Verweerth räusperte sich. Er lächelte. »Es freut mich, daß Sie das so empfinden, gnädige Frau. Das ist natürlich die zentrale Botschaft, auf die wir die ganze Kampagne hingesteuert haben. Nun... vielleicht darf ich, bevor ich unser Angebot kurz zusammenfasse, Sie noch auf verschiedene Gestaltungsmöglichkeiten hinweisen.«

Er schien sich wieder gefangen zu haben. Er stellte in Umrissen noch einmal die fünf Phasen seiner Kampagne dar, rückte sie in das Licht der neuesten Erkenntnisse. Unter den Zitaten, die er sehr geschickt einstreute, waren eines von Eberhard Wagner und zwei von Friedrich Brack.

»Der Kerl ist tatsächlich mit allen Wassern gewaschen.«

Antje Martens nickte und lächelte.

»Was hältst du von der ganzen Geschichte?«

Sie strich sich über die Schläfe, sah auf ihren Block. »In ein paar Details haben sie überzogen. Ich bin mir nicht sicher, ob man die Sache mit Holtz so machen kann. Und diese vierte Phase ist natürlich sehr riskant.«

»Die Sache mit den Tomaten?«

»Ja. Das müßten sie ändern, denke ich. Und das eine oder andere Detail auch noch. Aber sonst... Das Grundkonzept ist ja nicht dumm.«

»Finde ich auch. Ich muß sagen, von allem, was wir heute gehört haben, halte ich das für das Beste. Oder irre ich?«

Sie schüttelte den Kopf. »Nein. Man könnte ihnen ja ein paar Auflagen machen.«

»Ja. Die Tomaten raus, und so weiter. Aber an dem Finale zum Beispiel brauchte man nichts zu ändern, das finde ich überzeugend. Und das Konzept insgesamt.«

Sie nickte.

»Soll ich mich dafür stark machen?«

Sie sah auf ihren Block, dann strich sie das Haar über dem Ohr zurück. Sie nickte.

## 14

Wo steckt der Bengel denn? Hat er sich etwa noch immer nicht angezogen? »Harry?«

Er trat aus der Badezimmertür, in Hemd und Hose. Er war dabei, sich die Haare zu bürsten. »Was ist denn?« Er drehte den Kopf zur Seite, bürstete die langen, dichten braunen Haare über dem Ohr, schüttelte sie mit den Fingern auf.

»Frag nicht so dumm. Ich hab dir gesagt, du sollst spätestens um viertel vor elf verschwinden. Es ist jetzt vier Minuten vor elf.«

»Mein Gott, Nowa! Manchmal kannst du einem wirklich den Nerv töten!« Er ging wieder ins Badezimmer, stellte sich vor den Spiegel, prüfte mit gekrümmten Fingern die Seite, die er gebürstet hatte, drehte dann den Kopf und bürstete das Haar über dem anderen Ohr. »Außerdem ist mir noch immer nicht klar, wieso ich die Flucht ergreifen muß. Nur, weil diese Leute kommen? Sie kennen mich ja schließlich.« Er ließ die Bürste sinken und drehte sich um. »Oder schämst du dich meiner? Wird es dir unangenehm, daß ich hier wohne?«

»Red nicht so dumm daher.«

»Du kannst es mir ruhig sagen. Warum sprichst du es nicht aus?«

»Ich hab dir gesagt, daß wir eine sehr wichtige Entscheidung zu besprechen haben. Und daß es stören würde, wenn du alle fünf Minuten hereinkommst und irgendetwas suchst oder irgendeinen Wunsch hast.«

Er wandte sich wieder dem Spiegel zu, prüfte den Sitz des Seitenhaars. Dann neigte er den Kopf und bürstete das Nackenhaar. »Ich wäre sehr gern im Bett geblieben. Ich hätte noch sehr gut schlafen können. Es ist ja schließlich Sonntagmorgen.«

»Ja, und dann wärest du wach geworden und nackt ins Zimmer gekommen und hättest Hallo gesagt.«

Er lachte. »Hast du Angst, daß Frau Verweerth sich in mich verlieben würde?«

Dieses Lachen. Die Art, wie er die weißen Zähne bloßlegt. Ein Zahn so makellos wie der andere. Entblößt die Zähne, ohne über den Effekt nachzudenken, folgt einfach seiner Regung. Impertinent. Nein, es ist ja nicht vom Verstand gesteuert, dieses Lachen. Es drückt so unmittelbar wie jede Bewegung seiner Muskeln das aus, was in ihm vorgeht, ohne jede hemmende, verfälschende Reflektion. Impertinent kann man das nicht nennen. Aber grausam. Wie ein schönes Tier, das seine Grausamkeiten in aller Unschuld begeht. »Hast du Angst, daß Frau Verweerth sich in mich verlieben würde?« Zuzutrauen wäre ihr das. Und ihm? Unsinn.

»Bist du jetzt endlich fertig? Oder muß ich dich raussetzen?«

Die Hand, mit der er sich über die Schultern fuhr, erstarrte. Er sah in den Spiegel. Dann warf er die Bürste ins Waschbekken und ging mit langen Schritten in die Diele.

»Nun sei doch nicht gleich beleidigt. Hast du Geld eingesteckt?«

Er zog seine Jacke und den Mantel über.

»Wenn du ins Kino gehst, brauchst du doch Geld. Warte, ich geb dir was.«

Er öffnete die Wohnungstür.

»Willst du mir nicht wenigstens einen Kuß geben?«

Er wandte sich um. »Ich bin nicht in der Stimmung dazu. Und das dürfte dich eigentlich nicht wundern.«

Die Aufzugstür öffnete sich, Babette und Erik Verweerth traten heraus. Verweerth musterte ihn. Babette sagte: »Hallo, Harry!«

»Hallo.« Er ging in den Aufzug.

Babette lachte: »Warum hat er's denn so eilig?«

Er öffnete die Aufzugstür noch einmal. »Ich hab's gar nicht so eilig. Aber Nowa meint, ich störe.« Er zog die Aufzugstür zu.

Sie kamen herein, ließen sich die Mäntel abnehmen. Babette schüttelte den Kopf: »Wieso stört er denn?«

Verweerth ging ins Wohnzimmer: »Wieso stört er denn nicht?« Er ging hinaus auf die Dachterrasse.

»Er ist ein unruhiger Geist, das weißt du doch, Babette. Außerdem denke ich, es ist besser, wenn er Krüger gar nicht zu sehen bekommt.«

Sie ließ sich in einem Sessel nieder, klappte die Handtasche auf, sah in den Spiegel und lachte. »Hast du Angst, daß Krüger ihn dir ausspannt?«

»Was soll denn der Unsinn!« Das fehlt noch, daß sie heute wieder ihren penetranten Tag hat. »Knut Krüger ist zum drittenmal verheiratet, wenn es dich interessieren sollte. Außerdem hat er Kinder.«

»Na und?« Sie lachte. »Das gibt's doch alles.«

»Also bitte!«

Verweerth, der einen Blick übers Geländer geworfen hatte, kam zurück und schloß die Terrassentür. »Wann kommt er?«

»Ich hab ihn auf halb zwölf bestellt.«

Sie klappte die Handtasche zu. »Und was machen wir bis dahin?«

Du lieber Gott, jetzt kommt diese Tour wieder! Tut, als ob sie so viel Ahnung hätte wie ein neugeborenes Kind. Oder ein kleines, unschuldiges Mädchen. »Es gibt doch noch einiges unter uns zu besprechen, denke ich. Und vor allem sollten wir uns schon einmal seine Arbeitsproben ansehen. Ich hab sie gestern bei ihm abgeholt, die Mappe ist natürlich nicht vollständig, er hat mir gegeben, was er auf Anhieb finden konnte. Ich fand's nett, daß er überhaupt bereit war, so schnell zu reagieren.«

Verweerth nahm die Mappe und ließ sich auf dem Sofa nieder. Sie streckte einen Finger aus: »Und was ist darin?«

Verweerth sagte: »Nun warte es doch ab, du kriegst es ja zu sehen.«

»Das sind Sachen, die Knut Krüger in Social Communications gemacht hat. Direkt Politisches ist nicht viel dabei, aber das ist wie gesagt nur eine vorläufige Auswahl.«

Verweerth sah von der Mappe auf. »Sagen Sie, haben Sie auch was Trinkbares im Haus? Vielleicht ein Kirschwasser?«

»Oh, verzeihen Sie, natürlich. Ich bin sehr unaufmerksam. Und was möchtest du trinken, Babette?«

Sie schürzte die Lippen, legte einen Finger an die Wange, ließ den Blick wandern, als suche sie das Angebot.

»Du kannst eine Tasse Kaffee haben, er ist fertig.«

»Kaffee?« Sie dachte nach.

Verweerth sagte: »Könnten Sie mir schon mal das Kirschwasser geben? Das wird noch eine Weile dauern, bis sie sich entschieden hat.«

Sie nahm den Finger von der Wange und sah Verweerth an: »So eilig wie du hab ich's tatsächlich nicht, da hast du recht.«

Sie bringt es fertig und macht ihn so wütend, daß er geht. Schon sieht er nicht mehr in die Mappe, er starrt sie an.

Sie sagte: »Ich nehme einen Kaffee, Nowa. Oder warte, nein ... Lieber ein Mineralwasser.« Als Verweerth sich wieder der Mappe zugewandt hatte, sagte sie: »Oder hast du einen trockenen Wermut im Haus?«

»Natürlich.«

»Dann nehme ich einen kleinen Wermut. Aber klein, bitte.«

Verweerth warf das erste Blatt zur Seite, musterte das zweite mit einem flüchtigen Blick, warf es hinterher. Sie stand auf, griff nach einem Blatt und betrachtete es. Im Stehen nahm sie den Wermut, trank ein Schlückchen. Dann ließ sie das Blatt in die Mappe fallen, ging zu ihrem Sessel und setzte sich wieder. »Und was haben wir sonst noch zu besprechen, außer diesen Arbeitsproben?«

»Also, entschuldige Babette, aber ich dachte, du bist informiert?«

Verweerth sagte: »Das ist sie auch.«

»Das bin ich leider nicht! Oder willst du etwa behaupten, daß dieses wirre Zeug, das du mir erzählt hast, eine Information gewesen sei?«

Er starrte sie an.

Sie sagte: »Also, sei lieb, Nowa, und informiere mich.«

Ruhig bleiben. Und vor allem nicht mehr an den Bengel denken. Die Sache hat sich so gut angelassen, es wäre doch gelacht, wenn sie jetzt nicht unter Dach und Fach zu bringen wäre. Nicht ablenken lassen. Er wird der Kinokasse zustreben, die Hände in den Manteltaschen, den Kragen hochgeschlagen, und alles schon vergessen haben.

»Es geht vor allem um die Frage, in welcher Form Knut Krüger in den Brack-Auftrag einsteigen kann.«

Sie hob die Augenbrauen. »Aber er ist doch noch bei der Intermedia unter Vertrag? Oder irre ich?«

Verweerth sagte: »Nein, du irrst dich keineswegs.«

»Und wie soll das dann gehen? Will er eine Konventionalstrafe riskieren?« Sie tat, als wolle sie trinken, ließ die Hand mitten in der Bewegung erstarren. »Oder sollen wir die etwa für ihn bezahlen?«

»Nein, natürlich nicht.«

Dieser alte Idiot könnte allmählich auch mal etwas Vernünftiges sagen, aber er schüttelt nur den Kopf und lacht.

»Aber wie kann er dann einsteigen?«

»Das ist ja eben das Problem. Und um es zu lösen, habe ich vorgeschlagen, daß pro forma ich den Brack-Auftrag übernehme. Daß aber Knut Krüger mir zuarbeitet, in aller Diskretion natürlich. Es wäre zweifellos einfacher, wenn ich die Verantwortung für den Auftrag allein übernähme, aber er hat nun mal beachtliche Erfahrungen auf diesem Gebiet.«

Sie begann, den Kopf zu schütteln, schüttelte ihn anhaltend. »Also, wißt ihr ...« Sie stand auf, ging mit ihrem Glas in der Hand auf und ab. »Ich finde, ihr habt das alles reichlich überstürzt in Gang gesetzt. Das ist doch eine riskante Sache, das ist euch doch wohl klar. Außerdem kann niemand dafür garantieren, daß diesem Herrn Krüger unter solchem Zeitdruck etwas Überzeugendes einfällt.« Sie blieb stehen. »Und warum das alles? Weil Wehmeier eine kleine Unbedachtheit begangen hat!«

Verweerth bellte: »Eine was?«

»Eine kleine Unbedachtheit. Kennst du das Wort nicht? Eine kleine Dummheit, verstehst du?«

»Kapierst du eigentlich gar nichts?« Er sprang auf, gestikulierte mit beiden Händen. »Das hat der doch nicht unbedacht getan! Das hat er eiskalt kalkuliert, von Anfang an. Seinen Betriebsrat will er durchsetzen. Das ist eine Machtprobe, kapierst du das nicht? Der will mit dem Kopf durch die Wand! Und die Wand, das bin ich!«

Sie begann zu lachen, neigte den Kopf zur Seite, schlug die Hand unter die Wange. »Also, weißt du, Erik! Mach dich doch nicht lächerlich. Die Wand, das bist du! Wenn du eine Wand bist, dann ist sie aber schon lange baufällig!«

Verflucht und zugenäht, wenn man die beiden nicht aufhält, wird diese Besprechung platzen, noch bevor Krüger kommt. Zwanzig nach elf.

»Babette, entschuldige bitte, aber ich fürchte, du schätzt Herrn Wehmeier tatsächlich falsch ein. Warum hat er wohl ausgerechnet am Tage der Präsentation zu dieser Betriebsversammlung eingeladen?«

»Was weiß ich?« Sie zuckte die Schulter. »Was spielt das denn für eine Rolle?«

»Das spielt schon eine Rolle, finde ich. Er übernimmt den Brack-Auftrag und täuscht vor, daß er Ruhe gibt, aber genau im kritischen Zeitpunkt dieses Auftrags läßt er seine Einladung los. Weil er nämlich glaubt, uns in der Hand zu haben. Er hält sich für unentbehrlich.«

»Ach, das ist doch dummes Zeug!« Sie winkte ab. »Wahrscheinlich hat er es getan, weil seine Freundin ihm keine Ruhe gelassen hat, wie heißt sie noch mal?«

Verweerth hatte die Erdnüsse entdeckt, er warf sich eine

Handvoll in den Mund und bellte mit erstickter Stimme: »Christel Sommer heißt die Dame!«

»Frau Sommer, richtig. Oder ist sie nicht mit von der Partie?«

Er kaute heftig. »Natürlich ist sie das. Er hat ja drei Unterschriften gebraucht für seine Einladung.«

»Und wer ist der dritte?«

Er warf Erdnüsse nach, kaute, nickte schwer. Dann sagte er: »Stajenda.«

Sie schlug die Hand vor die Stirn, bog den Kopf nach hinten und lachte. Dieses silberhelle Lachen, das Belustigung zum Ausdruck bringen soll. »Stajenda, die treue Seele!« Sie ließ das Lachen ausklingen, seufzte auf, schüttelte den Kopf. »Und ausgerechnet diese drei legen es nach eurer Meinung auf eine Machtprobe an? Seht ihr eigentlich Gespenster?«

Bevor er die Erdnüsse ausspuckt und geht, muß etwas geschehen. Ich habe das falsch angefaßt, auf diesem Ohr hört sie nicht. »Babette, entschuldige, aber dieses Affentheater mit dem Betriebsrat ist ja auch gar nicht der springende Punkt.«

»Ach nein. Und was sonst?«

Ruhig jetzt. Ganz sachlich. »Brack und seine Leute haben Änderungen verlangt. Und zwar an den Stellen, vor denen ich, wenn ich mir diesen Hinweis erlauben darf, schon vorher gewarnt habe. Es handelt sich nämlich um typisch Wehmeiersche Einfälle, man könnte auch sagen Fehlleistungen. Er wollte den Ministerpräsidenten mit Tomaten bewerfen lassen. Er hat sogar einen Spot vorgeschlagen, in dem Brack, im Weggehen freundlich zurückwinkend, sich den Kopf an einer Mauer stoßen sollte. Mit dem Text: *Auch Friedrich Brack läuft manchmal gegen eine Wand!* Das haben wir zum Glück noch rausgenommen. Aber das ist eben typisch Wehmeier. Er nimmt nichts wirklich ernst, verstehst du. Er respektiert nichts, keine Autorität, keine Werte, gar nichts. Am liebsten möchte er alles in den Dreck ziehen. Und deshalb ist er für die Änderungen, die sie zu Recht verlangen, absolut unqualifiziert.«

Es klingelte.

»Er hält ja gerade das, was geändert werden muß, für das Beste an der ganzen Kampagne. Nein, Babette. Wenn wir diesen Auftrag retten wollen, brauchen wir einen Menschen, der ein Gespür für die Grenzen hat. Knut Krüger hat das. Wehmeier hat es nicht.«

Knut Krüger, der mit einem fragenden Lächeln dem Aufzug entstieg, hatte noch ein paar Arbeitsproben mitgebracht. Verweerth sah sie durch, er blätterte auch noch einmal in der Mappe. Krüger entwickelte einige Gedanken für die Änderungen. Unterdessen saß Babette zurückgelehnt in ihrem Sessel, den Arm im Nacken, sah hinaus in den grauen Novemberhimmel und trank ab und zu ein Schlückchen. Verweerth erkundigte sich nach Krügers finanziellen Vorstellungen, sie waren nicht übertrieben.

Babette sagte, aus dem Fenster blickend: »Und wie wollen Sie das zeitlich schaffen?«

Krüger lächelte: »Das wird kein Problem sein. Ich hatte ohnehin Urlaub angemeldet. Eigentlich wollte ich wegfahren, aber darauf kann ich verzichten. Das ist es mir wert, wenn ich Ihnen und Kai Nowakowski helfen kann.«

Verweerth sagte: »Gibt es noch einen Schluck von diesem Kirschwasser? Ich finde, jetzt könnten wir mal anstoßen.« Babette fixierte ihn.

Krüger ging gegen halb eins. Im Aufzug stellte er den Koffer mit den Brack-Materialien ab, rückte seine Mappe unter dem einen Arm zurecht, hob den anderen Arm mit hochgerecktem Daumen und kniff lächelnd ein Auge zu.

Babette war auf die Terrasse gegangen. Verweerth hatte die Gelegenheit genutzt, sich unbehelligt noch ein Kirschwasser einzugießen. Sie kam zurück, schloß die Terrassentür, rieb sich die Oberarme. »Gedenkst du, noch lange da zu sitzen?«

Er schüttelte den Kopf. »Nein. Von mir aus können wir gehen.« Er kippte den Schnaps. »Ich dachte, du hättest noch etwas zum Besten geben wollen.«

»Ach, wirklich?«

»Na ja, in der vergangenen Stunde hast du für deine Verhältnisse reichlich wenig gesagt.« Er stand auf.

»Und was hätte ich sagen sollen? Hätte ich irgendetwas sagen können, was dich interessiert hätte?«

Nicht schon wieder, bitte. Sie sollen sich meinetwegen auf dem Rennplatz streiten oder schon im Aufzug prügeln, aber sie sollen auf der Stelle verschwinden.

Er grinste, zuckte die Schulter. »Wie soll ich das wissen?«

Wenn ich jetzt hier wegkomme, kann ich ihn vielleicht im Kino finden und den Rest des Films mit ihm sehen.

»Ja, wie sollst du das wissen, da du ja nie zuhörst.« Sie hob den Finger. »Was ich zu dieser Sache zu sagen hatte, habe ich klar und deutlich gesagt: Du hast dich völlig überstürzt auf ein großes Risiko eingelassen. Daß du die Chance dieses Auftrags überhaupt bekommen hast, das verdankst du mir, das wollen wir mal festhalten. Aber was du daraus machst, das ist jetzt einzig und allein deine Angelegenheit, dafür lehne ich jede Verantwortung ab.«

Sie marschierte hinaus.

Verweerth sagte: »Wo war noch mal die Toilette?«

Sie hatte ihren Mantel schon angezogen, ging hinaus, ließ die Wohnungstür offenstehen und drückte den Knopf des Aufzugs.

»Also, Babette, wirklich... Du siehst das falsch! Wir hatten gar keine andere Wahl.«

Sie hob den Kopf, betrachtete die Decke, wippte mit der Fußspitze.

»Daß Wehmeier seine Qualitäten hat, bestreitet ja niemand. Aber so geht es doch nun wirklich nicht. Und ich garantiere dir, daß ich mit Knut Krüger die Sache unter Dach und Fach bringe.«

Der Aufzug kam, sie stieg ein. Sie hob den Finger: »Ich werde dich daran erinnern, Nowa!« Die Aufzugstür fiel zu, die innere Tür glitt am Fenster vorbei.

Verweerth kam aus der Toilette, griff nach seinem Mantel. Er band sich den Schal um den Hals, ging ohne Gruß zum Aufzug. Als der Aufzug kam, sagte er über die Schulter: »Wenn das schiefgeht, können Sie sich Ihre Teilhaberschaft an den Hut stecken.« Er stieg ein.

Am Kragen packen müßte man sie, beide. Man müßte sie durchschütteln, bis ihnen diese hochherrschaftlichen Allüren vergehen, ein für allemal. Leben von den Ideen anderer Leute, mästen sich davon. Und kommen sich vor, als wären sie die Krone der Menschheit. Widerliches Pack.

Ruhe jetzt. Durchatmen. Nein, zuerst lüften. Die ganze Wohnung stinkt nach Schnaps. Und nach Arroganz. Die Gläser abwaschen. Dieser ekelhafte Lippenstift, wegwerfen müßte man das Glas. Was denkt so ein Weib sich eigentlich, wenn es sich die Lippen vollschmiert? Wahrscheinlich färbt sie sich auch die Zitzen. Gibt sich der verzweifelten Hoffnung hin, daß sie ihrem schlaffen Fleisch einen Reiz verleihen kann.

Die Kissen auf dem Sofa aufschütteln. Breitgesessen, verunstaltet von diesem vollgefressenen Parvenu. Schaufelt sich die Erdnüsse in den Schlund, schüttet den Schnaps hinterher. Preßt das Kinn auf die Brust, um das Rülpsen abzufangen, das aus seinem schwammigen Bauch hochsteigt. Ein mürbes Faß, bis an den Rand angefüllt, es wirft Blasen.

Nicht mehr daran denken. Ein paar Kniebeugen noch auf dem Balkon, das wird guttun. Eins und zwei ... Bis zehn, das muß genügen. Das Kino wird nicht sehr voll sein, es müßte möglich sein, ihn zu finden. Und neun und zehn.

Durchatmen. Eine graublaue Wolkendecke über den Hügeln, aber es sieht nicht so aus, als gäbe es Regen. Wenn er nach dem Kino noch nicht nach Hause will, könnten wir einen langen Spaziergang machen. Ich werde ihn mit dem

Auto abholen, und wir fahren ein Stück hinaus. Aber wahrscheinlich ist er zu faul dazu. Wir werden sehen. Wird sich aufs Sofa legen und schmökern wollen. Oder fernsehen.

Schon zehn vor eins. Alles in Ordnung? Halt, das Bett. Er wird das Bett nicht gemacht haben. Nein, natürlich nicht. Das Kissen, die Decke, sie liegen noch so, wie er sie maulend zur Seite gestoßen hat. Ein schrecklicher Kerl. Nein, das wäre ungerecht. Er hat sich Mühe gegeben in den vergangenen Wochen. Hat das Bett gemacht, ohne daß ich es ihm gesagt habe. Hätte es wahrscheinlich auch heute morgen gemacht, wenn ich ihn nicht so angetrieben hätte. Ich habe ihm ja gar keine Chance gelassen.

Die Tiefgarage lag im Halbdunkel. Der Hausmeister hatte die flackernde Leuchtröhre ersetzt, aber zwei andere waren ganz erloschen. Von der Ausfahrt fiel ein matter, grauer Lichtschimmer herein. Schon fünf Schritte weiter waren die Karosserien in den Boxen kaum noch zu erkennen. Sie hockten nebeneinander wie große, im Halbdunkel schlafende Tiere. Aber sie taten nur so, als schliefen sie. Verfolgten mit gespitzten Ohren das hallende Geräusch der Schritte, das sie aufreizte. Und öffneten die Augen einen Spalt, sobald sie sich unbeobachtet glaubten.

Jemand hustete. Aus welcher Ecke kam das?

Aus der übernächsten Box trat ein Mann heraus. Er schloß mit einem Seitenblick den Kofferraum auf. Er öffnete den Deckel. Dann wandte er sich um und grüßte.

Die Straße war leer. Erst hinter der nächsten Ecke tauchte ein Paar auf, sie waren die einzigen Menschen weit und breit. Er hielt sie untergefaßt, sie beugten sich gegen das Gitter vor einem Schaufenster und versuchten, in die Auslage zu sehen. Gitter, verschlossene Türen. Und in den Obergeschossen stumpfe Fensterscheiben. Sonntagnachmittag.

Harry, mach mir nur ja keinen Kummer.

Wie komme ich darauf? Das ist doch absurd, es gibt gar keinen Anlaß dazu. Diese unerträgliche Zicke und ihr Erdnußfresser haben mich aus dem Gleichgewicht gebracht. Aber es ist doch alles in bester Ordnung, sie haben genau das getan, was ich wollte.

Es muß an dieser Ödnis liegen. Eine Stadt ohne Menschen. Mauern, hinter denen sie sich verstecken. Geben sich ihren kleinen, schmutzigen Freuden hin. Ächzend und kichernd. Treiben sich wechselseitig den Schweiß aus den Poren, räkeln sich in ihren Ausdünstungen, die Schminke, sie hat überall ihre Spuren hinterlassen, sie lecken sie sich von der feuchten Haut.

Was habe ich damit zu tun? Sobald ich ihn gefunden habe und mich neben ihn setze, mit den Fingerspitzen seine Hand berühre, wird mich das alles nicht mehr kümmern. Er wird überrascht zur Seite sehen. Und dann wird er lachen, die Zähne werden im Halbdunkel schimmern.

Ich habe Sehnsucht nach ihm. Das ist alles. Ich vermisse ihn, diese Ödnis wäre unerträglich, wenn es ihn nicht gäbe. Ich sehne mich so sehr nach ihm, daß es mich schmerzt in der Brust.

*Wen der Pfeil des Schönen je getroffen...*

Warum fällt mir gerade das jetzt ein? Ich bin tatsächlich ein wenig aus dem Gleichgewicht. Das hat am Freitag schon angefangen. Die Anspannung war zu groß. Sonst hätte ich ihn heute morgen auch nicht so hart angefaßt.

Das Kino war nicht einmal zur Hälfte besetzt. Aber von den matt beleuchteten Stufen am Rande aus war nicht zu erkennen, wer ein wenig weiter entfernt saß. Dunkle, gestaltlose Flecke, auch die Reflexe der Leinwand ließen nicht mehr als die Umrisse hervortreten. Vermutlich Paare, die sich aneinander drängten. Ein Kerl, der mit einem Mädchen zwei Sitze von den Stufen entfernt saß und seine Chips-Tüte vor der Brust hielt, beugte sich herüber und fragte: »Wollen Sie hier spazierengehen?« Das Mädchen lachte.

Der Gehsteig vor dem Kino war leer. Noch zwanzig Minuten bis zum Ende der Vorstellung. Nur fünfzehn vielleicht. Einmal bis zur Straßenecke gehen, langsam, und wieder zurück. Nein, nicht bis zu der Ecke. Sie war ein wenig weit entfernt. Auf die andere Straßenseite gehen. Unter dem großen alten Baum warten.

Ein Omnibus fuhr vorbei. Er hielt an der Ecke, die Türen sprangen zischend auf. Niemand stieg aus. Die Rinde des Baums war feucht. Ein hauchdünner, grünlicher Schleim saß auf den Rissen und Schrunden.

*Wer die Schönheit angeschaut mit Augen,*
*Ist dem Tode schon anheimgegeben...*

Um viertel vor zwei öffnete sich die Doppeltür des Kinos. Ein Junge sprang die Stufen hinab, lief hinunter zur Straßenecke. Hinter ihm kam ein Paar, sie blieben stehen und sahen auf zum Himmel. Dann kamen viele Leute hintereinander, drei Dutzend vielleicht. Die meisten gingen in Richtung der Haltestelle. Der Strom vertröpfelte, schwoll noch einmal an, aber jetzt konnte man sie schon abzählen.

Eine Weile kam niemand mehr. Dann trat ein Mann auf die Stufen, sah die Straße auf und ab, schlug den Mantelkragen hoch. Er ging die Stufen hinab und entfernte sich langsam. Und dann wurde die Doppeltür geschlossen.

War es möglich, daß er in dem ersten Schwall gegangen war? Nein, das war unmöglich. Es war ja kein Gedränge gewesen, man hatte jeden, der die Stufen hinabkam, klar erkennen können.

Er war nicht dabei gewesen.

## 15

»Da kommt der Herr Stumpff.«

Stumpff blieb einen Augenblick in der Tür des Sälchens stehen. Dann kam er langsam heran, die Hände in den Taschen seiner Lederjacke. Er sah nach rechts und links auf die leeren Tische.

Wehmeier sagte: »Na bitte. Jetzt geht's los.«

Frau Sommer sah ihn an. Dann sah sie auf ihre Uhr.

Stumpff nickte. »Ihr macht euch gut an eurem Vorstandstisch. Vor allem Sie, Herr Stajenda. Da sieht man doch gleich, was ein alter Gewerkschafter ist.«

»Verarschen kann ich mich selbst. Hier, schreiben Sie sich lieber mal in die Liste ein.«

»Was ist das? Sammelt ihr schon für euren Kranz?«

»Das ist die Anwesenheitsliste. Anwesend sind Sie doch, oder?«

»Klar bin ich anwesend.« Er beugte sich über den Tisch und schrieb seinen Namen in die Liste. »Ich werd doch bezahlte Freizeit nicht verschenken.«

Das ist kein übler Kerl, der Stumpff. Große Schnauze, aber Schiß hat der nicht.

Er wies auf die Liste. »Dafür bekomme ich aber auch eine Urkunde als Gründungsmitglied. Oder habt ihr die für euch reserviert?«

»Quatsch nicht, Manfred.« Wehmeier suchte in seinen Papieren. »Ich hab dir noch nicht das Wort erteilt.«

»Jawohl, Herr Vorsitzender.«

Frau Sommer fragte Stumpff: »Ist denn sonst keiner unterwegs? Bist du ganz allein gekommen?«

»Die saßen alle wie besessen an der Arbeit, als ich gegangen bin.« Stumpff grinste. »Wenn du zufällig ein Lasso bei dir hast, geh ich noch mal zurück und versuche, ein paar einzufangen.«

»Jetzt hören Sie doch auf mit dem Blödsinn, Herr Stumpff! Die Frau Sommer ist sowieso schon nervös genug.«

»Was ist sie? Das würd ich nicht auf mir sitzenlassen, Christel. Der Stajenda hat wirklich keine Ahnung, wozu du fähig bist, was? Warten Sie mal ab, Herr Stajenda.«

Ja, ja. Kann ja sein, daß ich keine Ahnung habe. Aber daß das hier eine Pleite wird, darauf wette ich hundert Mark. Gleich zwei Uhr und noch kein Schwanz da außer Stumpff. Ich hab tatsächlich gedacht, der Wehmeier schafft das. Wenn der nicht, wer denn sonst?

Lauter Arschlöcher. Kann ich mir vorstellen, wie die jetzt an der Arbeit sitzen. Und ihre faulen Witze reißen.

Der Kellner steckte den Kopf durch die Tür. Dann kam er herein, rückte hier und da einen Aschbecher zurecht, schlug mit seiner Serviette über eine Tischdecke, näherte sich langsam. Schließlich blieb er stehen. Er stützte eine Hand in die Seite. «Möchten Sie vielleicht was bestellen?«

»Ja, bringen Sie mal eine Runde. Für jeden einen Klaren und ein Bier.«

»He, das laß ich mir gefallen!« Stumpff hob die Hand und winkte anerkennend. »Wenn Sie so weitermachen, Stajenda, dann trete ich auch noch in die Gewerkschaft ein.«

Wehmeier sagte: »Der Stajenda ist clever. Der gibt seine Runde, bevor die Bude voll ist.«

Frau Sommer rief hinter dem Kellner her: »Für mich bitte nicht!« Er blieb stehen.

»Ach komm, Christel!« Wehmeier puffte sie gegen die Schulter. »Dann kannst du nachher auch besser auf den Putz hauen.«

Der Kellner fragte: »Was denn nun? Drei Klare, drei Bier?«

Stumpff zählte mit ausgestrecktem Finger ab: »Eins, zwei, drei, vier. Sind Sie mitgekommen?«

Christel Sommer sagte: »Nein. Bringen Sie für mich eine Cola.« Der Kellner schüttelte den Kopf und marschierte ab.

»Also, dann wollen wir's uns mal gemütlich machen.«

Stumpff ließ sich an einem der vordersten Tische nieder, legte die Beine auf einen Stuhl. »Daß es auch bei euch frei zu saufen gibt, hättet ihr mal lieber in die Einladung schreiben sollen.«

Wehmeier sah auf. »Wieso auch? Wo gibt's denn noch frei zu saufen?«

»Na drüben.« Stumpff grinste. »In den Geschäftsräumen der Firma Verstört und Partner. Ab drei Uhr wird da gefeiert.«

»Sag mal, spinnst du?«

»Kein Gedanke. Ihr habt das bloß nicht mehr mitbekommen, da wart ihr schon weg. Erich hat um halb zwei bekanntgegeben, daß er einen ausgibt. Der Schmatz-Etat soll begossen werden. Von drei Uhr an gibt es im Konferenzzimmer für alle was Flüssiges. Und später natürlich auch was zu beißen. Ich wette, das wird kein Hundefutter sein.«

Dieser verdammte Hund. Daß dem noch irgend so ein Trick einfallen würde, das hätte man sich denken können. »Das darf der doch gar nicht! Das ist unter Garantie gesetzwidrig. Wenn eine Betriebsversammlung stattfindet, darf der nicht gleichzeitig eine Feier veranstalten. Sehen Sie mal in Ihrem Buch nach, Herr Wehmeier.«

»Ja, sieh mal nach, Uli, Paragraph sowieso.« Stumpff lachte meckernd. »Ich weiß gar nicht, worüber Sie sich so aufregen, Stajenda. Er macht das ja nicht gleichzeitig. Bis um drei seid ihr hier doch längst fertig.«

Frau Sommer sagte: »Sollen wir nicht lieber gleich Schluß machen?«

»Das würde dem so passen.« Wehmeier suchte in seinen Papieren. »Jetzt sei lieb, Christel. Das ziehen wir hier durch, und wenn der Herr Verweerth Goldstücke verteilt. Außerdem ist gar nicht raus, ob nicht doch noch ein paar rüberkommen.«

»Einer ist schon da. Da kommt der Herr von Karnapp.«

Karnapp, der an der Tür einen Augenblick stehengeblieben war, schritt den Gang zwischen den Tischen entlang, in dunkelblauem Mantel, unter dem Arm eine schwarze Ledermappe. Hinter ihm kam der Kellner mit dem Tablett. Karnapp trat an den Tisch heran und sagte: »Guten Tag. Herr Wehmeier, ich nehme an, Sie sind der Versammlungsleiter?«

»Ja, bin ich.«

»Die Geschäftsleitung hat Ihre ...«

Der Kellner sagte: »Entschuldigen Sie mal bitte.« Er langte an Karnapp vorbei und stellte die Gläser auf den Tisch. Stumpff rief: »Eins kommt hierher! Ein Bier und ein Klarer!«

Der Kellner sagte: »Immer mit der Ruhe.« Er schrieb die Runde auf einen Bierdeckel, wandte sich dann ab und bediente Stumpff.

Karnapp räusperte sich. »Die Geschäftsleitung hat Ihre Einladung erhalten, wie Ihnen ja bereits schriftlich bestätigt wurde. Ich werde als Vertreter der Geschäftsleitung an Ihrer Versammlung teilnehmen.«

»Herzlich willkommen.« Wehmeier griff nach seinem Schnapsglas.

»Es ist Ihnen sicher bekannt, daß der Arbeitgeber berechtigt ist ...« Er sah irritiert zur Seite. Der Kellner hatte sich neben ihn gestellt, er ließ sein Tablett in der hängenden Hand locker rotieren. Als Karnapp einhielt, sagte er: »Entschuldigen Sie mal, wollen Sie auch was bestellen?«

»Nein, danke.«

Der Kellner stieß die Luft durch die Zähne und ging. Er schüttelte den Kopf.

Wehmeier rief hinter ihm her: »Bei der nächsten Runde kriegt der Herr auch was!«

Karnapp sagte: »Ich habe doch gesagt, daß ich nichts trinke. Und falls Sie glauben sollten, Sie können die Zeche hier auf Betriebskosten abrechnen, dann irren Sie.«

Das ist ja wohl die Höhe. Der will frech werden, der Arsch. »Wenn hier einer irrt, dann sind Sie das, Herr von Karnapp, und nicht der Herr Wehmeier. Damit Sie klar sehen, die Runde geht auf meine Kosten. Aber glasklar. Sie glauben doch wohl nicht, daß ich zu knickrig bin, um den Kolleginnen und Kollegen was zu spendieren?«

»Mit Ihnen habe ich gar nicht gesprochen, Herr Stajenda.«

»Aber ich mit Ihnen!« So mußt du nur anfangen, Freundchen. »Das ist hier eine Betriebsversammlung, da kann jeder was sagen. Sogar ein kleiner Kraftfahrer, damit Sie mal klarsehen.«

Stumpff rief: »Hört, hört!«

Wehmeier hob sein Schnapsglas. »Also, bevor wir die Verhandlungen fortsetzen, wollen wir den edlen Spender hochleben lassen. Prost, Herr Stajenda!«

»Auf den zukünftigen Betriebsrat!« Stumpff kippte seinen Klaren, ächzte laut und griff nach dem Bierglas. Karnapp wandte sich jäh ab, zog seinen Mantel aus und hängte ihn auf. Er sah sich um, als suche er nach einem freien Platz, ging dann zu einem der weiter entfernten Tische.

»Da kommt das Fräulein Zander.« Ingelies Zander stand in der Tür des Sälchens. Karnapp, der sich hatte setzen wollen, hielt halb gebückt ein, sah sie an. Dann ließ er sich nieder und legte seine Ledermappe vor sich. Stumpff winkte: »Komm her, Ingelies, hier ist noch ein Platz frei!« Sie setzte sich an den Tisch hinter Stumpff. Wehmeier hob die Hand, winkte ihr zu und lächelte. Sie lächelte ihn an.

Donnerwetter, das hätte ich nicht gedacht. Das Mädchen ist in Ordnung. Läßt Erich in seinem Büro allein sitzen. Jetzt muß er das Telefon selbst bedienen. Den Tobsuchtsanfall hätte ich mal gern gesehen, als sie ihm gesagt hat, daß sie zur Betriebsversammlung geht.

Karnapp schlug seine Mappe auf und begann zu blättern. Stumpff sprach über die Schulter mit Ingelies Zander. Sie schüttelte den Kopf. Er wandte sich zurück, griff nach seinem Bierglas und trank. Karnapp las. Er zog einen Stift heraus und notierte etwas auf dem Blatt, das vor ihm lag.

Stumpff griff wieder nach seinem Glas, trank es leer. Er wischte sich den Mund ab. Dann sagte er: »Also, was ist,

Leute? Wollen wir nicht anfangen? Auf eurer Einladung steht zwei Uhr. Es ist schon drei Minuten drüber.«

Wehmeier sagte: »Wir warten noch ein paar Minuten, Manfred. Du kannst ja in der Zeit eine Runde bestellen.«

»Bin ich bescheuert? Erst ist mal der Vorstand dran.« Er grinste. »Vielleicht will ja auch die Geschäftsleitung einen ausgeben.«

Karnapp, der aufgesehen hatte, wandte sich wieder seinem Blatt zu. Wehmeier lächelte. Dann sah er in seine Papiere.

Er weiß nicht, was er machen soll. Er weiß so gut wie ich, daß keiner mehr kommt. Aber er will noch ein bißchen Zeit herausschinden, bevor er anfangen muß. Kann einem leidtun, der Junge. Hängt sich aus dem Fenster, und dann lassen sie ihn im Riß. Käthe hat's prophezeit. Die hat manchmal mehr Ahnung als ich. Ich hab tatsächlich geglaubt, das funktioniert diesmal besser als damals mit dem Thomé. Irrtum. Nicht mit diesen Arschlöchern. Und wenn wir mehr Arbeiter im Betrieb hätten, wär's wahrscheinlich auch nicht anders. Die kannst du heute doch alle durch die Pfeife rauchen. Demnächst werden sie wieder strammstehen, paß mal auf.

Der Kellner erschien in der Tür. Wehmeier winkte ihm: »Bringen Sie noch mal das gleiche. Was trinken Sie, Fräulein Zander?«

»Ich?« Sie sah sich um nach dem Kellner. »Einen Kaffee würde ich nehmen.«

Wehmeier sagte: »Also, noch mal das gleiche und dazu einen Kaffee.«

Der Kellner blieb stehen.

Karnapp hob die Hand. »Herr Wehmeier?«

»Ja, bitte schön, Herr von Karnapp?«

»Ich weiß nicht, wie Sie sich den Ablauf der Veranstaltung gedacht haben. Aber ich glaube nicht, daß Sie hier endlos warten können.«

»Wer sagt denn endlos?«

Karnapp sah auf seine Armbanduhr. »Es geht jetzt auf

viertel nach zwei. Ich darf Sie vielleicht darauf aufmerksam machen, daß den Anwesenden die Zeit hier wie Arbeitszeit vergütet wird. Allerdings unter der Voraussetzung, daß diese Betriebsversammlung tatsächlich stattfindet. Und nicht nur ein gemütliches Beisammensein.«

Stumpff stimmte sein Gemecker an. »Gemütlich find ich ausgesprochen stark.«

Wehmeier sagte: »Sie können's wohl nicht abwarten? Machen Sie sich mal keine Sorgen.«

»Ich mache mir überhaupt keine Sorgen, ich weise Sie nur...« Er brach ab und fixierte den Kellner, der an ihn herangetreten war. Der Kellner sagte: »Entschuldigen Sie mal, ich wollte nur wissen, ob Sie noch immer nichts bekommen.«

»Sie können mir einen Kaffee bringen. Aber der geht auf meine eigene Rechnung.«

»Kein Problem.« Der Kellner ging ab.

Frau Sommer flüsterte: »Uli, fang doch an, bitte. Je schneller wir es hinter uns haben...«

»Okay, okay, ich fang ja schon an.«

Karnapp sagte: »Ich wollte Sie nur darauf hinweisen...«

Wehmeier stand auf. »Kolleginnen und Kollegen, die Betriebsversammlung ist eröffnet.«

Karnapp öffnete den Mund, dann schloß er ihn wieder und warf seinen Stift auf den Tisch. Ingelies Zander fing an, mit einem Bierdeckel zu spielen. Stumpff nahm die Beine vom Stuhl, hängte einen Arm über seine Stuhllehne, ließ die Hand pendeln und sah grinsend von einem zum anderen.

Wehmeier griff mit einer Hand an seine Papiere. »Sie wissen, um was es geht. Frau Sommer, Herr Stajenda und ich haben zu dieser Betriebsversammlung eingeladen, damit wir einen Betriebsrat wählen können. Dazu brauchen wir einen Wahlvorstand. Den soll diese Betriebsversammlung wählen, und dann kann der Wahlvorstand die Wahl des Betriebsrats einleiten.«

Stumpff sagte: »Ach du grüne Neune. Kannst du das noch mal erklären? Und vielleicht ein bißchen einfacher?«

»Was ist denn daran so kompliziert? Wir müssen hier einen Wahlvorstand wählen, das steht doch auch in der Tagesordnung.« Wehmeier klopfte auf seine Papiere. Ingelies Zander holte das Blatt aus ihrer Handtasche und strich es auf dem Tisch glatt. »Also, die Tagesordnung liegt Ihnen vor.«

»Moment.« Stumpff hob die Hand. »Mir nicht.«

»Menschenskind, die hast du doch mit der Einladung bekommen!«

»Hab ich aber nicht mitgebracht.«

Frau Sommer stand auf und brachte ihm das Blatt. Also, das ist sicher kein übler Kerl, aber auf die Nerven gehen kann er einem. Zwei von dem Kaliber, und jede Versammlung ist geschmissen. Na schön, darum brauchen wir uns keine Sorgen mehr zu machen. Das ist sowieso alles für den Arsch.

Wehmeier wartete, bis Frau Sommer sich wieder gesetzt hatte. Dann sagte er: »Gibt es Anträge zur Tagesordnung?« Ingelies Zander sah auf, dann sah sie wieder auf ihr Blatt und strich es noch einmal glatt. »Das ist nicht der Fall. Damit kommen wir zu Punkt drei, Wahl des Wahlvorstands. Dem Wahlvorstand müssen drei wahlberechtigte Betriebsangehörige angehörigen.« Er stutzte, dann sagte er: »Was hab ich gesagt?«

Karnapp lächelte. Stumpff meckerte: »Du hast gestottert, sonst war alles in Ordnung. Probier's doch noch mal.«

»Herrgott noch mal, Herr Stumpff, jetzt hören Sie doch endlich mit dem Blödsinn auf! Das ist doch keine Kinderei hier!« Ist es natürlich doch.

»Entschuldigung! Entschuldigung, Herr Stajenda!« Stumpff hob beide Hände. »Ich wollte ja nur die Frage des Herrn Vorsitzenden beantworten.«

Wehmeier sagte: »Ja, schönen Dank auch. Wir müssen also drei für den Wahlvorstand wählen. Darf ich um Vorschläge bitten?«

Stumpff rief: »Karl Stajenda!« Karnapp beugte sich über seine Mappe und schrieb. Stumpff sah zu ihm hinüber und sagte: »Karl mit K wie Konrad, Herr von Karnapp.«

»Darf ich um weitere Vorschläge bitten?«

Ingelies Zander schob ihr Blatt ein wenig zur Seite. Dann rief sie: »Herr Wehmeier!«

»Danke schön. Weitere Vorschläge bitte. Wir brauchen mindestens noch einen Kandidaten. Oder eine Kandidatin natürlich.«

Der Kellner kam, sein Tablett in leichten Pendelbewegungen auf einer Hand tragend, den Gang hinunter. Er sagte: »Wenn euch noch einer fehlt, könnt ihr mich nehmen. Hauptsache, es wird gut bezahlt.«

Stumpff lachte. Dann sagte er: »Wen ich als dritten vorschlage, das ahnt kein Mensch.«

»Nun komm schon, Manfred. Also?«

Stumpff rief: »Christel Sommer!«

Der Kellner sagte: »Darauf wär ich nicht gekommen.«

Wehmeier sah ihn an, während er die Gläser und die Colaflasche abstellte. »Sie hätten es auch nicht nötig, als Kellner zu gehen. Sie haben das Zeug zum Komiker.«

»Hab ich alles schon hinter mir. Aber damals war das Publikum noch nicht so trostlos.« Er marschierte ab.

Frau Sommer sagte: »Das ist doch eine Unverschämtheit! Müssen wir uns das eigentlich bieten lassen?«

»Laß mal, Christel. Der hat auch mit einem vollen Haus gerechnet.«

Stumpff hob sein Schnapsglas. »Bevor wir fortfahren, stelle ich den Antrag, erst mal auf das Wohl des Vorsitzenden zu trinken. Es ist so beschlossen. Prost, Uli!«

Nachdem Wehmeier sein Glas abgestellt hatte, sagte er: »Wo waren wir so richtig stehengeblieben? Ach so, ja: Gibt es noch weitere Vorschläge?« Karnapp schlug die Arme übereinander. »Das ist offenbar nicht der Fall. Dann können wir jetzt zur Wahl des Wahlvorstandes kommen.«

Karnapp hob die Hand. »Ich bitte ums Wort.«

»Aber bitte sehr, Herr von Karnapp.«

»Sind Sie sicher, daß Sie mit dieser Besetzung einen dreiköpfigen Wahlvorstand wählen können?« Karnapp schüttelte den Kopf. »Ich möchte da ernste Zweifel anmelden. Sie müssen sich doch praktisch selbst wählen. Soweit ich sehe, sind die übrigen Teilnehmer in der Minderheit. Ich kann mir nicht vorstellen, daß das Gesetz in diesem Punkt kein Quorum vorschreibt.«

Ich hab's ja geahnt. Was hat er gesagt, Quorum? Ich hab gewußt, daß die mit jedem möglichen Trick arbeiten werden, ich kenn doch Erich. »Jetzt lassen Sie mal die Fisimatenten sein, Herr von Karnapp! Oder wollen Sie uns was über Gewerkschaftsarbeit beibringen? Wahl ist Wahl, ob Ihnen das paßt oder nicht. Ich hab lange genug in der Gewerkschaft gearbeitet, da können Sie mir kein X für ein U vormachen.«

»Welcher Gewerkschaft gehören Sie denn eigentlich an, Herr Stajenda?«

»Der IG Metall. Davon haben Sie vielleicht schon mal was gehört.«

Karnapp lehnte sich zurück. »Ja, habe ich. Aber ich bin sicher, daß die IG Metall in unserem Betrieb nichts zu suchen hat.« Er lächelte. »Wir sind schließlich keine Schlosserei. Da sind Ihre Erfahrungen wohl nicht gefragt.«

»Das werden wir ja noch sehen.«

Stumpff lachte. »Bravo, Stajenda. Wir Metaller lassen uns doch nicht bangemachen, das wäre ja gelacht.«

»Du warst auch schon mal besser, Manfred.« Wehmeier, der in seinen Papieren gesucht hatte, hob ein aufgeschlagenes kleines Buch hoch. »Über ein Quorum finde ich auf Anhieb nichts im Gesetz, Herr von Karnapp. Ich glaube auch nicht, daß so was drinsteht, das wäre mir aufgefallen. Aber ich kann Sie beruhigen. Wir sind auf die Wahl hier gar nicht angewiesen.« Er las aus dem Buch vor: »... ›wählt die

Betriebsversammlung keinen Wahlvorstand, so bestellt ihn das Arbeitsgericht auf Antrag von mindestens drei wahlberechtigten Arbeitnehmern‹, und so weiter. Paragraph siebzehn, Absatz drei, Betriebsverfassungsgesetz.«

Was war das? Das ist doch überhaupt die Lösung! Eh wir hier was falsch machen, gehen wir zum Arbeitsgericht. Aber glasklar.

Wehmeier hielt Karnapp das Buch entgegen. »Wollen Sie mal lesen?«

»Danke, danke.« Karnapp griff in seine Mappe. »Ich hab's dabei.« Er fing eilig an zu blättern.

Jetzt sieht er dumm aus der Wäsche. Das hat der Wehmeier gut gemacht. »Ich hab's Ihnen doch gleich gesagt, Herr von Karnapp. Wer hier mitreden will, der sollte von der Gewerkschaftsarbeit wenigstens ein bißchen Ahnung haben.«

Karnapp sah auf, er zog die Augenbrauen zusammen. »Ich würde Ihnen raten, Herr Stajenda, daß Sie sich Ihre Kommentare sparen. Daran ist sowieso kein Mensch interessiert. Sie schneiden sich höchstens ins eigene Fleisch.«

»Wollen Sie mir drohen? Da kommen Sie bei mir an die richtige Adresse. Ich will Ihnen mal was sagen: Wenn Sie hier unsere Betriebsversammlung kaputtmachen wollen, dann gehen wir eben zum Arbeitsgericht. Das können Sie haben. Aber glasklar. Da bin ich mal gespannt, was der Herr Verweerth sagt.«

Karnapp lief rot an, er hob die Stimme: »Ich weise Ihre Unterstellung zurück, daß ich diese Betriebsversammlung kaputtmachen will! Ich habe lediglich darauf hingewiesen, daß Sie bei dieser Präsenz möglicherweise gar keinen Wahlvorstand wählen können.«

»Na und? Das sag ich doch. Dann gehen wir eben zum Arbeitsgericht!«

Stumpff rief: »Jawoll! Jetzt gehen wir alle zum Arbeitsgericht! Aber vorher müßt ihr noch bezahlen. Wo ist der Kellner?«

Wehmeier sagte: »Moment mal. Das ist noch gar nicht raus, daß wir hier den Wahlvorstand nicht wählen können.«

Frau Sommer flüsterte: »Das hat doch keinen Sinn, Uli. Mit fünf Leuten!«

»Wer sagt das denn? Wir wählen jetzt erst mal, und alles Weitere wird sich finden.«

Ja, da wird sich finden, daß wir's falsch gemacht haben. Das kenne ich. Kommt gar nicht in Frage. »Ich bin fürs Arbeitsgericht. Sie auch, Herr Stumpff?«

»Na klar.« Er drehte sich um zu Ingelies Zander. »Was ist mit dir, Ingelies? Kommst du auch mit?«

Sie sagte: »Laß doch den Quatsch.« Dann sah sie Wehmeier an. »Aber wenn wir nicht genug Leute haben, um zu wählen?«

Er ließ sich nieder, sehr langsam. Er hob ein paar von seinen Papieren auf. Dann legte er sie wieder ab. Stumpff wollte nach seinem Glas greifen, aber er hielt ein. Er hängte den Arm über die Stuhllehne, aber er ließ die Hand nicht pendeln. Ingelies Zander griff sich ans Ohrläppchen. Karnapp sah herüber, die Hand auf dem aufgeschlagenen Buch.

Frau Sommer flüsterte: »Was machen wir jetzt, Uli?«

Wehmeier sagte: »Ja, das ist eine gute Frage.« Er ließ den Daumen durch die Papiere gleiten. Dann sagte er: »Was ihr macht, weiß ich nicht.« Er schob die Papiere zusammen. »Aber ich gehe jetzt rüber zu Erich. Da gibt's doch was zu feiern. Oder?«

## 16

Er soll das doch nicht tun. Seit einer guten Stunde redet er jetzt wie ein Buch, aber das macht ja alles nur schlimmer. Jetzt geht er auch noch zu Hildebrandt und Baur, ausgerechnet zu denen. Er will allen beweisen, daß er noch immer aufrecht steht. Aber wenn er so weitertrinkt, wird es nicht mehr lange dauern, bis er vor aller Augen umfällt.

Baur nippte an seinem Glas, lächelte. »Na, Herr Wehmeier? Das war wohl kein großer Erfolg mit Ihrer Betriebsversammlung?«

»Wie kommen Sie denn darauf?« Er schwankte ein wenig, stellte ein Bein zur Seite. Hildebrandt trat einen halben Schritt zurück. »Wir sind doch auf einen phantastischen Gedanken gekommen. Herr von Karnapp hat uns drauf gebracht. Hat er Ihnen das nicht berichtet?«

»Nein.« Baur hob die Augenbrauen, als sei er überrascht und sehr gespannt. »Das müssen Sie uns erzählen.«

»Moment mal.« Er streckte einen Arm zur Seite. »Christel, komm mal her, bitte. Die Herren werden mir nicht glauben, fürchte ich. Ich brauche eine vertrauenerweckende Zeugin.«

»Uli, laß das doch.«

»Nein, nein. Oder willst du mich etwa im Stich lassen?«

Baur lächelte. »Das würde Frau Sommer doch nie tun.«

»Eben. Das sag ich ja. Also, passen Sie auf. Sie wird es Ihnen bestätigen.« Er trank einen Schluck. »Herr von Karnapp hat uns auf den Gedanken gebracht, daß wir bloß das Arbeitsgericht anzurufen brauchen.«

Hildebrandt zog das Kinn an. »Erzählen Sie doch keine Märchen! Als ob Herr von Karnapp das getan hätte. Das grenzt ja an üble Nachrede.«

»Siehst du, Christel? Sie glauben mir nicht. Also, sag du es Ihnen.«

»Komm, Uli. Bitte.«

»Nein, nein. Zuerst müssen wir das den Herren erklären. Das ist doch ein revolutionärer Einschnitt in die Geschichte des Hauses Verweerth und Dingsda. Also.« Er trank, tippte Baur mit dem Finger auf die Brust. »Wir rufen das Arbeitsgericht an. Und das bestellt dann einen Wahlvorstand. Und dann wählen wir schwuppdiwupp diesen Betriebsrat, Sie wissen schon.« Er nickte. »Steht alles im Gesetz. Wie war noch mal der Paragraph, Christel?«

Hildebrandt wandte sich abrupt ab und ging. Baur lächelte. »Na, dann viel Erfolg.« Er hob sein Glas.

»Danke. Danke, Herr Baur. Ich hab immer gewußt, daß Sie auf der Seite der werktätigen Klasse stehen. Empfindungsmäßig, meine ich.«

»Richtig.« Baur nickte. »Sie haben's erkannt.« Er wandte sich ab und ging lächelnd hinter Hildebrandt her.

»Komm, Uli. Wir setzen uns einen Augenblick. Und dann gehst du nach Hause. Ich bring dich zu einem Taxi.«

»Nach Hause? Bist du wahnsinnig? Heute wird gefeiert. Sieh dir doch mal an, was hier noch rumsteht.« Er fuhr mit seinem Glas durch die Luft.

»Hast du überhaupt schon was gegessen?«

»Nein, hab ich noch nicht. Aber das ist eine gute Idee.« Er trat an den Konferenztisch, auf dem die Platten aufgebaut waren, stieß gegen den Tischrand, fing sich, ließ den ausgestreckten Finger über den Platten kreisen. Dann griff er nach einem Schinkenröllchen und stopfte es sich in den Mund.

Nowakowski, der mit Verweerth, Elke Bastian und Kaufmann zusammenstand, sah herüber. Als Wehmeier den Blick aufnahm, wandte er sich wieder Elke Bastian zu, tat, als habe er ihr zugehört, nickte. Er strich sich über die gebräunte Stirnglatze.

»Soll ich dir nicht mal einen Teller zurechtmachen?«

»Nein, warum denn? Geht so viel besser.« Er nahm das nächste Schinkenröllchen. Eine Weile kaute er, dann wies er mit ausgestrecktem Arm auf Nowakowski. »Warum sieht der eigentlich so belämmert drein, der Nowakotzki?«

»Tu das doch nicht, Uli.«

»Wieso denn? Der müßte eigentlich über Tisch und Bänke springen. Findest du nicht? Na ja.« Er schluckte. »Vielleicht erzählt die Elke gerade was Trauriges.« Er hob suchend die

Hand, griff dann nach einem Lachskanapee. »Die Elke erinnert mich an jemanden. Weißt du, an wen?«

»An wen denn?«

»Die Schankfrau bei Betty.«

»Die kenne ich nicht.«

»Nur ist die Schankfrau viel üppiger.« Er hob beide Hände zur Seite, lachte. »So. Aber hübsch, das muß man ihr lassen. Und die Haare sind genauso blond wie die von der Elke. Und die Augen so blau.«

»Komm, wir setzen uns einen Augenblick. Ich mach dir einen Teller zurecht, und den nehmen wir mit.«

»Okay.«

Er setzte sich mit dem Teller auf den Stuhl in der Ecke, klopfte auf den Stuhl daneben. »Setz dich, Christel. Ich geb dir auch was ab.«

Servatius, der mit Fecke neben den Stühlen stand, sagte: »Na, Uli? Schmeckt's?«

»Danke, danke. Schmeckt prima.«

Servatius nickte. Dann entfernte er sich langsam. Er ging zu Frau Karlisch, die sich in einem Sessel niedergelassen hatte. Fecke folgte ihm.

»Jetzt fehlt uns nur noch was zu trinken.«

»Ich hol dir's gleich. Iß das erst mal.«

Er nickte. Er nahm ein paar Gabeln Salat, kaute bedächtig. Dann sagte er: »Die Schankfrau ... glaubst du, daß die ihrem Liebhaber ein Alibi geben würde?«

»Ein Alibi? Ich weiß nicht, was du meinst.«

»Na ja, ein Alibi!« Er lachte. »Kennt man doch alles aus dem Kino. Irgendein schräger Vogel geht da in der Kneipe ein und aus. Sie verliebt sich in ihn. Und dann nutzt er das aus. Er dreht ein krummes Ding, und die Polizei hat ihn in Verdacht, aber er sagt, er hat sie aus der Kneipe nach Hause gebracht. Ist die ganze Nacht bei ihr geblieben, bis zum Morgen. Und sie beschwört das. Sie gibt ihm ein Alibi, verstehst du?«

»Ja, das verstehe ich.«

Er lächelte. »Bist du sicher?« Er stand auf. »So, jetzt hole ich uns was zu trinken.«

»Uli, meinst du nicht, daß es besser wäre, wenn du aufhörst? Du hast doch genug.«

Er hob den Zeigefinger. »Christel Sommer, ich muß dich verwarnen. Wenn du mir den Spaß verderben willst, kündige ich dir die Freundschaft. Hiergeblieben, sage ich. Ich will mit dir feiern.« Er wandte sich ab, schwenkte den Arm durch die Luft. »Und mit allen diesen netten Menschen!« Die Armbewegung brachte ihn aus dem Gleichgewicht, er fing sich mit einem schnellen Schritt zur Seite.

Ich sollte mit ihm zu dem Bierfaß gehen, statt allein hier hocken zu bleiben. Cordon sanitaire. Auf fünf Meter im Umkreis hält sich niemand auf. Seitenblicke, das ist alles. Merkwürdig, wie das funktioniert. Von Stumpff sondert sich niemand ab, natürlich nicht, er soll ja Bericht erstatten, und das tut er bereitwillig, sie stehen zu dritt und viert um ihn herum, können die Geschichte anscheinend gar nicht oft genug hören, schlagen sich auf die Schultern, biegen sich vor Lachen, und er genießt es.

Auch die kleine Zander wird nicht geschnitten. Verweerth sieht vorerst durch sie hindurch, na gut, das war nicht anders zu erwarten, aber es wird sich vermutlich ziemlich bald legen. Sie findet jedenfalls Gesellschaft, erst hat sich die Karlisch um sie gekümmert, und jetzt tut es Hanrieder, er steht schon eine ganze Weile vor ihr und redet lächelnd auf sie ein. Sie sind mir vielleicht eine! Was haben Sie sich denn nur dabei gedacht? Also ehrlich, die ganze Aktion war doch ein horrender Blödsinn! Sie wollten dem Meister nur mal die Zähne zeigen, stimmt's? Köstlich. Kann ja auch hin und wieder nicht schaden.

Bin ich etwa eifersüchtig auf dieses kleine Luder? Du solltest dich schämen, Christel, Eifersucht ist eine Sünde, auch wenn sie nicht im Katechismus steht. Ja, ja, ich höre ja schon auf damit. Ich will ihr doch nichts Böses, wie könnte ich! Ist sie nicht fabelhaft? Wer wird denn behaupten, daß sie es nur getan hat, um sich an Uli ranzuschmeißen?

Er kam mit den beiden Gläsern zurück, blieb unterwegs stehen. »He, Zwetschkowitz! Wir haben noch gar nicht miteinander angestoßen. Gehst du mir etwa aus dem Wege?«

Cvetković, der sich den Zuhörern Stumpffs angeschlossen hatte, sah über die Schulter. Er nickte hastig. »Komme gleich.«

»Das will ich hoffen. Ich will auf deinen Erfolg mit dir anstoßen. Es sind ja schließlich deine Hunde, die das Rennen gemacht haben. Oder will das etwa jemand bestreiten? Ruf mich zu Hilfe, Zwetschko, wenn einer deine Hunde nicht lobt.«

»Ja, ja.« Cvetković winkte. »Komme gleich.« Verweerth starrte herüber. Frau Karlisch wechselte die Beinhaltung, zog ihren Rock über dem Knie straff und nippte an ihrem Glas.

Er ließ sich mit den beiden Gläsern nieder. »So, Christel. Jetzt stoßen erst mal wir beide miteinander an. Wir haben's schließlich verdient.«

»Ach, Uli.«

»Findest du nicht?« Er lachte. »Du siehst das ganz falsch, Christel. Wir haben Leben in die Bude gebracht. Wir beide und Stajenda. Wo ist er eigentlich?«

»Nach Hause gegangen. Und das sollten wir allmählich auch tun, Uli.«

»Kommt gar nicht in Frage.« Er streckte die Beine aus. »Diese ganze Feier bricht doch zusammen, wenn wir gehen. Sieh dich mal um, Christel. Wir sind die Hauptpersonen, merkst du das nicht?«

Ja, das sind wir. Sitzen hier wie in der Abnormitäten-Schau. Wenn wir noch ein wenig warten, wird einer kommen und uns mit dem Finger anstoßen. Um zu prüfen, ob wir tatsächlich aus Fleisch und Bein sind. Die anderen werden aus der Entfernung zusehen, gespannt, mit halboffenen Mündern.

»Wir haben die Sache voll im Griff, Christel. Und jetzt warten sie alle auf das, was wir tun. Alles hört auf mein Kommando, verstehst du?« Er hob das Glas und rief: »Zwetschko, mein Freund, wo bleibst du? Ich hab doch gesagt, daß ich mit dir anstoßen will! Oder muß ich dich holen kommen?«

Cvetković sah über die Schulter. Ingelies Zander stellte ihr Glas ab, ohne hinzusehen. Frau Karlisch richtete sich in ihrem Sessel auf, stellte die Füße nebeneinander. Dann erhob sie sich und kam herüber. Sie sagte mit unterdrückter Stimme: »Herr Wehmeier, seien Sie mir bitte nicht böse...«

»Aber wie kommen Sie denn darauf, verehrte Frau Dr. Karlisch!« Er stand auf, wies auf seinen Stuhl. »Nehmen Sie Platz, bitte.«

»Nein, danke.« Sie schüttelte den Kopf. »Herr Wehmeier, ich kann Sie ja verstehen. Aber es hat doch keinen Sinn, wenn Sie jetzt Streit anfangen.« Kaufmann setzte sich in Bewegung und kam langsam heran. Cvetković zögerte, dann folgte er Kaufmann.

»Streit? Warum sollte ich Streit anfangen?«

»Ich verstehe Sie wirklich, Herr Wehmeier.« Sie sah über die Schulter. »Und ich find's auch skandalös, daß Ihnen jetzt schon der zweite Auftrag abgenommen worden ist. Skandalös und dumm, um das bei der Gelegenheit mal zu sagen.«

»Aber, aber, Frau Karlisch! Das sehen Sie ganz falsch. Herr Nowakowski wird das schon schaukeln. Er hat schließlich das Hundefutter an Land gezogen, nicht wahr?« Er legte Cvetković, der mit Kaufmann herangetreten war, die Hand auf die Schulter. »Herr Nowakowski und nicht zuletzt unser kleiner Art Director hier, den nicht zu vergessen.«

Cvetković zog die Schulter weg. Frau Karlisch sagte: »Nun lassen Sie mal den Herrn Cvetković aus dem Spiel. Ich find das gar nicht gut, daß Sie jetzt auf ihm herumhacken.«

»Aber wieso denn? Ich hab doch nur gesagt, daß unser Freund Ljubomir und der Herr Nowakowski wirklich ein

Traumpaar sind. Warten Sie mal ab, Fritze Brack wird seinen Wahlkampf glänzend gewinnen.«

Kaufmann nahm die Pfeife aus dem Mund. »Ich hab nicht gedacht, daß du ein schlechter Verlierer bist, Uli.«

»Ein schlechter Verlierer?« Er packte Kaufmann am Rockaufschlag. Kaufmann sagte: »Laß los, Uli.«

Heilige Muttergottes, eine Prügelei, das ist es, was ihm gerade noch fehlt. »Uli! Jetzt hör aber auf damit! Komm, ich bringe dich runter.«

Frau Karlisch griff nach seiner Hand. »Herr Wehmeier, bitte! Das hat doch keinen Sinn!«

Er ließ den Rockaufschlag los, lächelte. »Da haben Sie recht. Hat keinen Sinn, sich den Falschen vorzunehmen. Du gehörst bestimmt zu den Falschen, stimmt's, Klas? Und mein Freund Lubo auch.«

Kaufmann bürstete mit den Fingern über den Rockaufschlag. Dann wandte er sich ab und ging.

Frau Karlisch sagte: »Ich weiß nicht, wen Sie sich als den Richtigen ausgesucht haben. Aber ich kann mir's denken. Und wenn Sie sich jetzt tatsächlich auch noch mit Herrn Nowakowski anlegen wollen, dann bekomme ich allmählich Zweifel an Ihrem Verstand, Herr Wehmeier. Sie können doch nicht mit dem Kopf durch die Wand.«

Er lächelte. Sein Kopf schwankte. »Ich wußte gar nicht, daß Sie für Herrn Nowakowski was übrig haben.«

»Ich hab überhaupt nichts für Herrn Nowakowski übrig. Nur nutzt es nichts, wenn Sie sich einreden, daß er an allem schuld wäre. Außerdem hat der Mann ja auch seine Probleme, genauso wie wir alle. Das sollten Sie vielleicht hin und wieder mal bedenken.«

»Der? Der hat doch keine Probleme. Wie kommen Sie denn darauf?«

Cvetković sah über die Schulter. Dann beugte er sich ein wenig vor. »Hast du denn nicht gehört?«

»Was?«

Cvetković flüsterte: »Sein kleiner Liebling ist ihm weggelaufen.«

»Woher willst du das denn wissen?«

»Weiß ich nun mal. Ist nach München abgehauen.«

»Na und? Da besorgt er sich eben einen neuen.«

»Also, wissen Sie, Herr Wehmeier!« Frau Karlisch schüttelte den Kopf. »Ich möchte wissen, wie Ihnen zumute wäre!«

Cvetković flüsterte: »Er reist ihm nach. Heute abend mit Schlafwagen. Will das ganze Wochenende in München bleiben. Hat Termin mit mir auf Montag verlegt.« Er sah über die Schulter. Dann grinste er. »Große Liebe. Will ihn wieder einfangen.«

»Große Liebe, ach ja. Das soll's geben.« Er schwankte, fing sich wieder. Er sah in sein Glas. Plötzlich hob er den Kopf und sang laut: »Die Liebe, die Liebe... ist eine Himmelsmacht!« Frau Karlisch öffnete den Mund, dann wandte sie sich jäh ab und ging. Er sagte laut: »Darauf müssen wir noch einen trinken! Wir trinken einen auf das Wohl von...«

»Uli!« Er muß jetzt sofort raus hier, sonst gibt das eine Katastrophe. »Lubo, faß mal an, wir bringen ihn runter.«

Cvetković trat zurück. »Meinst du, ich will mich schlagen lassen?«

Nowakowski kam herüber. Er stellte im Gehen sein Glas auf den Konferenztisch, zog die Weste straff, setzte die Miene kalter Verachtung auf. »Herr Wehmeier, ich glaube, Sie haben für heute Ihr Soll erfüllt.«

»Wie meinen Sie, Herr... wie war doch noch der Name?«

»Und bevor Sie völlig betrunken sind, wollte ich Ihnen sagen, daß ich Sie am Montag um zehn in meinem Büro erwarte.«

»Aha. Aha. Sie erwarten mich. Und um was handelt es sich, wenn ich fragen darf?«

»Das werde ich Ihnen dann im einzelnen erklären.«

»Aha. Lassen Sie mich raten.« Er schwankte nach vorn, streckte den Finger aus und tippte Nowakowski vor die Brust. »Könnte es sein, daß es sich um einen Auftrag handelt? Einen kleinen Prospekt für den Gemischtwarenhandel?«

Nowakowski lächelte, er legte die Zähne bloß. »Nicht ganz so anspruchsvoll. Aber Sie sind schon auf dem richtigen Wege.« Er trat einen halben Schritt zurück. »Und jetzt möchte ich Ihnen den dringenden Rat geben, nach Hause zu gehen.«

»Soso. Sie möchten mir einen Rat geben.«

»Ich kann's Ihnen allerdings auch anders sagen.« Er kniff die Augen ein wenig zusammen. »Sie werden lästig hier. Sie vergiften die Atmosphäre.«

»Ach ja. Und das sagen Sie!« Er tat einen schwankenden Schritt nach vorn.

»Uli! Jetzt hör endlich auf! Komm, wir gehen. Bitte!«

»Moment. Moment noch, Christel. Ich hab gerade noch was zu erledigen.« Er starrte Nowakowski an und ballte die Fäuste. Für ein paar endlose Sekunden war es totenstill. Niemand regte sich.

Plötzlich fing er an zu lächeln. »Wir wollten doch noch einen trinken. Auf die Liebe. Trinken Sie einen mit, Herr Nowakotzki? Auf die große Liebe, verstehen Sie? Jeder nach seiner Façon.« Er blieb noch einen Augenblick stehen, Auge in Auge mit Nowakowski. Dann ging er schwankend an ihm vorbei, hielt sein Glas unter den Bierhahn und begann es zu füllen. Nowakowski schritt zurück zu Verweerth und Elke Bastian. Die Stimmen setzten wieder ein. Ingelies Zander ging hinaus.

Er kam zurück mit dem vollen Glas, trank im Gehen, steuerte die Stühle an und setzte sich. Er klopfte auf den freien Stuhl. »Komm, Christel. Wenn du magst. Oder magst du mich jetzt nicht mehr?«

»Red nicht solchen Unsinn.«

»Dann setz dich doch.« Er schloß die Augen. Plötzlich riß

er sie auf. »Oh, verdammt!« Er machte Anstalten aufzustehen. »Jetzt hab ich vergessen, für dich was mitzubringen.«

»Ich trinke nichts mehr. Bleib sitzen.«

»Na gut. Ist auch besser so. Dann kannst du mich fahren.« Er lächelte. »Aber nicht nach Hause.«

»Du hast genug, Uli, wirklich. Du gehörst ins Bett.«

»Okay, okay.« Er lehnte sich zurück und schloß die Augen. Nach einer Weile sagte er: »Du kannst mich ja mit zu dir nehmen.«

Er weiß nicht mehr, was er spricht. Ich muß ihm das Glas abnehmen, bevor er es fallenläßt. Und ich muß mit ihm hier sitzenbleiben, bis alle gegangen sind. Sie warten darauf, daß ich ihn an ihnen vorbeischleppe. Ich werde ihnen den Gefallen nicht tun.

Er sagte mit geschlossenen Augen: »Wenn du mich mitnimmst, kannst du mir ein Alibi geben.«

»Was soll das denn schon wieder?«

Er lächelte. »Die Schankfrau, ich hab dir's doch erklärt. Du nimmst mich mit zu dir und ziehst mich aus und packst mich in dein Bett und legst dich neben mich. Und morgen früh können wir sagen, daß wir die ganze Nacht zusammen waren. Seite an Seite. Haut an Haut.«

»Red nicht so dummes Zeug, Uli.«

»Das ist kein dummes Zeug, Christel.«

»Gib mir das Glas.«

Er ließ das Glas los.

Gegen sechs gingen die letzten. Die Spanierin räumte die Platten ab. Stumpff kam herüber und streckte den Finger aus: »Brauchst du Hilfe, Christel? Ich bringe ihn runter und fahr ihn nach Hause, wenn du willst.«

Er sagte mit geschlossenen Augen: »Hau ab, Manfred. Christel und ich, wir möchten jetzt endlich mal ungestört sein.«

»Na, dann viel Spaß.« Er ging. Servatius, der sich am Türpfosten festhielt, hob die freie Hand und winkte. Er löste sich vom Türpfosten, verlor das Gleichgewicht und stolperte jäh hinaus. Stumpff rief: »He, he! Nicht so eilig, ich komm ja mit.«

Die Spanierin räumte die Gläser zusammen. Er schlug die Augen auf. Die Augäpfel rollten, bis er sie unter Kontrolle brachte. Er fuhr sich mit beiden Händen durchs Haar, rieb sich die Wangen. Dann stand er auf, blieb ein wenig breitbeinig stehen. »Also, was ist? Nimmst du mich mit zu dir oder nicht?«

Im Auto schloß er wieder die Augen. Nach einer Weile sagte er: »Jetzt haben sie uns ausgesetzt.«

»Ja.«

Er lachte. »Na, wenigstens haben wir uns noch satt essen dürfen.«

»Fühlst du dich einsam?«

»Wieso denn? Ich hab doch dich.« Er tastete herüber.

»Das wird dir nicht viel nutzen.« Seine Hand war warm und fest. »Entschuldige, Uli, aber nimm bitte die Hand weg. Das macht mich beim Fahren nervös.«

Er zog die Hand zurück.

Hinter der Haustür blieb er stehen. Er schwankte, griff nach dem Treppengeländer, hob einen Finger. »Er glaubt, er ist uns los, Christel. Aber er irrt sich. Die Rechnung ohne den Wirt, verstehst du?«

»Komm, Uli. Es wird Zeit, daß du dich hinlegst.«

»Solchen Leuten darf man das Schiff nicht überlassen.« Er lächelte. »Er fühlt sich sicher jetzt, Christel. Aber wir werden das Schiff entern. Bei Nacht. Und dann ab mit ihm über die Reling!«

»Komm jetzt, Uli.«

»Wie hoch müssen wir eigentlich?«

»Auf die zweite Etage. Häng deinen Arm über mich.«

Vor der Wohnzimmertür streckte er einen Arm aus, stemmte ihn gegen den Türrahmen. »Darf ich nicht in deinem Bett schlafen?«

»Doch, wenn du willst. Ich werd mir das Bett auf dem Sofa machen.«

»Kommt gar nicht in Frage. Entweder schlafen wir beide im Bett.« Sein Kopf schwankte. »Oder ich schlafe auf dem Sofa.«

»Leg dich erst mal hin, Uli. Ich hab noch zu tun.«

»Okay. Okay. Aber wenn du nicht kommst, werde ich gehen.« Er hob den Finger. »Mitten in der Nacht, wenn's sein muß. Also, wo steht das Bett?«

Er ließ sich das Bett aufdecken, sah zu, während er sein Hemd aufknöpfte. »Laß die Tür offen, ich will dich unter Kontrolle halten.«

Ein Schuh polterte dumpf zu Boden. Die Bettdecke raschelte. Es hörte sich an, als ob er vor sich hin lachte. Dann sagte er: »Oh, là, là!« Fünf Minuten später schlief er fest. Er hatte sich auf den Rücken gelegt, beide Hände im Nacken verschränkt.

Während der Nacht stand er plötzlich neben dem Sofa, auf bloßen Füßen, nackt bis auf den Slip, der im Dunkeln schimmerte. Er streckte die Hand aus. »Hab ich dich erschreckt?«

»Ein bißchen. Möchtest du was?«

»Warum bist du nicht gekommen?«

»Ach, Uli.«

Er ließ sich auf dem Rand des Sofas nieder, rieb sich das Gesicht, fuhr mit den Händen durch die Haare. Er stützte die Unterarme auf die Schenkel, ließ eine Weile den Kopf und die Hände hängen. Dann sah er auf. »Bin ich dir zuwider?«

»Red nicht so, Uli. Du weißt doch, daß das nicht stimmt.«

»Aber du möchtest nicht mit mir schlafen.«

»Möchtest du das denn?«

Er streckte die Hand aus. »Kommst du mit? Ich bin nicht mehr betrunken. Du kannst es dir ja noch überlegen. Aber ich fänd's schön, wenn wir zusammen lägen.«

Er schlug die Bettdecke zurück, strich das Bettuch glatt,

schüttelte die Kissen auf. Er rückte dicht heran, zog die Bettdecke hoch und zog sie zu an allen Seiten. Eine Weile lag er still. Dann sagte er: »Magst du, wenn ich deine Knie anfasse?«

»Ja.«

Er suchte nach dem Saum des Nachthemds, schob ihn hoch und fing an, die Knie zu massieren, sehr sanft.

Irgendwer hat das auch immer getan, Klaus Hellwig, glaube ich. Ja, Hellwig war das. Aber er hat vorher nicht gefragt. Seine Hand war auch nicht so sanft. Er hat bloß nach den Knien getastet und sie befühlt, nein, geknetet, es war das stumme Signal, daß er Liebe machen wollte. Zweimal die Woche. Oder war es dreimal? Die Knie waren jedenfalls der Ausgangspunkt, regelmäßig. Nicht der Kopf. Zu weit weg. Keine zeitraubenden Umwege. Start und Ziel möglichst nahe beieinander.

Er sagte: »Ich würd dich gern küssen. Aber ich glaube, ich hab eine gewaltige Fahne.«

»Ja, das hast du.«

Seine Finger hielten ein. Nach einer Weile sagte er: »Soll ich aufs Sofa gehen?«

»Nein. Ich hab schon schlimmere Fahnen gerochen.«

»Wirklich?« Er hob den Kopf. »Sag nur! Mit wem hast du's denn schon getrieben?« Er lachte. »Doch nicht etwa mit Zwetschko?«

»Traust du mir das zu?«

»Nein.« Er bettete den Kopf wieder aufs Kissen. »Zumindest wüßte ich es dann.« Er lachte. »Er hätte es mir haarklein erzählt. Buchstäblich bis aufs Haar.«

»Interessierst du dich für solche Geschichten?«

»Nicht besonders.« Die Finger begannen wieder zu massieren. »Außerdem habe ich Zwetschko im Verdacht, daß er sich das meiste zusammenphantasiert. Er läßt doch kaum einen Abend locker, bevor er sein Quantum hat. Und wenn er es intus hat, ist er außer Gefecht. Schläft wie ein Stein.«

»Woher willst du das wissen?«

»Ich hab ihn oft genug nach Hause gebracht.« Er massierte den Schenkel oberhalb des Knies. »Bin auch schon mal bei ihm geblieben.« Er lachte. »Weil ich selbst keinen Schritt mehr gehen konnte.«

Er schob die Finger allmählich immer höher. Nach einer Weile sagte er: »Soviel Oberschenkel hab ich noch nie in der Hand gehabt. Das hört ja gar nicht auf.«

»Ja. Stelzen. Das hat mein Vater schon immer gesagt. Weiß der liebe Himmel, warum das Kind so lange Stelzen mitbekommen mußte. Die wird im Leben keinen Mann finden. Da traut sich ja keiner ran.«

Er hob den Kopf. »Hab ich dich jetzt gekränkt?«

»Nein. Das ist nun mal so.«

Er sagte: »Dein Vater hat keine Ahnung gehabt.« Er ließ den Kopf zurücksinken. »Ich find das ziemlich aufregend.« Er schob die Finger noch höher. Sie schüttelten den Schenkel ein wenig, dann strichen sie mit den Kuppen über die Haut der Innenseite.

»Uli.«

»Ja?«

»Du hast doch gar keine Lust.«

Die Finger erstarrten. »Wie kommst du denn darauf?«

»Ich spür's.«

Nach einer Weile zog er die Hand weg. Er sagte: »Vielleicht bin ich doch noch nicht ganz nüchtern. Oder ich hab Hemmungen, ich weiß nicht... Ich möchte nicht, daß du denkst, bloß weil ich besoffen bin...«

»Ja. Mach die Augen zu, Uli. Schlaf noch ein bißchen.«

Nach fünf oder zehn Minuten sagte er: »Weißt du, Christel, daß ich mir vorkomme, als wären wir beide ganz allein auf der Welt?«

»Du hast doch deinen Sohn.«

»Ja, da hast du recht. Daran hab ich jetzt gar nicht gedacht.«

»Daran mußt du aber denken.«

Er schwieg.

Als das erste fahle Morgenlicht das Rechteck des Fensters aus dem Dunkel hervortreten ließ, sagte er plötzlich: »Zwetschko. Das ist es doch.« Er hob den Kopf, hielt den Atem an. Dann flüsterte er: »Christel? Schläfst du?« Nach einer Weile kroch er vorsichtig aus dem Bett. Er sammelte seine Kleider auf, sie raschelten, und ging ins Bad, schloß die Tür leise hinter sich. Die Dusche begann zu rauschen. Es dauerte nicht sehr lange, bis er herauskam. Er ging ins Wohnzimmer. Nach zwei oder drei Minuten kam er auf Zehenspitzen zurück ins Schlafzimmer und legte etwas auf sein Kopfkissen. Ein Zettel mit dem Abschiedsgruß, wahrscheinlich. *Ich wollte dich nicht wecken. Ich melde mich später. Danke. Und einen Kuß.*

Er ging auf Zehenspitzen hinaus. Er zog die Wohnungstür behutsam hinter sich ins Schloß.

## 17

Zwetschko natürlich. Zwetschko ist die Lösung. Wieso bin ich nicht früher darauf gekommen?

Es wird doch niemand für möglich halten, daß Zwetschko seinem Freund Wehmeier aus purer Freundschaft ein Alibi liefern würde. Täte er ja auch nicht. Nicht einmal für bares Geld. Das Geld würde er vielleicht kassieren, aber er könnte ganz einfach das Maul nicht halten. Zwetschko würde sogar seine Mutter ans Messer liefern, wenn er eine aufregende Geschichte über sie zu erzählen wüßte.

Aber seinem Freund Wehmeier wird er trotzdem ein Alibi liefern, der Kleine. Man muß ihm nur ein bißchen nachhelfen.

»Guten Morgen.«

»Guten Morgen.« Der alte Mann stand auf Pantoffeln in der Haustür. Er hatte eine der dicken Wochenendzeitungen, die in den Schlitzen der Briefkästen steckten, herausgezogen, hielt sie aufgeschlagen vor der Brust, las aber nicht. Wahrscheinlich stand er dort, lauschend und über die Zeitung nach oben sehend, seit er aus dem zweiten Stock das Geräusch gehört hatte. Er hatte auf die Schritte gelauscht, die die Treppe hinunterkamen. Das war doch nicht die Frau Sommer? Nein, das war sie nicht.

»Schönes Wochenende.«

»Danke, ebenfalls.« Er trat zur Seite. »Sie fangen es ja schon früh an.«

»Ja, da hat man mehr davon.«

Die Luft war kühl und feucht. Keine Menschenseele auf der Straße. In den Haustüren hockte noch die Dämmerung.

An der Auffahrt zur Brücke stand ein Taxi, das gelbe Licht auf dem Dach brannte. Der Fahrer lag hintüber gelehnt, den Kopf auf der Nackenstütze, als sei er ohnmächtig geworden, und schlief mit offenem Mund.

»Zum Parkhaus in der Kupfergasse, bitte.« Er fuhr sich mit einer Hand übers Gesicht, startete den Motor und schaltete die Uhr ein.

Wenn Herrn Nowakowskis Leiche an einem frühen Morgen Anfang der nächsten Woche vor seinem Haus gefunden werden sollte, die stark beschädigte sterbliche Hülle, die der Sturz von der Dachterrasse übriggelassen hat, dann werden sich zunächst nur zwei Vermutungen anbieten: Unfall, natürlich. Oder Selbstmord. Der Unfall wird ein wenig unwahrscheinlich sein, das ist einzuräumen. Obwohl, wenn keine Spur hinterlassen wird, die Polizei auch einen Unfall nicht völlig ausschließen kann. Schließlich fällt ja immer wieder mal einer vom Dach.

Aber diese Lebenserfahrung muß man gar nicht bemühen. Wenn nicht ein Unfall, so wird doch der Selbstmord sich geradezu aufdrängen: Sein kleiner Liebling ist ihm weggelaufen, und wenn Herr Nowakowski unverrichteter Dinge von München zurückgekehrt sein sollte – wer weiß, vielleicht hat er sich den Verlust so sehr zu Herzen genommen, daß er übers Geländer gesprungen ist?

Das ist allerdings die entscheidende Voraussetzung: Er muß in München gescheitert sein und ohne den Liebling zurückkommen. Aber das wird sich am Montag ziemlich leicht feststellen lassen, zumindest an der Art, wie Herr Nowakowski auftritt, und im Zweifelsfall wird Zwetschko das Neueste wissen.

Die Polizei wird auch einen Selbstmord für wenig wahrscheinlich halten? Macht nichts. Denn wenn Herr Nowakowski tatsächlich enttäuscht und einsam zurückkehrt, dann gibt es sogar für einen Mord, der als Ursache seines jähen Ablebens schließlich in Betracht kommen mag, eine Erklärung, die die Polizei nicht ausschließen kann und die sie von dem eigentlichen Täter ablenken wird: Herr Nowakowski hat sich trösten wollen, er hat einen Knaben von der Straße aufgelesen und mit ihm die Nacht verbracht, aber am frühen Morgen, als er seine Hantel stemmte, hat der böse Bube ihn übers Geländer gestoßen und sich mit dem Bargeld davongemacht. Oder mit der einen oder andern Kostbarkeit.

Vielleicht wäre es sogar zweckmäßig, die Spuren eines solchen Mordes zu legen? Alles Bargeld verschwinden lassen. Die Schreibtischschublade blankwischen, die Bettpfosten, den Nachttisch, die Türklinken, als habe jemand versucht, seine Fingerabdrücke zu beseitigen. Oder können sie die Bettlaken untersuchen und feststellen, ob zwei darin gelegen haben oder nur einer?

Das wird noch zu überlegen sein. Der Grundgedanke des Plans ist jedenfalls stimmig. Herrn Nowakowski im Büro das Lebenslicht auszublasen oder auf der Straße, mit einem Messer ihn zu entleiben, mit einem Knüttel, das ist bloße Phantasterei. Es wäre dilettantisch. Viel zu riskant. Nein, wenn es schon geschehen soll, geschehen muß, dann durch den Sturz von der Dachterrasse. Und das möglichst bald, nämlich solange der Todeskandidat ein Motiv zum Selbstmord hat. Oder das Motiv, sich aus lauter Verzweiflung auf ein Abenteuer einzulassen, das ihm zum Verhängnis wird. Eine Todessehnsucht, vage nur, die gleichwohl zielstrebig die Lebensgefahr sucht. Gibt es das nicht irgendwo in der Literatur? Mit Sicherheit. George. Oder Platen?

Der Taxifahrer sah über die Schulter. »Wir sind da. Oder wollten Sie nicht hierhin?«

»O ja, doch. Entschuldigung. Wieviel macht's?«

»Acht fuffzig.«

Aus dem Aufzug des Parkhauses sah ein Hintern im Kittel hervor. Die Putzfrau richtete sich auf: »Können fahren.«

»Danke.«

Sie schaltete den Stoppschalter aus und trat zur Seite, wischte mit ihrem Lappen noch einmal über die Innenkante der Tür. Sie lächelte in den Aufzug hinein, bis die Tür zufuhr.

Zeugen. Die Kriminalpolizei bittet um Ihre Mitarbeit. Haben Sie in den frühen Morgenstunden des Samstags diesen Mann gesehen? »Ich Mann gesehen. Diese Mann hier in Zeitung. War nicht rasiert. Ganz schwarze Gesicht.« Und der Taxifahrer. »Der ist mir von Anfang an komisch vorgekommen. Als wir am Parkhaus angekommen waren, ist er sitzengeblieben. Ich hab erst gedacht, der ist eingeschlafen.«

Quatsch. Dies ist nicht der Ernstfall. Nur die Generalprobe. Noch hat Herrn Nowakowskis Stunde nicht geschlagen. Und wenn es soweit ist, muß man solchen Zeugen halt aus dem Weg gehen. Das wird ja möglich sein.

Um den Platz hinter dem Parkhaus kroch ein Kehrwagen mit gelbem Blinklicht. Er schob seine rotierenden Bürsten an den Kanten des Gehsteigs entlang. Das Gesicht des Fahrers in der hohen Kabine war nicht zu erkennen, die breiten Scheiben spiegelten.

Die Straße hinaus zu Nowakowskis Wohnviertel war noch

leer. Erst an der dritten Ampel hielten auf der gegenüberliegenden Fahrbahn zwei Autos. Sie hatten die Scheinwerfer noch eingeschaltet.

Unter den Bäumen der Seitenstraße führte eine rundliche Frau in Pelzmantel und Kopftuch ihren Hund spazieren. Der Hund inspizierte den Fuß eines Baumes, hielt den Kopf schräg nach unten geneigt und ließ die Nase bedächtig über die Rinde aufwärts wandern. Zwischen den Bäumen voraus tauchte ein Jogger auf. Er schlug einen Bogen um den Hund. Der Hund hob den Kopf und sah ihm nach.

Schon in dieser Straße das Auto abstellen, den Rest des Weges zu Fuß gehen? Oder um die Ecke fahren und vor dem Hochhaus parken, gegenüber, und aus dem Auto das Haus beobachten, sich ducken, wenn jemand vorübergeht? Kindischer Einfall. Zu viele Kriminalfilme gesehen.

Also hier parken, unter den Bäumen. Zu Fuß um die Ecke gehen, nahe an den Häusern, nicht zu langsam, nicht zu schnell. Den Mantelkragen hochschlagen, den Kopf ein wenig senken, wie es jemand tut, der sich mit dem frühen Morgen noch nicht angefreundet hat.

Halt. Nichts überstürzen. Werkzeug mitnehmen.

Blödsinn. Oder doch nicht? Wahrscheinlich wird es nichts nutzen. Aber es kann auch nicht schaden. Diese Erkundung läßt sich nicht wiederholen. Es wäre mit Sicherheit zu gefährlich, ein zweites Mal sich in diesem Haus herumzutreiben. Der Plan muß jetzt überprüft werden, bis in alle Einzelheiten und in einem Zug.

Den großen Schraubenzieher auf jeden Fall. Und die Flachzange? Besser die Rohrzange.

Die Frau mit dem Hund näherte sich. Sie überquerte die Straße, sah über die Schulter zurück und verschwand in einem Haus auf der anderen Seite.

Was soll dieses Herzklopfen? Lächerlich. Kein Anlaß zur Panik. Die Werkzeugtasche zuschnüren. Den Kofferraum schließen. Und dann in ganz normalem Tempo sich auf den

Weg machen, um die Ecke biegen, ohne Aufenthalt weitergehen bis zu dem Haus, vor der Tür nicht zögern, sondern wie ein Besucher, der sein Ziel erreicht hat, stehenbleiben und auf den Klingelknopf der achten Etage drücken. Nachhaltig, zweimal oder dreimal. Wenn er wider Erwarten nicht nach München gefahren ist, wird er öffnen. Wer könnte so früh an einem Samstagmorgen klingeln? Ein Eilbote vielleicht. Aber Herr Nowakowski wird glauben, er wird zumindest hoffen, daß der Liebling zurückgekehrt ist. Er wird sofort öffnen.

Und was dann?

Dann ist der Plan gescheitert.

Natürlich, es wäre verlockend, hinaufzufahren und ihn auf der Stelle an der Gurgel zu packen. Aber das wäre dilettantisch. Kein Alibi. Ganz abgesehen davon, daß er zu kräftig ist, um sich von vorn umbringen zu lassen. Stark wie ein Pferd, er würde um sich schlagen, treten, es gelingt ihm, seinen Hals aus dem Klammergriff zu befreien, ein Schrei, rauh, geborsten, er hallt durch das Treppenhaus. Nein, nein. Wenn er öffnet, ist der Plan gescheitert. Dann muß ein neuer Plan entworfen werden.

Das Gitter am Fuß der Abfahrt zur Tiefgarage war geschlossen. In den Briefkästen zu beiden Seiten der Haustür steckten die Wochenendzeitungen. Auch aus dem Briefkasten unter dem Namensschild *K. Nowakowski* sah eine Zeitung hervor.

Dreimal klingeln. Wie lange warten? Fünfzehn Sekunden. Zwanzig. Und wenn er nicht öffnet, zur Sicherheit noch einmal klingeln.

Ein Auto fuhr vorbei. Aus der Tür des gegenüberliegenden Hauses kam ein junges Mädchen, aber sie sah nicht herüber. Sie band im Gehen den Gürtel ihres Mantels zu und ging um die Straßenecke.

Weg jetzt. Ohne Verzug zurückgehen. Wenn er zu Hause wäre, hätte er schon geöffnet. Die Erkundung hat die erste

Klippe überstanden. Kein überflüssiges Risiko eingehen. Die nächste Operation ist riskant genug.

Wie lange wird, sobald ein Auto die Tiefgarage verläßt, das Gitter offenbleiben, bevor es wieder hinuntergleitet? Wenigstens eine halbe Minute. Das müßte genügen. Aber wo gibt es einen halbwegs sicheren Platz, um die Ausfahrt zu beobachten? Nicht die Haustür gegenüber, natürlich nicht. Das würde nur im Kriminalfilm funktionieren, ohne daß der Verbrecher irgendjemandem auffiele. Steht da in den Eingang gedrückt und raucht unbemerkt seine Zigaretten, bis er zuschlagen kann. Nonsens.

Zurückgehen bis zur Ecke. Von dort die Ausfahrt im Auge behalten. Auch das ist riskant, natürlich. Aber im Ernstfall wird das Risiko ja geringer sein, es wird an einem Werktag nicht allzu lange dauern, bis der erste die Garage verläßt, und wahrscheinlich ist es dann sogar noch dunkel. Schwer vorstellbar, daß in einem achtstöckigen Haus nicht irgendjemand wohnt, der früh zur Arbeit muß. Frühstückt im Stehen, im gelben Licht der Küchenlampe. Trinkt seinen Kaffee aus und fährt hinab in die Tiefgarage. Streckt den Arm aus dem Autofenster, steckt seinen Schlüssel ins Schloß und schaltet den Antrieb des Garagengitters ein. Gähnt, während das Gitter in seinen Verbänden knackt und langsam nach oben gleitet.

In der Ferne begann eine Turmuhr zu schlagen. Die Schläge schwebten durch die feuchte Luft, ein wenig zitternd und nicht ganz regelmäßig. Ein altes Uhrwerk, das schnarrend und mühsam seine Pflicht tat. Als der letzte Schlag verklungen war, schob sich die Motorhaube eines Autos über den Abhang der Ausfahrt. Das Auto blieb einen Augenblick stehen, der Blinker gab sein stummes Signal, dann fuhr das Auto an, näherte sich, bog an der Ecke ab und fuhr hinauf zur Hauptstraße.

Schnell jetzt, aber nicht zu schnell. Ohne Hast voranschreiten, an der Ausfahrt nicht stehenbleiben, kein Seitenblick, kein Blick über die Schulter, sondern wie selbstverständlich den Abhang der Ausfahrt hinuntergehen.

Das rote Warnlicht über dem Gitter leuchtete auf, das Gitter knackte und begann, sich langsam nach unten zu bewegen. Kein Anlaß zu übermäßiger Eile.

Es sei denn, jemand in den Häusern gegenüber hat aus dem Fenster gesehen und Verdacht geschöpft. Eine alte Frau, sie geht ans Telefon und wählt die Nummer der Polizei. »Ich hab den Mann noch nie gesehen. Er ist in die Garage gegangen, bevor das Gitter wieder runterging.«

»Kann es nicht einer von den Hausbewohnern gewesen sein?«

»Nein, die kenne ich alle.«

»Wieviel Leute wohnen denn in dem Haus?«

Das wird sie nicht wissen. Sie wird sich verheddern, und der Polizist am Telefon wird sie beruhigen. Oder?

Der Aufzug stand noch in der Tiefgarage. Die innere Tür war zurückgefahren, ein Lichtstreifen fiel durch das schmale Fenster der Außentür. In der Kabine hing ein schwacher Geruch. Das Rasierwasser des Frühaufstehers wahrscheinlich.

Der Aufzug fuhr mit einem sanften Ruck an, er glitt aufwärts. Das Summen des Motors im Aufbau auf dem Flachdach wurde immer lauter. Als der Aufzug die achte Etage erreichte, sank der Summton plötzlich ab, ein schnappendes Geräusch löschte ihn aus. Die Innentür fuhr zurück. Durch das Fenster wurde Nowakowskis Wohnungstür sichtbar.

Noch einmal klingeln? Natürlich. Das Risiko, überrascht zu werden, minimieren.

Die Zweiklangglocke hinter der Tür schlug an.

Und was, wenn er dieses Mal öffnet, im Morgenmantel, in den Pantoffeln aus Saffianleder?

»Guten Morgen. Kann ich Sie einen Augenblick sprechen? Entschuldigen Sie, wenn ich so früh störe.«

»Sie übertreffen sich selbst, Herr Wehmeier. Hat das nicht Zeit?«

Nein, hat es nicht, Nowakowski. Die Zeit ist abgelaufen. Dieses Mal hast du den Bogen überspannt. Glaubst du, ich lasse mich von dir auf den Gemischtwarenhandel setzen oder auf Möbelprospekte? *Auf zehn Etagen ein Traum von Wohnkultur*, nicht wahr? *Wir laden Sie ein zum Probeficken in sage und schreibe drei Dutzend verschiedenen Betten. Wenn Sie bei uns nicht die Liegestatt finden, die Ihrer Partnerin und Ihnen zur Höchstleistung verhilft, dann stecken wir unser Lager in Brand. Kommen Sie auf einen Sprung vorbei! Durchgehend geöffnet, von acht bis achtzehn Uhr.*

Nein, nein, mein Lieber. Das wirst du nicht schaffen, daß ich noch einmal von vorn anfange.

In einem der tiefergelegenen Stockwerke wurde eine Wohnungstür geschlossen. Die Innentür des Aufzugs glitt zu, der Motor im Gehäuse darüber sprang an. Der Aufzug fuhr abwärts.

Voran jetzt. Wenn er in der Wohnung wäre, hätte er längst geöffnet. Die Dachtreppe hinauf, leise. Irgendwo muß es da die Tür ins Freie geben.

Und was, wenn auch diese Tür mit einem Sicherheitsschloß versperrt ist? Die Scheckkarte, ja. Im Kriminalfilm würde man die Scheckkarte in den Türspalt stecken, eine leichte Hebelbewegung und die Tür springt auf.

Die Dachtreppe endete auf einem schmalen, rechtwinklig abbiegenden Podest neben dem Gehäuse des Aufzugsmotors. Am Ende des Podestes lag eine Stahltür, zur Linken der Einstieg in den Schacht des Aufzugs, zur Rechten unter der niedrigen Decke eine verglaste Luke, eine Art Oberlicht. Durch die Luke war das flache Dach zu sehen, der körnige, schwärzliche Belag, der an einer nicht ganz kniehohen Betonbrüstung endete.

Die Stahltür, die offenbar aufs Dach hinausführte, hatte ein Sicherheitsschloß.

Aussichtslos. Und die Luke?

Mit einem Glasschneider die Scheibe heraustrennen. Nein, zuvor ein Klebeband auf die Scheibe aufbringen. Dann erst die vier Schnitte, dicht am Metall des Rahmens vorbei. Und dann die Scheibe mit dem Klebeband nach innen ziehen, lautlos. Der Ausstieg war nicht geräumig, aber groß genug, und er lag nicht zu hoch. Mit einem Aufschwung den Kopf und die Schultern hinausbringen. Ein Bein über den Fenstersims ziehen.

Ach, wirklich? Totaler Blödsinn. Den schlimmsten Fehler begangen, der einem unterlaufen kann, wenn man einen kleinen, sauberen Mord realisieren will. Nämlich falsch gedacht.

Die Scheibe ließe sich nicht mehr einsetzen. Und sobald diese Scheibe gefunden wäre und der offene Ausstieg, würde die Polizei die Vermutung eines Selbstmords zu den Akten legen. Und sie würde auch nicht nach einem Knaben forschen, mit dem Herr Nowakowski sich getröstet und der ihn, um den Liebeslohn aufzubessern, übers Geländer befördert haben könnte. Der Knabe hätte ja nicht die Scheibe herausschneiden und den Umweg übers Dach wählen müssen, um auf Herrn Nowakowskis Terrasse zu gelangen, er hätte sich aus der Wohnung anschleichen können, im Halbdunkel, aus dem Bett, aus dem Bad, auf bloßen Füßen.

Scheiß-Fenster.

Moment mal.

Das Fenster hatte keinen Griff. Aber an der linken Seite saß es in zwei Angeln. Und auf der rechten Seite stand ein rechteckiger Eisenzapfen aus dem Rahmen heraus, umgeben von einer kreisrunden metallenen Fassung.

Klar. Es gibt einen abnehmbaren Griff für dieses Fenster, einen Hebel, der sich in die Fassung und über den Zapfen schieben läßt. Der Hausmeister wird ihn verwahren, wahrscheinlich. Man braucht diesen Griff, um das Fenster öffnen zu können.

Wirklich? Wer sagt das?

Die Backen der Rohrzange ließen sich in die kreisrunde Fassung hineinzwängen, nicht mehr als drei oder vier Millimeter tief, aber sie packten den Eisenzapfen. Zweimal rutschten die Backen ab. Beim dritten Versuch gab der Zapfen nach, er drehte sich in der Fassung. Das Fenster ließ sich öffnen. Feuchtkalte Luft drang herein.

Also bitte. Und nun beide Hände auf den Sims und mit einem Aufschwung hinaus. Halt. Nicht so hastig.

Ist das Dach von keinem Gebäude der Umgebung einzusehen? Zur Tatzeit wird das keine Rolle spielen, es wird ja noch dunkel sein. Aber jetzt könnte zufällig jemand einen Blick auf das Dach werfen. Vom Turm der Kirche zum Beispiel, deren Uhr so mühsam schlägt. »Hallo, ist da das Polizeipräsidium? Hier ist Korbinian Ratzinger, ich bin der Küster von Sankt Bonifatius. Hören Sie, ich wollte eben unsere Turmuhr regulieren, und da habe ich einen Mann beobachtet. Ich vermute, er will in die Dachwohnung einbrechen.«

Aus dem Fenster war kein Gebäude zu entdecken, kein Dach, kein Kirchturm. Weit und breit nur der trübe, diesige Himmel. Zur Rechten wie ein vager Schatten die Hügel auf dem jenseitigen Ufer des Flusses. Ein schwach vorüberwehendes Geräusch. Ein Auto, das tief unten durch die Schlucht der Straße fuhr? Dann wieder Stille.

Hinaus jetzt.

Der Belag des Dachs knirschte unter den Sohlen. Hinter der Ecke des Aufbaus wurde der Kirchturm sichtbar, er war nicht sehr weit entfernt.

Vorsicht. Hinunter auf alle viere. Im Schutz der Dachbrüstung vorankriechen, bis an die Brüstung.

Und was dann? Einen Blick über die Brüstung werfen, hinab auf die Dachterrasse. Und wie das, ohne das Risiko einzugehen, daß Korbinian Ratzinger aus seinem Kirchturm herübersieht? Quatsch.

Aber es ist nicht auszuschließen, daß aus den gegenüberliegenden Häusern zufällig jemand einen Blick nach oben wirft. Die alte Frau zum Beispiel, und dieses Mal wird der Polizist sie vielleicht ernstnehmen. »Der Mann ist auf dem Dach, ich hab seinen Kopf gesehen.«

Also was nun? Das Ende der Erkundung, Rückzug auf dem schnellsten Wege? Der wesentliche Punkt des Plans hat sich immerhin erhärten lassen: Es ist möglich, auf das Dach zu kommen. Und von dort im Dunkeln auf die Terrasse hinabzusteigen, sollte nicht allzu schwierig sein. Wenn der Schrank, in dem Herr Nowakowski die Gerätschaften für seine Fitneßübungen aufbewahrt, noch immer in der Ecke der Terrasse steht, ist nicht einmal ein Sprung erforderlich.

Aber eben das ist eine entscheidende Frage: Sieht es auf der Dachterrasse noch so aus wie im Sommer vor einem Jahr? Oder ist mit einem Tatort zu rechnen, dem wesentliche Voraussetzungen abhanden gekommen sind?

Ein Blick über die Brüstung ist nötig. Das kann schiefgehen, aber es muß sein. Noch einmal durchatmen, den Herzschlag beruhigen. Und dann zur Brüstung kriechen, so schnell es geht, ohne sich die Hände aufzureißen an diesem körnigen Belag, den Kopf über die Brüstung strecken, zwei, drei Sekunden lang, und den Tatort inspizieren.

Los jetzt.

Am linken Ende der breiten Terrasse stand an der Hauswand der Schrank, das Dach des Schranks lag nicht viel mehr als einen Meter unterhalb der Brüstung. Am rechten Ende der Terrasse die Sträucher, die zwei kleinen Bäume in den steinernen Kübeln, davor die Hollywood-Schaukel. Alles war so wie bei der House-warming-Party, zu der Nowakowski im Sommer vor einem Jahr eingeladen hatte. Nur die Polster und die Markise der Schaukel fehlten, er hatte sie abgenommen.

Die Kirchturmuhr begann wieder zu schlagen. In einem der Häuser gegenüber wurde ein Fenster geöffnet, die Scheibe schimmerte matt auf und erlosch.

Weg hier, so schnell wie möglich.

Der Aufschwung durchs Oberlicht erschien schwieriger als zuvor. Der Fuß ließ sich nur mühsam am Fensterrahmen vorbeizwängen. Zitternde Muskeln. Aber die Backen der Rohrzange rutschten dieses Mal nicht ab, der Eisenzapfen gehorchte sofort, das Fenster ließ sich schließen, es saß wieder fest im Rahmen.

In einem der unteren Stockwerke fiel eine Wohnungstür ins Schloß, Stimmen drangen herauf. Der Motor des Aufzugs sprang an, beängstigend laut hinter der dünnen Tür des Einstiegs ins Gehäuse. Ein großes Schwungrad, das sich im Dunkeln dreht, der bullige Motor auf Eisenträgern, in den steilen Wänden verankert, die Kabel, die sich abwickeln und von der Tiefe des Schachts verschlungen werden.

Nur keine Panik.

Der Aufzug kam leer zurück. Er fuhr von Nowakowskis Etage ohne Aufenthalt hinunter ins Erdgeschoß. Auf der Straße war niemand zu sehen.

Frühstücken. Ein großes Frühstück jetzt.

Der Plan hat die Probe bestanden. Er ist durchführbar. Und jetzt ein großes Frühstück im Café am Bahnhof. Sie öffnen schon um sechs, die Lampen brennen. Eintauchen in das warme Licht, den Geruch von Frischgebackenem, Kaffee, die Maschine dampft. Leise Stimmen im Hintergrund, ein Löffelklappern.

Der Plan läßt sich verwirklichen.

Nach dem Frühstück werde ich Zwetschko anrufen. Er wird natürlich noch pennen. «Was ist los? Bist du verrückt geworden? Warum weckst du mich?«

»Reg dich nicht auf, du kannst gleich weiterschlafen.«

»Was willst du?«

»Hör zu, Ljubomir. Es tut mir leid, daß ich gestern auf der Feier ein bißchen ruppig war. Ich möcht's gern wieder ausbügeln. Hast du Lust, mit mir einen draufzumachen? Am Montagabend? Ich lad dich ein.«

»Montagabend? Und da rufst du Samstag an, mitten in der Nacht?«

»Es war mir wichtig, Zwetschko. Ich hab drüber nachgedacht. Ich finde, wir sollten uns mal richtig ausquatschen.«

»Ja, ja.«

»Also, was ist?«

»Was meinst du mit Einladung? Wohin gehen wir?«

»Gut essen. Du kannst dir aussuchen, wo. Und danach machen wir einen Zug durch die Gemeinde.«

»Und das willst du bezahlen alles?«

»Ich hab doch gesagt, ich lad dich ein.«

»Okay, okay. Montagabend? Gleich nach Arbeit?«

»Nein. Ich hol dich bei dir zu Hause ab.«

Bis zum Montagabend wird sich herausgestellt haben, ob es Herrn Nowakowski gelungen ist, seinen Liebling wieder einzufangen. Oder ob er nicht vielmehr ein Motiv für einen Selbstmord hat oder ein Abenteuer, das ihn das Leben kosten könnte. Er wird ohne seinen Liebling zurückkehren, wollen wir wetten? Und wenn ich recht behalte, dann werde ich am Montagabend mit Zwetschko so lange durch die Gemeinde ziehen, bis er nur noch auf allen vieren kriechen kann. Ich werde ihn nach Hause bringen, ihn ins Bett packen, mich auf sein Sofa legen und warten bis um fünf. Nein, das wäre zu früh. Bis um halb sechs. Draußen noch immer pechschwarze Nacht.

Zwetschko schnarcht mit offenem Mund. Ich nehme seine Schlüssel und verlasse das Gartenhaus. Ich fahre zu Nowakowskis Haus, parke in der Seitenstraße, stecke die Rohrzange ein. Wenn das erste Auto die Tiefgarage verläßt, gehe ich im Schutz der Dunkelheit die Abfahrt hinunter. Ich klebe den Bart ans Kinn, ziehe die Handschuhe an, fahre mit dem Aufzug hoch zur achten Etage, schleiche die Dachtreppe empor und öffne das Oberlicht. Ich klettere hinaus. Es ist nicht nötig, über das Dach zu kriechen, niemand kann mich sehen in der Dunkelheit.

Ich steige über die Brüstung und lasse mich hinab auf den Schrank, in dem die Hantel schon auf ihren Meister wartet, und vom Schrank hinab auf die Terrasse. Ich warte ein paar Sekunden, lausche. Dann gehe ich an den schwarzen Fensterscheiben vorbei auf die andere Seite der Terrasse. Ich drücke mich in den Winkel hinter den beiden kleinen Bäumen und den Sträuchern. Dort bleibe ich stehen, bis der erste Lichtschein aus der Wohnung fällt. Ich kauere mich nieder. Es wird nicht lange dauern.

Die Tür der Dachterrasse öffnet sich, Nowakowski tritt heraus, im Trainingsanzug. Er reckt die Arme, breitet sie aus, macht ein paar Atemübungen. Dann öffnet er den Schrank und hebt die Hantel heraus. Ich warte, bis er sich aufgebaut hat, er legt die Hantel vor sich auf den Boden, richtet sich auf, lockert noch einmal die Arme, weitet mit tiefen Atemzügen die Brust, und nun bückt er sich, greift nach der Hantel und stemmt sie hoch. Ein runder Zentner, hat er gesagt. Und zwei... und drei... und vier...

Er hat es gar nicht gemerkt, daß ich mich hinter ihn geschlichen habe, die Anstrengung macht ihn blind und taub. Und sieben... und acht...

Ich werfe mich nach vorn, ramme beide Handteller gegen seine Schulterblätter. Er taumelt vornüber, das Gewicht der Hantel läßt ihn gegen das Geländer prallen, ich packe seine Fesseln und reiße sie nach hinten und empor, er kippt über das Geländer und fällt kopfüber hinunter, acht Stockwerke tief.

Und jetzt muß alles sehr schnell gehen, sehr präzise. Es ist ja nicht auszuschließen, daß ihm ein Schrei entfährt, dieser ganz unerwartete Angriff von hinten hat ihm zwar schlagartig die Kehle zugeschnürt, aber in dem Bruchteil einer Sekunde, in dem er frei fallend begreift, daß er zu Tode stürzen wird, bricht sich die Angst, die Verzweiflung, das Leben bricht sich noch einmal Bahn, ein tierischer Schrei, langgezogen. Das dumpf platzende Geräusch löscht ihn aus. Und selbst wenn er den Schrei nicht mehr herausbringt: Dieses scheußliche Geräusch des Aufpralls von Fleisch und Knochen wird durch die Straßenschlucht schwappen, es wird gegen die Fensterscheiben schlagen. Und die Hantel, natürlich, die Hantel wird einen Höllenlärm machen, sie schlägt dröhnend auf das Pflaster auf, springt noch ein paarmal und rollt scheppernd aus.

Kaltes Blut bewahren. Wenn die ersten Fenster sich öffnen, muß ich die Wohnung schon verlassen haben. Keine Zeit, nach dem Bargeld zu suchen und es einzustecken, die Schreibtischschublade, die Bettpfosten abzuwischen, als habe ein Raubmörder seine Fingerabdrücke beseitigen wollen, nein, nein, das war ein Denkfehler. Alles muß sehr schnell gehen. Ich ziehe die Wohnungstür hinter mir zu, springe die Dachtreppe hinauf und schließe das Fenster. Der erste Griff mit den Backen der Rohrzange muß sitzen.

Vielleicht werden schon Stimmen laut im Treppenhaus, eine Frau ruft in hohen, sich überstürzenden Tönen, der Motor des Aufzugs springt an, bedrohlich laut hinter der dünnen Tür des Einstiegs in meinem Rücken. Aber mit dem ersten Griff der Rohrzange fasse ich den Eisenzapfen, er läßt sich drehen, das Oberlicht sitzt wieder fest im Rahmen.

Ich springe die Dachtreppe hinunter, ziehe die Handschuhe aus und verstaue sie mit der Rohrzange in der Brusttasche. Ohne einzuhalten laufe ich weiter über die Treppe, hinunter bis zur Straße. Natürlich nehme ich nicht den Aufzug, es könnte unterwegs ja jemand einsteigen von denen, die hinunter wollen, um aus nächster Nähe zu betrachten, was da zerplatzt ist. Ich stünde im Aufzug wie auf dem Präsentierteller. Vielleicht begegne ich einigen auch auf der Treppe, einer läuft vor mir, der nächste kommt aus der Wohnungstür hinter mir. Aber das ist weniger gefährlich. Ich laufe wie sie die Treppe hinunter, im Gleichschritt, als dränge es auch mich zu sehen, was vom Menschen übrigbleibt, wenn er dem freien Fall ausgeliefert wird.

Möchte ich es nicht sehen? Nein.

Der Anblick könnte haften bleiben.

Wo waren wir stehengeblieben? Ich laufe mit den anderen, wenn sie denn aus den Türen kommen sollten, die Treppe hinunter und hinaus auf die Straße. Aber während sie, den Schritt verzögernd, sich dem nähern, was einmal Herr Nowakowski war, bleibe ich zurück. Und während sie einhalten und die Köpfe vorbeugen, wende ich mich in ihrem Rücken ab. Ich entferne mich, nicht zu langsam, nicht zu schnell. Ich biege ab in die Seitenstraße, steige in mein Auto, reiße den Bart ab und fahre hinauf zur Hauptstraße.

Wird sich jemand an mich erinnern? Das Risiko ist nicht zu leugnen. Aber es ist tragbar. Wer sich nach unten begibt, wer aus dem Fenster sieht, wird wie magisch angezogen werden von dem, was da auf der Straße liegt. Und wenn sich trotzdem irgend jemand an mich erinnern sollte, wird nicht viel mehr als eine vage Beschreibung dabei herauskommen. »Ein Mann mit einem Bart, ich habe ihn noch nie gesehen.«

Also gut. Ich fahre hinauf zur Hauptstraße und biege ab zu Zwetschkos Viertel. Ein Streifenwagen kommt mir entgegen, Tatütata, Blaulicht. Ich fahre vorbei, das Blaulicht verschwindet im Rückspiegel, das Signal verklingt. Sieben, allenfalls acht Minuten später halte ich vor Zwetschkos Gartentor an. Ich sehe mich um, bevor ich aussteige. Im Osten hat sich ein fahler Streifen über den Horizont geschoben. Niemand zu sehen.

Ich gehe durch den Garten, das wildwuchernde Gras, die Blätter riechen ein wenig faulig. Ich schließe die Tür auf und höre Zwetschkos Schnarchen. Er liegt auf dem Rücken, einen Arm auf der Brust, das nackte rechte Bein hängt am Bett heraus.

Ich lege die Schlüssel zurück, ziehe mich leise aus, schalte die Stehlampe ein und gehe ins Bad. Die Tür lasse ich offenstehen. Während ich pinkele, räuspere ich mich laut, ein paarmal, und spucke ins Becken. Ich ziehe die Kette der

Wasserspülung, schalte das Licht im Bad aus, stoße die Schulter gegen die Tür und lasse mich aus dem Bad hinaus fallen, reiße den Lehnstuhl neben dem Kachelofen um. Zwetschko zuckt zusammen, seine Augenlider flattern, er hebt den Kopf vom Kissen und ruft mit heiserer Stimme: »Tišina!« Er öffnet die Augen. Der Kopf schwankt. »Šta radiš, bre?!«

»Reg dich nicht auf, ich bin über den Stuhl gestolpert.«

Er lallt: »Vrag te odnio!« Er wirft sich auf die Seite, zieht das nackte Bein an, schmatzt. Dann läßt er einen Furz.

Ich schalte die Stehlampe aus, lasse mich auf das Sofa fallen und ziehe die Decke hoch. Ich gähne laut. Zwetschkos Schnarchen setzt wieder ein.

In einer Viertelstunde werden die Fenster hinter den verschlissenen Gardinen sich abzeichnen. Das graue Morgenlicht wird hereinsickern, es wird die Umrisse der Staffelei erkennbar werden lassen, die Töpfchen und Tiegel auf dem Arbeitstisch, die Kleiderhaufen auf dem Bauernteppich. In zwei Stunden werde ich Zwetschko wachrütteln. »Steh auf Zwetschko, wir haben verpennt! Nowakotzki sucht uns schon.«

Eben nicht. Der wird niemanden mehr suchen. Aber derjenige, der dafür gesorgt und die Menschheit von einer Plage befreit hat, der wird ein bombensicheres Alibi vorweisen können. Zumindest ein Alibi, das kaum zu erschüttern sein wird.

Wenn sie an den Selbstmord nicht glauben wollen, und das wäre in der Tat ein bißchen viel verlangt, falls die Hantel mit übers Geländer geht, aber auch wenn sie an einen so ausgefeilten Selbstmord nicht glauben wollen und nicht an einen Unfall, selbst wenn sie uns alle überprüfen und mich ganz besonders unter die Lupe nehmen sollten: Der kleine Zwetschko wird seinem Freund Uli ein nicht zu widerlegendes Alibi liefern. »Ja, stimmt, Uli Wehmeier hat ganze Nacht bei mir geschlafen. Konnte gar nicht mehr nach Hause gehen.

Wir haben, Sie verstehen ...« Es wird ihnen nichts anderes übrig bleiben, als zu verstehen.

Die Serviererin kam auf ihren schwarzen flachen Schühchen. Hübscher kleiner Käfer in dem schwarzen Kleidchen, der winzigen weißen Schürze. »Wollen Sie noch einen Kaffee?«

»Ja, bringen Sie mir noch ein Kännchen, bitte. Kann ich hier mal telefonieren?«

Sie hob den Finger. »Gleich hinter der Theke.«

Es dauerte fast eine Minute, bis Cvetković abhob. Ein paar Sekunden lang waren undeutliche Geräusche zu hören. Er hantierte mit dem Hörer, fluchte. Dann meldete er sich, mit einer Stimme, die wie aufgeplatzt klang: »Hallo?«

»Ich bin's, Zwetschko. Uli.«

Er krächzte: »Was ist los? Bist du verrückt geworden? Warum weckst du mich?«

»Reg dich nicht auf, du kannst gleich weiterschlafen.«

»Was willst du?«

»Hör zu, Zwetschko.«

## 18

Der Zug glitt in die Bahnhofshalle. Die Bremsen zogen an, ein dünner, kreischender Ton pflanzte sich fort unter den Waggons, schwoll an und erstarb, als der Zug mit einem sanften Ruck zum Stehen kam. Die Tür sprang auf, die affektierte Stimme machte sich breit, die ihre Banalitäten durch den Lautsprecher verkündete. Ein rötlicher Widerschein der Abendsonne färbte die Scheiben am First des Glasdachs. Auf dem gegenüberliegenden Bahnsteig war ein Zug der S-Bahn eingelaufen, Männer, Frauen und Kinder im Sonntagsstaat quollen aus den Türen heraus.

Volkstrauertag. Natürlich, heute ist Volkstrauertag. Wie sinnig. Und am Mittwoch Buß- und Bettag. Und in einer Woche Totensonntag. Sie feiern die Feste, wie sie fallen. Machen sich fein nach dem Mittagessen oder dem Kaffee, pilgern hinaus auf die Friedhöfe, haben Mühe, ihr Geschwätz wenigstens für die Minute zu unterdrücken, die sie vor den Gräbern verweilen. Und kehren drängelnd und lärmend heim, die Kinder trampeln voraus, es zieht sie zurück an den Fernsehapparat.

Auf dem Bahnhofsvorplatz roch es noch immer nach Bratwurst. Der Taxifahrer schob sich das letzte Drittel seiner Wurst in den Mund, sagte kauend und mit erstickter Stimme: »Komme sofort.« Er ging zum Abfallkorb, warf das Papptablett hinein, wischte sich mit der Papierserviette die Finger ab und warf die Serviette hinterher. »Wohin geht's?«

»Brentanostraße siebzehn. Das Hochhaus.«

Ich hätte bis heute abend in München bleiben sollen. Nicht, um noch länger nach ihm zu suchen, weiß Gott nicht. Es wären mir nur noch mehr Lügen aufgetischt worden. »Harry? Ich hab ihn seit Tagen nicht mehr gesehen. Ich weiß nicht, wo er steckt.« Er hat alles getan, um seine Spur zu verwischen, und dabei soll es denn auch bleiben. Aber wenn ich diesen Tag noch in München verbracht hätte, ein wenig spazierengehen, in aller Ruhe ein Museum besuchen, sich konzentrieren auf Werte, die überdauern, ich hätte mir wenigstens eine Nacht in der leeren Wohnung erspart.

Ich hätte mit dem Schlafwagen zurückkommen, morgen früh nur zum Duschen in die Wohnung und danach sofort ins Büro fahren können. Arbeiten, ohne Verzug. Was steht auf dem Programm? Um neun Uhr Cvetković. Um zehn Uhr Wehmeier. O ja. Das wäre mir mit Sicherheit leichter gefallen.

Im Briefkasten steckte noch die Wochenendzeitung. Aus einer der Wohnungen im Erdgeschoß drang eine undeutliche Stimme, ein Satz nur, dann wieder Totenstille. Der Aufzug stand schon bereit, er setzte sich sofort in Bewegung, strebte zügig aufwärts, als bereite es ihm ein boshaftes Vergnügen, auch diese letzte Frist noch zu verschlingen. Das Summen des Motors wurde unaufhaltsam lauter, es drängte immer hemmungsloser heran, und auf dem Höhepunkt, dem kaum noch zu ertragenden, zog es sich jäh zurück und überließ feixend der Stille das Feld. Nur noch das Geräusch des Schlüssels im Schloß. Die Wohnungstür klappte zu.

Durchatmen. Zehn Sekunden. Zwanzig Sekunden.

»Harry?«

Nein! Das nun gerade nicht mehr. Will ich mich selbst umbringen? Will ich hinter einem undankbaren Taugenichts herrufen, der von mir nichts mehr wissen will und sich beide Ohren verstopft, um mich nicht rufen zu hören? Nie mehr wieder. Das ist aus und vorbei, und wenn ich's noch immer nicht habe glauben wollen, dann ist jetzt der Augenblick gekommen, die Wahrheit zu akzeptieren und mit ihr zu leben. Es gibt ihn nicht mehr. Die Wohnung ist leer. Dieser Mensch ist tot, tot für mich. Aber ich lebe. Und ich werde weiterleben.

Auspacken. Den Anzug aufhängen. Die Schuhe aufs Brett. Die Hemden ablegen.

Das Geschenk. Ich hatte es ganz vergessen. Wohin damit? In den Müllschlucker. Sofort. Der nächste Beutel Unrat, der durch den Schacht hinunterfällt, wird daran zerplatzen und es begraben. Recht so.

Ein Glas Wein? Noch nicht. Und keine Musik. Kein Gedicht. Vorerst jedenfalls nicht. Auf die Terrasse gehen, ein paar Minuten nur. Die Luft wird guttun.

Die Sonne war hinter den Hügeln auf dem jenseitigen Ufer untergegangen. Schwarz die Hügel vor dem blassen Himmel im Westen. Über dem Fluß lagerte breit ein weißlicher Dunststreifen, der auf beiden Seiten in der Dämmerung unterging. Die Straßenlaternen brannten schon.

War das vor einem Jahr um diese Zeit, als Knut Krüger zum

erstenmal hier war? Ja, er hat nicht kommen können, als ich die House-warming-Party gab, er saß im Sommer noch in Hamburg fest. Er ist an irgendeinem Sonntag im November gekommen, mit Alice, sie waren gerade umgezogen. Es war ein kalter Abend. Sie sind hinausgegangen auf die Terrasse und haben sich umgesehen. Nach einer Weile hat Alice sich die Arme gerieben und gesagt: »Weißt du, was das Schönste ist an dieser Wohnung?«

»Ich weiß es schon, aber ich weiß nicht, was du meinst.«

»Daß man hier draußen das Gefühl hat, sich Wind und Wetter preiszugeben, ohne Schutz, verstehst du, ganz unverfälscht. Wie auf einem Gipfel. Und daß man dann wieder in die Wohnung gehen und die Türen schließen und sich aufs Sofa kuscheln kann, im Warmen. Ich weiß nicht, ob du das verstehst, aber es erinnert mich an die Zeit, als ich noch ein Kind war, wir haben natürlich nicht so hoch gewohnt, aber ich bin immer voller Vorfreude nach Hause gerannt, wenn es draußen dunkel wurde und kalt, und hab mich möglichst nah zu meiner Mutter gehockt. Und dann ging's uns beiden ganz wunderbar.«

»Ich verstehe dich sehr gut.«

Knut Krüger hat einen Seitenblick übers Geländer geworfen. »Also, wenn ihr es mir nicht übelnehmt, dann ist es gerade die Höhe, die mir an dieser Wohnung ungemein mißfällt.«

»Warum?«

»Na, für einen Selbstmord mag das ja ganz praktisch sein, ich nehme an, das geht sehr schnell und gründlich, wenn man hier übers Geländer springt. Aber ich hätte dauernd Angst, daß ich das Gleichgewicht verliere und unfreiwillig runterfalle.«

Ob Alice auch voller Vorfreude nach Hause gerannt wäre, wenn da nicht ihre Mutter gewesen wäre? Eine Stimme, die einen begrüßt, Hände, die einen berühren. Wie aber birgt man sich in einer Wohnung, die leer ist und still wie ein Grab?

Macht es einen Unterschied, ob man zurückgeht in die Wohnung oder draußen bleibt?

Oder übers Geländer springt.

Bin ich verrückt geworden? Hat dieser mißratene Bengel mich um meinen Verstand gebracht?

Unsinn. Ich wäre gar nicht darauf gekommen, wenn mir nicht diese törichte Bemerkung von Knut Krüger wieder eingefallen wäre. Aber ich bin anfällig für solche Gedanken, das ist wahr. Ich bin ganz einfach wehleidig. Ich halte das, was mir passiert ist, für ein ganz außergewöhnliches Unglück. Und es ist doch nur so schrecklich banal.

Es passiert alle Tage, ringsum. Mal ist es ein undankbarer Bengel, der sich auf und davon macht, mal ein brünstiges Weib. Wie Wehmeiers Frau, die runde, blonde. Hat Fecke nicht erzählt, daß sie mitsamt ihrem Kind zu einem anderen gezogen ist? Nein, Cvetković wußte das natürlich. »Haben Sie schon gehört? Frau von Uli Wehmeier ist abgehauen. Mit Kind.«

Kann sein, daß er sie vertrieben hat mit seiner ungewaschenen Arroganz. Vielleicht hält nicht einmal eine Frau das aus, Tag um Tag. Aber vielleicht ist sie auch ganz einfach ihrem Trieb gefolgt und ausgerissen, um sich mit einem anderen zu paaren, mit dem erstbesten womöglich. Vielleicht hat der Gatte sie nicht ausreichend bedient. Und nun sitzt auch er in einer leeren Wohnung, starrt die Wände an und denkt darüber nach, warum er sich nicht mehr geborgen fühlt, wenn er nach Hause kommt. Er wird sie ja geliebt haben, auf seine Art, als er sie heiratete. Und nun weiß er nicht mehr, wohin. Versucht sich mit dieser unglückseligen Sommer zu trösten, und reitet sich nur noch tiefer in die Verzweiflung.

Vielleicht denkt er an Selbstmord?

Ich muß tatsächlich verrückt geworden sein. Was habe ich mit diesem Wehmeier zu schaffen? Was geht es mich an, wenn er sein Leben nicht in Ordnung zu halten versteht?

Sympathie mit Herrn Wehmeier, Schicksalsgenossenschaft? Das fehlte gerade noch. Ich bin wehleidig, das ist alles.

Ich werde Krüger anrufen. Vielleicht meldet sich Alice.

»Krüger.«

»Hallo, Knut, wie geht's? Hier ist Kai.«

»Hallo, Kai.« Er zögerte. Er schien irritiert. »Wie geht es dir? Gibt es was Besonderes?«

»Nein, nein. Ich wollte nur mal hören, wie's euch geht.«

»Ich dachte schon, es wäre irgendwas mit meiner letzten Lieferung. Hast du sie nicht bekommen?«

»Lieferung?«

»Ja. Für die Brack-Kampagne.«

»Ach so, natürlich. Nein, nein, soweit ich sie mir angesehen habe, ist alles in Ordnung. Ich wollte mich heute schon mit Cvetković daranmachen. Aber ich mußte den Termin auf morgen verschieben. Morgen früh.«

»Ah ja.« Es klang, als lege er die Hand auf die Muschel. Waren da Stimmen zu hören gewesen, ein Lachen?

»Ist Alice nicht da?«

»Doch, doch.« Er zögerte, dann sagte er: »Wir haben ein paar Leute zu Besuch. Willst du Alice sprechen?«

»O nein, entschuldige bitte. Ich wollte nicht stören.«

»Aber du störst doch nicht.« Nach einer kleinen Pause sagte er: »Willst du nicht dazukommen?«

»Nein, nein. Ich wollte ja nur wissen, wie's euch geht.«

»Danke, es geht uns gut.« Ja, es waren mehrere Stimmen im Hintergrund. »Ich hoffe, dir auch?«

»Danke, ja. Also, dann sag Alice einen schönen Gruß von mir.«

»Das werd ich tun. Und überleg dir's noch mal.« Eine Frau lachte. Er sagte: »Wir sitzen gerade beim Essen. Aber wir werden dir etwas aufsparen.«

»Nein, nein. Ich wünsche euch noch einen schönen Abend.«

»Danke, Kai. Und bis bald.«

Sie werden paarweise um den Tisch herumsitzen. Die Partner ausgetauscht, natürlich, jeder hat die Frau eines anderen als Tischdame, und auch zur Linken eines jeden sitzt eine Frau, mit der er den Tisch üblicherweise nicht teilt, das Bett schon gar nicht. Dieses Unübliche erst verleiht der Veranstaltung ja ihren Reiz. Das Parfum, das man nicht alle Tage riecht. Der fremde Schenkel, der einem naherückt und sich unentdeckt berühren läßt. Scheinbar absichtslos. Aber umso hitziger und hemmungsloser geben sie sich ringsum ihren Vorstellungen hin, während sie einander zuprosten und schwätzen und lachen.

Am liebsten möchten sie sich die Kleider vom Leib reißen, paarweise, das fremde unvertraute Fleisch betrachten und befühlen, sich an ihm reiben, schwitzend und stöhnend, bis das eigene Fleisch sich entlädt und sie schlaff voneinander sinken, grunzend und erleichtert. Die Augen fallen ihnen zu. Ein paar Sekunden später schnarchen sie, ein dümmliches Lächeln auf den offenstehenden Lippen.

Was hätte ich da zu suchen? Wie bin ich nur auf diesen Gedanken gekommen? Alice. Aber wahrscheinlich juckt es sie ja auch in dieser Runde. Der animalische Zeugungstrieb, der periodisch auftretende, er hat sie gepackt, er möchte befriedigt werden. Vielleicht wird ja auch Alice eines Tages, wenn sie des Gatten überdrüssig ist, dem Trieb folgen und ausreißen, um sich einem anderen zu unterwerfen. Die Schenkel zu öffnen und sich wie ein Polster auszubreiten. Gibt es etwas Stupideres? Sie laufen ständig dem Neuen nach, nur um immer wieder das Alte zu tun. Den Zeugungsakt zu vollziehen. Dieser stupide, atavistische Trieb, er sitzt unausrottbar in ihnen.

Was hätte ich damit zu schaffen.

Ein Glas Wein. Ja, ein Glas Wein und vielleicht doch eine Schallplatte.

Um die Zeit auszufüllen. Sie totzuschlagen, bevor sie dich umbringt. Sie strömt unablässig an dir vorbei, durch dich hindurch, ein graues, unendliches Nichts, geräuschlos, ungreifbar, und doch so erdrückend. Sie ist allgegenwärtig in der Stille, die sich immer lastender auf deine Ohren legt. Du darfst dich ihr nicht ausliefern. Du mußt ihr einen Akzent aufzwingen. Musik zum Beispiel, die sie ausfüllt. Die ihr einen Anfang auferlegt und ein Ende.

Aber welche Musik? Was paßte zu diesem Abend? Ravel, ja. Oder Mahler. *Ich hab ein glühend Messer, ein Messer in meiner Brust.*

Das fehlte noch.

Ich könnte Peter anrufen. Könnte ich?

Peter würde sofort nach Harry fragen. Nicht boshaft, o nein, er wäre sehr besorgt. Hat er nicht immer gesagt, daß es riskant ist, sich so fest zu binden? Und hat er mich nicht, sobald Harry auftauchte, deutlich genug gewarnt, in aller Freundschaft? »Ich weiß nicht, Kai. Aber der Junge ist irgendwie undurchschaubar. Bitte, mißversteh mich nicht, ich kann sehr gut verstehen, daß du dich in ihn verliebt hast, er ist ein Bild von einem Jungen. Jeder wird dich um ihn beneiden. Aber ich habe das Gefühl, sei mir nicht böse, bitte, er wirkt auf mich... unberechenbar. Und es täte mir schrecklich leid, wenn du eine Enttäuschung erleben müßtest. Ich weiß doch, wie sensibel du bist.«

Peter würde mich nicht daran erinnern, daß er mich gewarnt hat. Aber er würde versuchen, mich zu trösten. Mich aufzurichten, auf seine Art. »Weißt du was, Kai? Ich hole dich ab, und dann gehen wir noch irgendwohin. Wie wär's mit dem *Ekstase*? Das wird dich auf andere Gedanken bringen.«

Peter wird nicht verstehen, was mich bewegt. Verstehe ich selbst es denn? Warum in aller Welt reagiere ich so maßlos auf eine Erfahrung, die doch zum Alltag gehört, hundertfach und tausendfach? Ein ganz banaler, kleiner, schmutziger, stinkender, ordinärer Treubruch, was ist Besonderes daran? Warum werde ich damit nicht fertig?

Vielleicht hab ich's verstanden an dem Sonntagnachmittag, als ich voller Sehnsucht mich aufmachte und ihn im Kino suchte. Noch bevor ich den Beweis fand, daß er sich heimlich irgendwo herumtrieb und sich mir entzog, in voller Absicht. Ich hab's verstanden, sonst wären mir nicht diese Zeilen so plötzlich in den Sinn gekommen.

*Wer die Schönheit angeschaut mit Augen,*
*Ist dem Tode schon anheimgegeben…*

Es wird mir nicht gelingen, mir einzureden, daß diese Liebe so alltäglich war wie tausend andere, und daß ihr Ende nicht mehr bedeutet als eine Banalität. Dieser Mensch war ein Geschenk des Himmels, wie es einem nur einmal zuteil wird. Eine Verkörperung der ewigen Schönheit, die kein Sterblicher ungestraft sich anzueignen versucht.

*Wen der Pfeil des Schönen je getroffen,*
*Ewig währt für ihn der Schmerz der Liebe!*
*Was er wünscht, das ist ihm nie geworden,*
*Und die Stunden, die das Leben spinnen,*
*Sind nur Mörder, die gemach ihn morden…*

Weg mit diesem Buch. Bin ich wahnsinnig? Will ich mich immer tiefer hineinreden, hineingrübeln, verirren in eine Sackgasse, aus der es kein Zurück mehr gibt? Todessehnsucht, nicht wahr?

Will ich von der Terrasse springen?

Nein. Nein, das werde ich ganz bestimmt nicht tun. Ich werde niemandem diesen Triumph verschaffen, und diesem Treuebrecher schon gar nicht. Ich werde mich ganz anders verhalten, als sie es erwarten. Der Schiffbruch wird nicht stattfinden. Die Sensation, nach der sie sich insgeheim schon die Lippen lecken, fällt aus. Ich werde irgendetwas tun, das keiner von ihnen für möglich halten würde.

Was?

Ich werde zum Volkspark fahren.

Ja, warum nicht gerade das?

Ich werde mir im Volkspark ein kleines, ordinäres Abenteuer suchen. Einen Zeitvertreib, der die Stunden umbringt. Ich werde diesem Abenteuer einen Anfang setzen und ein Ende, ein Ende, das ich bestimme und das ich mir von niemandem auferlegen lasse.

Ich werde mir einen Jungen auswählen und mit ihm ins Gebüsch gehen oder auf den Rücksitz des Autos. Vielleicht werde ich ihn, wenn er Manieren hat und eine saubere Haut, auch mit nach Hause nehmen und ihn bei mir schlafen lassen. Aber spätestens morgen früh werde ich ihn wegschicken. Der Platz an meiner Seite, es hat niemand einen Anspruch darauf, ich vergebe ihn, wie es mir gefällt. Warum sollte ich ihn nicht an einen Jungen aus dem Volkspark vergeben, auf Zeit, versteht sich, und solange es mir gefällt?

Ich werde niemandem etwas schuldig bleiben, auch einen Treubruch nicht. Wer glaubt, er könne mir wehtun, der irrt sich. Ich werde mich nicht umbringen lassen. Ich werde leben, auf die ordinäre Art, und überleben wie die anderen.

In der schmalen Straße auf der Rückseite des Parks standen nur wenige Autos. Feuchter Dunst trübte die Lichthöfe der Laternen. Der Bahndamm auf der anderen Seite der Straße streckte sich schwarz und hoch wie eine Mauer und verlor sich auf beiden Seiten in der Dunkelheit. Das rote Licht des Signals glomm in der Entfernung, als schwebte es frei in der Luft.

Unter der Laterne am Eingang des Parks stand ein Mann in einem abgetragenen Regenmantel. Plumpe, schmutzige Schuhe, graue, ungepflegte Haare unter der Krempe des Huts, den er in die Stirn gezogen hatte. Er wandte sich ab und ging ein paar Schritte weiter, blieb außerhalb des Lichtkreises der Laterne stehen und sah zurück.

Zehn Meter hinter dem Eingang drückte das Paar, das er

beobachtet hatte, sich in den schwarzen Schatten eines Baums. Ein Junge in matt glänzender Lederjacke, er sah über die Schulter, dicht vor ihm ein Mann, der seinen Mantel aufgeknöpft hatte. Der Junge wandte sich wieder dem Mann zu. Der Mann sprach ein paar undeutliche Worte. Der Junge lachte.

Ein schwacher Schimmer fiel durch die Äste an der nächsten Wegbiegung. Die Laterne über dem Eingang des Pissoirs brannte noch, trübes Licht hinter schmutzigem Glas. Die Oberlichter unter dem spitzen Blechdach des kleinen, sechseckigen Baus waren dunkel. Wahrscheinlich hatten sie die Glühbirnen im Inneren heruntergeschlagen.

Neben der türlosen, finsteren Öffnung stand ein Junge, beide Hände in den Taschen der engen Lederhose, den Kragen der Jacke hochgeschlagen. Ein blasses Gesicht, spitz zulaufendes Kinn. Dunkle, kleine Augen in tiefen Höhlen. Er lächelte. »Hallo.«

»Hallo.«

Er fuhr sich mit einer Hand übers Ohr, strich die strähnigen Haare zurück, steckte die Hand wieder in die Tasche. Er wippte ein wenig auf den gespreizten Beinen. »Wie geht's?«

»Danke.«

Er nickte. »Bist du zum erstenmal hier?«

»Warum?«

Er zuckte die Schulter. »Hätte ja sein können.« Seine Augen wanderten abwärts, sie musterten den Mantel, die Schuhe, wanderten wieder empor. »Suchst du Gesellschaft?«

»Vielleicht.«

»Vielleicht?« Er lächelte. »Und wovon hängt das ab?«

»Du fragst zu viel, mein Lieber.«

Er bewegte die Schultern in der Jacke. »Ach, wirklich? Tut mir leid. Ich wollte nur freundlich sein.«

»Das hört sich schon besser an.«

»Klar doch.« Er nahm die Rechte aus der Tasche, wies mit dem Daumen hinter sich. »Aber laß dich nicht aufhalten, wenn du da reingehen willst.« Er lächelte. »Da drin ist die Action.«

»Danke. Ich werd sie mir mal ansehen.«

Die Sichtblende hinter dem Eingang war kühl und feucht unter der tastenden Hand, ein schwarzer Schirm aus Eisenblech, auf dem sich die Novemberluft niedergeschlagen hatte. Die Luft und die stechende Ausdünstung des Urins. Vages Licht, das die Ränder der Sichtblende erkennen ließ, der Widerschein der Laterne draußen. Nach einer halben, einer ganzen Minute, in der die Augen sich an das poröse Dunkel hinter der Sichtblende gewöhnten, traten ein paar Konturen hervor. Ein blasser Fleck, der sich auszubreiten schien.

Es war der Unterkörper eines Mannes, der die Hosen bis zu den Knien hinabgestreift hatte und sein Hemd, seine Jacke mit beiden Händen gerafft hielt. Hinter ihm stand ein anderer Mann, er hatte einen Arm um den nackten Bauch geschlungen und zog ihn an sich, mit der freien Hand befingerte er den Bauch. An zwei der Urinbecken standen zwei andere Männer, als wollten sie Wasser lassen, sie blickten über die Schulter. Ein fünfter Mann lehnte in einer Ecke und sah zu, beide Hände in den Manteltaschen. Keiner sagte ein Wort.

Der Mann, der seinen Unterkörper entblößt hatte, begann zu stöhnen. Er beugte sich vornüber.

Der Uringeruch wurde unerträglich, das Halbdunkel, das an den schmutzigen Fliesen der Wände zu kleben schien, das Stöhnen des Mannes, der sich immer tiefer zusammenkauerte, sein blasses Gesäß immer höher reckte.

Hinaus hier. Keine Sekunde länger in dieser stinkenden Höhle.

Der Junge in der Lederhose stand noch immer neben dem Eingang. Er lächelte. »Schon erledigt?«

»Hab ich dir nicht schon mal gesagt, daß du zu viel fragst?«

Er zuckte die Schulter. »Hätte ja sein können, daß du scharf geworden bist.« Er nahm die Hände aus den Taschen, zog die Hose straff nach oben, legte beide Hände auf die

Hüften. Die Knie drückte er durch, er nahm die Schultern ein wenig zurück, der Unterkörper wölbte sich vor.

Er erinnert mich an Pietsch. Ja, obwohl er ein paar Jahre älter ist, als Pietsch damals war. Pietsch war nicht ganz siebzehn. Und ich war gerade erst zwölf geworden. Das spitz zulaufende Kinn, er streckte es vor, wenn er zwischen meinen Beinen zu nesteln begann. Die kleinen, dunklen Augen, sie weiteten sich jäh und fuhren hin und her, wenn er ein Geräusch gehört zu haben glaubte. Aber dann, sobald die Schrecksekunde vorüber war, fixierten diese Augen sich wieder auf seine mageren Finger und das, was sie herausnestelten.

Unwiderstehlicher Reiz des Verbotenen, des heimlichen Lasters unter der Anleitung eines Kundigen. Seine Stimme, flüsternd, halb erstickt von der Erregung, während die Finger routiniert arbeiteten. Und dann endlich lehnte er sich zurück und entblößte sich selbst, das ausgewachsene Fleisch, es schnellte hervor und reckte sich, freigegeben zu ungläubiger Betrachtung und scheuer Berührung.

Pietsch. Ich werde ihn wohl nie vergessen.

»Gehst du mit?«

Er fuhr sich übers Ohr. »Zu dir nach Hause?«

Das ist die Frage. Die strähnigen Haare, sie gefallen mir gar nicht. Seine Haut ist nicht rein. Auf der bleichen Wange zeichnet sich ein Fleck ab, rötlich oder bräunlich, es ist im trüben Schein der Laterne nicht genau zu erkennen.

»Dreihundert, wenn ich mit dir nach Hause gehe.« Er lächelte. Einer seiner Vorderzähne war schadhaft. »Im Auto hundertfünfzig. Aber wenn du sparen willst, können wir auch hier bleiben.« Er wies mit der Hand in die Dunkelheit des Parks. »Nichts Besonderes natürlich. Aber dafür kostet es auch nur hundert.«

»Ich geb dir hundert.«

»Okay.« Er wartete, bis er den Schein bekam, steckte ihn in die Hosentasche und ging voraus. Er ging nicht sehr weit.

Sobald die Laterne des Pissoirs hinter den Bäumen und Sträuchern verschwunden war, trat er an den Wegrand und schob mit einem Arm die Äste des Gebüschs zurück. »Hier rein.« Hinter dem Gebüsch, zwischen den Stämmen dreier eng beieinander stehender Bäume, waren die Blätter und Zweige auf dem Boden festgetreten. Ein feuchter, schwerer Geruch hing in der Luft.

Er ging in die Hocke, öffnete den untersten Knopf des Mantels und begann zu nesteln. »Willst du den Mantel nicht aufmachen? Halt ihn wenigstens auseinander, ich komm ja gar nicht ran.« Er wandte den Kopf zur Seite, zog den Schleim hoch und spuckte aus. Dann beugte er den Kopf vor. Seine Zunge war rauh, als trüge sie einen Belag.

»Steh auf.«

Er hob den Kopf, das bleiche Gesicht schimmerte in der Dunkelheit. »Was ist? Wozu denn das?«

»Du sollst aufstehen. Ich will dich anfassen.«

»Sag mal, spinnst du? Du glaubst doch nicht, daß ich mich für hundert Mäuse von dir auch noch befummeln lasse?« Er stand auf, stützte die Hände auf die Hüften. »Da mußt du schon was drauflegen.« Er spuckte wieder aus. »Du bist doch hier nicht beim billigen Jakob.«

»Hau ab. Hau ab, oder ich brech dir alle Knochen.«

Er trat einen Schritt zurück. »Faß mich nur ja nicht an. Ich schrei um Hilfe. Hier sind noch eine Menge anderer Jungs, du wirst dich wundern.«

»Du sollst abhauen, hab ich gesagt.«

Er sprang zur Seite, brach durch das Gebüsch, blieb hängen und kam zu Fall. Er raffte sich auf und rannte weg, nach ein paar Sekunden war das dumpfe Platschen, mit dem seine Sohlen auf den weichen Boden schlugen, nicht mehr zu hören.

Ich muß verrückt gewesen sein, in diese verpestete Kloake hinabzusteigen. Ein Akt der Verzweiflung, ja, aber das ist auch die einzige Entschuldigung, die sich dafür finden läßt.

Nie wieder. Und die Erinnerung an diesen widerlichen Ausflug streichen, sie auslöschen für immer. Zurück zum Auto, auf dem schnellsten Wege, und dann nach Hause. Duschen.

Nein, nicht nach Hause. Nicht schon wieder sich der Stille ausliefern, noch nicht. Die Nacht wird ohnehin lang genug. Zu viele dieser Stunden noch, der mörderischen, bis Sonnenaufgang. Ein wenig spazierengehen. Wenigstens das Geräusch der eigenen Schritte hören, sie können ja doch die Zeit zerteilen, sie meßbar machen.

Unter einem Baum am gegenüberliegenden Rand des Weges stand der Mann in dem abgetragenen Regenmantel. Er wandte sich ab und ging weiter.

Wie lange wird er noch hier herumirren, spionierend, lauschend, um seine klägliche Lust zu befriedigen, bevor er sich nach Hause schleicht? Bis zum Morgengrauen?

Und wie lange will ich durch die Stadt laufen? Bis zum Morgengrauen? Und was dann?

*Nun will die Sonn' so hell aufgehn,*
*als sei kein Unglück die Nacht geschehn.*

Nicht schon wieder. Weitergehen, Schritt um Schritt, hinaus aus diesem Park und weitergehen über hartes Pflaster, vorbei an Häusern, die das Geräusch der Schritte widerhallen lassen. Es hat keinen Sinn, zu verharren und sich im Schmerz zu baden, Gedichte zu memorieren. Und es ist ja auch nicht wahr, was dieser Rückert gedichtet hat.

*Das Unglück geschah nur mir allein.*
*Die Sonne, sie scheinet allgemein.*

Es ist nicht mir allein geschehen. Es geschieht ganz allgemein, ringsum, hundertfach und tausendfach. Vielleicht ist es auch diesem schäbigen Kerl im Regenmantel geschehen, und nun weiß er in seiner Verzweiflung nichts Besseres mehr, als im Park herumzuschleichen und sich ein wenig Lust zu stehlen. Oder Wehmeier, ist er nicht auch so ein Fall? Nun gut, vielleicht war er selbst daran schuld, daß sie ihm weggelaufen ist, aber ändert das etwas daran, daß nun auch er allein herumläuft, verzweifelt vielleicht, leidend auf seine Art? Ein ganz gewöhnliches Schicksal, mehr ist es doch nicht.

Wo mag er herumlaufen? Vielleicht ein paar Straßen weiter, nicht weit von hier. Ist das hier nicht die Gegend, in der Wehmeier wohnt? Was wäre, wenn ich ihm begegnete?

Könnten wir uns gegenseitig aus den Gesichtern lesen, was in uns vorgeht? Wäre es ein Triumph, für ihn wie für mich? Würde jeden von uns beiden die Erkenntnis trösten, daß das Unglück nicht ihm allein geschehen ist, sondern auch dem Widersacher?

Oder wären wir etwa fähig, Mitleid füreinander zu empfinden und zum erstenmal vielleicht sogar Verständnis?

Ich muß tatsächlich verrückt geworden sein.

Die nächste Seitenstraße war nur spärlich beleuchtet. Alte Bäume auf beiden Seiten der Straße, keine geschlossenen Häuserfronten mehr, sondern Hecken, Zäune, die Einfahrten zu den Garagen, kleine Vorgärten, in die das Licht aus den Fenstern der ebenerdigen Wohnzimmer fiel, durch schwarzes Astwerk gefiltert. Zwischen den Straßenbäumen stand eine Telefonzelle. Das Buch lag aufgeschlagen auf dem Pult.

Die dünnen Seiten hafteten aneinander, sie schienen sich dem Umblättern zu widersetzen. Unter der gelben Lampe staute sich ein stechender Geruch, das schmutzige Papier, die kalte Ausstrahlung des Metalls, abgestandener Zigarettenrauch. *Wehmayer, Waltraud. Wehmeier, Arndt. Wehmeier, Siegfried. Wehmeier U. u. Wehmeier-Schmidt Marion.* Das mußte er sein. Noch vereint mit der Gattin, oder doch schon unter ersten Vorbehalten, wie der Eintrag vermuten ließ. *Engelsweg 18.*

Eine Frau in Mantel und Kopftuch kam an der Telefonzelle vorbei.

»Verzeihen Sie bitte...«

Sie blieb zögernd stehen, ging einen halben Schritt weiter.

»Können Sie mir sagen, wo der Engelsweg ist?«

Sie hob die Hand und wies zurück. »Die nächste Querstraße. Nach links, die Sackgasse.«

»Danke sehr.«

In einer Sackgasse, wie sinnig. Aber daran wird er nicht gedacht haben, als er dieses Haus mietete. Ein Heim für die junge Frau und den kleinen Sohn. Nicht sehr groß, aber doch ein ganzes Haus, mit Garten. Ein Heim für die Familie. Vielleicht sollte auch noch ein kleines Mädchen dazukommen. Und auf einmal ist der Traum ausgeträumt. Die Gattin hat es sich anders überlegt, sie verläßt ihn, nimmt den Sohn mit und zerreißt den Lebensplan. Schiffbruch. Ein totaler Schiffbruch, denn auch im Beruf stößt er hart an seine Grenzen. Da findet er auf einmal seinen Weg versperrt von einem, der stärker ist als er. Nichts geht mehr.

Die Lampe über der Haustür brannte, eine kleine, schmiedeeiserne Ampel. Die Rolläden im Erdgeschoß waren hinuntergelassen, das Garagentor geschlossen. Die Fenster im Obergeschoß, eingeschnitten in die Dachschräge, lagen dunkel. Ein herber, kräftiger Geruch drang aus dem Vorgarten über die Hecke. Feuchte Blätter, sie bedeckten das fußhohe Gras rings um die Sträucher und Bäume.

Läßt er den Garten verwildern? Wahrscheinlich. Das paßte zu seinem chaotischen Charakter. Und zu seiner Renitenz. Den Nachbarn ist dieser Garten ein Dorn im Auge, der Unkrautsamen weht herüber und verdirbt ihre Blumenbeete, die winzigen Rasenstücke, die sie so penibel stutzen. Dieser Garten verschandelt die Nachbarschaft. Sie empören sich darüber, aber das ist ihm gleichgültig, es bereitet ihm sogar Vergnügen. Und je mehr sie sich empören, um so renitenter führt er sich auf.

Vielleicht hat er in den ersten Jahren den Garten gepflegt. Vielleicht läßt er ihn erst liegen, rührt keinen Finger mehr darin, seit er erkannt hat, daß der Traum von der Familie ausgeträumt ist? Spielt großkotzig den Unbekümmerten, fällt aus einer Aggression in die nächste, nur um den anderen und vor allem sich selbst zu beweisen, daß er noch immer jemand ist, ein Mann, ein Kerl, obwohl die Gattin nichts mehr von ihm wissen will. Provoziert die Nachbarn, läuft Amok im Betrieb. Läßt sich auf eine Auseinandersetzung ein, deren Aussichtslosigkeit ihm von Anfang an hätte klar sein müssen, bei seiner Intelligenz. Bringt sich selbst um.

Und wartet vielleicht nur darauf, insgeheim, ohne es sich einzugestehen, daß jemand ihm sagt: »Laß das. Hast du das nötig? Bloß, weil dieses Weib dir weggelaufen ist? Wen erniedrigt ein Treubruch denn? Den Betrogenen? Oder nicht vielmehr den Betrüger?«

Aber solange ihm niemand das sagt, wird er weitermachen, blind und stur, bis zur Selbstvernichtung. Vielleicht hockt er in diesem kleinen, dunklen Haus und denkt sich ein neues halsbrecherisches Manöver aus. Den Gang zum Arbeitsgericht, irgendeinen hanebüchenen Unsinn.

Oder er hat es nicht mehr ausgehalten, das Alleinsein mit seinen Gedanken, die strömende Stille, die ungreifbare, aber ständig wachsende Last auf den Trommelfellen, das unwirkliche Rauschen, das ihn glauben machte, er höre sein Blut fließen. Ist aufgesprungen, hat den Schal umgebunden, seine Jacke übergezogen, hat die Haustür hinter sich zugeschlagen und ist mit langen Schritten die Straße hinuntergegangen. Läuft jetzt irgendwo durch die Stadt. Verzweifelt. Die Zeit bewältigen, ihr ein paar Akzente aufzwingen, und wenn es nur das Geräusch der eigenen Schritte ist.

Er wird gar nicht zu Hause sein.

Das ließe sich feststellen. Durch den dunklen Vorgarten gehen. Auf den Klingelknopf drücken.

Und was, wenn er öffnet?

Vielleicht ein schwaches Geräusch im Haus, nachdem die Klingel angeschlagen hat. Eine Weile wieder Stille. Dann nähern sich Schritte der Haustür, langsam. Die Tür öffnet sich halb. Er steht da, mit zerwühlten Haaren, verwüstetem Gesicht. Er schweigt.

»Guten Abend, Herr Wehmeier. Ich hoffe, ich störe nicht.«

Ob er die Tür wieder schließen würde, schweigend?

Das Gartentor klemmte, es schleifte über das Moos und die Gräser, die sich in den Fugen der Steinplatten breitmachten. Aus einer der drei flachen Stufen, die zur Haustür hinaufführten, war ein Stück herausgebrochen. Eine der Schrauben des Namensschilds fehlte. Die Klingel schlug an, ein schnarrendes Geräusch.

In der Diele wurde eine Tür geöffnet, ein Lichtschimmer erhellte das schmale Fenster der Haustür. Die Tür ging auf. Er stand da in Pullover und Jeans, stand wie erstarrt, die Klinke in der Hand.

»Guten Abend. Störe ich?«

Er schluckte. Dann sagte er: »Ja. Was zum Teufel wollen Sie?«

Ruhig bleiben. Das ist eine durchaus verständliche Reaktion. Er denkt, ich sei gekommen, um ihm eine weitere Verschärfung des Urteilsspruches mitzuteilen. Er fürchtet sich, und schon wieder fällt ihm nichts Besseres ein, als aggressiv zu werden.

»Entschuldigen Sie. Ich hätte vorher anrufen sollen. Aber ich war unterwegs. Ich bin spazierengegangen ...« Ein Lächeln vielleicht, um ihm klarzumachen, daß er nichts zu befürchten hat. »Es war ein spontaner Einfall.«

Er blieb stumm stehen.

»Darf ich nicht reinkommen?«

Er zögerte, dann trat er zur Seite. Er hob die Hand halb hoch. »Wenn Sie das Ambiente nicht stört, in die Küche bitte. Ich bin gerade beim Essen.«

»Oh, das tut mir leid. Ich wollte wirklich nicht stören.«

Auf dem nackten Tisch stand ein Suppenteller, der Löffel darin, irgendeine fettige Brühe, in der graue Klößchen schwammen. Daneben ein Holzbrett, eine große, angebissene Scheibe Brot, mit Butter bestrichen und mit einer überhängenden Scheibe Schinken belegt. Eine Flasche Bier, kein Glas. In der Mitte des Tisches ein Werkzeug, eine Rohrzange, als hätte er vor dem Abendessen die Installation repariert. Auf dem Herd ein Stieltopf, in dem der Rest der Suppe dampfte. Abwasch in der Spüle.

Er setzte sich, nahm einen Löffel Suppe, biß in das Brot.

»Darf ich mich setzen?«

»Wenn Ihnen die Stühle nicht zu ordinär sind.«

Er fürchtet sich noch immer, natürlich. Ginge es mir anders, wenn er in meiner Position vor mir stünde?

»Ich will Sie nicht lange aufhalten, Herr Wehmeier. Ich habe eigentlich auch gar nichts Besonderes zu sagen. Jedenfalls nichts Unangenehmes. Mir kam nur der Gedanke... nun ja, wir sind ja für morgen um zehn verabredet. Und da kam mir der Gedanke, ob es nicht nützlich wäre, wenn wir uns noch vorher einmal außerhalb des Büros unterhalten würden. Sehen Sie, ich verstehe durchaus, daß die Atmosphäre an unserem Arbeitsplatz aufgeladen ist. Sie haben Ihre Fehler gemacht, aber ich wahrscheinlich auch einige, ich will mich davon gar nicht freisprechen. Ich bin mit neuen Ideen in dieses Unternehmen eingetreten, ahnungslos vielleicht und zu rigoros.«

»Neue Ideen?« Er biß in sein Brot.

»Ja, das denke ich schon. Womit ich ja nicht bestreiten will, daß Sie auch Ihre Ideen haben, sehr eigene Ideen. Eben daraus ist doch wohl die Konfrontation zwischen uns entstanden. Nur denke ich... diese Konfrontation muß ja nicht bedeuten, daß wir auch menschlich absolut kein Verständnis füreinander aufbrächten. Darüber habe ich nachgedacht auf meinem Spaziergang.«

Er fischte nach einem der Klößchen, nahm einen Löffel Suppe, kaute das Klößchen. Dann sagte er: »Worauf wollen Sie hinaus?«

Vielleicht noch einmal ein Lächeln. Nicht herablassend, eher bedauernd, ein wenig resignativ. »Ist das denn so schwer zu erkennen?« Er muß doch allmählich begreifen, daß das ein Angebot ist, ihm aus seiner Sackgasse herauszuhelfen. »Ich will sagen, daß ich Ihre Probleme zu verstehen glaube. Und daß ich bei den Auseinandersetzungen, die wir hatten, vielleicht nicht genug bedacht habe, wie schwer solche Probleme einen Menschen belasten können. Wie sehr sie sein Verhalten beeinflussen können, bis hin... nun, bis hin zur absoluten Unvernunft. Womit ich nicht sagen will, daß ich selbst mich bei unseren Auseinandersetzungen durchweg vernünftig verhalten hätte.«

Er legte den Löffel ab. »Von welchen Problemen reden Sie?«

»Aber, Herr Wehmeier.« Er will es nicht eingestehen, natürlich nicht. »Ist es denn kein Problem, daß Sie hier mutterseelenallein sitzen, ohne Ihre Frau und Ihren Sohn? Sie brauchen mir doch nicht zu erklären, daß so etwas nicht von heute auf morgen passiert. Einer Trennung dieser Art geht doch ein langer Prozeß voraus, lang und schmerzlich. Und damit versucht nun einmal jeder auf seine Weise fertigzuwerden. Manche machen ihrem Leben ein Ende, weil es ihnen plötzlich sinnlos erscheint. Und andere werden halt aggressiv. Sie möchten am liebsten jeden umbringen, der ihnen über den Weg läuft. Hab ich recht?«

Er schob den Teller zurück. »Was schwätzen Sie da? Was faseln Sie von meiner Frau und meinem Sohn?«

Nicht so, mein Lieber. Nicht schon wieder diese Arroganz, als wärest du über dein Schicksal erhaben. »Ist es nicht wahr, daß Ihre Frau Sie verlassen hat? Daß sie mit Ihrem Sohn zu einem anderen Mann gegangen ist?«

»Meine Frau?« Er stand auf, stützte die Hände auf den Tisch. »Was nehmen Sie sich heraus? Was phantasieren Sie sich da zusammen? Was geht Sie meine Frau an? Wissen Sie überhaupt, was das ist, eine Frau?«

Aufstehen. Aufrichten. Ihm vor Augen führen, daß ich auch körperlich größer bin als er, zwei Fingerbreit nur, aber größer. »Das weiß ich, mein Lieber, darauf können Sie sich verlassen. Aber Sie müssen da anscheinend noch einiges lernen. Sonst wäre Ihnen Ihre Frau wohl nicht durchgegangen. Nein, nein, mein Lieber. Was eine Frau ist, das weiß ich wahrscheinlich besser als Sie.«

»Ach ja? Und woher wollen Sie das wissen, Sie Arschfikker? Halt, ich weiß es: Sie haben mal Ihre Mutter nackt gesehen. Stimmt's?«

Die Rohrzange. »Wenn Sie noch einmal den Namen meiner Mutter in Ihr ungewaschenes Maul nehmen, dann schlage ich Sie tot.« Ich werde ihm mit dieser Rohrzange den Schädel einschlagen, der Knochen bricht, das Blut dringt zwischen den Haaren hervor, diese widerlichen, penetranten blauen Augen werden mich ungläubig ansehen und dann erstarren.

»Versuchen Sie's doch.« Er nahm die Hände vom Tisch, ließ sie hängen, ballte sie zu Fäusten. »Aber bevor Sie's versuchen, will ich Ihnen sagen, warum Sie hierhergekommen sind.« Er begann zu lächeln. »Ihr Strichjunge ist Ihnen durchgebrannt. Wahrscheinlich hat ihm ein anderer Schwulibert noch mehr Pinke dafür geboten, daß er ihm den Arsch hinhält. Jedenfalls war Ihre Reise nach München für die Katz. Und da haben Sie geglaubt, Sie könnten sich bei mir ein bißchen abreagieren und auf mir herumtrampeln. In meinen Gefühlen herumstochern. Irrtum, mein Lieber. Hier gibt es nichts, was dir Freude machen könnte. Keine Tränen. Kein Liebesleid. Weißt du, was dein Fehler war, du Schwanzlutscher? Du hast keine Ahnung davon, wie es zwischen Männern und Frauen zugeht.«

»Du bist tot, Wehmeier. Du bist so tot wie ein Sack Zement. Nur weißt du es noch nicht.«

»Ach ja?« Sein Lächeln wurde immer breiter, es legte die Zähne bloß. »Sieh mich doch an, Schwanzlutscher. Siehst du nicht, wie lebendig ich bin? Versuch's doch mal. Hast du auch an ein Alibi gedacht? Oder willst du hinter Gitter wandern?«

»Ich brauch dazu kein Alibi, Wehmeier. Ich werd dich fertigmachen, auf die ganz legale Tour, verstehst du? Ich werd dich im Betrieb so fertigmachen, daß am Ende kein Hund mehr ein Stück Brot von dir nimmt. Die Sommer noch, ja, die wird dir bleiben. Die kannst du dann vögeln, während deine Frau sich von anderen vögeln läßt.«

Er kam um den Tisch herum, sehr schnell. Mit der Rechten griff er nach der Rohrzange, aber in demselben Bruchteil einer Sekunde rammte er die geballte Linke in halber Höhe geradeaus und traf. Er ließ die Zange liegen, brachte die rechte Faust in Kinnhöhe nach und traf noch einmal, ein schwerer, knackender Aufprall. Auch die Linke fuhr empor, er öffnete die Finger beider Hände wie Klammern, sie griffen im Bruchteil einer Sekunde zu und schlossen sich. Die Stirn, die Wangenmuskeln verzerrt unter der sich steigernden Kraftanstrengung, die Brauen krampfhaft zusammengezogen, die blauen Augen, funkelnde Lichter, die Zähne, das dünne Knirschen, mit dem sie sich aufeinanderpreßten.

Der erste Schlag, hab ihn nicht kommen sehen, unverzeihlicher Fehler, ein berstender Schmerz im Bauch, Explosion, Atemnot, der zweite Schlag zwischen Hals und Kiefer, voll genommen. Nicht an den Unterarmen zerren, nutzt nichts, Klammergriff, will mir Kehlkopf eindrücken, nicht zerren, Unterarme loslassen, zurückschlagen, Bauch, Leber, läßt nicht locker, in die Haare packen, Daumen in die Augen, wo sind die Augen, verflucht, wo sind sie, verstekken sich, rötlicher Vorhang, gelbe und grüne Muster, flimmernd, immer dichter, kreisende Räder, Todesangst, ein Knie emporrammen, alle Kraft. Vorsicht, die Fliesen, glatt!

Schlag, Hinterkopf. Schwerer Schlag. Rohrzange. Nein, die Fliesen. Sturz. Hilflos. Gewicht. Bin hilflos.

Die Räder. Zacken. Explosion. Feuer.

Adern platzen. Blut. Nacht.

Harry.

Mörder. Die Nacht.

## 19

»Sommer.«

»Christel? Ich bin's. Uli.«

Seine Stimme klang, als sei das Telefon gestört, ein brüchiger, zerfaserter Ton. Er holte tief Atem.

»Was ist denn, Uli? Ist was passiert?«

Er räusperte sich heftig. Dann sagte er: »Ich hab Nowakowski umgebracht.«

»Uli ... mach nicht solche Scherze, bitte. Du machst mir Angst damit.«

»Das ist kein Scherz, Christel.« Nach einer Weile sagte er: »Er liegt in meiner Küche. Er ist tot.«

»Um Gottes willen, Uli ... Wie ist das passiert?«

»Ich hab ihn erwürgt.«

Es ist kein Scherz. Nein, so weit würde er einen Scherz nicht treiben. Es ist die Wahrheit, obwohl es ganz einfach unmöglich erscheint. Es passiert im Film, in einem Alptraum, du liest davon in der Zeitung. Aber du hast dir nicht vorstellen können, daß es in deiner Welt passiert, in der Wirklichkeit, unter Menschen, die du kennst. Er hat Nowakowski umgebracht. Und was jetzt?

Er sagte: »Ich werd jetzt die Polizei anrufen.«

»Uli!«

»Ja?«

»Tu das nicht! Nicht sofort, meine ich... Laß uns erst darüber reden. Ich komme zu dir.«

Er sagte: »Ja.«

»Ich bin in zehn Minuten bei dir. Und rühr nichts an, Uli. Laß alles so liegen, wie... Hast du verstanden?«

»Ja. Hab ich verstanden.« Er holte Luft. »Christel?«

»Was denn, Uli?«

»Danke.« Er legte auf.

Schnell jetzt. Keine Zeit verlieren. Lieber Gott, hilf. Vielleicht ist es ja noch nicht zu spät.

Einen Augenblick. Nachdenken, nur zehn Sekunden. Keinen Fehler machen. Worauf kommt es an?

Die Leiche. Das Problem ist die Leiche. Aber vielleicht läßt sich das lösen? Und ein Alibi. Natürlich, darauf kommt es an. Nowakowski ermordet? Wer könnte der Täter sein? Wehmeier natürlich. Wenn er überhaupt noch eine Chance haben soll, dann braucht er ein Alibi.

Die Unterlagen. Ja, vielleicht kann das helfen. Ich bin damit nicht weitergekommen, und deshalb... Aber dann darf mich jetzt niemand sehen. Zumindest darf mich niemand erkennen. Der alte Mantel, die Kapuze hochschlagen. Und Handschuhe. Und die Unterlagen, *Brot vom Bäcker auf den Tisch, jeden Morgen knusprig frisch*. Das Licht brennen lassen. Ich muß vergessen haben, es auszuschalten, als ich zu ihm ging, am frühen Abend.

Das Türschloß schnappte leise zu. Durch die Wohnungstür gegenüber drangen dumpfe Stimmen, der späte Spielfilm im Fernsehen hatte begonnen. Das Licht von der Straße, das die Fenster des Treppenhauses matt erhellte, reichte aus, um die Stufen zu finden. Ein Auto fuhr vorüber, die Scheinwerfer ließen zwei Atemzüge lang die Milchglasscheibe der Haustür hervortreten.

Niemand war auf der Straße zu sehen. Hinter einigen Fenstern war das Licht schon erloschen. Das Auto, das am Ende der Parkbucht stand, lag im Halbdunkel. Beim zweiten

Startversuch sprang es an. Nur auf der Hauptstraße waren noch andere unterwegs.

Nicht vor seinem Haus parken. Auskuppeln und das Auto bis ans Ende der Sackgasse rollen lassen. Wo ist Nowakowskis Auto? Wahrscheinlich hab ich's übersehen. Bis ans Ende der Straße rollen, erst vor den Pfählen anhalten, die das Gebüsch am Bachufer schützen.

Wie erklären Sie sich, daß um die Abendzeit keiner der Nachbarn Ihr Auto vor Herrn Wehmeiers Tür gesehen hat?

Weil ich am Ende der Straße geparkt habe.

Und warum das?

Ich wußte nicht, wann ich nach Hause fahren würde, und es sollte niemand denken, daß...

Ja?

Sie wissen doch wahrscheinlich, daß Herrn Wehmeiers Frau... im Augenblick nicht bei ihm wohnt.

Ja, das wissen wir. Und?

Die Leute fangen doch sofort an zu reden.

Ja, da haben Sie recht. Manchmal tun sie das ja auch ohne jeden Grund. Aber... wie sähe das denn aus in Ihrem Fall?

Wie meinen Sie das?

Haben Sie nicht eine intime Beziehung zu Herrn Wehmeier?

Er mußte hinter der Tür gestanden haben. Er wartete nicht auf die Klingel, öffnete sofort die Tür und trat zurück in den halbdunklen Flur. Die Küchentür war geschlossen, im Wohnzimmer brannte nur die Stehlampe. Er sagte: »Es tut mir leid. Ich hätte dich nicht anrufen sollen. Du mußt...«

»Mach die Tür zu. Aber leise.«

Er drückte die Haustür ins Schloß.

»In der Küche, hast du gesagt?«

Er hob die Hand. »Nicht reingehen!«

»Und warum nicht?«

Er schüttelte den Kopf. Dann sagte er: »Es sieht scheußlich aus.«

»Oh, Uli!«

Seine Schultern fielen nach vorn. Er schien auf die Umarmung gewartet zu haben, senkte die Stirn, ließ sich den Rücken streicheln, das Haar, atmete tief ein und aus. Sein Atem zitterte.

»Hör zu, Uli. Ich bin doch gekommen, um dir zu helfen.«

»Wie willst du mir helfen?«

»Das müssen wir jetzt überlegen. Aber dazu haben wir nicht viel Zeit. Und das werden wir auch nur schaffen, wenn du nicht versuchst, mich zu schonen oder mich aus der Sache rauszuhalten. Ich schaff das schon. Hörst du, Uli?«

Er hob das Gesicht. Sein Atem schien sich zu beruhigen.

»Und jetzt werd ich mir... das ansehen.«

Die Küche lag wie eine dunkle Höhle hinter der Tür. Als der Lichtschalter knackte, schien die Leiche aus dem Nichts hervorzuspringen, ein dunkler, massiger Klumpen auf den hellen Fliesen.

Nowakowski lag im Mantel auf dem Rücken, die gestreckten Beine wie in einem Krampf übereinandergeschlagen. Die Stirnglatze glänzte. Einen Arm hatte er halb angezogen, die Finger gespreizt, als wollten sie die Fliesen aufkratzen. Der andere Arm, offene Handfläche, lag zur Seite ausgestreckt. Das Halstuch hing aus dem Mantel heraus, die Krawatte beulte sich empor.

Der Mund stand offen, verzerrt. Zwischen den klaffenden Zähnen war die Zunge sichtbar, dick und dunkel. Die Augen schienen ein wenig vorzustehen. Sie stierten die Decke an.

»Komm, Christel.« Er stand an den Türpfosten gelehnt, das Gesicht abgewandt. Er sah die Leiche nicht an. »Laß uns ins Wohnzimmer gehen.«

»Was ist das für eine Zange?«

»Zange?«

»Die da auf dem Tisch. Hast du ihn damit...?«

»Nein.« Er schüttelte den Kopf. »Ich hab ihn nur mit den Händen... Ich hab ihn gewürgt.«

Die Zange trug keine Spuren. Nowakowskis Kopf ließ sich anheben. In den Haaren des Hinterkopfes war eine Schwellung zu ertasten. Sie war feucht und hinterließ auf den Fingerspitzen ein schwaches Rot. »Aber er hat eine Verletzung am Hinterkopf.«

»Er ist mit dem Kopf aufgeschlagen. Er wollte mir, ich weiß nicht... Ich hab ihn gewürgt, er hat sich gewehrt, wahrscheinlich wollte er mir ein Knie zwischen die Beine stoßen. Und dabei ist er ausgeglitten und nach hinten gefallen.« Er wandte sich ab und wollte ins Wohnzimmer gehen.

»Bleib hier.«

Er blieb in der Diele stehen.

»Kann es sein, daß er an diesem Sturz gestorben ist?«

»Nein. Er hat sich danach ja immer noch gewehrt. Wenn auch nur noch schwach.«

Auf den Fliesen unter Nowakowskis Hinterkopf gab es eine winzige, rötliche Spur. Sie ließ sich mit dem Daumen abreiben. Aber es war natürlich möglich, daß Reste dieser Spur, unsichtbare, sich in den Fugen der Fliesen festgesetzt hatten.

»Was wollte er hier?«

»Ich weiß es nicht.« Er betrachtete den Türrahmen. »Er hat so getan, als ob er sich mit mir aussprechen wollte. Und als ob das ein spontaner Einfall gewesen wäre. Warum willst du das alles wissen, Christel?«

»Weil es lebenswichtig sein kann.« Die Druckstellen an Nowakowskis Hals waren klar zu erkennen, dunkelrote, ins Bläuliche changierende Flecke in der gebräunten Haut. »Und dann habt ihr euch gestritten?«

»Ja.«

»Warum? Ich meine, wenn er so getan hat, als ob er sich mit dir aussprechen wollte...«

Nach einer Weile sagte er: »Ich weiß es nicht mehr, Christel.«

»Aber das ist wichtig. Wir müssen herausfinden, warum er

hierher gekommen ist. Und ob er vielleicht jemandem gesagt hat, daß er zu dir ging, vestehst du?«

Er rieb sich die Stirn. »Ich hab keine Ahnung.«

»Glaubst du, daß er es seinem Freund gesagt hat?«

»Nein.«

»Und warum nicht?«

»Weil er...« Er schüttelte den Kopf. »Ich bin ziemlich sicher, daß dieser Bursche ihm den Laufpaß gegeben hat. Sonst hätte er doch etwas Besseres zu tun gehabt, als mich zu besuchen.«

»Du meinst, er ist ohne den Jungen von München zurückgekommen?«

»Ja.« Er hob die Hände vor die Brust, verschränkte sie ineinander, zerrte an den Fingern. »Und das war vielleicht auch der Grund, warum er hierhergekommen ist. So könnte es doch gewesen sein. Er kommt allein zurück, ist ganz außer sich, er hält es in seiner Wohnung nicht mehr aus, rennt los und sucht jemanden, an dem er seinen Frust auslassen kann. Seine Enttäuschung und die Wut. Und dann kommt er auf die Idee, daß er sich an mir vielleicht schadlos halten könnte. Hältst du das nicht für möglich?«

»Hat er dich angegriffen?«

»Nein.« Er löste die Hände voneinander, hob die Rechte und starrte auf die Knöchel. »Es war keine Notwehr. Es hat nur ein Wort das andere gegeben.«

Natürlich. Warum hätte Nowakowski ihn angreifen sollen? Er hatte doch viel bequemere Möglichkeiten. Und selbst wenn es Notwehr gewesen wäre – wer würde das glauben? Das mindeste, was sie ihm anhängen werden, ist Totschlag. Wieviel Jahre gibt es für Totschlag?

»Weißt du, wo sein Auto steht?«

»Sein Auto?«

»Ich hab's vor dem Haus nicht gesehen.«

»Nein, das wäre ja auch...« Er schüttelte den Kopf. »Er hat doch gesagt, er sei spazierengegangen.«

»Was hat er? Er ist spazierengegangen? Warum sagst du das jetzt erst?«

Er hob die Schultern. »Was spielt das denn für eine Rolle?«

»Wo ist er spazierengegangen?«

»Das weiß ich nicht. Christel...«

Nowakowskis Schuhsohlen waren schmutzig. Im Winkel zwischen dem linken Absatz und der Sohle klebte ein Brokken feuchter Erde, in den Rillen des rechten Absatzes der Abriß eines kleinen dunklen Blatts und der dünne Zweig, der es getragen hatte. Schmutzpartikel hafteten auch an den Rändern der Sohlen und der Absätze.

»Hör zu, Uli. Vielleicht haben wir eine Chance.«

»Wie meinst du das?«

»Wir müssen ihn hier wegbringen.«

»Aber wohin denn?«

»Gehen die Schwulen noch immer im Volkspark auf den Strich?«

»Ich weiß nicht. Ich glaube, ja. Aber Christel... Das ist doch... Das ist doch ganz aussichtslos. Ich glaube auch nicht, daß Nowakowski dahin gegangen wäre.«

»Wer will das wissen?«

»Und wie willst du ihn dahin bringen?«

»Laß mich nachdenken.«

Nachdenken, ja. *Ihr habt gehört, daß zu den Alten gesagt ist: Du sollst nicht töten; wer aber tötet, der soll des Gerichts schuldig sein.* Ja, ja, es steht aber auch geschrieben: *Solltest du denn dich nicht auch erbarmen über deinen Mitknecht, wie ich mich über dich erbarmt habe?*

Er kam in die Küche herein, mit abgewandtem Gesicht, griff, ohne hinzusehen, nach einem Stuhl und ließ sich nieder. Fast sah es so aus, als habe er keine Sekunde länger stehen können. Er legte, seitlich sitzend und den Rücken der Leiche zugewandt, die Hand und den Unterarm auf den Tisch.

»Hast du deinen Wagen vorwärts oder rückwärts in die Garage gefahren?«

»Vorwärts.«

»Welche Schuhgröße hast du?«

»Einundvierzig.«

»Gut. Hast du zwei Paar, die du entbehren kannst? Die ältesten genügen.«

»Was willst du denn damit?«

»Ein Paar ziehst du an, das andere gibst du mir. Aber bring die Schuhe da wieder mit. Steck sie in eine Tasche. Und zieh Handschuhe an.«

Er legte beide Hände an die Wangen. Einen Augenblick saß er regungslos. Dann fing er an, die Wangen heftig zu reiben.

»Geh jetzt. Je schneller wir es hinter uns bringen, desto besser.«

Er sagte: »Christel... Das können wir nicht tun. Ich kann das nicht tun. Wir werden auffallen dabei, und dann bist du...«

»Geh jetzt, hörst du?«

Er stand auf und ging zur Tür, das Gesicht abgewandt.

»Und bring einen Lappen mit. Einen Staublappen vielleicht.«

Er nickte.

»Halt! Und eine Decke. Eine möglichst große. Und stabil. Hast du so etwas?«

»Ja, natürlich.« Er verließ die Küche und ging die Treppe hinauf. Die alten Dielen knarrten.

Nowakowskis Manteltaschen waren leer. In der einen Tasche seiner Jacke steckte ein Schlüsselbund, in der anderen der Autoschlüssel. Die Brieftasche, die zur Hälfte aus der Innentasche der Jacke herausgerutscht war, enthielt drei Kreditkarten in Steckfächern, den Führerschein, ein Bündel von Hundert-Mark-Scheinen und das Foto eines jungen Mannes mit dichten, braunen Haaren, dunklen Augen und hellem Teint. Er lächelte. Strahlend weiße, ebenmäßige Zähne.

Es war nicht einfach, die Leiche auf die Seite zu rollen. Das tote Gewicht leistete Widerstand. Die gespreizten Finger hoben sich von den Fliesen, der Arm schien sich zu bewegen, er pendelte. Der Kopf folgte der Drehung nur zögernd, als wollten die Augen sich nicht von der Decke lösen. Als der Rücken vom Boden freikam, breitete sich ein vager, aber scharfer Geruch aus. Unterhalb der Gesäßtasche zeichnete sich ein feuchter Fleck in der Hose ab.

In der Gesäßtasche steckte das Portemonnaie. Zehn oder zwölf Münzen. Etwas mehr als vierhundert Mark in Scheinen.

»Was machst du da, Christel?« Er stand in der Küchentür, eine dunkle Wolldecke über dem Arm, schwarze Lederhandschuhe an den Händen. In der einen Hand hielt er ein Paar abgetragener Schuhe, in der anderen eine Plastiktasche und einen Staublappen. Er trug alte Turnschuhe. Das Gesicht hielt er noch immer halb abgewandt, aber zum erstenmal ließ er seine Augen zu der Leiche herüberwandern.

»Das siehst du doch. Ich nehme ihm die Brieftasche und das Portemonnaie ab.«

»Warum tust du das?«

»Damit es so aussieht wie ein Raubmord.«

»Aber wir können das Geld doch nicht behalten.«

»Willst du es auf der Straße verteilen? Oder verbrennen, damit sie die Asche analysieren? Komm her jetzt. Leg die Decke neben ihn.«

Er blieb stehen. Er stellte die Plastiktasche ab, legte den Staublappen darauf, strich sich mit der Hand über die Stirn, schloß die Augen. Dann sagte er: »Das ist doch alles sinnlos, Christel.«

»Sinnlos?« Er reagierte nicht, ließ sich an den Schultern packen, ließ sich durchschütteln, sein Kopf pendelte, mit geschlossenen Augen. »Weißt du, was sinnlos wäre? Wenn du dafür hinter Gitter gingest. Das wäre sinnlos. Willst du das? Was würde das ändern? Er ist tot, Uli. Er wird nicht wieder lebendig, wenn du hinter Gitter gehst.«

Er begann, an seinen Lippen zu nagen. Die Augen öffnete er nicht.

»Gib mir die Decke.«

Er öffnete die Augen und sah zu, das Gesicht halb abgewandt. Die Decke ließ sich nur zur Hälfte neben der Leiche ausbreiten, es war zuwenig Platz zwischen dem Tisch und der Anrichte.

»Und jetzt hilf mir. Faß ihn unter den Knien.«

Er stellte die Schuhe ab und kam langsam heran. Sein Atem ging schwer. Er bückte sich und faßte die Leiche unter den Knien.

»Und jetzt!«

Der Kopf fiel nach hinten, als die Leiche vom Boden freikam. Die Decke dämpfte den Aufprall, als er den Boden wieder berührte.

»Nimm die beiden Zipfel und mach einen Knoten. Einen festen, an dem du anfassen kannst.«

Er knotete die beiden Zipfel am Ende der Decke zusammen.

»Hör zu, Uli. Wir tragen ihn jetzt bis an die Haustür. Dann schaltest du die Lampe über der Tür aus und siehst hinaus. Wenn alles still ist, gehst du zur Garage und öffnest das Tor. Und den Kofferraum. Die Tasche und den Lappen nimmst du schon mit. Halt, und meine Schuhe, die steckst du zu deinen in die Tasche. Aber mach kein Licht in der Garage. Hast du verstanden?«

Er nickte.

»Und dann kommst du zurück und trägst ihn mit mir in die Garage. Wir legen ihn in den Kofferraum.«

Er wartete stumm auf die Schuhe, steckte sie in die Plastiktasche.

Als er von der Garage zurückkam, sagte er: »Passen dir denn meine Schuhe?«

»Ja. Aber sei still jetzt. Hast du deinen Hausschlüssel?«

Er nickte.

Im Haus gegenüber war nur noch ein Fenster im Dachgeschoß erleuchtet, ein rötliches Viereck, das hinter den Baumkronen zu schweben schien. In der Garage war es dunkel. Die Karosserie dröhnte schwach, als der Kopf der Leiche gegen den unteren Rand des Kofferraums schlug. Die Füße, in das Ende der Decke eingebunden, blieben an der Seitenkante hängen, aber die Knie waren noch beweglich, die Füße ließen sich in den Hohlraum hinter dem Rücklicht zwängen.

»Soll ich ohne Licht rausfahren?«

»Nein.«

»Aber...« Er hob eine Hand.

»Wenn sie uns fragen, werden wir sagen, wir haben Lust bekommen, irgendwo noch ein Bier zu trinken. Verstehst du?«

Er zögerte. »Und die Lampe über der Tür, ich meine...«

»Die haben wir ausgemacht, damit niemand mich so spät noch bei dir sieht. Steig ein jetzt.«

Der Kies der Einfahrt knirschte, als er den Wagen heraussetzte. Er beugte sich herüber und öffnete die Tür. Seine Stirn glänzte feucht im matten Licht der Innenbeleuchtung.

Als er an einer Ampel anhalten mußte, sagte er, ohne den Kopf zu wenden: »Christel, ich kann das nicht tun. Ich kann dich nicht auch noch in den Schlamassel bringen. Das ist viel zu riskant. Ich darf das nicht.«

»Ich steck schon bis über beide Ohren drin. Was ist los, willst du warten, bis wir wieder Rot bekommen?«

Er holte tief Luft, dann fuhr er weiter.

An der Ecke des Volksparks wollte er zum Haupteingang abbiegen.

»Nicht dahin! Fahr in die Straße auf der Rückseite. Da geht doch der Bahndamm vorbei, oder?«

»Ich glaube, ja.«

Er fuhr bis ans Ende des Parks und bog vor dem düsteren Bogen der Unterführung in die schmale Straße zwischen dem Park und dem Bahndamm ein. Zwei Autos standen auf der dem Park abgewandten Seite, an dem schmalen Gehsteig entlang des Bahndamms. Sie hielten Distanz zueinander, jedes von beiden stand etwa in der Mitte zwischen zwei der trüben Laternen, die sich auf der anderen Straßenseite entlang der Sträucher und Bäume des Parks reihten.

»Fahr ein bißchen langsamer.«

Er fuhr am rückwärtigen Eingang des Parks vorbei. Hinter der Laterne am Eingang verlor sich der Parkweg im Dunkeln. Niemand war zu sehen.

»Noch ein Stück weiter. Halt zwischen den beiden nächsten Laternen an. Ungefähr in der Mitte.«

Er bremste ab.

»Nein, noch ein bißchen weiter. Und jetzt stell den Motor ab und mach das Licht aus.«

Er schaltete das Licht aus, drehte den Zündschlüssel, ließ aber die Hand daran liegen. Er hob den Kopf und starrte in den Rückspiegel.

»Steig aus und sieh dich um. Geh zurück bis zum Eingang. Und geh ein Stück hinein. Wenn dir jemand begegnet, wendest du dich ab. Tu so, als ob du einen Stricher suchst und nicht erkannt werden willst.«

Er holte tief Luft. Dann stieg er aus.

»Halt! Hast du zufällig eine Sonnenbrille hier?«

»Ja. Vor dir im Handschuhfach.«

»Aber zieh sie nur an, wenn du jemanden kommen siehst.«

Er beugte sich zurück in den Wagen, nahm die Brille entgegen und drückte die Tür zu. Sein Gesicht wanderte wie ein vager, matter Fleck durch den Rückspiegel, als er um den Kofferraum herumging. Unter der nächsten Laterne zeichneten sich seine Umrisse noch einmal ab, scharf wie ein Scherenschnitt. Dann verschwand er im Dunkeln.

Heilige Maria, Mutter Gottes, hilf. Laß mich jetzt nicht allein. Gib mir Kraft, hörst du? Ich weiß, daß ich mich schuldig mache, aber laß uns später darüber reden, ja? Ich schaff's jetzt nicht, ich kann jetzt nur das tun, was ich tun muß, und ich brauche dazu all meine Kraft und meinen ganzen Verstand. Ich kann jetzt nicht mit dir debattieren, das mußt du doch verstehen, nein, du mußt das natürlich nicht, aber kannst du es denn nicht verstehen? Ich kann mir nicht vorstellen, daß du an meiner Stelle ihn im Stich gelassen hättest, hätte ich mich denn damit nicht noch viel schuldiger gemacht? Bitte, nimm mir wenigstens die Angst. Ich hab scheußliche Angst, verstehst du. Nicht vor der Polizei, und auch nicht vor dem Jüngsten Gericht, ich weiß, das ist ganz schlimm. Ich hab nur Angst, gräßliche Angst, daß Nowakowski noch lebt, oder daß er von den Toten aufersteht, ein Horrorfilm, ich höre ihn auf einmal hinter mir aufstöhnen, er hebt in seinem Sarg aus Blech den Kopf, stiert mit den hervorgequollenen Augen in die Finsternis, stößt mit der Stirn gegen den Deckel des Kofferraums, tastet mit der Krallenhand um sich, und dann schreit er wie ein Tier, das ganze Auto hallt wider, er ballt die Fäuste und rammt sie gegen das Blech, das ihn einsargt, immer wieder, beide Fäuste, die Karosserie dröhnt, um Gottes willen, was soll ich...

Die Tür auf der Fahrerseite wurde aufgerissen. Er ließ sich hinter das Lenkrad fallen, zog die Tür zu und lehnte den Kopf an die Nackenstütze.

»Mein Gott, Uli, mußt du mich so erschrecken?«

»Erschrecken? Wieso denn?«

Er mußte über den dunklen Gehsteig am Bahndamm zurückgekommen sein. »Schon gut. Hast du jemanden gesehen?«

Er schüttelte den Kopf. »Nein. Aber das ist nicht zu machen, Christel. Wir können ihn nicht in den Park hineintragen. Du kannst auf dem Weg keine zehn Meter weit sehen. Wenn irgend jemand...«

»Uli, nun denk doch mal nach. Wir werden ihn natürlich nicht über den Weg hineintragen. Wir legen ihn gleich hier ins Gebüsch. Verstehst du?«

Er rieb sich die Stirn. »Und was werden sie denken, wenn sie ihn hier finden?«

»Daß ihn ein paar von diesen Burschen überfallen und ihm sein Geld abgenommen haben. Und daß sie ihn in dieses Gebüsch gebracht haben, damit er nicht so schnell gefunden wird.«

Er nickte, aber er blieb sitzen.

»Und jetzt steig aus, Uli. Wir müssen uns beeilen.«

Am Ende der Straße tauchten die Scheinwerfer eines Autos auf. Sie näherten sich langsam.

»Duck dich, Uli!«

Er ließ sich zur Seite ziehen, bettete das Gesicht, ließ sich zudecken und verbergen. Der Stoff seiner Winterjacke war kühl, aber weich wie ein Kissen.

Das Licht der Scheinwerfer durchwanderte den Wagen und verschwand. Unter der nächsten Laterne schimmerte die grünweiße Flanke des Autos auf, bevor nur noch die Rücklichter zu erkennen waren. Der Streifenwagen fuhr langsam am Eingang des Parks vorbei und bog am anderen Ende der Straße um die Ecke.

Er hob das Gesicht. »Kann das ein Streifenwagen gewesen sein?«

»Nein. Ich hab ihn mir angesehen, sobald er vorüber war. Es war kein Streifenwagen. Komm jetzt.«

Er stieg aus. Er sah sich um, als er den Kofferraum aufschließen wollte, verfehlte das Schloß zweimal.

»Gib mir den Schlüssel.«

Als der Deckel sich hob, trat er einen Schritt zurück.

»Komm her. Bind deinen Knoten auf, aber schnell!«

»Den Knoten aufbinden?« Er sah auf das Kopfende des Bündels. »Und wie willst du ihn da hineintragen?«

»Nicht in der Decke. Oder willst du, daß Fussel an den Zweigen hängenbleiben?«

Er warf einen Blick ringsum und band den Knoten am Kopfende auf. Der Knoten am Fußende des Bündels war leicht zu öffnen, aber die Füße der Leiche hatten sich im Hohlraum hinter dem Rücklicht verkeilt. Sie fühlten sich an wie Holzklötze im weichen Leder der Stiefeletten, wie Holz auch die Unterschenkel unter dem feinen Stoff der Hose. Sie widersetzten sich dem Rütteln, dem Zerren. Es gab ein merkwürdiges, knirschendes Geräusch, als die Füße plötzlich freikamen.

»Bist du soweit?«

Er stand halb in den Kofferraum gebeugt, aber er hatte das Gesicht abgewandt und starrte hinüber auf die schwarze, steile Flanke des Bahndamms. Er hatte die Decke zurückgeschlagen. Der scharfe Geruch war nun sehr deutlich. Aus dem Halbdunkel trat das Gesicht der Leiche blaß hervor. Sie lag auf beiden Schultern, aber der Kopf stand aufrecht, von der Seitenwand des Kofferraums nach vorn gezwungen, das Kinn lag auf der Brust. Der Mund klaffte nicht mehr so weit wie zuvor, nur der Rand der oberen Zähne war noch sichtbar. Auf den Zähnen und in den starren Augen fing sich ein Rest des Lichts der fernen Laterne.

»Reiß dich zusammen, Uli. Wir haben keine Zeit zu verlieren. Oder willst du, daß wir beide hinter Gittern landen?«

Er gab einen gepreßten Laut von sich, den unterdrückten Ansatz eines Stöhnens. Dann hob er die Leiche an, faßte sie unter den Armen und hob den Oberkörper über den Rand des Kofferraums, schwenkte ihn hinüber zum Gehsteig.

»Halt! Wir müssen den Deckel zumachen. Und laß mich vorangehen.«

Die Sträucher standen dichter beieinander, als von der Straße zu sehen war. Zweige raschelten und brachen. Die feuchten, glitschigen Blätter, die den Boden bedeckten, rochen bitter. Einer der Füße stieß hart gegen einen Baum und knickte zur Seite, er kam mit einem scharrenden Geräusch wieder frei. Hinter der nächsten Baumgruppe standen wieder Sträucher, halbhoch und dicht beieinander.

Er blieb stehen. »Was ist das?« Sein Atem ging schwer.

Auf dem Bahndamm fuhr ein Zug vorüber. Das Schlagen der Räder klang wie aus weiter Ferne. Die erleuchteten Fenster flackerten wie winzige Lichtpunkte durch das Netz der Zweige.

»Laß ihn runter, wir sind weit genug. Von hier an können wir ihn ziehen.«

»Aber...« Er holte Luft.

»Was glaubst du, wie er nach einem Überfall hierher gebracht worden wäre? Glaubst du, die hätten ihn bis zuletzt getragen?«

Er ließ die Leiche behutsam zu Boden. »Und wohin?«

»In dieses Gebüsch. Nimm den anderen Arm.« Der Arm war steif, er schien sich zu wehren. »Du mußt ihn an der Hand fassen, sonst bekommst du keinen Halt.« Die Kälte der Hand schien durch den Handschuh zu dringen. »Bleib ganz dicht neben mir, sonst kommen wir nicht durch. Rückwärts gehen, und eng nebeneinander.«

Es gab ein schlurfendes Geräusch, die Leiche glitt über den Blätterteppich. Die Zweige des Gebüschs widersetzten sich wie eine elastische Wand, aber dann gaben sie nach, prasselnd und knackend. Um ein Haar wäre er gestürzt, er ließ die Hand los, stolperte nach hinten und fing sich.

»Hast du dir wehgetan?«

»Nein.«

»Noch ein kleines Stück.«

Die Zweige schlossen sich hinter den Füßen der Leiche. Der Kopf stieß an eine Wurzel, er legte sich zur Seite. Die Wange, die Stirnglatze waren nur noch ein zerfließender Fleck in der Dunkelheit, die Augen nicht mehr zu erkennen.

»Das genügt.«

Er legte die Hand auf den Blättern ab, richtete sich auf und blieb einen Augenblick mit gesenktem Kopf stehen. Dann ging er.

»Nicht da hinaus.«

Er blieb stehen.

»Wenn wir an derselben Stelle hinausgehen, wird das eine Schneise, die jeder sofort sieht. Ich gehe hier hinaus. Versuch du's da drüben.«

Er wandte sich ab.

Herr, gib seiner armen Seele die ewige Ruhe. Laß ihn ruhen in Frieden, Herr. Und gib, daß wir beide heil aus dieser schrecklichen Geschichte herauskommen. Er hat's bestimmt nicht gewollt, und ich auch nicht. Was hätte ich denn tun sollen? Er hat's jedenfalls nicht gewollt, es ist nur über ihn gekommen, weil dieser Mann ihn so gepeinigt hat. Aber verzeih auch diesem Mann, bitte, er war ja vielleicht auch nur ein armer und gepeinigter Mensch, wer will das wissen. Verzeih ihm. Und verzeih uns beiden. Rette uns. Und laß ihn ruhen in Frieden. Amen.

Er stand unter einem der Bäume vor dem Gebüsch. »Was hast du noch gemacht?«

»Ich hab gebetet.«

Er nickte.

»Laß mich jetzt fahren.«

Er zog den Autoschlüssel aus der Tasche. »Wohin fahren wir?«

»In die Kneipe, in der wir das Bier trinken.«

»Muß das sein?«

»Ja, das muß sein. Vielleicht hat uns jemand wegfahren sehen, verstehst du? Hör zu, Uli, wir haben's noch nicht hinter uns. Wir müssen uns jetzt beeilen, aber wir dürfen keinen Fehler machen.«

Er rieb sich heftig die Wange.

»Bevor wir einsteigen, müssen wir unsere Kleider abklopfen. Und bevor wir die Füße ins Auto nehmen, müssen wir die Schuhe wechseln. Wir haben wahrscheinlich Fußabdrücke hinterlassen, und die sollen sie auch finden. Aber deshalb müssen wir diese Schuhe hier verschwinden lassen.«

»Und wie?«

»Ich fahre unter der Brücke durch, und da wirfst du sie ins Wasser.«

Er nickte.

»Aber vorher müssen wir noch seine Brieftasche und das Portemonnaie loswerden. Ich werd sie mit dem Lappen abreiben, damit es so aussieht, als hätte jemand seine Fingerabdrücke beseitigen wollen, und wenn ich zehn oder zwanzig Meter gefahren bin, wirfst du sie durchs Fenster in den Park.«

»Und was ist mit dem Geld?«

»Das hab ich weggesteckt.«

Er schüttelte den Kopf, öffnete den Mund.

»Uli, ich werd's dem Roten Kreuz überweisen oder Amnesty. Anonym. Oder unter einem falschen Namen. Von irgendeinem Postamt, wo mich keiner kennt. Komm jetzt, Uli. Wir haben keine Zeit mehr. Hast du alles verstanden?«

Er sagte: »Ja. Ja, ich denke schon.«

Als er unter dem düsteren Brückenbogen wieder einstieg, sagte er: »Und was ist mit der Decke?«

»Die bringst du morgen früh in die Reinigung. Nein, nicht du. Ich werde sie in die Reinigung bringen.«

Er schüttelte den Kopf. »Das kommt gar nicht in Frage.«

»Spiel nicht den Helden, Uli. Sie werden dich vielleicht unter die Lupe nehmen. Aber mich wohl kaum.«

Nein? Werden sie das wirklich nicht?

Nach einer Weile sagte er: »Und wenn sie trotzdem Spuren in der Decke finden?«

»Hör jetzt auf damit, Uli. Warum sollten sie überhaupt nach der Decke suchen?«

Warum sollten sie nicht? Müssen sie nicht nach der Decke suchen? Werden sie nicht ein paar Fussel davon finden, an Nowakowskis Mantel, an seinen Schuhen? Unter den Nägeln der Krallenhand?

Die Kneipe war noch voll. Er schob sich mit einer Schulter in eine Lücke an der Theke und ließ sich zwei Bier reichen, trank sein Glas auf einen Zug leer. Als er den Kopf in den

Nacken legte, wurde unter seinem Kinn eine rote Schramme sichtbar. Auch im Winkel eines Ohrläppchens zeichnete sich ein dünner Riß ab. Er hob das leere Glas: »Genügt das?«

»Trink noch eins. Dann gehen wir.«

Ich bin ... wild geworden und hab ihn gekratzt. Kann sein, daß ich auch an seinem Ohr gerissen habe. Muß ich Ihnen im einzelnen darlegen, wie so etwas passiert? Das gehört doch wohl zu meiner Intimsphäre.

Natürlich. Aber wie erklären Sie sich, daß wir die Hautpartikel, die schon mal bei solchen ... Zärtlichkeiten abhanden kommen, unter den Fingernägeln der Leiche gefunden haben?

Das ist doch unmöglich.

Das ist keineswegs unmöglich. Das können wir sogar beweisen.

Wie wollen Sie das denn beweisen? Ich meine ... ich war doch die ganze Zeit mit ihm zusammen, vom frühen Abend bis zum Montagmorgen?

Das zu erklären, ist Ihr Problem, Frau Sommer. Nicht unseres.

Auch das Licht im Dachgeschoß des Hauses gegenüber war erloschen. Als er das Garagentor ins Schloß gedrückt hatte, fragte er: »Willst du nicht nach Hause?«

»Nein. Wir sind noch nicht fertig, Uli. Und wahrscheinlich wäre es auch besser, wenn ich die ganze Nacht hierbliebe.«

Er nickte.

»Uli – wenn sie dich tatsächlich unter die Lupe nehmen sollten: Würde es dir schwerfallen zu sagen, wir hätten miteinander geschlafen?«

Er schüttelte den Kopf. Dann sagte er: »Nein. Nein, warum sollte mir das schwerfallen?«

»Es hätte ja sein können. Komm, laß uns ins Haus gehen.«

Er sperrte die Haustür ab und wollte seine Jacke ausziehen.

»Noch nicht, Uli. Wir gehen jetzt in die Küche und bürsten

unsere Kleider gründlich ab. Und dann werde ich die Küche kehren und den Boden schrubben.«

»Glaubst du, daß das Sinn hat?«

»Natürlich hat das Sinn. Es wäre gut, wenn du morgen früh auch noch die Autositze ausbürstest und die Garage kehrst. Und jetzt könntest du in der Zeit, in der ich die Küche putze, dich an meine Unterlagen machen und ein paar Sprüche aufschreiben.«

»Welche Unterlagen?«

»Die Bäcker-Innung. Ich hab das Zeug doch mitgebracht. Wenn sie uns tatsächlich ausfragen sollten, könnten wir sagen, ich bin damit steckengeblieben und zu dir gekommen, damit du mir hilfst.«

Er nickte. Dann sagte er: »Du denkst an alles, nicht wahr?«

»Wird es dir zu viel?«

»Nein, nein.« Dann sagte er: »Ich bin dir sehr dankbar.«

Nach einer Viertelstunde kam er an die Küchentür. »Christel. Es tut mir leid. Mir fallen nur absolut irrsinnige Sachen ein.«

»Was denn?«

Er sagte, ohne eine Miene zu verziehen: »Lieber täglich Bäckers Brot, als am Abend mausetot.«

»Laß es sein, Uli. Wir werden sagen, es ist uns beiden nichts eingefallen.«

Er strich sich über die Augen. »Ich bin hundemüde.«

»Geh und leg dich hin. Ich hab's auch gleich geschafft.«

»Kommst du zu mir?«

»Ja.«

Er lag mit geschlossenen Augen auf dem Rücken. Die Nachttischlampe brannte. Auf das Fußende des Bettes hatte er einen Schlafanzug gelegt. Er schlug die Augen auf. »Du mußt den Schlafanzug nicht anziehen. Ich hab ihn nur...«

»Ich werd ihn anziehen. Ich kann nackt nicht schlafen.«

»Schade.« Als er keine Antwort erhielt, stützte er sich auf einen Ellbogen auf. »Wirklich, Christel. Es ist ja wahrscheinlich total pervers ... in einer solchen Situation, meine ich. Aber ich hab mir die ganze Zeit vorgestellt, wie du nackt aussiehst und wie ich dich ansehe und anfasse und wie du dich ...«

»Hör auf, Uli. Ich bin genauso pervers wie du.«

»Warum soll ich dann aufhören?« Er schlug die Decke zurück.

»Ich weiß nicht.«

Er rückte heran. Seine Hand war warm. »Hast du Angst?«

»Nein. Nicht mehr. Vielleicht kommt sie wieder. Aber jetzt hab ich keine Angst. Und du?«

Plötzlich zog er die Hand zurück. Er ließ sich auf beiden Schultern ins Kissen sinken und starrte an die Decke. Nach einer Weile sagte er: »Ich hab Angst, daß ich ihn wieder sehen werde, sobald es dunkel wird. Wie er jetzt da liegt in diesem Gebüsch, auf den fauligen Blättern, beschmutzt und zerschunden, abgemurkst wie ein Stück Vieh und auf den Dreck geworfen, und er war doch auch einmal ein Mensch, was immer ...«

»Hör auf, Uli, hör auf damit! Oder willst du uns beide auch noch umbringen?«

## 20

Fräulein Zander öffnete die gepolsterte Tür, sie schob eine Schulter, die runde Hüfte und das schlanke Bein durch den Spalt. »Herr Wehmeier ist da, Herr Verweerth.« Sie prüfte die Szene mit einem besorgten Blick.

»Ja, er soll schon mal reinkommen. Oder haben wir noch etwas Wesentliches zu bereden, Herr Staudinger?«

»Nein, nein.« Staudinger griff nach seinem Kognakglas und leerte es.

Wahrscheinlich rechnet er damit, daß ich ihm vor Wehmeiers Auftritt schnell noch einen einschenke. Du hast dich in den Finger geschnitten, Junge. Die Steuern bezahle ich nicht, damit die Polizei meinen Kognak säuft, sondern damit sie ihre Arbeit tut.

Wehmeier trat ein. »Guten Tag.« Er schloß die Tür hinter sich und blieb stehen.

»Kommen Sie, Uli. Den Hauptkommissar Staudinger kennen Sie ja. Er hat mir gerade über ein paar interessante Ergebnisse seiner Untersuchung berichtet.«

Staudinger lächelte. »Na ja, wir wollen hoffen, daß sie auch ergiebig sind. Aber das wird sich nun bald herausstellen.«

Wehmeier kam langsam heran.

»Setzen Sie sich, Uli.«

Er ließ sich in dem Sessel am anderen Ende des Sofatischs nieder. Staudinger machte keine Anstalten aufzustehen, er lehnte sich in der Sofaecke zurück und schlug lächelnd die Arme übereinander.

Wehmeier legte die Hände auf die Sessellehnen. Dann sagte er: »Und was für Ergebnisse sind das?«

»Sehr interessante, tatsächlich.« Staudinger nahm einen Schluck Kaffee. »Und auf jeden Fall sehr nützlich, damit dieses Unternehmen hier wieder in Ruhe arbeiten kann. Wir haben in den vergangenen Tagen den Betrieb ja doch empfindlich gestört, oder irre ich, Herr Verweerth?«

»Ach, dafür haben wir doch Verständnis. Sie müssen ja schließlich Ihre Arbeit tun.« Will dieses Arschloch jetzt noch einmal bei Adam und Eva anfangen?

Wehmeier fragte: »Und das ist jetzt nicht mehr nötig?«

»Richtig.« Staudinger lächelte ihn an. »Wir haben diesen jungen Freund von Herrn Nowakowski aufgetrieben. Das war nicht ganz einfach, weil er nämlich mittlerweile einen neuen ... sagen wir: Gönner hat. Und mit dem ist er zu einem kleinen Urlaub nach Marokko geflogen. Kann man ja verstehen. Sonne, heißer Sand. Und so weiter.«

Wehmeier fuhr sich über die Oberlippe. »Soll der es etwa gewesen sein?«

»Nein, natürlich nicht.« Staudinger schüttelte lächelnd den Kopf. »Er war ja gar nicht hier am Sonntagabend. Aber er hat ausgesagt, daß er Herrn Nowakowski schon vor neun Tagen verlassen hat. Ohne ein Wort des Abschieds. Und daß er sich in München vor ihm hat verleugnen lassen. Verstehen Sie?«

»Nein. Tut mir leid, aber...«

»Also, hören Sie, Uli.« Es wird höchste Zeit, die Sache abzukürzen, dieser Quatschkopf von einem Polizisten findet sonst kein Ende. »Ich hab ja volles Verständnis dafür, daß es Ihnen schwerfällt, sich in einen Schwulen hineinzudenken, es geht mir ja nicht anders. Aber Sie haben doch genug Phantasie um sich vorzustellen, in welcher Stimmung Nowakowski am Sonntagabend aus München zurückgekommen ist.«

Staudinger nickte. »Der Mann muß total aus dem Leim gegangen sein. Passiert übrigens nicht selten bei Schwulen, die Leute reagieren nun mal auf Enttäuschungen geradezu hysterisch.« Er klopfte sein Hosenbein ab, lächelte dann Wehmeier an. »Und nicht zuletzt war er vermutlich ziemlich ausgehungert, nach einer so langen Enthaltsamkeit. Diese Entzugserscheinungen erklären jedenfalls, was wir auf Anhieb nicht verstehen konnten. Nämlich die Tatsache, daß Herr Nowakowski sich am Sonntagabend in sein Auto gesetzt hat und zum Volkspark gefahren ist. Normalerweise hätte ein Mann, oder sagen wir: ein Herr wie Nowakowski sich doch nicht auf einem so billigen Strich herumgetrieben.«

»Ich verstehe.« Wehmeier nahm die Hände von den Sessellehnen. Er wollte sie auf die Schenkel legen, dann schlug er die Arme übereinander.

»Außerdem haben wir mittlerweile seine Brieftasche und sein Portemonnaie gefunden. Ohne Geld natürlich. Und ohne Fingerabdrücke. Die Jungs verstehen ihr Geschäft.«

Wehmeier wartete. Als Staudinger nicht weitersprach, fragte er: »Welche Jungs?«

»Die Stricher, meine ich.« Staudinger lächelte. »Wir haben die Sachen im Volkspark gefunden. Sagte ich das nicht? Die Brieftasche hing in einem Strauch, wir haben sie bei der ersten Durchsuchung übersehen. Und zehn Meter weiter haben wir dann auch das Portemonnaie gefunden. Sie müssen eins nach dem anderen von der Straße aus hineingeworfen haben, als sie sich davonmachten. Vielleicht aus dem fahrenden Auto.«

Jetzt langt's. Wenn der Kerl nicht gestoppt wird, sitzt er in einer Stunde noch hier. »Fabelhaft, Herr Staudinger! Das paßt ja alles wirklich fabelhaft zusammen. Ich meine, es ist natürlich tragisch, daß Nowakowski auf diese Weise enden mußte. Aber davon abgesehen bin ich wirklich heilfroh, daß wir hier aus dem Schneider raus sind. Und dafür möchte ich Ihnen danken. Und gratulieren natürlich!«

Staudinger sah anscheinend keine Möglichkeit mehr, noch länger sitzenzubleiben, er stand auf und nahm den Händedruck entgegen. »Keine Ursache, Herr Verweerth. Wir müssen die Burschen erst noch fassen. Und sie überführen.«

»Das schaffen Sie, da bin ich ganz sicher.«

»Ich hoffe es.« Er streckte Wehmeier lächelnd die Hand entgegen. »Jetzt werden wir uns jedenfalls unsere Kundschaft aus dem Milieu noch einmal sehr gründlich vorknöpfen. Auf Wiedersehen, Herr Wehmeier. Alles Gute. Und schöne Grüße an Frau Sommer.«

»Danke.«

Staudinger winkte: »Lassen Sie nur, Herr Verweerth. Ich find schon raus.« Er schloß die Tür sanft hinter sich.

»Das konnte er wohl nicht lassen.«

»Was?«

»Ihnen noch einmal Ihr Techtelmechtel mit der Sommer unter die Nase zu reiben.«

»Ich hab kein Techtelmechtel mit Frau Sommer.«

»Ich hab's doch nicht bös gemeint, Uli. Kommen Sie, wir setzen uns rüber an den Schreibtisch. In diesen Sesseln hier sitze ich mir einen Kipparsch.«

Er kam langsam hinterher und ließ sich im Stuhl vor dem Schreibtisch nieder.

»Aber jetzt mal unter uns Brüdern, Uli: Sie müssen ja doch den sechsten Sinn gehabt haben, ausgerechnet in der Nacht zum Montag mit der Sommer zu schlafen. Und das bis zum anderen Morgen. Entschuldigung, ich seh's Ihnen an, das haben Sie schon wieder in den falschen Hals bekommen, aber ich will damit doch nicht sagen, daß man einen besonderen Anlaß haben muß, um mit Frau Sommer zu schlafen. Attraktive Person, wirklich, wenn man mal ein bißchen genauer hinsieht. Kann einen Mann, der nicht völlig phantasielos ist, schon auf Gedanken bringen. Aber was rede ich da, das geht mich nun wirklich nichts an. Ich wollte nur sagen, daß Sie dieses Alibi verdammt gut gebrauchen konnten. Offengestanden, Uli: Als Nowakowskis Leiche in dieser Pißecke gefunden wurde, da hab ich mich tatsächlich einen Augenblick lang gefragt, ob Sie vielleicht hinter ihm hergeschlichen sind und die günstige Gelegenheit genutzt haben, ihm den Hals umzudrehen. Und das hat die Kripo sich vermutlich ja auch gefragt.«

Er antwortete nicht. Plötzlich wischte er sich mit der Hand über die Stirn. Er ließ die Hand sinken, starrte darauf, zog sein Taschentuch und rieb die Hand ab.

»Ist Ihnen nicht gut, Uli?«

Er steckte das Taschentuch weg. »Wie kommen Sie denn darauf?«

»Na ja, es würde mich nicht wundern nach allem, was Sie um die Ohren gehabt haben. Wollen Sie einen Kognak?«

»Nein, danke.«

»Aber ich werde mir noch einen genehmigen, mit Verlaub.«

Er ist angeschlagen, und das heißt, daß ich ihn sehr vorsichtig anfassen muß. Noch vorsichtiger als sonst, wenn ich nicht riskieren will, daß er sich total querlegt. Es war schon ein Fehler, ihn auf die Sommer anzusprechen. Vielleicht macht sie's tatsächlich so gut, daß er sie jetzt am liebsten unter Glas setzen möchte.

»Okay, Uli. Kommen wir zur Sache.« Eine kleine Pause, das wird vielleicht sein Interesse wecken. »Können Sie sich vorstellen, warum ich Sie sprechen wollte?«

»Nein.«

Er macht sich nicht einmal die Mühe, die Stimme ein bißchen anzuheben. Sagt kurz und trocken nein, der sture Bock. »Na schön, Uli, ich darf von Ihnen wohl auch nicht erwarten, daß Sie den ersten Schritt tun, das wäre wahrscheinlich zu viel verlangt. Ich hab da meinerseits keinerlei Hemmungen, ich hab keine Angst, daß mir eine Perle aus der Krone fällt. Deshalb werd ich jetzt in aller Offenheit mit Ihnen reden, ehrlich und ungeschminkt. So, wie ich's von Anfang an mit Ihnen gehalten habe.«

Er schlug die Beine übereinander, verschränkte die Arme. Vorsicht. Das war vielleicht schon wieder zu viel.

»Diese Sache mit Nowakowski, das ist natürlich höchst bedauerlich. Tragisch, könnte man tatsächlich sagen. Und für mich persönlich sehr unangenehm, weil der Mann mich schließlich entlasten sollte. Aber, Uli... ich muß Ihnen gestehen, daß ich zugleich erleichtert bin.«

Er bewegte sich in seinem Sessel.

»Ich weiß schon, Sie brauchen gar nichts zu sagen. Wie ich Sie kenne, finden Sie das ziemlich rüde, im Angesicht des Todes und so weiter. Und obwohl Sie selbst weiß Gott nicht sein Freund waren. Aber ich hab ja gesagt, daß ich ganz offen mit Ihnen reden will. Und wir wollen uns doch nichts vormachen, Uli: Der Mann hat unser Unternehmen total durcheinander gebracht. Ganz abgesehen davon, daß er sich jetzt auch noch menschlich als Niete entpuppt hat. Also, ich hab nie eine besonders hohe Meinung von den Schwulen gehabt, das wissen Sie, aber ich hab mir tatsächlich nicht träumen lassen, daß ich mal auf so eklatante Weise recht behalten würde. Dreht dieser Kerl doch völlig durch, bloß weil ihm sein kleiner Freund durchgegangen ist! Und hat dann offenbar einen solchen Druck auf dem Rohr, daß er sich nicht beherrschen kann und bei Nacht und Nebel sich diesen Ganoven ausliefert. Bloß, um in irgendeinem Gebüsch herumzuficken, das ist doch zum Kotzen.«

Er sagte: »Woher wollen Sie das wissen?«

»Was?«

»Das, was er im Volkspark gesucht hat.«

»Na, jetzt machen Sie aber einen Punkt, Uli! Also gut, Sie haben recht, ich weiß es natürlich nicht, es sind meinetwegen nur Vermutungen. Lassen wir das. Es kann uns im Grunde auch egal sein. Herr Nowakowski ist nun mal passé, am Montag werden wir ihn zu Grabe tragen, und danach treten hier wieder normale Verhältnisse ein. Und damit sind wir auf dem Punkt. Wollen Sie jetzt nicht doch einen Kognak?«

»Danke, nein.«

Der Junge wird mir ewig ein Rätsel bleiben. Er müßte nach allem, was ich ihm über Nowakowski serviert habe, doch längst aufgetaut sein. Jeder normale Mensch hätte jetzt schon die Chance gerochen und würde anfangen, sie zu beschnuppern.

Er legte die Hand über den Mund. Seine Augen verfolgten das Kognakglas, bis es wieder auf dem Schreibtisch stand. Sie können einem manchmal wirklich auf die Nerven gehen, diese penetranten blauen Lichter.

»Ich muß neue Dispositionen treffen, Uli. Dieser Schwulibert hat meine ganzen Pläne vermasselt. Ich brauche einen Nachfolger für ihn, das ist dringend genug. Aber bevor ich darüber nachdenken kann, wem ich diesen Job anvertraue, muß ich auch noch einen Auftrag retten, der für unser Unternehmen enorme Bedeutung hat. Ich brauche Ihnen wohl nicht zu sagen, wovon ich rede?«

»Sie meinen die Brack-Kampagne?«

Na bitte, er stellt sich ja doch nicht absolut taub. »Genau die meine ich.«

»Aber ich dachte, Herr Nowakowski hätte das unter Dach und Fach gebracht?«

»Ja, dachte ich auch. Soll ich Ihnen die Wahrheit sagen? Ich sag sie Ihnen ungeschminkt, Uli, wie ich sie Ihnen immer gesagt habe: Der Auftrag ist im Arsch, wenn wir nicht sofort was unternehmen. Er hat an Ihrer Konzeption herumgefummelt, aber das ist auch schon alles, was er gemacht hat. Die Änderungen, die er sich ausgedacht hat, sind größtenteils der pure Schwachsinn. Und er ist damit nicht einmal fertiggeworden. Ich habe mir am Montag, als er verschütt gegangen war, sofort Cvetković vorgeknöpft. Mir haben die Haare zu Berg gestanden, als ich sah, was dieses fabelhafte Gespann auf die Beine gestellt hat. Und am nächsten Freitag müssen wir zur Präsentation erscheinen. Heute in einer Woche. So, und damit Sie sehen, daß ich Ihnen nichts vormache, können Sie sich den Schrott mal ansehen, mit dem wir nach dem jetzigen Stand da aufkreuzen müßten. Bitte sehr.«

Er nahm die Mappe entgegen, schlug sie auf und begann zu lesen. Er studierte das erste Blatt von oben bis unten, bevor er es umblätterte.

Heiliges Kanonenrohr. Die Ruhe möchte ich auch noch mal haben. Ich hab sie gehabt, ja doch. Vor dreißig Jahren oder vor vierzig. Als ich noch in der Dammstraße wohnte. Wie lange ist das her? Ewigkeiten. Bevor Babette mir über den Weg lief, lange vorher. Als die Maus noch zu mir kam. Klingelte abends um sieben oder halb acht, ich brauchte nur aufzustehen und ihr aufzudrücken, ich ließ die Wohnungstür einen Spalt offen und setzte mich wieder an den Schreibtisch. Schreibtisch ist gut, es war ein Küchentisch, den die Maus bei ihrer Tante aus dem Keller geholt hatte. Aber wir nannten ihn Schreibtisch. Die Maus hatte den Platz vor dem Fenster ausgemessen, und da saß ich nun, meist auch sonntags. Unverbauter Blick, vierter Stock, ich konnte im Sitzen das jenseitige Ufer sehen und einen Streifen Wasser. Ab und zu tuckerte ein Kahn vorbei. Aber ich ließ mich von nichts ablenken. Mußte ich auch nicht, die Maus kam auf ihren kleinen Füßen, den leisen Sohlen die Holzstiegen herauf, drückte die Wohnungstür ins Schloß, raschelte ein bißchen in dem engen Flur, kam herein, aber sprach mich nicht an, legte mir nur die Hand auf die Schulter und ging in die Küche, gab sich an den Abwasch und knusperte herum. Irgendwann stand sie dann neben dem Schreibtisch: »Brauchst du was?« Und wenn ich nichts brauchte, packte sie das Buch aus, das sie mitgebracht hatte, und legte sich aufs Sofa. Wartete, bis ich fertig war. Ich hörte sie nur, wenn sie eine Seite umblätterte. Aber das störte mich nicht. Ich wußte ja, daß sie nicht ungeduldig war. Wir hatten beide die Ruhe weg. Aber irgendwann war das vorbei, der Teufel weiß, warum.

Er schlug die Mappe zu und legte sie auf den Schreibtisch.

»Na? Was halten Sie von dieser Katastrophe?«

Er rieb sich mit Daumen und Zeigefinger die Mundwinkel. Dann sagte er: »Müssen Sie diesen Auftrag denn unbedingt haben?«

»Wie bitte? Meinen Sie das etwa ernst?«

»Ja, natürlich.« Er schüttelte den Kopf. »Sie brauchen mir nicht klarzumachen, daß eine Menge Geld damit zu verdienen ist. Aber es geht der Agentur doch gut mit dem, was sie bisher gemacht hat. Warum wollen Sie unbedingt in ein Gebiet einsteigen, auf dem die Agentur überhaupt keine Erfahrungen hat?«

»Also, hören Sie, Uli, manchmal frage ich mich wirklich, in welcher Welt Sie leben! Social Communications ist das Zukunftsgeschäft schlechthin, das wissen Sie doch so gut wie ich. Die Politiker waren noch nie so geil darauf, sich über die Medien zu verkaufen, soll ich Ihnen etwa die Zahlen vorbeten, die Sie ohnehin kennen? Bitte sehr, ich hab sie hier, jederzeit griffbereit, weil davon auch das Schicksal dieses Unternehmens abhängt, ob uns das paßt oder nicht. Bitte sehr, zum Beispiel die hier: Vor zwölf Jahren war ein

Sitz im Repräsentantenhaus noch für fünfzehntausend Dollar zu haben. Vergangenes Jahr hat er im Schnitt schon fünfhunderttausend Dollar gekostet. Warum? Weil ein Wahlkampf ohne massierte Fernsehspots witzlos ist, darüber wollen Sie hoffentlich nicht mit mir streiten. Oder nehmen Sie diese SDI-Kampagne: Eins komma sieben Millionen Dollar allein für die erste Serie von Spots.«

»Ich weiß.« Er wandte sich ab und sah aus dem Fenster. »Die Mutter mit dem Baby auf dem Arm, die wie versteinert in der Küche steht, während die Sirenen heulen. Die Stimme, die aus dem Off spricht: *Wenn die sowjetischen Atomraketen erst einmal gestartet sind, können wir sie nicht mehr aufhalten. Wir können nur noch ... warten!* Und dann erscheint Ronald Reagan auf dem Bildschirm und sagt: *Aber es gibt eine Hoffnung!* Ja.« Er stieß die Luft durch die Nase. »Ich hab's gelesen.«

Herrgott noch mal, jetzt hab ich auch noch das falsche Beispiel gegriffen und diesen Kindskopf provoziert. Wo war denn nur die Drogen-Geschichte? »Nun tun Sie mal nicht so, Uli, als wollte ich für dieses Kriegsspielzeug werben. Ich hab die Scheiße in vorderster Front mitgemacht, mir brauchen Sie nichts zu erzählen. Es geht mir nur um den Trend auf dem Markt, und daß der bei uns genauso verlaufen wird wie drüben, das wissen wir doch. Halt, hier hab ich's: *Newsweek*, das haben Sie ja hoffentlich auch gelesen, über den Boom von *public-services ads* in den Staaten. Eine Mammut-Kampagne gegen die Sauferei bei Teenagern. Sechsundzwanzig Millionen Dollar zur Aufklärung der erwachsenen Analphabeten. Und fünfhundert Millionen Dollar, eine halbe Milliarde, mein Lieber, für eine Kampagne gegen den Mißbrauch von Drogen. Na, was sagen Sie denn dazu? Das müßten doch Themen sein, die sich mit Ihren Idealen vereinbaren lassen. Oder sehe ich das falsch?«

»Meine Ideale? Was meinen Sie damit?«

Verflucht und zugenäht. Ich müßte diesen unverschämten

sturen Bock spätestens jetzt rausschmeißen. »Also gut, Uli. Tun wir so, als hätten Sie keinerlei Ideale. Tun wir so, als wäre es Ihnen scheißegal, ob Sie für Rattengift werben oder für Pelzmäntel. Oder als wären Sie einer dieser Allerwelts-Texter, die trotz des Booms Probleme haben, einen Job zu finden, auch damit sage ich Ihnen wohl nichts Neues, Sie kennen den Markt. Aber selbst dann werden Sie nicht leugnen können, daß Sie ein ungewöhnliches Interesse an der Politik haben. Und einen politischen Sensus, über den lange nicht jeder verfügt. Und daß es geradezu pervers wäre, wenn Sie das nicht nutzen würden.«

Er lehnte sich zurück, legte die Hände über dem Bauch zusammen. Dann sagte er: »Worauf wollen Sie eigentlich hinaus?«

»Worauf ich hinaus will? Haben Sie das noch immer nicht begriffen? Na schön, Uli. Sie wollen offenbar zunächst ein Schuldbekenntnis hören. Das können Sie haben, ich hab keine Angst, daß mir eine Perle aus der Krone fällt.«

Er reagierte nicht. Seine Augen beobachteten die Kognakflasche, dann folgten sie wieder dem Glas.

»Ich hab Ihnen den Brack-Auftrag abgenommen, Uli, das ist richtig. Und vorher schon das Hundefutter. Daß Sie gekränkt waren, das kann ich verstehen. Aber Sie werden hoffentlich auch verstehen, daß Sie mich mit Ihrer Sturheit und mit dieser blödsinnigen Aktion, mit dieser Betriebsrats-Idee herausgefordert haben. Schwamm drüber. Ich hab mich da auch nicht immer sehr glücklich verhalten. Und wissen Sie warum? Weil ich mich von diesem Quertreiber hab einwikkeln lassen. Von ihm und von meiner Frau. Bitte sehr, ich habe keinerlei Hemmungen, einen Fehler einzugestehen. Aber da wir Herrn Nowakowski nun durch Gottes Fügung losgeworden sind und wieder wie normale Menschen arbeiten müssen, halte ich es für angebracht, um nicht zu sagen für zwingend, daß Sie den Brack-Auftrag wieder übernehmen. Hab ich mich jetzt verständlich ausgedrückt?«

Er nickte. Nach einer Weile sagte er: »Ich wollte kein Schuldbekenntnis hören.«

»Gut, gut, dann hab ich's eben freiwillig abgelegt. Ich hätte das so oder so getan, denn das Ganze hat ja nur Sinn, wenn wir wirklich offen und ehrlich miteinander reden. So, wie es Ihre und doch auch meine Art ist. Also, nun äußern Sie sich, Uli. Schaffen Sie das bis zum nächsten Freitag?«

Er betrachtete seine Hände. Er sagte: »Sie täuschen sich in mir.«

»Was soll das heißen? Was soll ich denn noch tun, um Sie zu versöhnen? Ihnen die Füße küssen?«

»Darum geht es nicht.« Er sah auf. »Sie denken, ich kann diese politischen Sprüche aus dem Ärmel schütteln. Locker, und ohne jedes Problem. Sie täuschen sich.«

Dreht er jetzt völlig durch? »Haben Sie etwa Zweifel an sich selbst?«

»Und wenn? Können Sie sich nicht vorstellen, daß ich Anlaß dazu hätte?«

»Anlaß hat jeder, wir machen alle unsere Fehler. Aber Sie zweifeln doch wohl nicht an Ihren Fähigkeiten, bloß weil dieser Schwulibert versucht hat, Sie madig zu machen? Oder weil Sie mit Ihrem Betriebsrat auf die Schnauze gefallen sind? Hören Sie, Uli, jetzt sage ich Ihnen noch etwas, obwohl es vielleicht klüger wäre, wenn ich das für mich behielte: Die Art, wie Sie sich für Ihre Freundin engagiert haben, für Frau Sommer, meine ich, und dafür, daß ihr kein Unrecht geschieht, das hat auf die Dünnbrettbohrer in diesem Hause gewirkt, als wären Sie geisteskrank. Ein Mensch, der seine eigenen Interessen total vernachlässigt – das geht über den Horizont dieser Flachwichser. Aber ich hab von Anfang an verstanden, um was es Ihnen ging. Sie wollten sich selbst treu bleiben, Uli. Und das ist Ihnen gelungen. Das nenne ich Glaubwürdigkeit. Und genau das braucht man, um eine politische Kampagne zu entwickeln, bei der die Leute nicht das große Gähnen bekommen. Oder das große Kotzen.«

Er sagte: »Glaubwürdigkeit? Wie kommen Sie darauf, daß ich glaubwürdig bin?«

»Herrgott noch mal, weil Sie es sind! Weil Sie genau den Ton drauf haben, der die Leute anspricht! Sie haben doch die Sprüche gesehen, die dieses Arschloch uns andienen wollte. Soll ich sie Ihnen noch mal vorlesen? Hier, den zum Beispiel: *Kinder mögen Friedrich Brack. Warum wohl? Weil er ein Herz für Kinder hat. Und nicht nur für seine drei eigenen.* Wie finden Sie das denn? Da riecht man doch gegen den Wind, daß einer sich das gewaltsam abgedrückt hat. Und nun nehmen Sie mal Ihre Sprüche. Den hier zum Beispiel, den hab ich auf Anhieb gemocht: *Es ist wahr, daß es uns gut geht – aber ist das die ganze Wahrheit*? Da wird nicht dick aufgetragen, da wird nichts behauptet, sondern nur bescheiden gefragt – *ist das die ganze Wahrheit*? Aber eben deshalb ist es überzeugend. Es ist glaubwürdig, Uli. Und nun machen Sie mir nicht weis, daß Sie sich für diesen Spruch verrenken mußten. Den haben Sie doch aus vollem Herzen geschrieben!«

Er lächelte, schüttelte den Kopf, legte den Kopf in den Nacken und sprach zur Decke: »Die ganze Wahrheit!« Plötzlich stand er auf, wies mit dem Finger auf die Kognakflasche: »Jetzt würde ich ganz gern einen trinken.« Er wandte sich ab, ging langsam bis zur Tür, kam langsam zurück, starrte auf das Glas, sagte noch einmal: »Die ganze Wahrheit!« griff nach dem Glas und trank es leer. Er stellte das Glas ab und stützte beide Hände auf den Schreibtisch.

»Was ist los, Uli? Wollen Sie mir Rätsel aufgeben?«

Er schüttelte den Kopf, lächelte. »Nein, nein. Mir ist nur gerade ein glaubwürdiger Spruch eingefallen.«

»Raus damit.«

Er sagte, ohne eine Miene zu verziehen: »Glauben Sie etwa, daß Friedrich Brack nur mit seiner Ehefrau schläft? O nein! Er vögelt auch andere – genauso wie Sie und ich. Friedrich Brack, ein Mensch unter Menschen!«

Er ist tatsächlich schwer angeschlagen. Ist ihm etwa diese Sommer so unter die Haut gegangen? Das kann doch wohl nicht wahr sein. »Hören Sie, Uli, ich bin ja jederzeit für einen Scherz zu haben. Und wenn ein Problem dahinter stecken sollte, können Sie auch darüber in aller Offenheit mit mir reden. Kann es sein, daß Sie sich Sorgen machen wegen Frau Sommer? Ich kann Sie beruhigen. Ich muß Ihnen wohl nicht sagen, daß Nowakowski die Änderungskündigung betrieben hat. Und nicht ich. Den Fall können Sie vergessen.«

»Das höre ich gern. Aber das war nicht das Problem, über das ich nachgedacht habe.«

»Sondern?«

Er lächelte. »Das Problem lautet: Wie bringe ich die ganze Wahrheit unters Volk? Es ist doch wahr, daß Brack ständig irgendeine Freundin hat? Oder irre ich?«

»Nein, Sie irren nicht. Aber jetzt lassen Sie mal die Witzchen. Was hat das denn mit Politik zu tun? Sie müssen den Leuten doch nicht alles auf die Nase binden, um eine Politik glaubwürdig verkaufen zu können. Sie müssen nur an die Politik glauben. Wenn Sie davon überzeugt sind, dann überzeugen Sie auch die Leute.«

»Das glauben Sie?«

»Ja, das glaube ich. Und ich glaube nach wie vor und was immer Sie sich noch an Witzchen einfallen lassen, daß Sie genau der richtige Mann dafür sind. Weil Sie nämlich ein ehrlicher und anständiger Kerl sind. Und weil die Leute das spüren.«

»Irrtum.«

»Was soll das heißen?«

Er ließ sich in seinem Sessel nieder. »Das soll heißen, daß Sie keinen ehrlichen und anständigen Kerl brauchen, um Politik zu verkaufen. Es genügt, daß er glaubwürdig lügt. Er muß gar nicht selbst daran glauben. Er muß ganz im Gegenteil wissen, daß er mit der ganzen Wahrheit keinen Blumentopf gewinnen kann. Aber wenn er so lügt, daß er glaubwürdig wirkt, dann ist er der Mann, den Sie suchen.«

»Okay, Uli, das war's denn wohl.« Es hat keinen Sinn. An diesem sturen Bock ist Hopfen und Malz verloren. »Sie weigern sich also, den Auftrag wieder zu übernehmen.«

»Nein, nein, Sie haben mich mißverstanden.« Er lächelte. »Ich wollte sagen, daß ich ihn zu Ende bringen will. Und wenn wir Glück haben, schaffe ich es ja auch bis zum nächsten Freitag. Aber bevor ich mir dieses Zeug unter den Arm klemme und mich zurückziehe, hätte ich gern noch einen zur Brust genommen.« Er wies auf die Kognakflasche. »Wenn ich so frei sein darf.«

## 21

*Wahrheit ist die Art von Irrtum, ohne welche eine bestimmte Art von lebendigen Wesen nicht leben könnte.* War nicht dumm, der Mann. Natürlich nicht. Mit vierundzwanzig Jahren Professor, was immer das bedeuten mag.

Allzuviel freilich, wenn man seinen Fall genauer betrachtet, kann es nicht bedeutet haben. Für das Leben, das handfeste, das saftige, scheint er ja doch zu dumm gewesen zu sein. Verirrt sich mit zwanzig in ein Bordell und holt sich prompt den morbus gallicus. Reibt sich ein paar kleine Spirochäten ins genitale Hautgewebe, und da nisten sie sich erst einmal ein, nässen und schwären ein bißchen, geben wieder Ruhe, aber dann, irgendeines Tages, machen sie sich auf die Wanderschaft, steigen empor und besetzen das Gehirn und legen es lahm. Wie wenn die Blutzufuhr plötzlich abgeschnitten würde. Nein, nicht plötzlich. Langsamer, viel langsamer. Über Jahre hinweg.

Wie alt war er, als er die Wahrheit als Irrtum entlarvt hat?

Schon dreiundvierzig, als er das Werk konzipierte. Aber das besagt nichts gegen sein Denkvermögen. Diese kleinen mörderischen Hirnfresser sorgen angeblich ja für fulminante Erleuchtungen, bevor sie die Nacht einbrechen lassen. Außerdem ist es gar nicht bewiesen, daß er sich die Lustseuche geholt hat in diesem Bordell. Warum sollte er nicht tatsächlich schon bei der Begrüßung, noch im Stehen und sobald der nackte Arm seine Wange streifte, in Panik geraten sein und das Haus Hals über Kopf verlassen haben, durch den Flur stolpernd und die Stiege vor der Tür hinab, nur ja nicht das Geländer berühren, fort durch die Gasse und den roten Laternenschein fliehend?

Schon möglich. Obwohl er auch dann, ein ausgewachsener Mann von zwanzig Jahren, nicht gerade seine Lebenskraft unter Beweis gestellt hätte. Ergreift die Flucht, wo er hätte sich ausleben können. Bringt nicht den Mut auf, vom Apfel zu kosten, nach dem es ihn wässert. Zieht den Schwanz ein und tritt den Rückzug an. Warum? Weil das, was er hätte tun sollen, tun wollen, unerlaubt gewesen wäre? Unmoralisch?

Das doch eben nicht: *Moralisch ausgedrückt, ist die Welt falsch. Aber insofern die Moral selbst ein Stück dieser Welt ist, so ist die Moral falsch*. Das hat er ja schließlich verkündet, später. Und noch mehr: *Nichts ist wahr – Alles ist erlaubt*.

Nun gut. Vielleicht hat auch er das erst lernen müssen. War noch zu jung, mit zwanzig. Ahnte nichts von dem Übermenschen, der in ihm steckte.

Wieviel Uhr? Viertel nach acht. Noch zu früh, um die Rechte des Vaters in Anspruch zu nehmen. Vielleicht schläft er noch, ist zur Mama gekrochen am schulfreien Samstagmorgen und schläft mit roten Backen in ihrem Arm. Sofern die Mama nicht wieder arbeitet am Samstagmorgen, um das Geld heranzuschaffen für ihren neuen Lebenskreis. Für diese Großfamilie von Pennern, denen sie auf den Leim gegangen ist.

Und sofern die Mama, sollte sie nicht arbeiten müssen an diesem Samstagmorgen, einen Arm frei hat für ihr Kind. Es ist ja nicht auszuschließen, daß sie mittlerweile beide braucht für einen dieser Penner. Liegt neben ihr, von ihren beiden Armen umschlungen, und schnarcht, die Haare des Schnauzbarts zittern in seinem röchelnden Atem. Sie hebt den Arm von seiner Brust, zieht den anderen Arm behutsam unter seinem Nacken hervor und steht auf, um das Frühstück für die Großfamilie zu machen, die Körner einzuweichen. Der Penner grunzt, aber er öffnet die Augen nicht, er dreht sich auf die Seite und läßt einen fahren. Sie geht leise in die Küche.

Vielleicht sitzt er schon da, in dem blauen Frotté-Schlafanzug, den er vergangenes Jahr Weihnachten bekommen hat, mit dem Superman auf der Brust, die Hose ist ihm ein bißchen kurz geworden und die Ärmel auch. Er ist wachgeworden und in die Küche gegangen, weil die Mama ihm gesagt hat, er soll nicht wieder in ihr Zimmer kommen, denn sie will endlich einmal ausschlafen an diesem freien Samstagmorgen, und so ist er leise in die Küche gegangen, auf bloßen Füßen, hat den Dackel gekrault, der ihn angähnte, und sich an den Tisch gesetzt, spielt mit seinem Feuerwehrauto, schiebt es hin und her über den Tisch. Hat Hunger.

Hunger auf ein Brötchen wahrscheinlich. Ob sie Brötchen essen in dieser Großfamilie? Wahrscheinlich nicht. Gebleichtes Mehl, eine Sünde wider die Natur. Körner wird sie ihm vorsetzen, und vielleicht ein Stück schmuddeliges Brot vom Ökobäcker. Er wird's kauen, hungrig, und seine Körner löffeln.

Ob ich ihm ein Brötchen mitbringe? Ich könnte es dick mit Butter bestreichen und darauf dick Leberwurst, die ist besonders giftig, sagt Marion. Sagen diese Körnerfresser. Nein, könnte ich nicht. Kein Brötchen im Haus, und die Leberwurst im Kühlschrank wird mittlerweile ausgetrocknet sein, dunkelbraun oder schon ein bißchen grünlich, und die Butter wird einen Stich haben. Wie lange hält sich Butter im Kühlschrank, und Leberwurst, bevor es stinkt?

Sechs Tage jetzt. Irgendwann werde ich diesen Kühlschrank ausräumen müssen, auswaschen.

Irgendwann werde ich diese Küche wieder betreten müssen.

Die Tür öffnen. Hineingehen, als ob das eine Küche wäre wie irgendeine andere. Nicht stehenbleiben an der Tür und auf die Bodenfliesen starren. Warum auch? Es ist ja nichts zu sehen da, die Fliesen sind blank, sauber geputzt, und selbst wenn ich mich niederkniete und mit dem Finger über die Fliesen führe, könnte ich nichts Ungewöhnliches entdecken, ein bißchen Staub allenfalls, der sich in den sechs Tagen niedergeschlagen hat. Wer wollte behaupten, daß dieses Bild trügt? Die Wahrheit ist, daß diese Küche so normal aussieht wie jede beliebige andere Küche.

Okay. Frühstück im Café am Bahnhof, wie gehabt. Nur heute noch. Und morgen natürlich, am Sonntag. Und am Montagmorgen auch noch, aber danach werde ich einkaufen und abends den Kühlschrank in Ordnung bringen und die frische Verköstigung einlagern fürs Frühstück am Dienstag. Ein ganz normales Frühstück in einer ganz normalen Küche.

Es hatte aufgeklart über Nacht. Die Novembersonne stand noch tief, sie rötete die Unterseite der flachen, graublauen Wolkenbänke, die im Osten abzogen. Die Luft war klar und frisch. Hinter dem Dachfenster auf der anderen Seite der Straße waren die Vorhänge noch geschlossen. Das matte Quietschen, mit dem das Garagentor sich hob, das schwache Dröhnen, mit dem es an die Halterung unter dem Betondach schlug, zerrissen die Stille.

Kein Grund zur Panik. Das war ein ganz normales, ein unauffälliges Geräusch, und selbst wenn jemand es gehört haben und aus dem Fenster schauen sollte, wird er nichts Bemerkenswertes registrieren können. Herr Wehmeier fährt weg, ziemlich früh für einen Samstagmorgen, aber was soll er auch zu Hause tun, ohne Frau und Kind? Wahrscheinlich fährt er zu seiner Freundin, zum Frühstück, und um das

Wochenende mit ihr zu verbringen. Es müßte jemand schon ein sehr scharfer, ein mißtrauischer Beobachter sein, um auf die Frage zu kommen, warum Herr Wehmeier seit Montag sein Auto nicht mehr vorwärts, sondern rückwärts in die Garage fährt, wenn er nach Hause kommt.

Aber auf die Antwort käme auch dieser Beobachter nicht. Die Antwort ist allzu absurd. Herr Wehmeier fährt sein Auto neuerdings rückwärts in die Garage, damit er nicht an seinem Kofferraum vorbeigehen muß, wenn er die Garage verläßt oder betritt. Herr Wehmeier ist sehr sensibel, und er fürchtet, daß er, wenn er sich dem Kofferraum näherte, noch immer eine Spur des scharfen, widerlichen Geruchs wahrnähme, der ihm entgegenschlug, als seine Freundin auf der Straße hinter dem Volkspark den Kofferraum öffnete. Kein Hauch von *Eau d'homme, Les Créations Jim Morgan*, weiß Gott nicht.

Herr Wehmeier fürchtet sogar, daß er durch den Deckel des Kofferraums hindurchsehen und jäh etwas wahrnehmen könnte, das doch schon längst in einem Kühlfach der Gerichtsmedizin lagert oder vielleicht schon in der Leichenhalle des Waldfriedhofs, gewaschen und gesäubert, die roten Schnitte in Brust und Bauch vernäht und unter weißem Leinen verhüllt, die blaurote Zunge zurückgeschoben, Zähne und Mund geschlossen, die Augenlider zugedrückt, ein friedlicher Anblick, wenn man es richtig betrachtet.

Aber nein, der sensible Herr Wehmeier meint, nicht dieser beruhigende, dieser entspannende Anblick sei die Wahrheit, die allseits akzeptierte Wirklichkeit, sondern das Trugbild sei es, vor dem er sich fürchtet: Die stierenden Augen. Der klaffende Mund. Der auf die Brust abgeknickte Kopf. Die verdrehten Füße in den Stiefeletten.

Nichts als ein Hirngespinst. Der Kofferraum ist leer, das ist die Wahrheit. Er stinkt nicht. Er riecht allenfalls, wie jeder normale Kofferraum, nach Benzin und Gummi. Das ist alles.

Ich werde, wenn ich zurückkomme, das Auto vorwärts in die Garage fahren.

Im Café am Bahnhof saßen noch nicht viele Gäste, Reisende vielleicht, sie hielten im warmen Licht der tiefhängenden Lampen Zeitungen aufgeschlagen, tasteten mit der freien Hand nach ihren Tellern und den Tassen. Der hübsche kleine Käfer kam, auf seinen schwarzen flachen Schühchen. Sie strich das weiße Schürzchen glatt und lächelte: »Guten Morgen. Gut geschlafen?«

»Danke, danke, hervorragend. Wie in Abrahams Schoß. Und Sie?«

»Ich auch sehr gut. Aber wer ist Abraham?«

»Den kennen Sie nicht?«

Sie schüttelte den Kopf. »Sorry. Sollte ich? Nie davon gehört.«

»Na ja, das ist auch ziemlich schwierig. *Quid faciemus nos? Wie machen wir's, daß wir kommen in Abrahams Schoß?*«

Sie lachte. »Sie spinnen aber ganz schön heute morgen. Bekommen Sie denn auch was zum Frühstück?«

»Aber ja. Und möglichst bald, bitte.«

»Das Übliche?«

»Das Übliche, ja. Und ein Leberwurstbrötchen extra, besonders gut geschmiert. Zum Mitnehmen.«

»Wird gemacht.« Sie ging, sah noch einmal lächelnd über die Schulter.

*Ach Herr, laß dein lieb' Engelein,*
*Am letzten End' die Seele mein*
*In Abrahams Schoß tragen.*

Jetzt langt's allmählich aber. Das zumindest hatten wir doch schon lange hinter uns. Wie lange? Ein rundes Vierteljahrhundert.

Im ersten Dämmern des Frühlingsabends hinauf auf den Schloßberg, über den gepflasterten Platz hinüber zur Stiftskirche. Wären wir stehengeblieben unter den Bäumen und hätten die Luft eingesogen, wir hätten den Saft der Knospen riechen können, die hier und da schon aufsprangen, und hinter uns, am Rand der grünen Ebene, hätten wir den silbernen Streifen sehen können, den fernen Strom, der unserer Welt die Grenze zog. Aber wir hatten's eilig, wie immer. Drängelten uns durch das Portal der Kirche, polterten die Holztreppe zur Empore hinauf, nahmen Aufstellung, hörten nicht auf mit dem Schubsen und Kichern, bis Niggemeyer mit seinem Taktstock aufs Pult klopfte: »Ruhe jetzt! Vor allem der Sopran hält die Klappe! Wehmeier, das gilt auch für dich. Also, meine Herrschaften. Wir haben nur noch zwei Wochen Zeit. Und wenn wir uns nicht blamieren wollen, dann muß von jetzt an jede Probe sitzen. Wir fangen an mit Nummer sechsundfünfzig.«

*O Mensch, mache Richtigkeit.*

Sie kam mit den Spiegeleiern und dem Speck. »Passen Sie auf, der Teller ist heiß.« Sie rückte die Tasse zurecht, stellte den Brotkorb ein wenig näher. »Sie machen mir aber gar nicht den Eindruck, als ob Sie gut geschlafen hätten. Vorhin hab ich schon gedacht, Sie nicken ein.«

»Sie haben vielleicht eine Ahnung. Ich denke pausenlos nach.«

»Und worüber?«

»Ja, worüber. Über Herrn Brack, zum Beispiel.«

»Und wer ist das schon wieder?«

»Der vorige Ministerpräsident. Kennen Sie den etwa auch nicht?«

»Ach, der. Was haben Sie denn mit dem zu tun?«

»Ich mache Leuten wie Ihnen klar, wie gut der Mann ist, und daß er nur Gutes tut.«

Sie lachte. »Und das soll wahr sein?«

»Das ist nicht die entscheidende Frage. *In einer Welt, die wesentlich falsch ist, wäre Wahrhaftigkeit eine widernatürliche Tendenz.*«

»Ah, jetzt hören Sie aber auf mit der Spinnerei! Sie wollen mich bloß auf den Arm nehmen. Aber das schaffen Sie nicht.«

Sie ging, lachend und kopfschüttelnd.

Du wirst dich wundern, Mädchen. Ich gehe jetzt zu meinem Sohn, und mit dem werde ich soviel Zeit verbringen, wie er mag, vielleicht nehmen wir uns den Dackel und fahren irgendwohin, wo's uns gefällt, und heute abend werde ich die beiden zurückbringen und nach Hause fahren und früh ins Bett gehen, das eine oder andere Bier noch zuvor, aber nicht zuviel, nur soviel, daß ich müde werde und schlafe, die ganze Nacht, nicht mehr lesen, nichts mehr nachschlagen, nicht mehr spinnen, sondern schlafen, tief und ohne Träume, und morgen früh werde ich aufwachen und mich frisch an die Arbeit setzen, sehr früh schon, noch bevor die Sonntagsglokken zu läuten beginnen, und ich werde ein Bild von Herrn Friedrich Brack ausmalen, dem kaum einer widerstehen kann, du bestimmt nicht, Mädchen, verlaß dich drauf.

Über dem Fluß hing ein dünner Dunstschleier. Es waren noch nicht allzu viele Autos, die auf dem Weg zur Innenstadt die Brücke überquerten, sie sahen aus der Ferne aus wie winzige Käfer, die in gemächlichem Tempo hintereinander herkrabbelten. Auf der Straße zum Viertel der alten, hohen Mietshäuser war noch niemand unterwegs.

Graue, verschnörkelte Fassaden. Die Sonne würde auch um die Mittagszeit nur die oberen Ränder der engen Schluchten erhellen, die Hinterhöfe nur streifen.

Wer zum Teufel kann sich hier wohlfühlen? Hinter den Fassaden die düsteren Treppenhäuser, in denen der Muff fast eines Jahrhunderts hockt, die zugigen Zimmer, hohe Dekken, unter denen einen das Frieren ankommt. Wer sich hier wohlfühlt, muß auf irgendeine Art besoffen sein. Aber Besoffenheit kann doch nicht monatelang anhalten?

Eine alte Frau in einem abgetragenen Wintermantel, mit Wollmütze und Einkaufstasche, kam aus der dunklen Haustür. Sie hielt die Tür offen. »Suchen Sie jemand?«

»Nein, nein, ich find mich schon zurecht. Vielen Dank.«

Sie trat zur Seite, aber nicht weit genug, um an ihrem schweren Busen vorbeikommen zu können. »Zu wem wollen Sie denn?« Sie lächelte erwartungsvoll, zwischen den bläulichen Lippen erschienen die Zahnlücken.

»Auf den ersten Stock.«

»Zu Karin und Andreas?«

»Nein, nein.«

Sie gab den Weg nicht frei.

»Zu Marion.«

»Ah, das ist die blonde Frau mit dem kleinen Jungen und dem Dackel!« Sie nickte. »Die wohnt noch nicht lange hier.«

»Ich weiß.«

Sie fragte: »Sind Sie der Vater von dem Jungen?«

»Ja.«

»Da wird der sich aber freuen.« Sie beugte sich ein wenig vor. »Das ist ein lieber Junge. Sagt mir jedesmal die Tageszeit, wenn ich ihm begegne.«

»Ah ja.«

»Das tun nicht alle Kinder. Und nicht einmal alle Erwachsenen.«

»Ja, da haben Sie leider recht. Darf ich jetzt mal rein?«

»Ja, ja, gehen Sie nur.« Sie hob ihre Einkaufstasche hoch. »Ich hab sowieso keine Zeit mehr. Muß einkaufen gehen.« Sie trat aus der Tür, langsam und breitbeinig, drehte sich noch einmal um. »Hab nichts mehr im Haus.«

Die ausgetretenen Steinstufen waren frisch geputzt. Aber das Loch in der Wand auf dem ersten Treppenabsatz war noch immer nicht ausgebessert, grauer, körniger Mörtel sah hervor. Die Wohnungsklingel schlug an, ein schriller, durchdringender Ton. Eine von diesen uralten Klingeln, hoch über der Tür auf die Wand gesetzt, eine große Glocke, auf der das Hämmerchen herumtanzt.

Der Dackel bellte, er schoß durch den Flur heran, sprang gegen die Tür, verstummte und beschnüffelte den Türspalt.

Er begann zu winseln. Ein schlurfendes Geräusch näherte sich, trappelnde Füße folgten, das Schlurfen beschleunigte sich, das Trappeln war schneller, ein Kichern, »Laß mich aufmachen!«, etwas schlug gegen die Tür, »Nein! Ich mache auf!«, die Tür öffnete sich.

Jens sah hinaus, die Klinke in der Hand. Er trug den blauen Frotté-Schlafanzug, darüber den Bademantel mit der Kapuze und an den bloßen Füßen die Kamelhaar-Pantoffeln, die Schnallen standen offen. Neben ihm stand ein kleines Mädchen, sie hörte auf zu kichern, steckte den Finger in den Mund. Der Dackel winselte und kugelte sich auf der Fußmatte. Jens sprang hoch und ließ sich auffangen, »Papi, Papi!«, er klammerte sich mit Armen und Beinen fest, »Mami, der Papi ist gekommen, der Papi!«

Sie trat aus der Küchentür, in Jeans und Schürze.

»Entschuldige, wenn ich so reinplatze. Ich hab versucht anzurufen, aber es war dauernd besetzt.«

Sie wischte sich die Hände an der Schürze ab. »Komm rein. Wir sind gerade beim Frühstück.«

Die Küche war voll von Menschen. Am Kopf des Tisches saß Andreas, der Bärtige, zu seiner Rechten zwei Kinder, zu seiner Linken zwei Frauen, eine mit lang herunterhängenden braunen Haaren, die andere mit einer schwarzen Ponyfrisur, Andreas gegenüber ein Mann in Lederjacke, glattrasiert. Ein anderer Mann, bräunliche Haut und schwarzer Schnauzbart, saß auf einem Stuhl neben der Anrichte und rührte in einer großen Tasse.

Sie hob die Hand: »Das ist Uli. Andreas kennst du schon. Das sind Christiane und Karin. Und Rudi.« Sie wies auf den Mann an der Anrichte: »Das ist Carlos.« Sie wies auf die beiden Kinder am Tisch: »Und das sind Daniel und Silke.«

Das kleine Mädchen, das in der Küchentür stehengeblieben war, nahm den Finger aus dem Mund und sagte: »Und ich bin Angelika. Und das ist Jens.«

Die beiden Kinder am Tisch platzten heraus, sie bogen

sich vor Lachen. Silke streckte den Finger aus: »Das ist doch der Papi vom Jens! Meinst du, der kennt den nicht?«

Angelika wandte sich ab und verschwand im Flur. Jens schrie: »Das ist mein Papi! Das geht euch gar nichts an!«

Andreas rief: »Komm rein, Angelika! Die sind ja dumm, die beiden!« Er schob den freien Stuhl zu seiner Rechten zurück. »Setz dich, Uli. Du kannst mit uns frühstücken.« Er zog Brot und Marmelade heran.

»Nein, danke. Ich hab schon.«

Jens sagte: »Du kannst von mir was abhaben, Papi! Komm, wir setzen uns auf meinen Stuhl!« Er ließ nicht locker, klammerte sich mit Armen und Beinen fest. Der Dackel machte Anstalten hochzuspringen. Jens hielt ihm den Pantoffel vor die Schnauze. »Hau ab, Pitty! Hier ist kein Platz mehr!«

Silke hob die Nase aus ihrem Becher. »Du bist ja ein Schoßkind.« Daniel kicherte.

Jens schrie: »Das geht euch überhaupt nichts an!« Christiane langte über den Tisch und nahm Silke den Becher aus der Hand: »Iß deinen Teller leer, Silke, und schwätz nicht herum!« Sie warf die langen Haare zurück, stand auf und ging hinaus.

Marion ließ sich auf dem freien Stuhl zu Rudis Rechter nieder. Sie nahm eine Scheibe Brot und bestrich sie. Rudi beobachtete den Vorgang, als sehe er dergleichen zum erstenmal. In der Küchentür erschien Angelika. Sie ging langsam um den Tisch herum, kletterte auf Christianes Platz, steckte den Finger in den Mund und schaute stumm.

Andreas sagte: »Schon früh auf am Samstagmorgen, was?«

»Ja.«

»Aber ihr arbeitet heute doch nicht?«

»Ich schon.«

Andreas nickte.

Jens sagte: »Mein Papi arbeitet immer am Wochenende!«

Marion biß in ihr Brot und kaute stumm. Aus dem Hintergrund meldete sich Carlos, er lachte.

Sieh an, dieser Schnauzbart. Will er sich mausig machen? »Darf man mitlachen? Oder willst du nicht verraten, was du daran so komisch findest?«

»Finde ich gar nicht komisch.« Er strich sich mit Daumen und Zeigefinger den Bart glatt.

»Und warum lachst du dann?«

Marion stellte heftig die Tasse ab. »Geht das schon wieder los? Könnt ihr euch nicht über was anderes unterhalten?« Sie ging hinaus.

Jens schrie: »Ihr sollt nicht streiten!«

»Was hat sie denn?« Carlos stand auf, er breitete die Arme aus. »Ich hab doch nichts gemacht!«

Willst du kneifen, Schnauzbart? »Nein, du hast nur gelacht. Aber warum, das hast du noch immer nicht gesagt.«

Carlos setzte sich wieder. »Tut mir leid, aber muß ich lachen, wenn ich höre, daß du am Wochenende arbeitest.« Er rührte in seiner Tasse. »Und dann auch noch für Werbung.«

Andreas sagte: »Hör auf mit dem Quatsch, Carlos.«

»Nein, laß ihn doch mal. Ich find das hochinteressant. Ich hab nur noch nicht ganz kapiert, was er meint.«

»Kann ich dir erklären.« Carlos beugte sich vor. »Ich hab gelesen, vergangene Jahr Ausgaben für Werbung sind über sechs Prozent gestiegen. Aber Bruttosozialprodukt nicht mal drei Prozent. Wie kommt das?«

»Wie das kommt? Hast du noch nie was davon gehört, daß manche Branchen sich besser entwickeln als andere?«

»Doch, hab ich schon gehört. Aber warum gerade Werbung? Ich werd dir sagen.«

»Da bin ich aber sehr gespannt.«

»Ich werd dir sagen.« Er stieß den Zeigefinger nach vorn, immer wieder. »Weil wir haben Überproduktion. Viel zu viel Produkte. Aber müssen verkauft werden, gegen Konkurrenz. Und deshalb immer mehr Werbung. Und jetzt auch noch in Politik. Muß auch verkauft werden, sonst geht Partei pleite. Verstehst du?«

»Meine Güte. Fällt dir nichts Besseres ein als dieser marxistische Scheiß?«

»Das ist keine marxistische Scheiß. Das ist Wahrheit. Und nicht Lüge, wie Werbung.«

Jens schrie: »Mein Papi lügt nicht, du Arschloch!«

»Benimm dich, Jens. Er tut mir ja nichts. Das schafft er nicht. Und jetzt will ich dir mal die Wahrheit sagen, mein Lieber. Arbeitest du nie am Wochenende?«

Carlos lehnte sich zurück. »Nein. Nie.«

»Arbeitest du denn wenigstens während der Woche?«

Karin richtete sich auf. »Was soll das denn heißen?«

Carlos lächelte. »Ja, tue ich. Fünf Tage jede Woche. In Fabrik. Getriebebau, hast du Ahnung, was das ist?«

»Ich kann mir was darunter vorstellen. Aber dann trägst du doch auch zur Überproduktion bei? Oder ist das Mangelware, diese Getriebe?«

Silke fragte: »Was ist das, Getriebe?«

Carlos schlug die Hand vor die Stirn. »Nicht zu fassen! Nicht zu fassen!« Er beugte sich vor: »Und wovon soll ich leben? Willst du mir Lohn bezahlen?«

»Nein, will ich nicht. Aber ich will dir sagen, wovon du lebst: Von der sogenannten Überproduktion, die du abschaffen willst. Und davon lebt ihr alle hier, genau so wie ich. Ihr lügt euch doch alle in die eigene Tasche.«

Karin sagte: »Und was ist mit dir? Glaubst du etwa an die Sprüche, die du da fabrizierst?«

»Ich mache mir jedenfalls nicht vor, daß ich von der blauen Luft leben könnte. Ich weiß, was ich tue, und ich tu's gern.«

Rudi sagte: »Du hast wirklich ein Talent, alles auf den Kopf zu stellen.«

»Ach ja? Und was hab ich in deinem Fall auf den Kopf gestellt? Lebst du nicht von der Überproduktion?«

Rudi räusperte sich. Karin sagte: »Rudi ist arbeitslos, du Ignorant!«

»Oh, das tut mir leid. Aber von irgendwas wird er ja auch leben. Vom Arbeitslosengeld, nehme ich an.«

Rudi sagte: »Nein. Von der Sozialhilfe.«

»Na gut. Oder na schlecht, entschuldige, ich will dir nicht zu nahe treten. Aber die Sozialhilfe, die fällt ja auch nicht vom Himmel. Die wird bekanntlich aus Steuergroschen bezahlt. Und die Steuern werden bezahlt von Leuten, die fleißig an dieser sogenannten Überproduktion mitarbeiten. Wirklich, ich will dir nicht zu nahe treten. Aber das ist nun mal die Wahrheit. Und wenn ich von der Sozialhilfe leben müßte, würde ich mir schon gar keine Illusionen machen. Ich wüßte, wovon ich lebe. Ich würde mir nicht in die Tasche lügen.«

Karin stand auf und ging hinaus. Während Carlos sich mit funkelnden Augen vorbeugte und den Mund öffnete, sagte Andreas: »Das war Scheiße, Uli. Das hättest du dir sparen können.«

Silke schlürfte ihren Becher aus.

In der Küchentür erschien Marion. »Jens. Es wird Zeit, daß du dich anziehst.«

Angelika sagte: »Marion, der Jens hat zu Carlos du Arschloch gesagt.«

Jens schrie: »Das geht dich überhaupt nichts an, du verdammte Petzliese!« Er strampelte mit den Füßen. »Ich will mich nicht anziehen! Ich will bei Papi bleiben!«

»Komm, Jens. Ich gehe mit dir. Ich helfe dir beim Anziehen.«

Er ließ sich in sein Zimmer tragen. Der Dackel kam hinterher gelaufen, setzte sich und machte Männchen. Jens schleuderte die Pantoffeln von den Füßen, der Dackel sprang hinter dem ersten her, entschied sich dann für den zweiten, rutschte über den nackten Holzboden, bevor er die Richtung ändern konnte, schnappte den Pantoffel und apportierte ihn. »Guter Pitty, guter Pitty!«

»Was willst du denn anziehen?«

»Das Holzfällerhemd.«

»Und wo ist das?«

»Im Schrank. Komm, ich zeig dir, wo es liegt.« Die Tür knarrte, als er sie öffnete. Ein neues Möbelstück. Vielmehr ein altes, wurmstichig und windschief. Wahrscheinlich hatte die Vormieterin es stehen lassen, wie hieß sie noch? Das Zimmer war größer als seines zu Hause. Die Regale mit dem Spielzeug füllten nicht einmal die halbe Wand. Das Bett, unter einem der beiden hohen Fenster, war schon gemacht. Auf dem Kopfkissen, bis zu den Schultern eingeschlagen, ruhte der einbeinige Teddybär, er sah empor zur dämmrigen Decke.

»Vorsicht! Nicht auf seinen Fuß setzen!«

»Aber auf dieser Seite hat er doch kein Bein mehr.«

»Doch! Auf der anderen hat er keins mehr!«

Er ließ sich das großkarierte Hemd zuknöpfen. Plötzlich drängte er sich zwischen den Knien nach vorn, spitzte die Lippen zu einem Kuß. Er sah wieder hinab auf die Knöpfe. Dann hob er den Kopf, beugte ihn vor und flüsterte: »Warum warst du so böse zu Rudi?«

»Ich? Ich war doch nicht böse zu Rudi.«

»Doch.« Er riß die Augen auf, zog die Stirn zusammen, bleckte die Zähne. »So hast du ihn angesehen!«

»Ach was. Das bildest du dir ein.«

»Ist gar nicht wahr! Ich hab's genau gesehen.« Er stieg in die Jeans, ließ sie sich hochziehen.

»Magst du Rudi?«

Er sagte: »Rudi ist lieb. Zu dem darfst du nicht so böse sein. Andreas ist auch lieb. Aber Rudi ist am liebsten. Nur Carlos«, er beugte sich vor und flüsterte, »Carlos ist ein Arschloch!«

»Du sollst nicht solche Wörter gebrauchen.«

»Stimmt aber.« Er setzte sich aufs Bett, streckte die Beine, um sich die Schuhe zuschnüren zu lassen.

Böse. Lieb. Man muß die Begriffe besetzen, sie mit Beschlag belegen, bevor der Gegner das tut und sie als Waffen gegen einen kehrt. *Derjenige, der die Ideen hat und der auch die richtigen Begriffe wählt, hat die Macht auch über das Denken der Menschen.* Sagt der Herr Generalsekretär. Nur funktioniert das vielleicht noch nicht bei einem solchen Menschlein, das gerade erst in die Welt hineinschnuppert und sich auf seine Nase verläßt. Oder es liegt an den Begriffen. Böse und lieb, das ist wahrscheinlich zu simpel, das läßt sich nicht groß auswalzen, darauf kann man sich nicht breitärschig niederlassen. Freiheit ist ergiebiger. Oder Familie. Menschenwürdige Gesellschaft. Oder Leistung. Zukunft. Offene und ehrliche Sprache.

»Und was bin ich?«

»Du bist lieb.« Er streckte die Arme aus.

Na bitte. Wer sagt denn, daß die semantische Position *lieb* ein für allemal an den Gegner gefallen sei?

»Nicht so fest drücken!«

»Doch!« Er kicherte.

»Nein! Ich hab was in der Tasche.«

»Was denn?« Er ließ los, legte die kleinen Hände in den Schoß, sah gespannt auf die Tasche. »Was ist das?« Der Dackel kam einen Schritt näher, hob den Kopf und schnüffelte.

»Ein Leberwurstbrötchen. Magst du das?«

»Aber ich hab keinen Hunger jetzt. Soll ich's Pitty geben?« Er sah zur Tür, flüsterte: »Aber das darfst du der Mami nicht verraten!«

»Willst du's nicht für dich aufheben?«

»Na gut, dann werd ich's aufheben.«

»Jens?«

»Ja?«

»Ich hab dich lieb.«

»Ich dich auch, Papi.«

Die Wohnungsklingel schlug an. Er ließ das Brötchen aufs

Bett fallen, sprang auf und lief hinaus, der Dackel bellte und rannte hinterher. Es gab ein großes Geschrei im Flur, die Kinder trampelten herum. Eine helle Frauenstimme rief: »Wenn ihr nicht sofort aufhört, dann bleiben wir hier und ihr werdet alle eingesperrt!« Die Kinder lachten und johlten.

Er kam zurück in einem neuen, dunkelblauen Anorak, mit einer roten Pudelmütze, die er über die Ohren gezogen hatte. Er sang: »Dideldum! Dideldum!« Hinter ihm kamen Daniel und Silke, Angelika, zwei andere Kinder, alle in Anoraks, mit bunten Mützen, und Marion. Sie blieben in der Tür stehen.

Er sprang mit den Knien aufs Bett und streckte die Arme aus: »Tschüs, Papi!«

»Wo willst du denn hin?«

Marion sagte: »Hat er dir das nicht gesagt?«

Angelika nahm den Finger aus dem Mund: »Wir fahren mit Rudi und Liane in den Zoo. Und wenn wir die Tiere gesehen haben, gehen wir Kakao trinken.«

Silke sagte: »Und Kuchen essen.«

Er breitete die Arme aus: »Der Elefant ist so groß wie ein Möbelwagen, Papi!«

Angelika sagte: »Aber die Löwen können einen nicht beißen. Die sind eingesperrt.«

Er sprang vom Bett hinunter und lief hinaus. Auf dem Flur sang er wieder: »Dideldum! Dideldum!« Die Kinder folgten ihm. Als die Wohnungstür ins Schloß gefallen war, hörte man ihre Stimmen noch aus dem Treppenhaus, dann von der Straße, bis die Autotüren zugeschlagen wurden. Das Auto startete und fuhr ab.

Marion sagte: »Es tut mir leid, Uli.« Der Dackel kam von der Wohnungstür zurück, sah ins Zimmer hinein, blieb aber im Flur stehen, mit leicht gesenktem Kopf.

Sie sagte: »Sie haben sich schon die ganze Woche auf den Ausflug gefreut.« Sie steckte eine Hand in die Schürzentasche, nahm sie wieder heraus. »Vielleicht hättest du doch vorher einmal anrufen sollen.«

»Ja, natürlich.«

»Verstehst du, Uli, ich will dir wirklich nicht...«

»Nein, nein, du hast ja recht. Kannst du das für ihn aufheben?«

Sie nahm das Päckchen, sah darauf. »Was ist das?«

»Ein Leberwurstbrötchen. Erste Qualität, aus dem Café am Bahnhof. Aber wenn du meinst, daß es ihm nicht bekommt, kannst du es auch dem Hund geben.«

»Ich werd's für ihn aufheben.« Sie zögerte, dann sagte sie: »Willst du nicht noch bleiben? Wir können in mein Zimmer gehen...«

»Nein, sei mir nicht böse. Aber ich hab noch einiges zu tun.«

Hinter der geschlossenen Küchentür redete Carlos. Geschirr klapperte.

Sie öffnete die Wohnungstür. »Wann kommst du wieder?«

»Ich weiß noch nicht. Mach's gut, Marion.«

»Mach's gut, Uli.« Sie beugte sich vor. Ihre Lippen waren trocken und kühl.

Über den Gehsteig kam die alte Frau, sie bewegte sich mit ihrer Einkaufstasche schwerfällig voran. Sie winkte und entblößte die Zahnlücken: »Na, hat der Kleine sich gefreut?«

»Ja, sehr. Wiedersehen.«

Sie winkte: »Bis zum nächsten Mal!«

Ja, oder auch nicht. Ob sie nicht an den Tod denkt? So, wie sie daherkommt, würde es einen nicht wundern, wenn sie plötzlich stockte, breitbeinig stehenbliebe, sie greift sich jäh mit der freien Linken an die Brust, krampft die Finger in die Wölbung über ihrem Herzen, taumelt rückwärts und fällt zu Boden, der Kopf schlägt auf dem Pflaster auf, ein paar Äpfel kullern aus der Einkaufstasche, Stimmengewirr, ein Menschenauflauf, Tatütata, und dann dauert es nicht mehr lange, bis sie den Deckel schließen. *Bis der Leib ruht, in sein'm Schlafkämmerlein. Gar sanft, ohn' ein'ge Qual und Pein.*

Was soll das? Dazu muß man nicht so alt werden wie sie. Das kann jedem passieren, jederzeit.

Gut. Was ist zu tun bis dahin? Ich habe einen ganzen Tag gewonnen, fast einen ganzen Tag. Ich könnte bei Christel vorbeifahren, sie würde sich freuen. Aber wenn ich sofort nach Hause führe, könnte ich bis heute abend schon ein gutes Stück weiter sein. Herrn Bracks Image von den Zügen gereinigt haben, die er nicht mag, und ich könnte schon ein paar der neuen Züge eingetragen haben, die seine Berater für erfolgversprechend halten, wer weiß, vielleicht haben sie ja recht, und egal, ob sie recht haben oder nicht, sie sollen bekommen, was sie haben wollen, weil es nur auf diese Weise weitergeht, oder wollte jemand daran zweifeln?

Nein. Alles andere wäre sinnlos. Du magst gewisse Vorstellungen haben von der Welt und gewisse Erkenntnisse, die du gewonnen zu haben glaubst, aber abgesehen davon, daß dir selbst deine Vorstellungen und Erkenntnisse oft genug lästig werden und du sie beiseite schiebst, kannst du nicht allen Ernstes erwarten, daß die Welt so ist, wie sie in deinem Kopf existiert. Oder in deinem Herzen. Du mußt vielmehr herausfinden, was der Welt genehm ist, was sie für böse hält und was für gut, nein, für lieb, was sie als Wahrheit anerkennt, als die Wirklichkeit, und was nicht, und nur dieser Erkenntnis darfst du folgen, alles andere ist sinnlos. Lohnt sich nicht. Zahlt sich nicht aus.

*Wahr ist, was sich bewährt.* Natürlich, was denn sonst? *Mundus vult decipi, darumb bin ich hie*. Die Welt will beschissen sein. *Ich wil dazu helffen*. Es sei denn, ich wollte mich verabschieden aus dieser Welt.

An die Arbeit.

Vor dem Haus gegenüber standen die Nachbarn, sie hatten eingekauft und waren beim Ausladen. Sie nickten grüßend. Als das Auto mit laufendem Motor in der Garageneinfahrt stehenblieb, zwei Minuten, drei Minuten lang, wurden sie aufmerksam. Ihre Bewegungen wurden langsamer, sie sahen nicht mehr auf ihre Kartons, sondern auf das Auto in der Garageneinfahrt. Als das Auto zurücksetzte, wendete und die Sackgasse wieder verließ, starrten sie hinterher. Der Mann, einen Karton vor dem Bauch haltend, schüttelte den Kopf.

Das Parkhaus an der Fußgängerzone war fast besetzt. Die Menschen schoben sich an den Geschäften vorbei, blieben mit ihren Einkaufstüten vor den Schaufenstern stehen, als hätten sie noch nicht genug zu tragen. Bettys Kneipe hatte schon geöffnet, neben dem Eingang saß ein Bettler in der matten Novembersonne.

Wird nicht lange dauern, bis sie die Streife rufen. Wie mag's der Schankfrau gehen? Das Alibi, ja. Aber das hätte wahrscheinlich nicht funktioniert. Bei der Rückkehr hätte sie im Flur gestanden, die blonden Haare aufgelöst und über die runden Schultern hängend: »Wo warst du? Was fällt dir ein, meine Schlüssel mitzunehmen?« Es wäre geplatzt, dieses Alibi, noch bevor die Polizei ihre erste Frage gestellt hätte.

Hinter der Fußgängerzone wurde es stiller. Am Eingang des sechsstöckigen Bürohauses schimmerten die Messingschilder der Ärzte, der Rechtsanwälte und der Agentur in der Sonne. *VB & Partner, Communications.* Das Schild mußte frisch poliert sein, der Daumen hinterließ einen klaren Abdruck, fast sah es aus, als seien die feinen Rillen in das Metall eingeätzt.

Durch das Tor des Polizeipräsidiums fuhr ein Streifenwagen. Im Erdgeschoß stand ein Fenster offen, ein Beamter in Uniform lehnte sich hinaus, sah die Straße auf und ab, trat zurück und reckte sich im Halbdunkel. Die Wachstube, oder wie sie das nannten. Wahrscheinlich hockte der Mief der Nacht noch in den Ecken, der Schweiß, die Angst der vorläufig Festgenommenen, die auf den Holzbänken hatten warten müssen, bis sie an der Reihe waren und vernommen wurden.

Noch ein Stück weitergehen. Um die Ecke. Bis zum

Gewerkschaftshaus. Ja, Dörte. Aber sie wird nicht arbeiten, heute am Samstag. Sie werden streng auf ihre Fünf-Tage-Woche achten. Und auf die 38,5 Arbeitsstunden. Oder nehmen sie es in ihrem eigenen Laden nicht so genau mit den Errungenschaften der Arbeiterklasse?

Es würde nichts nutzen, wenn sie plötzlich des Weges käme, vielleicht mit einer Mappe unter dem Arm, um im Büro die Wochenendpost durchzusehen und das Wichtigste mit nach Hause zu nehmen, in die gemütliche Wohnung über den Kugellampen der Fußgängerzone. Sie würde stehenbleiben, die Augenbrauen hochziehen, lächeln. »Uli. Was machst du denn hier?« Sie würde zuhören, nicken, egal, was die Auskunft wäre. Und dann würde sie sagen: »Du, sei mir nicht böse, aber ich muß dringend in mein Büro. Ruf mich doch mal an, wenn du glaubst, daß ich dir helfen kann.«

Kannst du nicht, Dörte. Willst du ja auch gar nicht, nicht wahr? Du hast dich eingerichtet in der Welt, so wie sie ist, und akzeptiert, daß die Wahrheit ein Irrtum ist und die Täuschung die Wirklichkeit. Du lebst nicht unbehaglich in dieser Welt. Ich mach dir keinen Vorwurf daraus. Ich möcht's ja auch.

Das Portal des Gewerkschaftshauses war verschlossen.

Und was jetzt? Zurückgehen? Oder noch ein Stück weitergehen? Hinunter zum Fluß und den Fluß hinauf, bis die Häuser zurückgeblieben sind. Sich niederlassen unter einem Baum in der Novembersonne und dem Fluß zusehen, wie er vorüberläuft. Das Gras wird feucht sein, aber was macht das schon.

Nein. Nicht weitergehen. Weiter geht's nicht mehr.

## 22

Falterbaum stand auf und ging mit seiner Kaffeetasse ein paar Schritte auf und ab, die Schultern hochgezogen, die Tasse nicht am Henkel fassend, sondern mit allen fünf Fingern ringsum, den Kaffee in kleinen Schlucken schlürfend.

Wenn er damit nicht irgendwann aufhört, werde ich für seine Versetzung sorgen. »Sag mal, Egon, mußt du deinen Kaffee eigentlich immer so schlürfen?«

Er blieb stehen. »Schlürfen?«

Schmidt sah von der Akte auf und grinste. Gehlen, auf der Fensterbank sitzend und zur Straße hinunterblickend, sagte über die Schulter: »Das merkt er gar nicht mehr.«

»Entschuldige mal, der Kaffee ist heiß!«

Schmidt sagte: »Das machst du auch, wenn er kalt ist.«

»Außerdem hilft mir das beim Nachdenken.«

Auch das noch. »Und worüber denkst du nach, wenn man fragen darf?«

»Über das Motiv, das diese Frau gehabt haben könnte.« Er stellte die Tasse auf dem Schreibtisch ab. »Entschuldigen Herr Hauptkommissar, aber glauben Herr Hauptkommissar, daß nur Herr Hauptkommissar nachdenken?«

»Hör auf mit dem Seich. Ich weiß nicht, warum du von der Idee nicht loskommst, daß es die Frau gewesen sein könnte. Wir verlieren nur Zeit damit.«

»Ich find die Idee gar nicht so schlecht.« Gehlen stand auf von der Fensterbank.

»Ach du liebe Zeit! Hat er dich auch noch angesteckt?«

»Wirklich, Herr Staudinger.« Gehlen näherte sich, Schmidt betrachtete ihn grinsend.

Gehlen hob die Hand und fing an abzuzählen. »Der Mann ist zwischen acht und zehn Uhr gestern abend erschossen worden. Die Frau ist um Viertel vor elf nach Hause gekommen. Sie hat sich um sechs Uhr die Kinokarte gekauft, bei ihrer Freundin zu Abend gegessen und ist danach allein ins Kino gegangen. Angeblich.«

»Wieso angeblich?« Schmidt schlug mit der Hand auf die Akte. »Hast du die Zeugen vergessen, die sie gesehen haben?«

»Ich sag ja nicht, daß sie überhaupt nicht im Kino war. Aber gesehen worden ist sie nur beim Rausgehen.«

Schmidt ließ sich in seinem Sessel zurücksacken und schüttelte den Kopf. »Ja, weil sie zu spät gekommen ist. Das hat sie doch selbst gleich gesagt. Und nach der Aussage der Freundin kann sie gar nicht bei Beginn der Vorstellung im Kino gewesen sein. Es war also schon dunkel, als sie ins Kino kam. Und deshalb hat dieses Ehepaar aus ihrer Nachbarschaft sie erst beim Rausgehen gesehen. Klaro?«

Gehlen rieb sich die Nase. »Sie könnte von ihrer Freundin nach Hause gefahren sein, hat ihren Mann erschossen, die Waffe beseitigt, und ist erst dann ins Kino gefahren.«

Schmidt beugte sich vor. »Und wie ist sie an die Waffe gekommen? Und wie hat sie gelernt, damit umzugehen, dieses kleine, verschüchterte Häschen? Und warum sollte sie ihren Ernährer umgelegt haben? Wegen der achthundert Mark, die aus der Kasse fehlen? Lebensversicherung hat er nicht abgeschlossen. Das Geschäft kann sie nicht weiterführen, auch dafür ist sie zu dumm. Und nicht einmal verkaufen kann sie die Bruchbude, dafür gibt ihr doch keiner eine müde Mark. Die Frau steht auf dem Schlauch, nachdem der Mann die Kurve gekratzt hat! Kannst du mir mal ein Motiv nennen, warum sie ihn umgelegt haben sollte?«

»Ebendas ist die Frage.« Falterbaum griff mit allen fünf Fingern nach seiner Tasse, nahm einen schlürfenden Schluck, erschrak, stellte die Tasse wieder ab. »Sie könnte zum Beispiel einen Freund haben.«

Jetzt reicht's. »Fabelhaft. Diese graue Maus, die kein Mensch wahrnimmt, wenn er an ihr vorübergeht, hat einen Freund! Und um dem auf die Spur zu kommen, werden wir sie in den nächsten Wochen beschatten, oder wie stellst du dir das vor? Kannst du mir mal sagen, wie wir das machen sollen? Muß ich dir aufzählen, was wir sonst noch zu tun haben?«

»Bitte schön, Herr Hauptkommissar. Es war ja nur eine Überlegung.« Er blies in den Kaffee, trank, ohne zu schlürfen. »Und was schlagen Herr Hauptkommissar jetzt vor?«

Gehlen wandte sich ab und ging wieder zum Fenster.

»Daß du mich mal am Arsch leckst, verstehst du? Glaubst du, ich habe Lust, meinen Samstagvormittag mit Diskussionen zu verbringen, die mit Sicherheit zu nichts führen, zu absolut gar nichts? Nachdem ich mir schon die halbe Nacht um die Ohren geschlagen habe?«

Falterbaum sagte: »Wir auch.«

»Ja, ihr auch. Und deshalb reißt euch jetzt mal am Riemen, damit wir endlich einen Schritt weiterkommen. Also. Was ist mit der Waffe, Conny?«

Schmidt kramte in seinen Papieren. Es klopfte. Falterbaum sagte: »Herein.«

Einer der Wachbeamten steckte seinen Kopf durch den Türspalt. »Entschuldigung, Herr Staudinger ...«

»Nein! Ich entschuldige gar nichts! Was wollen Sie?«

»Hier ist jemand, der Sie dringend sprechen möchte.«

»Wer?«

»Ein Herr Wehmeier.«

Falterbaum stellte seine Tasse ab. Schmidt ließ das Blatt, das er aufgenommen hatte, sehr langsam sinken und sah zur Tür. Gehlen drehte sich um. Er wollte sich die Nase reiben, unterließ das, tat einen Schritt nach vorn.

Wehmeier trat ein. Der Beamte schloß die Tür hinter ihm.

»Herr Wehmeier. Was führt Sie zu uns?«

Er blieb an der Tür stehen. Die blauen, hellen Augen schienen ein wenig tiefer zu liegen. Er sagte: »Ich möchte eine Aussage machen.«

»Eine Aussage?«

Er nickte. Dann sagte er: »Ich habe Nowakowski umgebracht.«

Schmidt erhob sich langsam und trat zur Seite. Falterbaum wollte nach seiner Tasse greifen, zog die Hand zurück. Gehlen rührte sich nicht. Von der Straße drang ein Gelächter herein, dann wurde es wieder still.

Er sagte: »Ich habe ihn erwürgt. In meiner Küche. Er ist am Sonntagabend zu mir gekommen, ich weiß nicht, warum. Aber dann haben wir uns gestritten.« Er fuhr sich mit der Hand über die Stirn. »Ich hab die Leiche in mein Auto geladen, in den Kofferraum, und hab sie zum Volkspark gebracht. Ich hab sie ins Gebüsch gelegt. Niemand hat mich gesehen.« Er lächelte. »Sonst hätten Sie mich ja auch schon abgeholt.«

Er schien zu schwanken. Falterbaum ging auf ihn zu und wollte ihn unter den Arm fassen, aber er schob die Hand zur Seite. Falterbaum trat zurück.

»Tja, Herr Wehmeier. Dann setzen Sie sich erst einmal.«

## *Hans Werner Kettenbach im Diogenes Verlag*

### *Schmatz oder Die Sackgasse*

Roman. Leinen

Uli Wehmeier, Texter in einer Werbeagentur, gerät – scheinbar unaufhaltsam – in eine bedrohliche Lage, seine Existenz ist in Frage gestellt. Zu der Krise in seiner Ehe kommen Probleme bei der Arbeit: durch die Schikanen des neuen Creative Directors Nowakowski fühlt er sich immer stärker eingeengt und abgewürgt. Wehmeier, dessen Phantasie sich in der Werbung sowohl für Hundefutter wie für den Spitzenkandidaten einer politischen Partei bewährt, reagiert auf seine Art, er spielt mit dem Gedanken an einen Mord.

»Schon lange hat niemand mehr – zumindest in der deutschen Literatur – so erbarmungslos und so unterhaltsam zugleich den Zustand unserer Welt beschrieben. *Schmatz* – ein literarisches Ereignis.« *Die Zeit*

### *Minnie oder Ein Fall von Geringfügigkeit*

Roman. detebe 21218

Es sollte eine Urlaubsreise werden. Die Geschäfte in Nashville waren abgeschlossen, nun wollte Wolfgang Lauterbach ausspannen, eine Woche lang ohne Terminkalender durch den Süden der USA bummeln. Aber in dem Motel am Highway gerät er in eine rätselhafte Geschichte, von der er nur eines begreift: Leute, die er nie zuvor gesehen hat, trachten ihm nach dem Leben, sie verfolgen ihn durch Tennessee und Georgia.

»Ein Thriller, den man nach der Lektüre nicht so leicht vergessen wird. *Minnie oder Ein Fall von Geringfügigkeit* kann getrost mit den besten Romanen der Schweden Sjöwall/Wahlhöö, des Engländers Jack Beeching oder des rebellischen Südafrikaners Wessel Eberson verglichen werden.« *Plärrer, Nürnberg*

»Ein Glücksfall – Hans Werner Kettenbach auf der Höhe seiner Kunst.« *Die Zeit, Hamburg*

## *Hinter dem Horizont*

Eine New Yorker Liebesgeschichte
detebe 21452

In Manhattan begegnen sich die Amerikanerin Nancy Ferencz und der Deutsche Frank Wagner. Nancy fühlt sich angezogen und zugleich irritiert von diesem Europäer, der sich für New York begeistert und den Atlantik überquert hat wie einst Millionen von Einwanderern: in der Hoffnung, den Horizont der alten Welt hinter sich zu lassen und endlich das Zentrum des Lebens zu finden.

»Natürlich gibt es heute wie früher Journalisten, die sich aufs Erzählen verstehn: H. W. Kettenbach beispielsweise mit seinem Liebesroman *Hinter dem Horizont.*« *Süddeutsche Zeitung, München*

## *Der Pascha*

Roman. detebe 21493

»Obwohl der Autor auch dieses Buch mit einer tatsächlich fast unerträglichen Spannung ausgestattet hat, ist es weit mehr geworden als ein geschickt gebauter Psycho-Thriller. Mir scheint der Vergleich mit Strindberg nicht aus der Luft gegriffen. Wie Martin Marquardt, unter Zuhilfenahme aller Beweise, kalte Logik über menschliche Regungen obsiegen läßt, das ist nicht nur ungemein faszinierend und trotz aller abstoßenden Überspitzung glaubhaft – es ist ja auch, weit über den Gegenstand des Romans hinaus, erhellend für

unsere immer mehr dem technischen Zweckdenken verfallende Epoche.«
*Armin Ayren/Stuttgarter Zeitung*

»...sehr exakt, richtig bis ins letzte Detail.«
*Neue Zürcher Zeitung*

## *Sterbetage*

Roman. detebe 21644

»Es gilt eine Geschichte von hoher erzählerischer Qualität vorzustellen: Kettenbach entfaltet in behutsamer Weise das Ereignis einer ›unmöglichen Liebe‹ zwischen einer jungen Frau und einem alternden Mann. Alles in dieser Geschichte ist unauffällig, passiert ohne große Worte. Kettenbach erzählt in einer eigenartigen Mischung von Sprödigkeit und Zartheit, von Humor und Melancholie, aber immer auf erregende Art glaubwürdig. In diesem Buch, das sich so wenig ambitiös gebärdet, steckt viel: Es ist ein Buch über die Trauer des Alterns, ein Buch über das Sterben, aber in erster Linie doch wohl ein Buch über das Lieben in einer Zeit, die das große Gefühl verbietet, auch wenn sie von Toleranz und Freiheit spricht. Und daß Liebe Fesseln sprengt, lehrt diese Begebenheit einer ›unmöglichen Beziehung‹.« *Neue Zürcher Zeitung*

## *Walter E. Richartz im Diogenes Verlag*

### *Büroroman*

detebe 20574

»Der *Büroroman* ist ein einzigartiger Vorstoß in eine *Terra incognita,* eine Expedition in einen großen weißen Flecken auf der literarischen Landkarte unserer Gegenwart. Kühn pflanzt Richartz die Fahne des Erstbesteigers in einem Büro-Hochhaus auf. Richartz funktioniert als Photo-, Phono-, Odor-, Seismo- und auch als Psychograph. Unter der Hand des Autors wird der langweiligste Bürotag interessant.«
*Georg Hensel/Frankfurter Allgemeine Zeitung*

### *Vorwärts ins Paradies*

Aufsätze zu Literatur und Wissenschaft
detebe 20696

Der Schriftsteller und Übersetzer Richartz über Amerika und amerikanische Autoren; der Schriftsteller und Naturwissenschaftler Richartz über den Verkünder des elektronischen Zeitalters Marshall McLuhan und die abgründige Spannung zwischen literarischer und naturwissenschaftlicher Intelligenz. Der Denker Richartz über die Verbindung der Phänomene Literatur und Wissenschaft.

### *Das Leben als Umweg*

Gesammelte Erzählungen
detebe 21643

Dieser Band sammelt in chronologischer Folge die zu Lebzeiten des Autors erschienenen Erzählungen von 1966 bis 1979.

»Man könnte Richartz' Bücher eine Porträtgalerie des Kleinbürgertums nennen, eingerichtet mit den Beobachtungen eines musischen Intellektuellen, der die arrivierten kleinen Leute nicht aus der Vogelperspektive des überlegenen Spötters, sondern eines wie ein trauriger Gulliver unter sie gefallenen Einzelgängers beschreibt. Denn Richartz hat den geborgten Kasinowitz und die Intrigenspiele ihrer Büros genau gekannt, in ihren schmucken Spießerkolonien (in Buchschlag bei Frankfurt) gelebt und unter ihrer aus Mon-Chérie-Schachteln duftenden Gemütlichkeit nur schwach amüsiert gelitten.« *Der Spiegel, Juni 1987*

## *Reiters Westliche Wissenschaft*

Roman. detebe 20959

Walter E. Richartz' Testament: Sein letzter, vor seinem Selbstmord abgeschlossener Roman zeigt, wie Wissenschaft wirklich funktioniert; er blieb bisher praktisch unbeachtet. Eigentlich unfaßlich angesichts der Tatsache, daß die Grünen in die Parlamente einziehn, militärische und angeblich friedliche Nutzung der Atomkraft die Diskussion beherrscht und das Westliche Wachstumsprinzip vorm Offenbarungseid steht. Hier ist einer der wenigen Autoren von Rang, die naturwissenschaftliche und kritische Intelligenz in Personalunion vereinigen und uns Aufschluß geben.

»Seit Hans Henny Jahnn und Arno Schmidt haben so beklemmende (literarische) Attacken gegen unsere ›Fortschritts‹-Verrücktheiten eher Seltenheitswert.«
*Dieter Fringeli / Basler Zeitung*

## *Tod den Ärtzten*

Roman. detebe 20795

»Auf seine Satire *Tod den Ärtzten* hat die Kritik sträflich flau reagiert; dabei ist dies ein völlig außer Rand und Band geratenes explosives und komisches Pamphlet, wie es gerade die deutsche Literatur selten genug hervorbringt.« *Jörg Drews / Die Zeit, Hamburg*

»Ein hochaktueller politischer Roman, einer der eindrücklichsten und überzeugendsten, die uns in den vergangenen Jahren erreichten. Richartz hat eine beneidenswerte Position innerhalb der zeitgenössischen deutschen Prosa inne.«
*Dieter Fringeli / Neue Zürcher Zeitung*

*Noface – Nimm was du brauchst*
Roman. detebe 20796

»Alles, was da zwischen zwei Buchdeckeln auf etwas mehr als 200 Seiten erzählt wird, liest sich so spannend wie plausibel. Von Anfang bis Ende scheint alles mit durchaus rechten und realen Dingen zuzugehen, und doch gibt dieses ›Noface‹, Dr. med. John Reiter, der fiktive Ich-Erzähler und Schreiber (englisch: writer) dieses Romans seiner Umwelt (einschließlich Polizei und Presse) die größten Rätsel auf.«
*Hans J. Fröhlich / Norddeutscher Rundfunk*

»Wie Tomi Ungerer malt, so schreibt Richartz.«
*Joachim Hauschild / Münchner Merkur*

## *Fanny Morweiser im Diogenes Verlag*

### *Ein Sommer in Davids Haus*

Roman. detebe 21059

»Eine Geschichte aus Licht und Schatten, aus Poesie und Bangen geflochten. Fanny Morweiser macht Skurriles so glaubhaft, als gehöre es zum Alltag, und geht mit dem Alltag um wie mit einem wunderlichen Traum. Wie schon in ihren ersten Büchern hält sie auch hier mehr, als sie verspricht. Einzuordnen ist sie nicht, denn es gibt nicht viele ihrer Art. Sie unterhält nicht nur – sie tut das, was man in England ›arrest‹ nennt: sie fesselt.« *Welt am Sonntag, Hamburg*

### *Die Kürbisdame*

Kleinstadt-Trilogie
detebe 20758

Drei Herren aus der besseren Gesellschaft steigen einer zwielichtigen Dame nach und begeben sich dadurch in große Gefahr. Menschen in einem Altersheim widersetzen sich den Anweisungen des Heimleiters, um endlich ihre eigenen Wege gehen zu können. Ein nervöser Zahnarzt gerät plötzlich in einen Anarchistenstreich und findet dadurch sein inneres Gleichgewicht wieder. Solche Stoffe verarbeitet Fanny Morweiser in diesen drei Erzählungen voller schwarzen Humors und versetzt den Leser damit in lustvolles Gruseln.

»Diese schaurig-schönen Erzählungen schockierten mich bei der Lektüre und erinnerten mich unwillkürlich an Roald Dahl, der ebenso wie Fanny Morweiser mit seiner makabren Phantasie den Leser den Atem anhalten läßt. Beide Autoren übersteigern ihre Stoffe ins Groteske und erzeugen dadurch Komik.«
*Süddeutscher Rundfunk*

## *Lalu lalula, arme kleine Ophelia*

Eine unheimliche Liebesgeschichte
detebe 20608

»Außerhalb jeder Realität, ausgestattet mit dem Personal der deutschen Romantik und der Psychologie einer Daphne du Maurier.«
*Norddeutscher Rundfunk, Hamburg*

## *La vie en rose*

Ein romantischer Roman
detebe 20609

»Wenn Franz Kafka und Thomas Bernhard Zeitgenossen geworden wären und sich außerdem entschlossen hätten, gemeinsam eine grotesk-komische Geschichte zu schreiben, dann hätte der Roman ›La vie en rose‹ herauskommen können.« *Die Presse, Wien*

## *Indianer-Leo*

und andere Geschichten aus dem wilden Westdeutschland
detebe 20799

»Spannende Erzählungen sind dies ganz sicher. Sie sind, bei allem Schrecken dahinter, unterhaltend. Denn die subtilen Verbrechen der Fanny Morweiser spielen sich in aller Stille, in schönen Landschaften, in alten Häusern, gelegentlich bei lieben älteren Damen ab – und dies soviel gefährlicher als bei Agatha Christie!« *Ursula Bode/Hannoversche Allgemeine*

## *O Rosa*

Ein melancholischer Roman
detebe 21280

»Wer kann einem seriösen, soliden Unterricht im Zaubern, besser gesagt im Verzaubern, geben? Wer bringt uns bei, daß die durchaus nicht immer zauberhaften Alltäglichkeiten einem weniger ausmachen, daß man ihnen zum Trotz das Leben, wenn schon nicht ›en rose‹, so doch als eine im ganzen gute Sache zu emp-

finden vermag? Wer den neuen Roman von Fanny Morweiser, *O Rosa*, gelesen hat, kennt die gute Medizin, die ihm wenigstens zeitweilig helfen kann.«
*Neue Zürcher Zeitung*

## *Ein Winter ohne Schnee*

Roman. detebe 21693

Ein sanftes, kleines, irres Dorf voll mildem Wahnsinn, mit einem Fährmann, einem kranken Jungen, der in dem Dorf zur Rekonvaleszenz weilt, dem Bund der roten Krähe, der den von Mönchen in grauer Vorzeit vergrabenen Schatz heben will, bevor ein anderer ihnen zuvorkommt, dem unheimlichen kleinen Jungen mit der Mutter, die Anna heißt und eine Hexe ist, dem Krüppel Manni, Joseph...

»Von diesem Roman kommt man nicht los. Er hat Bilder, die schrecklich sein könnten. Wenn sie nicht aus einem bestimmten Blickwinkel eingefangen wären. Manches läßt sich nur ahnen. Das ist gut so.«
*Neue Osnabrücker Zeitung*

## *Voodoo-Emmi*

Erzählungen. detebe 21541

»Wie entledigt sich ein verkanntes Genie seiner kleinlichen Frau? Der Maler gibt Voodoo-Emmi ein Foto seiner Angetrauten, die Emmi wird's schon richten. Das ist eine der elf neuen, geheimnisvollen Geschichten von Fanny Morweiser, und wieder spielen kuriose, nicht alltägliche Menschen die Hauptrolle. Unmerklich überschreitet die Autorin die Grenzen zum Phantastischen, etwas Gespentisches weht durch die Stories hin. Die Pointen kommen eher auf leisen Sohlen daher, sind darum jedoch nicht weniger zündend. Das Ganze: ein höchst originelles, hintersinniges Lesevergnügen.« *Landeszeitung, Lüneburg*

# *Jakob Arjouni im Diogenes Verlag*

## *Happy birthday, Türke!*

Roman. detebe 21544

»Privatdetektiv Kemal Kayankaya ist der deutsch-türkische Doppelgänger von Phil Marlowe, dem großen, traurigen Kollegen von der Westcoast. Nur weniger elegisch und immerhin so genial abgemalt, daß man kaum aufhören kann zu lesen, bis man endlich weiß, wer nun wen erstochen hat und warum und überhaupt.
Kayankaya haut und schnüffelt sich durch die häßliche Stadt am Main, daß es nur so eine schwarze Freude ist. Als in Frankfurt aufgewachsener Türke mit deutschem Paß lotst er seine Leserschaft zwei Tage und Nächte durch das Frankfurter Bahnhofsmilieu, von den Postpackern zu den Loddels und ihren Damen bis zur korrupten Polizei und einer türkischen Familie.
Daß *Happy birthday, Türke!* trotzdem mehr ist als ein Remake, liegt nicht nur am eindeutig hessischen Großstadtmilieu, sondern auch an den bunteren Bildern, den ganz eigenen Gedankensaltos und der Besonderheit der Geschichte. Wer nur nachschreibt, kann nicht so spannend und prall erzählen.«
*Hamburger Rundschau*

»Er ist noch keine fünfundzwanzig Jahre alt und hat bereits zwei Kriminalromane geschrieben, die mit zu dem Besten gehören, was in den letzten Jahren in deutscher Sprache in diesem Genre geleistet wurde. Er ist ein Unterhaltungsschriftsteller und dennoch ein Stilist. Die Rede ist von einem außerordentlichen Début eines ungewöhnlich begabten Krimiautors: Jakob Arjouni. Verglichen wurde er bereits mit Raymond Chandler und Dashiell Hammett, den verehrungswürdigsten Autoren dieses Genres. Zu Recht. Arjouni hat Geschichten von Mord und Totschlag zu erzählen, aber auch von deren Ursachen, der Korruption durch Macht und Geld, und er tut dies knapp, amüsant und mit bösem Witz. Seine auf das Nötigste abgemagerten Sätze fassen viel von dieser schmutzigen Wirklichkeit.« *Klaus Siblewski / Neue Zürcher Zeitung*

## *Mehr Bier*

Roman. detebe 21545

Vier Mitglieder der ›Ökologischen Front‹ sind wegen Mordes an dem Vorstandsvorsitzenden der ›Rheinmainfarben-Werke‹ angeklagt. Zwar geben die vier zu, in der fraglichen Nacht einen Sprengstoffanschlag verübt zu haben, sie bestreiten aber jegliche Verbindung mit dem Mord. Nach Zeugenaussagen waren an dem Anschlag fünf Personen beteiligt, aber von dem fünften Mann fehlt jede Spur. Der Verteidiger der Angeklagten beauftragt den Privatdetektiv Kemal Kayankaya mit der Suche nach dem fünften Mann...

»Kemal Kayankaya, der zerknitterte, ständig verkaterte Held in Arjounis Romanen *Happy birthday, Türke!* und *Mehr Bier* ist ein würdiger Enkel der übermächtigen Großväter Philip Marlowe und Sam Spade. Jakob Arjouni strebt mit Vehemenz nach dem deutschen Meistertitel im Krimi-Schwergewicht, der durch Jörg Fausers Tod auf der Autobahn vakant geworden ist.« *Stern, Hamburg*

»Jakob Arjouni: mit 23 der jüngste und schärfste Krimischreiber Deutschlands!«
*Wiener Deutschland, München*

● **Karl W. Schlegel**
*Richter wider Willen*
Roman. detebe 21422

● **Bernhard Schlink**
*Die gordische Schleife*
Roman. detebe 21668

zusammen mit Walter Popp:
*Selbs Justiz*
Roman. detebe 21543

● **Lydia Tews**
*Wer nicht träumt, ist tot*
Roman. detebe 21513

● **Susanne Thommes**
*Brüderchen und Schwesterchen*
Roman. detebe 21423

*Totensonntag*
Roman. detebe 21474

zusammen mit Roland Kramp:
*Der falsche Freund*
Roman. detebe 21380

● **Walter Vogt**
*Booms Ende*
Erzählungen. detebe 20307

*Melancholie*
Die Erlebnisse des Amateur-Kriminalisten Beno von Stürler. detebe 20623

● **Hans Weigold**
*Eines der verwunschenen Häuser*
Roman. detebe 21070